고전소설
오디세이

일러두기

- 이 책은 다음의 자료를 이용했다.
  김동욱 편, 『고소설 판각본전집』, 연세대 인문과학연구소, 1973
  고려대 민족문화연구소 편, 『한국고전문학전집』, 민족문화연구소, 1993
  고려대 민족문화연구소 편, 『교감본 한국한문소설』, 보고사, 2007
  동국대 한국학연구소 편, 『활자본 고전소설 전집』, 아세아문화사, 1976
  박희병 표점·교석, 『한국한문소설 교합구해』, 소명출판, 2007
  실시학사 고전문학연구회 역주, 『역주 이옥전집』, 소명출판, 2001
  인천대학 민족문화연구소 편, 『구활자본 고소설전집』, 동아문화원, 1984
- 작품 인용문은 독자의 이해를 돕기 위해 원래 뜻이 훼손되지 않는 범위에서 필자가 현대어로 풀어 썼다.

고전소설
오디세이

고전의 바다에서 건져올린
35편의 우리 소설

임치균 지음

글항아리

머 리 말

–

가끔은 나도 모르게 화가 나곤 했습니다. 아니 안타까웠다고 하는 편이 더 맞는 표현일 수도 있습니다. 그동안 고전소설이 재미있고 유익하다며 나름 열심히 외치고 다녔지만, 여전히 많은 사람의 인식은 〈홍길동전〉이나 〈춘향전〉 정도에 머물러 있었습니다. 그러면 30년 이상 고전소설 연구에 투신했던 나는 그동안 무엇을 한 것이지? 그저 나만 좋다며 자기만족에 빠졌었단 말인가라는 생각이 들었던 겁니다.

이런 회의에 빠질 즈음에 『독서평설』에서 고전소설 작품에 대한 글을 연재하자는 제의가 들어왔습니다. 망설일 이유가 없었습니다. 작품 하나하나를 소개하면서 그 내용이 과거에 이미 용도폐기된 것이 아니라 현재까지도 살아 있는 존재라는 사실을 보여주고 싶었습니다. 그렇게 3년이 흘러 소기의 성과는 거두었습니다. 하지만 제한된 지면, 제한된 독자만 대상으로 했다는 아쉬움이 크게 남았습니다.

바로 그때 글항아리의 출판 제의는 나를 더욱 달뜨게 했습니다. 더 많은 독자를 만날 수 있다는 기대감에 먼저 원고를 큰 주제로 분류하는 작업을 했습니다. 그렇게 해서 다섯 범주가 마련되었습니다. 각각의 범주에 알맞은 고전소설 작품을 포함시킨 뒤 시대 순으로 배열하자 제법 그럴듯한 체계가 갖춰졌습니다.

이 책은 작품 하나하나씩 끊어 읽을 수 있도록 구성했습니다. 한 편의 분량은 버스나 지하철을 타고 가면서 쉽게 읽을 수 있는 정도입니다. 자투리 시간에 봐도 충분합니다. 그리고 앞부분에는 소개될 고전소설과 관련된 현대의 이야기를 창작해서 넣었습니다. 시대에 따라 내용만 달라졌을 뿐, 옛사람이나 지금의 우리나 똑같은 사고를 하며 살아가고 있다는 사실을 알리고 싶어서입니다. 작품에 대한 설명에서는 흥미로운 내용과 그 의미를 중점적으로 살펴봤습니다. 마지막 부분에는 보충 자료를 넣어 이해를 좀더 넓히고 해당 작품과 관련된 다른 작품들도 함께 읽어볼 수 있도록 해두었습니다.

이 책을 읽는 독자들은 고전소설이 품고 있는 깊이 있는 주제를 체득할 수 있을 거라 확신합니다. 또한 고전소설이 천편일률적인 내용을 담고 있다는 오해를 풀게 될 것입니다. '역사'의 현장 속에서 살아가는 우리의 모습, '귀신'이 주는 오싹함 속에 숨어 있는 작가의 인식, '꿈'이라는 환상에 대비되는 현실 비판의식, '영웅'에게 기대는 민중의 모습, '여성'의 한계에 대한 낭만적 해결 등 고전소설이 주는 다양한 재미에 빠져보시기 바랍니다.

막상 출판하려고 하니 책의 성격이나 대상 독자가 고민이 되었습니다. 나는 원래 일반교양 서적으로 출판할 뜻을 갖고 있었습니다. 하지만 EBS 교재에 수록된 작품을 중심으로 선별한 까닭에 청소년들이 더 많이 관심을 갖고 봐야 할 책이기도 합니다. 그렇게 책의 만듦새를 잡아가긴 했지만, 이는 결코 청소년과 성인의 독서 시장이 나뉘어 있는 상업적 상황을 고려해서가 아닙니다. 청소년 시기에 형성된 고전소설에 대한 긍정적 이해는 성인이 되더라도 지속된다는 믿음에서였습니다. 그래서 고어로 되어 있는 원문은 본뜻을 훼손하지 않는 범위에서 읽고 이해하기 쉬운 현대 우리 말로 고쳤습니다.

기왕 청소년 대상으로 출판되는 만큼 덤으로 대입 수능에도 도움이 될수 있었으면 좋겠습니다. 물론 이 책은 일반 성인이 읽어도 무척 좋을 것입니다.

책을 펴내는 과정에서 많은 분의 도움을 받았습니다. 먼저 대중적인 글을 쓸 기회를 준 김나연 님과 출판에 온갖 공을 들인 이은혜 편집장님 및 글항아리 식구들께 감사를 드립니다. 이분들과의 소중한 인연이 있었기에 이 책이 세상에 나올 수 있었습니다. 또 글을 쓸 때 고전소설 연구자들의 학문적 성과에 크게 힘입었습니다. 일일이 거명하지 못한 그분들께도 인사를 전합니다. 마지막으로 여전히 아들을 걱정하시는 어머니, 남편을 살뜰히 챙기는 아내, 아버지를 응원하는 아들과 딸에게 고마운 마음을 전합니다.

2015년 운중동(구름 속 마을) 연구실에서
임치균이 삼가 씁니다

최고운전

崔 孤 雲 傳

능력을 펼칠 기회를 주세요

나는 영특하다는 소리를 듣고 살아왔다. 초등학교에 다닐 때는 공부도 남들보다 잘했다. 중학교에 진학하고는 얼마 지나지 않아 다른 나라로 유학을 가고 싶었다. 우리나라가 싫어서, 우리 교육이 싫어서가 아니었다. 커서 우리나라를 위해 반드시 큰일을 하겠다는 내 목표 때문이었다. 그러자면 더 큰 나라에서 더 많은 것을 배우고 돌아와야 할 것 같았다.

"대학 마치고 가도 늦지 않아."

부모님은 아직 어리다며 반대했지만, 내 굳은 뜻을 끝내 꺾지 못했다. 그렇게 나는 이 나라로 왔다. 처음에는 말이 통하지 않아 애를 먹었다. 손짓발짓으로 내 뜻을 전달하며 낯선 친구들과 친해지려고 노력했다. 하지만 마음처럼 쉽게 되지 않았다.

가끔 어려서부터 배운 태권도로 나보다 덩치가 큰 아이의 머리 위로 발을 쭉 뻗은 채 멈춰 보이기도 했다. 그들도 태권도를 잘 알고 있던 터라 이런 행동은 꽤 효과가 있었다. "블랙 벨트"하며 신기해하기도 했다. 고무적인 것은 한국에서 온 이방인인 나를 무시하려는 태도가 많이 수그러든 점이다.

점차 그곳에 적응한 나는 이를 악물고 책과 씨름했다. 성적은 점점 더 좋아졌다. 중학교를 마치면서 언어 문제도 해결되었다. 그래서인가? 고등학교는 최우수 학생으로 졸업했다. 마침내 그곳 사람들도 진학하기 어렵다는 대학에 진학해 석·박사 학위도 취득했다.

내 나이 어느덧 서른이 되었다. 이 밤만 지나면 나는 우리나라로 돌아간다. 솔직히 설레기도 하지만 조금은 두렵다. 한국 땅에 아무런 연고가 없기 때문이다.

'내 능력을 펼칠 기회를 충분히 잡을 수 있을까?'

뛰어난 인재, 비극의 시작?

—

세상에는 훌륭한 인재가 많다. 이들을 적재적소에 활용한다면 우리가 사는 세상은 더 발전할 것이다. 이는 지극히 당연한 이야기이지만, 그 당연함이 지켜지지 않는 게 현실이다. 학연은 물론 혈연·지연이 앞서는 이상 적절한 인재 등용은 개나 줘버려야 하는 말이 될 공산이 크다.

그나마 요즘은 모든 사람이 평등하기 때문에, 누구나 인재로 인정받아 능력을 펼칠 수 있는 길이 열려 있다. 하지만 계급사회였던 과거에는 제한된 계층의 사람들을 제외한 모두에게 그 길이 막혀 있었다. 그들은 아무리 뛰어나도 국가에 쓰이지 못했다. 오죽했으면 허균許筠(1569~1618)이 〈유재론遺才論: 인재를 버리는 일에 대한 논의〉를 썼겠는가?

> 하늘이 인재를 내는 것은 원래 한 시대의 쓰임을 위해서이기에, 인재를 낼 때에 귀한 집이라고 하여 많이 주고 천한 집이라 하여 인색하게 주지 않는다. (…) 하늘은 인재를 고르게 주는데 우리나라는 이것을 명문의 집과 과거로써 제한하였으니 인재가 늘 모자라 걱정하는 것은 당연하다. 이 드넓은 세상에서 천한 어미 또는 두 번 시집간 사람이 낳은 인재를 쓰지 않는다는 말은 들어보지 못했다. 우리나라만이 그럴 뿐이다. (…) 하늘이 냈는데 사람이 버린다면 이는 하늘을 거스르는 일이다. 하늘을 거스르면서 하늘에 나라를 길이 유지하게 해달라고 비는 것은 있을 수 없는 일이다.

조선시대 한 지식인의 통렬한 비판이지만, 이것이 엄연한 인재 등용의 현실이었다. 배제된 이들에게는 인재로 태어난 것이 행복이 아니라 비극이었다. 능력을 펼칠 기회도 없이 그저 불만 속에서 세상을 살아갔을 그들의 삶이 애잔하기만 하다.

고전소설 〈최고운전崔孤雲傳〉은 이 문제를 정면으로 다루었다. 최고운이 누구인가? 바로 우리나라 최고의 문장가로 칭송받는 최치원이다. 고운은 그의 호다. 당나라에 유학 가서 과거에 급제하고 문명文名을 떨친 최치원의 생애를 담은 이 작품에서 인재 문제를 어떻게 다루고 있는지 살펴보자.

아 버 지 에 게   버 림 받 다

—

〈최고운전〉에서 최치원은 탄생 후 아버지 최충에게 버림을 받는다. 그 이유는 탄생 과정에 있다. 주목할 점은 어머니, 즉 최충 아내의 납치다.

하루는 검은 구름이 절로 일어나더니 온 천지가 깜깜해졌다. 바람이 강하게 불고 우레가 치며 번개가 번쩍이니 지키던 사람들이 모두 놀라 엎드렸다. 잠시 후 살펴보니 아내는 이미 사라지고 없었다.

아내를 납치한 것은 금돼지다. 최충은 미리 아내의 손에 묶어두었던 붉은 실을 따라갔다가 어떤 바위굴 속으로 들어간다. 이후 최충은 아내가 알아낸 '사슴 가죽을 물에 적셔 목 뒤에 붙이면 죽는' 약점을 이용해 금돼지를 제거한다. 아내는 돌아와 최치원을 낳는다.

여기까지의 내용은 〈야래자 전설夜來者傳說〉의 변형이다. 〈야래자 전설〉은

「최치원 초상」, 종이에 채색, 117.0×76.0cm, 20세기, 국립중앙박물관.

밤마다 푸른 옷을 입은 남자가 처녀 방에 들어왔다 가는데, 그 남자의 몸에 실을 연결해두었다가 찾아가니 연못의 용(혹은 거북이나 뱀 등)이었으며, 처녀는 그 후 아들을 낳는다는 내용으로 구성된다. 이 전설은 백제 무왕이나 후백제의 견훤 등과 같은 비범한 인물의 신화적 탄생담이다. 아버지의 혈통이 남다르다는 것을 보여주면서, 이것을 영웅이 될 만한 근거로 삼는다.

〈야래자 전설〉은 후대로 가면서 아버지에 해당되는 용이나 거북 등을 죽이는 것으로 바뀐다. 시대가 흐르면서 이 전설이 지니고 있는 신이神異성에 대한 인식이 희박해졌기 때문이다. 그보다는 현실적으로 여인을 범한 죄인이라는 인식이 강하게 작용한 것이다.

이런 이유로 〈최고운전〉에서도 금돼지는 제거된다. 재미있는 것은 이때 〈지하국대적퇴치설화〉를 활용한다는 점이다. 〈지하국대적퇴치설화〉는 어떤 괴물이 여인(부잣집 딸, 공주 등)을 납치해가자 주인공이 찾아가 그 괴물의 약점을 이용해 죽이고 여인을 데려와 보상을 받으며 결혼한다는 내용이다.

〈야래자 전설〉이 수용되었다는 사실은 최치원이 비범한 인물로 태어났다는 것을 보여주려는 의도다. 바위굴 속에서 금돼지가 아내의 무릎을 베고 누워 잠자는 장면을 설정한 것은 이 때문이다. 이는 금돼지와의 성관계를 암시한다. 그렇다면 최치원의 아버지는 금돼지가 된다. 하지만 〈최고운전〉에서는 최충의 아내가 납치되기 전에 이미 임신 중이었다고 서술한다.

최충은 최치원을 금돼지의 자식이라며 해변가에 버린다. 반면 최충의 아내는 최치원이 결코 금돼지의 자식이 아니라며 다시 데려오라고 한다. 최충이 최치원을 데려오면 자식을 버렸던 자신은 남의 비웃음 거리가 될 거라며 주저하자, 아내는 무당을 매수해 최치원을 찾아오지 않으면 버림에 관여한 모든 사람이 죽게 될 것이라는 예언을 하게 한다. 이에 놀란 관리들이 최치원에게 가자, 치치원 역시 자신의 모습은 금돼지가 아니라너 사신을 버린 아버지의 처사를 비난하면서 돌아가기를 거부한다.

여기서 우리는 치원이 누구의 자식인지 헷갈리게 된다. 최충이 아버지라면 〈야래자 전설〉로 보여주려고 했던 최치원 탄생의 신이함은 사라지는데, 작가가 이런 애매모호함을 드러낸 이유는 무엇일까? 이는 작가가 탄생의 신이성과 본래 아버지의 혈통을 지녀야 한다는 이념 사이에서 갈등했음을 보여준다. 특히 유교에서는 괴이한 일이나 귀신에 대해서는 말하지 말라고 했으니, 최고의 문장가 최치원을 금돼지의 자식으로 놔두는 것은 꺼림칙했을 것이다. 그래서 금돼지는 제거된 것이다. 아무리 그래도 원형적 모습은 최치원이 금돼지의 피를 물려받은 것이다. 후에 당나라에서 돼지 저猪 자를 쓴 종이를 땅에 던지자 그것이 즉시 푸른 사자로 변하고, 치원은 그것을 타고 신라로 돌아온다는 내용도 이것의 한 증거다.

비범한 능력을 보이다
—

최충은 잘못을 인정하고는 쇠지팡이를 주고 돌아간다. 최치원은 쇠지팡이로 모래 바닥에 천자문을 쓰며 학문을 익히는데, 얼마나 열심이었던지 3척이나 하던 지팡이가 반 척밖에 남지 않는다. 이후 작가는 최치원의 능력을 극대화해서 보여준다. 재미있는 것은 능력 발휘가 중국, 즉 당나라와 관련된다는 사실이다. 이는 당시 신라와 소위 큰 나라인 당나라의 관계 속에서 우리나라가 결코 뒤지지 않는다는 자신감을 드러내기 위한 것이기도 하다.

첫 번째 능력은 신라에서 시를 읊는 최치원의 소리를 중국에서 들은 당나라 임금이 자기 나라의 가장 뛰어난 학사 둘을 뽑아 재주를 겨루게 하는 데서 발휘된다. 그때 최치원의 나이는 불과 일곱 살이다. 다음은 그들이 대결한 시다.

학사가 "도천파저월棹穿波底月(노가 물결 속의 달을 꿰뚫었구나)"이라고 하자 최치원이 "선압수중천船壓水中天(배는 물속의 하늘을 누르네)"이라고 하였다. 또 학사가 "수조부환몰水鳥浮還沒(물새는 떴다가 도로 잠기네)"이라고 하자 치원이 "산운단부련山雲斷復連(산 구름은 끊어졌다가 다시 이어지네)"이라고 하였다.

소설의 재미를 위한 것인 만큼 시의 품격이나 완성도를 따지는 것은 무의미하다. 얼핏 봐도 달과 하늘, 물새와 산 구름 사이의 스케일 차이가 드러난다. 학사들은 일곱 살 최치원을 통해 신라에 뛰어난 인재가 많다고 추측하고는 당나라로 돌아간다.

문제는 당나라 임금의 행동이다. 학사들의 보고를 받은 그는 크게 화가나서 신라를 침공하려 한다. 왜 화가 났는지, 무슨 이유에서 침공하려는지에 대한 설명은 없다. 고전소설이란 게 본래 그리 자상한 편은 아니지만 이부분은 뜬금없어 보이기까지 한다. 아마도 그러한 인재를 그대로 두면 당나라에 위협적 인물이 될지 모른다는 위기감이 작용했으리라.

어쨌든 당나라 임금은 신라를 칠 구실을 마련하기 위해 돌로 만든 상자에 계란을 넣고 아무도 열어보지 못하게 장치한 뒤 신라에 보내 알아맞히라는 문제를 낸다. 신라에서는 전전긍긍한다. 신라 임금은 그 문제를 승상 나업에게 준다. 이때 최치원은 일부러 승상 나업이 아끼는 거울을 깨고는 그 거울 값을 갚겠다며 종이 된다. 가장 낮은 계급이 된 것이다. 이후 최치원은 승상 딸과의 결혼을 조건으로 문제를 맞춰낸다.

단단한 돌 속의 알은	團團石中卵
반은 옥이요, 반은 황금이라.	半玉半黃金
밤이면 밤마다 때를 알리는 새가	夜夜知時鳥
애틋하게도 아직 소리를 내지 못하는구나.	含情未吐音

흰자와 노른자가 있는 계란이 벌써 병아리가 되었다는 말이다. 당나라 임금은 그 능력에 놀라 최치원을 불러들인다.

신라에서 쓰이지 않다

—

최치원은 당나라로 들어가는 도중에 첨성도라는 섬에서 용궁을 방문해 용왕의 아들 이목李牧을 만나고, 위이도의 가뭄을 해결하며, 절강 땅에서 세 명의 이인異人을 만나 도움을 받는다. 이 부분은 각각 독립적인 삽화의 성격을 띠어 꼭 필요한 것인지 의문이 들기도 하지만, 다양한 이야기를 접할 수 있다는 점에서는 긍정적이다.

최치원은 당나라에서도 끊임없이 시험에 든다. 당나라 임금은 작은 나라의 인재를 어떻게 해서든 제거하려고 한다. 그때마다 치원은 뛰어난 능력으로 극복하고, 마침내 당나라 임금으로부터 인정받기에 이른다. 과거에도 급제하고 황소의 난에서 큰 공을 세운 치원에 대한 당나라 임금의 총애는 다른 신하들에 대한 것과는 비교도 되지 않는다.

대신들이 무수히 참소하였다. "최치원은 중국이 비록 크지만 소국보다 못하다고 생각하고 있습니다." 임금이 이에 크게 노하여 치원을 남해에 있는 섬으로 유배 보냈다. (…) 치원이 말하였다. "폐하께서 소인들의 참소를 듣고 신을 죽을 지경에까지 이르게 하였으니 이제 우리나라로 돌아가겠습니다."

하지만 신라의 임금은 돌아온 치원을 포박하고는 "죽일 것이로되 공 때문에 살려두니 다시는 내 앞에 나타나지 말라"며 꾸짖는다. 이에 최치원은 집안 식구들을 데리고 가야산으로 들어가 다시는 나오지 않는다.

뛰어난 능력을 지닌 최치원의 성공과는 거리가 먼 비극적인 결말이다. 당나라에서 인정을 받은 듯하지만, 최치원은 그들에게 작은 나라에서 온 이방인일 뿐이다. 그것은 당나라에서 최치원이 어찌할 수 없는 근원적 한계다. 언제까지고 그곳에서 인정받을 수 없는 환경이다. 그것을 안 최치원은 귀국을 택한 것이다.

그러나 신라에서도 환영받지 못한다. 중국에서까지 인정을 받았는데 왜일까? 이는 최치원이 신라에서 뜻을 펴지 못한 실제 행적과 관련이 깊다. 하지만 소설에서는 또 다른 문제를 제기한다.

금돼지에게 납치당하고 금돼지를 무릎에 재운 최치원의 어머니는 개가한 여성이 자신의 남편과 잠자리를 같이하는 형상이다. 작가가 최충의 아들로 설정하느라 무리수를 두었지만, 최치원은 결국 두 번 결혼한 여인의 자식인 셈이다. 금돼지의 혈통을 받아 비범하게 태어난 영웅이라도, 이런 인물은 등용하지 않는 것이 당대의 원칙이었다.

또 하나 주목할 것은 성장 과정에서 최치원이 노비가 된 부분이다. 작가는 아버지 최충이 수령인데도 최치원을 굳이 종의 신분으로까지 떨어뜨린다. 종이 나라의 관직을 받을 수 없는 것 또한 당대의 불문율이었다.

당나라에서는 어려움은 있었어도 이런 것들이 문제가 되지 않는다. 능력만 보이면 벼슬에 나아간다. 반면 신라(조선을 암시)에서는 그렇게 능력을 보였건만 받아들여지지 않는다. 우리나라 최고의 문장가로 평가받는 최치원도 이러할진대, 다른 사람들이야 오죽했을까? 인재의 쓰임과 관련한 작가의 문제적 시각이 돋보인다.

⚜ 최 치 원 전 ⚜

최치원을 대상으로 한 또 다른 작품으로 성임成任(1421~1484)이 편찬한 『태평통재太平通載』에 수록되어 있는 〈최치원〉이 있다. 〈최치원전〉, 〈쌍녀분기〉라고도 불리는 이 작품은 본래 『수이전殊異傳』(현재 전하지 않음)에 실려 있었다. 이 작품은 중국 율수현溧水縣의 현위縣尉(치안 담당 관리)가 되어 초현관에서 노닐던 최치원이 젊은 나이에 죽은 여인들을 위해 시를 지어주자, 밤에 두 여인이 찾아와 관심에 고마움을 표한 뒤 서로 시를 지으며 즐기다가 닭이 울자 떠나간다는 내용이다. 사람과 귀신의 만남을 다룬 '전기소설傳奇小說' 색채가

짙은 작품으로 창작 시기가 논란이 되고 있다. 이 작품도 최치원이 전국을 떠돌다가 가야산에 은거한 것을 결말로 삼고 있다. 그러나 최치원이 "뜬구름 같은 세속 영화는 꿈속의 꿈浮世榮華夢中夢"이라며 자발적으로 세상을 멀리한 것으로 그리고 있어 차이가 난다.

김영철전

金 英 哲 傳

나라가 불러서 나갔을 뿐인데……

1997년 6월 25일, 나이 지긋한 한 남자가 회견장으로 들어왔다. 그 순간 여기저기서 카메라 플래시가 터졌다. 남자는 잠깐 당황한 표정을 짓더니 이내 자리에 앉았다.

"언제 이북으로 납치된 겁니까?"

맨 앞자리를 차지하고 있던 젊은 기자가 물었다.

"1953년 강원도 금화 고지 전투에서 다리에 부상을 입고 중국군에게 포로가 되었습니다."

"그때 결혼은 한 상태였습니까?"

"1950년 1월 저 사람과 혼인을 했습니다. 그 옆은 그때 얻은 제 아들입니다. 이번에 처음 봤습니다."

그 남자가 한쪽을 가리키자 모두의 시선이 쫓아갔다. 그곳에는 할머니 한

분과 중년 남성이 서 있었다. 그들은 간단히 목례로 인사를 대신했다.

"북한에서의 생활은 어땠습니까?"

"탄광에서 고생고생 일하며 살았습니다. 대부분의 국군 포로가 탄광에서 일한 것으로 알고 있습니다."

"혹시 북한에도 아내와 자식이 있습니까?"

그러자 남자는 눈을 떨며 고개를 숙였다. 잠시 침묵이 흘렀다.

"아내와 아들, 그리고 딸이 있습니다. 그런데도 제가 남한으로 탈출한 것은 고향과 부모 형제가 사무치게 그리워서입니다. 북한에 남아 있는 가족에 겐…… 정말 미안한 마음뿐입니다."

남자의 울음 밴 처절한 목소리가 공간을 가득 채웠다.

전 쟁 그 리 고 개 인 의 상 처

—

인간은 서로 사랑하며 살아야 하는 존재다. 당연한 말인데도 미워하고 증오하며 욕심부리는 삶이 세상에 만연한 것을 어쩌랴? 이것이 충돌할 때 개인끼리는 주먹다짐을 할 터이다. 그러면 분명 이기고 지는 결과가 나올 것이다.

"서로 싸워 이기면 뭐하겠노? 기분 좋다고 소고기 사 묵겠제? 소고기 사 묵으면 뭐하겠노? 또다시 싸우겠제."

요즈음 모 개그 코너에서나 할 법한 말이다. 어쨌든 싸움은 또 다른 싸움을 부르는 악순환의 고리임이 분명하다. 자신이 강하다고 여기면 결코 양보하지 않을 것이기에 타협은 쉽지 않다. 때로는 복수를 부르기도 한다. 그래서 싸움은 계속된다.

그나마 개인 사이의 싸움에서는 자신이 주체가 된다. 그러니 상처를 입거나 피해가 생겨도 뭐라고 할 수가 없다. 하지만 국가끼리의 전쟁은 사정이 다르다. 나라가 전쟁에 휩싸이면 각 개인은 참전해서 전투를 벌여야 한다. 자신이 일으킨 게 아닌데도 나라가 부르니 나가 싸워야 한다. 이런 점에서 나라 간 전쟁에서의 개인은 수동적인 존재다. 그러면서도 피해는 홀로 짊어지고 가야 한다.

그나마 자기 나라를 지키기 위한 전쟁이라면 희생을 감내할 수 있다. 나하나 죽어 자식, 후손들이 이 땅에서 평안히 살 수 있다면 기꺼이 목숨을 내놓을 수 있다. 적들을 물리쳐 전쟁에서 이겨야만 하는 당위성도 있다. 그런데 다른 나라끼리의 전쟁에 어쩔 수 없이 싸우러 나가야 한다면 얼마나 황당하겠는가? 이른바 구원병으로 남의 전쟁에 끼어드는 것이다. 혹시 곤경에 처한 나라가 진정한 우방이어서 자발적으로 출정하는 것이라면 그래도 납득할 수 있다. 그렇지만 자기 나라가 힘이 없어서 어쩔 수 없이 출전해야 하는 상황이라면, 심지어 적이었던 나라를 도우러 가는 길이라면 사정은 그리 간단하지 않다.

나라가 부르니 응하지 않을 수는 없지만 그 전쟁에서 더 이상 개인적 삶의 가치는 없다. 자기 나라를 지킨 것도 아니기에 전투에서 목숨을 내놓아도 칭송받을 길 또한 없다. 개인은 그저 소모품으로 전락할 뿐이다.

이러한 문제적 상황을 그린 작품이 홍세태洪世泰(1653~1725)의 〈김영철전金英哲傳〉이다. 이 작품은 중국을 두고 명나라와 새로 일어나는 후금(후대의 청나라)의 전쟁 속에 휘말린 한 사람의 일생을 다루고 있다.

명나라를 도와 싸우라고?

김영철은 평안도 영유현 출신으로 대대로 무과에 급제한 집안 사람이다. 김영철 또한 하급 무관직인 무학武學이 되었기에 살아가는 데는 별 문제가 없다. 하지만 무오년戊午年(1618)에 명나라가 후금을 치겠다며 조선에 병사를 요청해오면서 상황은 급변한다.

작품에서는 언급하지 않지만 사실 임금인 광해는 군사를 보내고 싶은 마음이 없었다. 임진왜란이 끝난 지 얼마 되지 않아 국력도 바닥난 상태인데다 후금이 강성하다는 사실을 알고 있었기 때문이다.

그러나 임진왜란 때 우리나라를 도와준 명나라의 요구를 거절할 수도 없는 처지였다. 이에 광해는 강홍립姜弘立(1560~1627)에게 도원수都元帥의 직위를 주어 2만의 군사를 뽑아 출정하게 하는 한편 기회를 엿보다가 항복하라는 밀지도 함께 내린다.

김영철은 작은할아버지 김영화金永和와 함께 좌영장左營將 김응하金應河의 예하 부대원이 되어 선봉에 선다. 이때 나이가 불과 19세로 아직 결혼도 하기 전이다.

"네가 돌아오지 못하면 우리 집안은 대가 끊긴다."
"꼭 살아서 돌아오겠습니다."

출전에 앞서 김영철이 할아버지 김영가金永可와 나눈 대화로, 짧지만 큰 의미가 담겨 있다. '대를 잇는 것', 영철이 반드시 조선으로 돌아와야 하는 이유다. 하지만 만리타국의 전쟁에서 살아 돌아오는 것은 참으로 지난한 일이다. 김영철이 겪을 고난이 짐작된다.

명나라와 조선 연합군은 후금과의 전쟁에서 패한다. 선봉에 섰던 김응하는 전사하고, 임금의 밀지를 받은 강홍립은 소극적으로 대처하다가 끝내 투항한다. 김영철과 작은할아버지도 포로가 된다. 그때 조선의 군대에 참여했던 왜인(임진왜란 때 투항한 일본인)들이 누르하치를 죽이고 강홍립을 잡아 조선으로 돌아오려고 모의한다. 그러나 사전에 발각되어 모두 죽임을 당한다.

그때 마침 우리의 한 장교가 전투에서 오랑캐의 머리를 베어 그릇에 담아두었는데 투항하면서 그만 발각되고 말았다.

후금의 누르하치.

이 사건으로 후금의 누르하치는 조선 병사 가운데 준수한 사람 400명을 곱아 '조선의 양반 출신 장교'라며 목을 베게 한다. 김영회는 이때 목숨을 잃는다. 김영철도 죽을 운명에 처했지만 후금의 장군 아라나阿羅那가 전투 중에 죽은 자기 동생과 흡사하다며 구해준다. 영철에게는 정말 구사일생이 아닐 수 없다.

후금, 명나라, 조선, 삼국의 여자와 결혼하다

아라나는 영철을 자기 집으로 데려온다. 그곳에서 천한 일을 하면서 지내 던 영철은 떠나던 날 할아버지가 했던 말을 떠올리며 눈물짓곤 한다.

반년 후 영철은 한밤중에 달아나다가 붙잡혀서 왼쪽 발꿈치를 잘렸 다. 그 후에 또 탈출을 시도하다가 오른쪽 발꿈치마저 잘렸다. 오랑 캐의 법에 투항했다가 도망치는 자는 발꿈치를 베고, 세 번째에는 죽이게 되어 있었다.

영철이 탈출을 감행한 것은 '대가 끊긴다'는 할아버지의 말이 맴돌았기 때문이다. 영철이 죽는 한이 있더라도 다시 탈출할 것을 눈치 챈 아라나는 김영철을 제수씨와 혼인시킨다. 김영철은 득북得北과 득건得建 두 아들을 둔 다. 그러자 아라나도 김영철을 집안사람이라며 믿고 일을 맡긴다.

이 정도면 정을 붙이고 살 만도 하건만 김영철은 만족스럽지 못하다. 과 연 조선시대에 외국 여자, 그것도 오랑캐의 여자에게서 난 아들들을 진정으로 '대를 이을 자식'이라고 인정할 수 있을까? 또 낯선 땅에서 억지로 매여 사는 것이 편안할 수 있을까?

> 짐승도 죽을 때는 고향을 향해 머리를 둔다고 하였소. 타국에서 얻은 처자식이 있다고 해도 어찌 부모님을 잊을 수 있겠소이까? 살아 고국으로 돌아가 단 한 번만이라도 부모님을 뵐 수 있다면 죽어도 여한이 없을 것이오. 하지만 나는 이미 두 번이나 붙잡혀 고초를 겪었고 이제 다시 잡히면 죽을 테니 어쩌겠소?

아라나에게 같이 잡혀온 명나라 사람 전유년田有年이 도망치자고 했을 때 김영철이 보인 반응이다. 영철은 고향과 부모님에 대한 그리움을 드러내면서도 죽음에 대한 두려움으로 머뭇거린다.

그러나 조선 사신들이 배를 타고 등주登州로 와서 북경으로 간다는 말을 들은 김영철은 처자식을 버리고 명나라 사람 10명과 함께 등주로 향한다. 한바탕 위기를 겪은 김영철은 등주로 가서 전유년의 집에 기거한다. 편안했지만 세월이 흘러도 고향으로 돌아갈 기회를 얻지 못한 영철은 다시 우울해진다. 조선 사신이 오지 않았던 탓이다.

> 제가 오랑캐에 잡혀 있을 때 영철이 아니었다면 살아올 수 없었을 것입니다. 일찍이 누이를 아내로 주겠다며 달을 두고 맹세하였는데, 저 달이 여전히 있으니 어쩌면 좋겠습니까?

이로써 영철은 전유년의 누이동생과 혼인하고 득달得達과 득길得吉, 두 아

「조천도」, 35.8×64.0cm, 19세기, 육군박물관. 중국 등주 황현을 지나는 조선사신 행렬도.
영철은 중국 등주에 가게 되었을 때 조선에서 사신이 오길 고대했으나 만나지 못했다.

들을 둔다. 그러고는 마침내 경오년庚午年(1630)에 조선의 진하사를 태운 배가 등주에 정박하자, 이듬해에 ㄱ 배 판자 밑에 숨어 귀국한다.

영철을 만난 가족들은 뛸 듯이 기뻐하지만 그것도 잠시, 부모를 모시고 살길이 막막해진 영철은 그만 길가에서 울음을 터뜨린다. 다행히 마을에서 제법 부유한 이군수李群秀라는 사람이 영철을 효자라 여겨 자기 딸을 그에게 시집보낸다.

세 나라의 여인과 결혼했으니 영철은 어쩌면 행복한(?) 사람일지도 모른다. 하지만 과연 그럴까? 그 이면에 쌓여 있는, 전쟁으로 인한 이산과 별리別離의 고통을 느낀다면 그런 생각은 결단코 들지 않을 것이다.

이 제 는 후 금 을 도 우 라 고 ?

—

결국 후금, 즉 청나라가 병자년丙子年(1636)에 조선을 침략한다. 이른바 병자호란이 일어난 것이다. 조선은 남한산성에서 대항했으나 끝내 패배하고 만다. 그 후 경진년庚辰年(1640)에 후금이 명나라와 전쟁을 벌이면서 조선에 파병을 요청해온다. 병자호란에서 패한 조선은 이제는 적이었던 후금을 도와야만 하는 딱한 사정에 처하고 만 것이다.

조정에서는 임경업林慶業(1594~1646)을 최고 지휘관으로 삼아 파견한다. 김영철은 명나라와 후금의 언어에 능통하고 두 나라 사정에 밝다는 이유로 임경업에게 발탁된다.

오랑캐가 우리를 침범하여 힘이 미치지 못하는 관계로 여기까지 오게 되었지만 우리가 어찌 조선을 구해준 명나라의 은혜를 잊겠습니까?
(…) 잠시 전투를 벌이다가 일부러 포위를 당하여 투항하겠습니다.

임경업이 김영철을 통해 명나라 진영으로 보내 전한 편지의 내용이다. 당시 조선에게는 명나라만이 정통이고 후금은 오랑캐일 뿐이었다. 힘의 균형이 무너지는 상황에서도 조선은 명나라에 대한 미련을 버리지 못했다. 앞서 말한 병자호란도 조선의 이 같은 태도와 의식 때문에 발발한 전쟁이다.

임경업은 서로 총알 없는 총, 화살촉 없는 활을 쏘자고 제안한다. 명나라 진영에서도 환영했지만 이 계획은 작전을 제대로 이해하지 못한 군사들로 인해 결국 실패한다.

신사년辛巳年(1641)에는 유림柳琳(1581~1643)이 후금의 요청으로 군사를 이끌고 나가면서 영철을 데려간다. 여기서 영철의 불행이 다시 시작된다. 아라나를 만난 것이다. 아라나는 김영철이 '죽이지 않고 제수와 혼인을 시켰으며 집안 살림을 맡긴' 세 가지 은혜를 저버렸을 뿐만 아니라 '도망가고 자기를 배신했으며 천리마를 훔쳐간' 세 가지 죄를 지었다며 죽이려고 한다. 유림이 겨우 설득해 질 좋은 잎담배 200근을 죗값으로 치르고 김영철은 가까스로 용서를 받는다.

그러나 호조의 군수물자였던 잎담배 200근은 이후 김영철의 발목을 잡게 된다. 김영철이 돌아오자 호조에서는 김영철에게 은 200냥을 갚으라고 독촉한 것이다. 잎담배 200근의 값이다. 영철은 노새를 팔고, 온 집안의 재산을 처분하고도 모자라 친척의 도움을 받아 이를 간신히 해결한다. 이로 인해 영철의 삶은 말할 수 없을 정도로 곤궁해진다.

다른 나라 두 곳의 처자식을 저버려 그들을 평생 슬픔과 한탄 속에
서 살게 하였으니 지금의 내가 곤궁한 것이 어찌 천벌이 아니겠는
가? 그러나 몸이 타국에 떨어졌다가 끝내 부모의 나라로 돌아왔으
니 또한 무슨 한이 있겠는가?

김영철이 늘그막에 한 말이다. 그는 가족의 품으로 돌아왔지만 또 다른
가족과는 영원히 이별을 안고 사는 존재가 되고 만다. 만남이 또 다른 헤
어짐이 되는 기구한 운명을 짊어진 것이다. 나라의 부름에 따라 사지를 넘
나들면서 힘을 다해 애쓴 사람의 말로다.
　김영철에게 갖은 일을 시킨 나라에서는 어떤 공도 인정하지 않고 손톱
만큼의 상도 주지 않는다. 책임 있는 위정자들은 관심도 갖지 않는다. 그저
전쟁 속에서 일반 백성이 겪은 고단한 삶만 남았을 뿐이다.
　김영철은 늙어서도 가난에서 벗어나지 못하고 성을 지키는 졸개로 살다
가 84세에 죽는다.

🌺 강 로 전 🌺

명나라가 후금과 전쟁하면서 조선에 파병을 요청한 사실을 담고 있
는 또 다른 작품으로 권칙權侙(1599~1667)의 〈강로전姜虜傳〉이 있다.
여기서 '강로姜虜'는 〈김영철전〉에도 등장하는 강홍립을 가리킨다.
'노虜'는 오랑캐라는 뜻이다. 강이라는 성씨에 오랑캐라는 글자를

더한 것만으로도 강홍립에 대한 작가의 부정적인 시각을 읽어낼 수 있다. 실제로 이 작품에서 강홍립은 무장의 기상이 넘치는 인물이 아니라 간사하고 용렬한 아첨배로 등장한다.

〈강로전〉에서도 왜인의 반란과 조선의 양반 장교를 죽이는 장면이 나온다. 그런데 왜인의 반란은 강홍립이 사전에 누르하치에게 방비하라고 알려줌으로써 실패한 것으로 그린다. 또한 조선의 양반 장교들은 모두 죽임을 당했지만, 강홍립과 친한 사람들만큼은 살아남았다고 서술한다. 이로써 강홍립이 오랑캐와 얼마나 끈끈하게 결탁한 인물인지를 보여준다.

〈강로전〉은 오랑캐에게 항복한 강홍립에 대해 조롱하고 분노하면서 숭명배청崇明排淸 의식을 강하게 드러낸 작품이다.

임경업전

林 慶 業 傳

나는 충성한 죄밖에 없소!

퇴근 무렵, 친구가 전화를 걸어왔다.

"네 회사 앞인데 좀 만날 수 있나?"

"회사 앞이라고? 벌써 퇴근한 거야? 나가려면 30분 정도 걸릴 것 같은데……."

나는 서둘러 일을 마무리했다. 친구의 목소리가 왠지 심상치 않게 들렸기 때문이다.

"왔어? 나 먼저 맥주 한 잔 시켜 먹고 있었어. 너는 먼저 뭐 요기라도 할래?"

"아니, 됐어. 아주머니! 여기 맥주 한 잔 주세요."

친구는 더 이상 말이 없었다. 나는 무슨 일이 있을 거라는 생각이 들어 기다려주었다. 친구는 몇 잔을 거푸 마시더니 조용히 중얼거렸다.

"나 사실 3일 전에 회사에서 잘렸다."

순간 내 귀를 의심했다. 야근마저 마다하지 않으면서 회사에 충성을 다했던 친구다.

"무슨 말이야? 너네 회사 중남미 진출 프로젝트에 네가 얼마나 전력을 기울였는지 내가 아는데, 무슨 뚱딴지같은 소리야? 어떻게 네가 잘려?"

"그랬지! 최선을 다했지. 근데 이번 프로젝트가 잘되지 않았어. 누군가는 책임을 져야 하는데…… 이사가 과장인 내가 잘못해서 그렇게 된 거라고 하더라. 그러고는 사장에게 내가 책임지고 사표까지 썼다고 보고해버렸어. 버텨볼까 하다가 그냥 포기했지."

"이사 그놈은? 회사 잘 다녀?"

내가 씩씩거리며 화를 내자 친구가 쓴웃음을 지으며 말했다.

"사장이 일의 전말을 알고 이사도 자른다고 하더라."

능력은 펴보지도 못한 채

—

사람들은 모두 저마다의 소질을 갖고 태어난다. 그 소질을 세상에 펼치기 위해서는 준비가 돼 있어야 하고, 때를 만나야 하며, 사명감을 지녀야 한다. 여기에 자기를 믿어주는 사람까지 있으면 금상첨화다.

역사 속에서 영웅으로 칭송받는 사람은 거의 다 그러했다. 이순신 장군은 준비를 했고, 임진왜란이라는 국가의 위기를 만났으며, 그것을 극복하려는 사명감으로 무장했기에 오늘날까지 우리 마음속에 살아 있다.

하지만 이런 영웅들을 시기하고 미워하는 인물들이 존재하기 마련이다. 이들로 인해 영웅은 고난을 겪고, 심지어 능력을 펴보지도 못한 채 생을 마감하기도 한다. 일반 백성은 그들의 죽음을 안타까워해 그를 소설의 주인공으로 삼기도 한다.

그 대표적인 작품이 〈임경업전〉이다. 〈임경업전〉은 실존 인물 임경업(1594~1646)의 삶과 죽음을 그리고 있다. 임경업은 병자호란 당시 활약한 장군이나, 그 후 역모에 연루되었다는 모함을 받아 모진 고문 끝에 옥사獄死한 비운의 인물이다. 청나라가 우리나라를 침범할 때, 임경업이 지키던 백마산성은 피해서 진격해올 정도로 뛰어난 장군이었기에 제대로 능력을 펼쳐보지도 못한 채 비참하게 죽었다는 사실은 많은 공분公憤을 불러일으켰다.

〈임경업전〉에는 이 같은 안타까움과 분노가 녹아 있다. 소설로 재구성한 것은 모든 사실을 많은 사람에게 널리 알리겠다는 의도다. 〈임경업전〉의 이본이 오늘날 상당히 많이 남아 있는 것으로 보아, 작가의 의도는 성공한 듯하다. 〈임경업전〉을 접한 당시 독자들은 어떻게 반응했을까?

종로의 담배 가게에서 소설을 읽어주는 사람이 〈임경업전〉을 낭독
하고 있었다. 그런데 영웅(임경업)이 실의失意하는 장면에 이르자 듣
고 있던 이들 가운데 한 사람이 담배 써는 칼로 낭독자를 찔러 죽
였다.

〈임경업전〉에 대해 남아 있는 기록을 필자가 정리한 것이다. '실의하는
장면'이라고 했으니, 아마도 임경업이 모함을 받아 고초를 겪는 부분일 가
능성이 높다. 여기서 독자는 그만 흥분하고 만다. 그것이 살인까지 이어졌
다니 놀라울 뿐이다.

때를 만난, 준비된 영웅

〈임경업전〉은 임경업에 대한 칭찬으로 시작한다. 그러고는 임경업의 입으
로 자신의 포부를 말하게 한다.

> "남자가 세상에 태어났으면 마땅히 입신양명立身揚名하여 임금을 섬겨
> 역사에 이름을 남겨야 할 것이다. 어찌 속절없이 초목같이 썩어 없
> 어지겠는가?"

큰 목표를 세운 임경업은 밤이면 병서를 읽고 낮이면 무예와 말달리기를
연습한다. 앞으로 올 때를 준비한 것이다. 준비의 첫 번째 결실은 과거급제
다. 이후 차근차근 자신의 입지를 넓혀간다. 그러다가 마침내 자신의 명성

作孫策定江東勢右手卽

將所挾劍向左擺開右手

前定左手後定

『무예도보통지』에 실린 무예 장면, 규장각한국학연구원.

을 해외에 알릴 기회를 잡는다. 이는 이시백李時白(1581~1660)과 함께 명나라 사신으로 가면서 이루어진다.

임경업이 명나라에 도착했을 때, 가달이 호국(훗날 청나라)을 침범한다. 호국이 명나라에 구원병을 보내달라고 요청하자 명나라 임금은 임경업에게 군사를 주어 출정하게 한다. 당연히 임경업이 승리를 거두고, 이 일로 인해 임경업은 명나라는 물론 호국에까지 이름을 떨친다.

이로써 임경업 앞에는 탄탄대로가 펼쳐진다. 그런데 이때 작가는 작품 전개와는 전혀 상관없어 보이는 서술 하나를 삽입한다.

영의정 김자점金自點이 흉계를 감추어 역모逆謀를 품었으나, 경업의 지혜와 용기가 두려워 감히 반란하려는 뜻을 펼치지 못하였다.

분명히 의미심장한 구절인데, 이에 대한 언급은 더 이상 없이 임경업이 압록강 주변 의주에서 우리나라를 침입하려는 청나라 장군과 병사를 물리치는 활약이 이어진다. 따라서 주의해서 읽지 않으면 놓치기 쉬운 구절이다. 그냥 툭 하고 던진 듯한 이 문장이 사실은 〈임경업전〉의 비극적 결말을 암시하는 복선이기에 특히 중요하다.

〈임경업전〉은 이어서 의주를 우회하는 청나라의 침입, 병자호란에 따른 강화도 천도, 남한산성에서의 인조의 항복을 서술한다. 그때 임경업은 의주에서 청나라 군사를 기다리다가 봉림대군鳳林大君(훗날 효종)과 소현세자昭顯世子를 인질로 잡고 청나라로 돌아가는 용골대龍骨大 일행과 전투를 벌인다. 임경업의 뛰어남을 알고 있는 용골대 일행은 조선 임금의 친서를 보내 임경업이 더 이상 전투를 벌이지 못하도록 한다.

끝까지 나라를 위해 충성을 다하려고 진력했던 임경업! 준비된 영웅이 나라의 위급한 순간에 맞닥뜨려 능력을 발휘했다. 그러나 자신이 지키려던 나라는 이미 항복하고 말았다. 외로운 영웅 임경업은 여기서 한 번 꺾인다.

시대의 불운아

조선의 항복을 받은 후 명나라를 치려는 야심을 품은 청나라 왕은 먼저 그 길목인 피섬을 정복하겠다며 조선에 임경업이 이끄는 군사를 요청한다. 조선에서는 이를 거절하지 못하고 그대로 따른다. 시대와 상황이 변하고 말았으니 임경업도 왕명을 받아들일 수밖에 없다. 이제 임경업으로서는 어제의 원수를 위해 싸워야 하는 난처한 입장이 되고 말았다.

피섬에 도착한 임경업은 그곳을 지키는 명나라 장수가 예전에 알고 지내던 사람임을 알고 첩서捷書를 보낸다.

이제 오랑캐 왕이 피섬을 친 후 명나라를 침범하고자 하여 우리 국왕께 저를 청하였습니다. 이에 이곳에 왔으나 사세가 난처하여 먼저 글을 보내 소식을 알립니다. 엎드려 바라오니 장군께서 지금은 뜻을 굽혀 거짓 항복을 하십시오. 추후에 저와 협력하여 오랑캐 나라를 멸망시킴으로써 원수를 갚을 수 있을 것이니 깊이 생각하십시오.

명나라 장수는 임경업의 뜻을 받아들인다. 일이 해결되자 임경업은 급히 조선으로 돌아온다. 하지만 모든 과정을 의심한 청나라 왕은 다시 조선 왕에게 임경업을 잡아 보내라고 요구한다. 임경업은 청나라 사신과 함께 가다 가 도망쳐 속리산으로 들어가 중이 된다.

기회를 엿보던 임경업은 명나라 남경으로 가는 데 성공한다. 그곳에서 청나라를 칠 때를 기다리고 있었으나, 데리고 간 독보라는 중이 청나라와 내통하는 바람에 잡히고 만다. 청나라 왕이 죽이겠다고 호통을 치나 임경 업은 오히려 더 굳세게 맞선다. 이에 청나라 왕도 임경업의 충절을 높이 사 서 목숨을 살려주는 한편 부마駙馬로 삼아 회유하려고 한다.

공주는 관상을 잘 보았다. 왕이 관상을 보게 하려고 경업을 내전으 로 오라고 하였다. 경업은 혹여 부마에라도 뽑힐까 염려하여 나무 신발 속에 솜을 넣어 키를 세 치나 크게 하고 들어갔다. 공주가 그 모습을 엿보고는 말하였다.
"들어오는 걸음은 사자 모양이요, 나가는 걸음은 범의 형상이니 짐 짓 영웅이다. 다만 키가 세 치 더 크니 안타깝구나."

일종의 깔창을 깐 신발로 위기를 모면하는 장면이다. 세 치 더 큰 것이 왜 결함이 되는지는 알 수 없지만, 어쨌든 당시에는 큰 키가 그렇게 좋은 것만은 아니었던 모양이다. 어디서나 당당했던 임경업은 마침내 인질로 잡 혀 있던 봉림대군과 소현세자도 구출해 조선으로 돌아온다.

공이 큰 만큼 임경업의 앞길이 활짝 열리리라고 예상되는 순간, 앞서 잠 깐 나온 김자점(1588~1651)의 활약(?)이 시작된다. 김자점은 임경업이 돌아 오면 자신의 계획이 수포로 돌아갈 것을 염려해 임금에게 임경업을 역모로 모함한다. 임금이 받아들이지 않자 임의로 잡아다가 옥에 가두는 짓까지 서슴지 않는다.

임경업은 자신이 옥에 갇힌 것이 김자점의 흉계임을 알고 옥에서 몸을 솟구쳐 임금 앞에 나아가 사실을 고한다. 모든 거짓이 들통 나 옥에 갇히게 된 김자점은 무사를 시켜 궁에서 나오는 임경업을 급습해서 죽인 뒤, 임경업이 여러 잘못을 짓고는 자결했다는 말을 전하게 한다.

이 부분에서 〈임경업전〉은 결론을 맺어야 마땅하다. 그런데 작가는 사건을 이어간다. 임금의 꿈에 임경업이 나타나 김자점의 역모를 아뢰고, 이에 임금이 그 죄를 적발해 김자점을 임경업의 자식들에게 넘겨주는 내용이 더해진다. 임경업의 자식들은 '칼로 김자점의 배를 갈라 오장을 끊고 간을 내어놓아 죽이는' 형벌을 가한다. 참혹하지만 그만큼 통쾌함을 안겨주는 장면이다.

사실과 허구의 결합

—

근래 역사 드라마 「기황후」가 상당한 인기를 끌었지만 역사 왜곡이라는 비판을 면하지 못했다. 이는 「기황후」뿐만 아니라 우리나라 사극 전반에 걸친 문제다. 하지만 문학작품을 대하면서 사실이 아니기 때문에 잘못이라는 일방통행식의 지적은 온당하지 않다. 작품은 작가가 사실을 재구성한 산물이다. 물론 정도는 있을지 몰라도, 역사적 인물과 배경을 대상으로 작품을 창작할 때 과연 어디까지 사실에 충실해야 하는지는 작가가 결정할 문제다. 독자는 그것이 문학작품임을 인정하고 향유하면 된다.

〈임경업전〉은 실존 인물의 생애를 다루면서, 역사적 사실에 적지 않은 허구를 결합시키고 있다. 눈치 빠른 독자라면 앞서 살핀 김자점의 죽음이 무척 흥미롭기는 하지만 사실이 아닌 허구임을 알아챘으리라. 이외에도 〈임경업전〉에는 작가가 상상해서 집어넣은 이야기가 가득하다.

우리는 앞서 임경업이 가달을 물리쳐 호국을 구원하는 공을 세운 이야기를 알고 있다. 당연히 역사에서는 찾아볼 수 없는 내용이다. 그러나 〈임경업전〉에서 이 사건은 병자호란을 전후하여 임경업이 주도적인 역할을 하게 되는 계기를 마련해준다. 이런 장치가 있음으로써 독자들은 이후 '청나라가 임경업을 두려워하고 꺼리는 것을 당연한 일'로 인식하게 된다.

또한 청나라가 임경업을 피해 조선을 침입한 일, 청나라로 돌아가는 용골대를 의주에서 막은 일, 청나라에 잡혀가서 부마가 될 뻔한 일, 봉림대군과 소현세자를 인질에서 구출한 일도 모두 허구다. 자세히 보면 이 모든 허구가 임경업의 영웅성을 극대화하는 데 중요한 역할을 하고 있음을 알 수 있다.

그러나 임경업이 병자호란에서 얼마나 큰 활약을 했는지에 대한 기록은 남아 있지 않다. 1791년(정조 15) 정조 임금이 임경업의 행적에 감동받아 김희金熹(1729~1800)에게 명하여 쓰게 한 〈임충민공실기林忠愍公實記〉가 있다. 충민공忠愍公은 임경업의 시호諡號다. 실기實記라는 말은 사실을 기록한다는 뜻이다.

이 책에 따르면, 임경업은 백마산성으로 조선을 침입한 청나라 장군을 불러들여 백마산성에 군사와 식량이 충분하다는 사실을 알려준다. 국경 초입에 있는 백마산성을 먼저 쳐서 사기를 올리려고 했던 청나라 장군의 기를 꺾어놓기 위해서다. 이 계략은 성공한다. 그리하여 실기에서는 "임금이 남한산성으로 들어갈 수 있었던 것 또한 공의 계략으로 오랑캐의 행군을

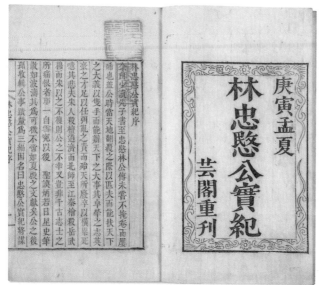
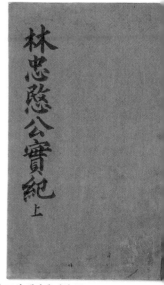

『임충민공실기』, 임순헌·윤행임, 1890, 국립고궁박물관. 임경업의 유문遺文과 그의 행적에 관한 글로 1791년 좌승지 윤행임에 왕명에 따라 편집·간행한 책이다.

늦췄기 때문이다"라고 적고 있다. 이밖에 병자호란 당시 임경업의 영웅적 행위는 보이지 않는다.

그렇다면 왜 실제와는 달리 허구를 통해 임경업을 영웅화했는가? 이는 아마도 당시에 무력으로 청나라에 대립하고자 한 인물이 임경업 외에는 없었기 때문이 아닌가 싶다. 임경업이 명나라로 가서 청나라를 물리치고자 했던 것은 주지의 사실이다. 결국 청나라를 무력으로 막을 수 있는 인물로 임경업이 설정될 수밖에 없었을 것이다.

이때의 임경업은 이미 개인으로서의 임경업이 아니다. 그는 오랑캐인 청나라에 대항하고자 하는 당시 우리 선인들의 염원이 투영되어 있는 인물이다. 이런 마당에 작가에게 임경업이 실제로 그랬는가 하는 것은 이미 중요하지 않다. 임경업은 무조건 영웅이어야 한다. 청나라가 두려워하고, 겁을 내는 장군이어야만 한다. 허구는 이를 완성시키는 중요한 수단이다.

⚜ 박 씨 전 ⚜

〈박씨전〉은 병자호란을 배경으로 하면서 내용의 상당 부분이 〈임경업전〉과 유사하다. 이시백이 명나라 사신으로 떠날 때 임경업이 함께 가는 내용, 호국(청나라)의 요청으로 임경업이 나아가 가달을 물리치는 내용, 청나라가 임경업을 두려워하여 함부로 조선을 침입하지 못하는 내용, 청나라가 임경업을 피해 조선을 침입하는 내용, 임경업이 청나라로 돌아가는 용골대를 의주에서 쳐부수는 내용 등이 그것이다. 물론 작품 주인공의 입장에 따라 서술 방향이 달라지기는 한다. 〈박씨전〉에서는 박씨가 남편 이시백에게 임경업을 추천한다든가, 청나라가 조선을 침범할 때 임경업도 무서워했지만 사실은 박씨를 더 두려워했다는 정도의 기술을 들 수 있다. 두 작품은 서로 밀접한 관련을 맺고 있지만 한 작품은 허구적 여성을, 다른 한 작품은 실재한 남성을 다루고 있다는 차이를 보인다.

최랑전

崔 娘 傳

끝내 이어지지 못한 인연의 끈

병원 침대 위에 한 여자가 거칠게 숨을 몰아쉬며 누워 있었다. 위암 말기로, 이미 손을 쓸 수 없는 상태의 여자는 당장이라도 숨이 끊어질 것만 같았다. 침대 맡에서는 한 남자가 눈물을 흘리고 있었다. 그런 순간에조차 두 사람은 서로에게서 잠시도 눈을 떼지 않았다.

남자는 이 모든 것이 자기 탓만 같았다. 자기만 만나지 않았더라도, 아니 조금만 용기를 냈더라면 여자가 이 지경에 이르지는 않았을 것이다.

남자가 여자를 만난 것은 15년 전이다. 여자는 집안 형편 때문에 직장에 다니고 있었다. 남자는 또래의 여대생과는 달리 수수한 차림을 한 여자에게 첫눈에 반했다. 여자도 남자가 싫지 않았다. 둘은 친구들에게 자신들의 만남은 하늘이 맺어준 인연이라며 자랑하곤 했다.

"그 현미인가 하는 애하고의 결혼은 절대 허락할 수 없으니 알아서 해!"

뜻하지 않은 부모의 반대에 부딪혔다. 집안 차가 심하게 난다는 게 그 이유였다. 당신 아들이 잘났다고 생각하는 부모에게 여자의 집안은 눈에 차지 않았다. 그때부터 팽팽한 긴장이 계속되었다. 부모가 여자를 찾아가 협박 수준의 이별을 강요한 적도 있다. 여자는 남자만 믿었다. 그러나 남자는 부모를 버리고 집을 뛰쳐나올 자신이 없었다. 모든 고난은 온전히 여자의 몫이었다. 그렇게 시간만 흘렀다. 분명 그 스트레스가 이 몹쓸 병을 가져다주었을 것이다.

"영… 빈… 씨! 그만 울어요! 나는… 허억… 괜찮아요! 나, 나… 좀 안아줘요."

여자가 마지막 힘을 다해 남자의 손을 잡았다. 남자는 침대로 올라가 여자를 뒤에서 안았다. 여자는 행복한 표정으로 눈을 감았다. 잠시 후, 여자가 숨을 크게 들이켰다. 남자의 가슴에 기댄 여자의 머리가 서서히 팔 쪽으로 떨어졌다.

보이지 않는 끈

—

옛날 월하노인月下老人은 부부가 될 남녀의 발을 붉은 끈으로 묶고 다녔다고 한다. 한 번 끈이 묶인 남녀는 싫든 좋든 떨어질 수 없는 운명이 되고 만다. 만나야만 하는 인연因緣이 된 것이다.

인간은 누구나 지금의 아내나 남편이 어떻게 자기 짝이 될 수 있었는지 궁금해한다. 특히 남녀가 서로 만나기 쉽지 않았던 봉건시대에는 더했을 것이다. 이 전설은 그들의 궁금증을 풀어주는 데 효과적이다.

이 전설의 생명력은 남녀가 자유롭게 만날 수 있는 지금도 여전히 유효하다. 하기야 이 많은 사람 가운데 하필이면 자기네 둘이 만났다는 사실은 현대인들에게도 미스터리가 아닐 수 없다. 여러 연인과 부부가 자신들의 만남을 심지어 '하늘이 정한 운명'이라고까지 운운하는 것도 이 때문이다.

'인연의 끈'은 한번 묶이면 절대 풀리지 않아야 한다. 그저 사랑하다가, 또는 함께 살다가 서로에게 염증을 느껴 헤어진다면 그것은 인연으로 엮였다고 하기 어렵다. 잠깐 인연이라고 착각한 것일 뿐이다. 요즘처럼 쉽게 만나고 이별하는 세태에서 진정한 인연을 찾기란 여간 어려운 일이 아니다.

문제는 '인연의 끈'으로 연결되었을 때다. 이 경우 사람들은 좋은 결과가 있으리라고 기대한다. 물론 대체로 그렇다. 하지만 '인연의 끈'이 어쩔 수 없는 현실의 상황과 맞부딪치면 비극적인 결과를 낳기도 한다. 혹자는 이 역시 인연이 아니기에 그렇게 되는 거라고 말하기도 한다. 이를 판가름할 수 있는 제일 중요한 기준은 현실과의 싸움에서 포기했느냐의 여부다. 포기로 인한 비극적 결말은 인연이라고 할 수 없다. 행복을 지향하며 끊임없이 현실과 투쟁하는 것이 관건이다. 달리 생각하면 자신들을 둘러싼 현실에 굴

혼례를 올리는 부부, 일제강점기에 발행된 엽서.

복하지 않았는데도 피치 못할 이유(예를 들어 한 사람의 죽음)가 두 사람을 갈라놓는다면 그보다 더 강한 인연은 없는 게 아닐는지? 어쩌면 두 사람의 인연은 영원한 진행형일 수도 있다.

이런 점에서 〈최랑전崔娘傳〉은 주목할 만하다. 이 작품은 실재했던 인물인 이여택李汝澤(1605~1657 이후)이 최씨 낭자를 만나고 끝내 안타깝게 이별하는 과정을 담담하게 서술한다. 사실과 허구가 얽힌 이 작품에서 그리고 있는 아름다운 인연을 들여다보자.

만남의 계기

최 낭자는 지금의 경주 남촌 사람으로 아름다운 용모와 바른 행실로 마을 사람들 사이에 칭찬이 자자했다. 일찍이 아버지를 여의고 홀어머니와 살았으나 경주에서도 손꼽히는 부자였기에 생활에 어려움은 없었다.

> 최 낭자가 나이 차기를 기다려 첩으로 삼으려는 경주의 양반들이 많이 있었으나 낭자의 어머니는 결코 허락하지 않았다. (…) 어머니는 딸의 미모와 집안의 재산을 내세워 총각을 구하여 짝지어주려고 하였다.

양반들이 첩으로 삼으려고 했다는 것으로 보아 최 낭자 집안의 혈통은 그리 높지 않았던 듯하다. 하지만 어머니로 인해 최 낭자가 양반의 첩이 될 상황은 일어날 것 같지 않았다.

인생은 그러나 엉뚱한 방향으로 전환되기도 한다. 발단은 나라에서 내린 노비추쇄령奴婢推刷令에서 비롯되었다. 1655년(효종 6)에 처음 시작된 이 정책은 도망쳐서 신분을 속이며 살던 노비들을 찾아내기 위해 시행되었다. 근래에 방영되어 인기를 끌었던 「추노推奴」가 이를 모티프로 한 드라마다.

최 낭자의 할머니가 노비 문서에 올라 있어 최 낭자에게까지 문제가 되었다. 이에 최 낭자도 관청에 불려가 다른 사람들과 줄지어 검사를 받게 되었다.

선조가 노비면 그 후손 또한 노비다. 그 바람에 최 낭자는 하루아침에 신분이 추락할 위기에 처하고 만다. 바로 그때 관청을 방문했던 흥해 원님 이여택이 최 낭자를 보고 첫눈에 반한다. 이여택은 최 낭자야말로 자신이 찾던, 평생 함께할 여자라고 생각한다. 이에 자신의 노비 셋을 대신 내어주어 최 낭자를 속량贖良(노비의 신분에서 풀어주어 양인이 되게 함)시킨다.

널리 여인을 구하여 소실을 삼고자 하였으나 안목이 높아 아직까지 구하지 못하였다고 하네. 그런데 그대의 딸을 보고는 마음에 흡족하여 자기 계집종으로 속량하여 첩으로 삼고 싶다고 하네.

경주 부윤이 최 낭자의 어머니에게 이여택의 뜻을 전하는 말이다. 만약 정상적이었다면 어머니가 결코 받아들일 수 없는 제안이다. 또한 두 사람은 만날 수 없었을지도 모른다. 그런데 '노비추쇄령'이 만남의 변수로 작용한다. 전혀 예상치 못한 만남! 그것이 인연의 시작이었을까?

'첩'이라는 단어가 현대인의 관점에서는 마음에 좀 걸린다. 충분히 이해할 수 있는 바이지만 고전을 읽을 때에는 당시의 제도나 관습을 염두에 둬야 한다. 철저히 신분제를 유지했던 조선시대라는 점을 감안해야 한다. 다만 첩으로 들인다고 했을 때 그 마음을 다했는지, 아니면 여자를 탐하는 남성의 동물적 본능에 충실해서였는지 따져볼 필요가 있다. 이여택은 어디에 해당될까?

끝없는 그리움

당장이라도 이루어질 듯했던 두 사람의 결합은 더디기만 하다. 일단 이여택은 최 낭자를 집으로 돌려보내 길일吉日을 잡아 데려오기로 한다. 만난 바로 그날 잠자리를 같이하지 않았다는 사실은 이여택이 최 낭자를 욕정의 대상으로 보지는 않았다는 증거가 된다. 그 후 이여택은 소식을 기다리다가 그리움에 사무쳐 먹어도 맛을 모르고 자리에 누워도 잠을 이루지 못한다.

마침내 최 낭자 집에서 날짜를 택해 보내자 이여택은 뛸 듯이 기뻐한다. 더디 가는 시간이 흘러 길일이 되자 이여택은 최 낭자의 집으로 향한다. 마침내 인연을 맺게 된 것이다.

따님이 나를 구한 것이 아니라 내가 따님을 구한 것이오. 이미 스스로 구해놓고 다시 스스로 배반한다면 하늘이 미워하여 저버릴 것이오. 하늘이 미워하여 저버릴 것을 내가 무슨 일로 하겠소? 지난번 속량은 노비로 편입되는 것이 안타까워 그런 것이 아니라 사실은 사

랑하는 마음이 생겼기 때문이오. 내가 미덥지 못한 짓을 하면 하늘
이 내려다볼 것이오.

이여택이 최 낭자와의 인연을 맺기 전에 그녀 어머니에게 한 말이다. 진
심이 배어난다. 밤이 깊자 두 사람은 화촉을 밝힌 방으로 들어간다. 하지만
그들의 첫날밤은 그대로 지나간다. 그 이유는 이여택이 읊었다고 하는 다
음 시에 잘 나타나 있다.

봄날 꽃망울이 피지 못하도록 날씨는 여전히 추운데	春勒花枝陳陳涼
눈 속의 꽃술은 붉은 꽃을 피우려 소란하다.	雪中花藥鬧紅房
미친 벌은 아직 때가 이른 줄도 모르고	蜂不識韶光早
남쪽 뜰로 날아들어 향기를 찾으려 하네.	飛入南園欲訪香

꽃망울이 피지 못했다는 것은 아직 최 낭자가 여인으로 성숙하지 못했
다는 의미다. 채 피지도 않은 꽃으로 날아가 향기를 찾는 미친 벌은 이여
택 자신이다. 남성으로 완성된 자신이 아직은 미완성인 최 낭자와 첫날밤
을 지낼 수 없었다는 말이다. 여기서 이여택은 최 낭자와 진정한 인연을 맺
기 위해서는 더 기다려야 한다는 것을 깨닫는다. 그리하여 그는 관아로 돌
아오고, 또다시 오매불망 그리움의 나날을 힘겹게 보낸다.
　그러던 중 뜻하지 않게 이여택이 파직을 당해 흥해를 떠나야 하는 일이
발생한다. 배신하지 않겠다고 맹세한 이여택은 최 낭자를 데리고 가려고
마음먹는다. 반면 최 낭자의 어머니는 '자기 딸이 먼 길을 가다보면 노독이
날 것이므로 성장하기를 기다려 보낼 테니 몇 해 말미를 달라'고 부탁한다.

아쉽지만 이여택은 자신의 뜻을 접고 혼자 떠난다.

이여택은 모든 것을 최 낭자의 입장에서 생각하고 고려한다. 이여택인들 어찌 자기 뜻대로 하고 싶은 마음이 없었겠는가? 이여택이 최 낭자를 단순한 욕정의 대상으로 삼지 않았기에 보고픈 마음을 참아내며 인내할 수 있었던 것이다. 현대의 남성들에게서도 찾아보기 힘든 캐릭터다.

헤어짐! 이어지지 않는 끈

낭자가 뜰에 내려 절하며 눈물을 흘렸다. 이여택도 얼굴에 슬픔이 가득하여 차마 낭자를 바라보지 못하였다. 그저 말을 타고 가며 자주 고개를 돌려 돌아볼 뿐이었다.

작품 속에서 처음으로 최 낭자의 감정이 구체적으로 드러나는 부분이다. 이별에 눈물 흘리는 최 낭자의 모습은 남편을 보내는 여느 아낙네와 다르지 않다. 이여택을 이미 마음으로 받아들였다는 증거다.

이여택은 1년을 기한으로 하고 떠난다. 그런데 창가의 앵두꽃이 두 번 피고 지도록 기별이 없자 최 낭자의 어머니는 '옛것을 싫어하고 새것을 좋아하는 존재가 남자이니 반드시 다른 여자를 얻었을 것'이라며 한탄한다. 만약 이여택이 최 낭자를 진정으로 마음 깊이 두지 않았다면 이 말대로 되었을 가능성이 높다. 옆에 여자 친구를 두고도 스쳐 지나가는 더 멋진 새 여자에게 곁눈질하는 게 남자의 속성이기 때문이다.

이미 눈치 챘겠지만, 이여택은 배신하지 않는다. 자신이 안주 땅의 통판 通判이 되어 부임하게 되었는데, 동행하고자 한다며 최 낭자를 서울로 부른 다. 최 낭자는 이별을 안타까워하는 어머니에게 일부러 아무렇지 않은 듯 길을 나선다. 작가는 최 낭자가 어머니의 슬픔과 괴로움을 더할까 걱정이 되어 이렇게 행동했다는 설명을 덧붙인다. 최 낭자의 사려 깊은 마음을 강 조한 것이다.

어쨌든 이로써 두 사람의 길고 긴 헤어짐은 비로소 끝나는 듯했다. 최 낭자는 집을 떠난 지 열이틀 만에 서울에 도착한다. 부푼 마음으로 이여택 을 찾아갔지만 부임 날짜가 촉박한 이여택은 이미 안주로 떠난 뒤다. 최 낭 자도 포기하지 않고 안주로 향한다. 풍찬노숙風餐露宿하며 새벽부터 밤까지 산 넘고 물 건너 열사흘 만에 안주에 이르렀으나 그 사이 꽃 같던 얼굴은 시들고 몸은 비쩍 마르고 만다.

이렇게 고생하고 도착한 바로 그날, 이여택이 곤장을 쳐 죽인 아전의 족 속들이 칼을 뽑아들고 관아를 습격한다. 이여택은 간신히 서울로 도망간 다. 이에 최 낭자도 이여택을 만나기 위해 다시 서울로 향한다. 힘들게 서울 에 도착한 최낭자는 비로소 이여택을 만난다. 그러나 최 낭자는 이미 몸속 깊이 병이 든 상태다.

목숨이 다해가니 달리 바랄 것은 없습니다. 다만 죽기 전에 단 한 번이라도 제 살결이 당신의 살결과 접할 수만 있다면 죽어도 여한이 없겠습니다.

최 낭자는 죽기 전에 진정한 부부로서의 육체적 결합을 원한다. 하지만 이마저도 몸이 조금 나아지기를 기다리는 이여택의 배려(?)로 이루어지지 않는다. 결국 최 낭자는 이여택의 무릎을 벤 채로 숨을 거둔다.

참으로 모진 인연이다. 어긋나도 이렇게 어긋날 수 있을까? 그렇지만 최 낭자와 이여택은 포기하지 않고 서로를 찾아가며 끝내 함께한다. 최 낭자의 죽음이 자기 탓이라며 울부짖는 이여택의 통곡 소리가 들리는 듯하다. 비극적인 듯하지만, 두 사람의 인연과 사랑은 참으로 숭고하다.

김 학 공 전

조선 후기에는 추노推奴를 둘러싼 소설들이 지어진다. 이들 소설은 주로 노비를 찾으려는 주인, 즉 노주奴主와 도망간 노비, 즉 반노叛奴 사이의 첨예한 갈등을 다룬다. 이는 신분 제도를 지키려는 움직임과 그 제도를 거부하려는 움직임의 대립이라고 할 수 있다. 그 가운데 〈김학공전金鶴公傳〉이 있다. 이 작품은 김학공의 아버지가 죽자, 가사를 주관할 사람이 사라진 틈을 노린 노비들이 재물을 탈취해 도망가는 장면으로 시작된다. 학공은 간신히 죽음에서 벗어난다. 노비들은 섬에 모여 양민으로 살며 번창한다. 우연히 섬에 들어온 학공의 정체를 안 반노들은 후환이 두려워 학공을 죽이려고 한다. 하지만 결국 주인공 학공이 위기를 극복하고 장원급제하여 반노들을 처형하는 것으로 끝난다. 〈김학공전〉은 조선 후기에 있었던 신분 변화의 새로운 움직임을 담으면서도 그 중심인 노비들

을 부정적으로 그림으로써 기존 질서를 더욱 공고히 한 작품으로
평가할 수 있다.

유우춘전

柳 遇 春 傳

누가 나를 알아줄까?

미치도록 맑고 눈부신 하늘이다. 자연스럽게 기분이 업된다. 때맞춰 전화벨이 기분 좋게 울린다. 수화기 너머의 달뜬 목소리가 귓속을 파고든다.

"언니, 용건만 말할게. 언니 원래 음악에 관심 많지? 그래서 내가 한 사람 소개시켜주려고. 토요일 오후 4시니까 그렇게 알아. 내가 아니면 누가 노처녀 구제해주겠어?"

내 대답은 기다리지도 않는다. 어쩌면 대답을 안 한 것인지도 모른다. '음악'이라는 말에 내 마음이 이미 무장해제되었기 때문이다.

토요일 오후, 나는 사람들로 꽉 찬 지하철을 타고 약속 장소인 카페로 향한다.

'아직 안 왔네.' 먼저 왔다는 사실이 민망해 지하철의 정확성을 탓하며 구석 자리를 잡고 앉는다. 얼마나 지났을까? 입구 쪽에서 기타를 맨 기괴한(?)

남자의 모습이 보인다.

"조금 늦었습니다." "괜찮아요." 얼마 동안 의례적인 인사말이 오고 간다.

"음악을 하신다고요? 저도 음악이라면 가리지 않고 듣는 편인데, 성함을
한 번도 들어보지 못했네요."

"다른 사람들도 저를 잘 모릅니다. 저는 그저 제 음악만을 추구할 뿐입니
다. 물론 사람들이 저를 알아준다면 좋겠지만. 어쨌든 의도적으로 사람들
이 알아주기를 바라는 음악은 하지 않을 겁니다."

"그러면 생활은 어떻게……?"

그가 나를 속물적인 인간으로 볼 것 같은 직감에 말꼬리를 흐린다. 그렇지
만 아무도 알아주지 않는다면 돈을 벌 수 없을 터. 정말 어찌 살아가는지
궁금하다. 혹시 집이 부자인가?

예술을 한다는 것

—

예술은 인간의 삶을 풍요롭게 하고 가치 있게 만드는 고도의 행위다. 예술에는 창작의 고통이 따른다. 창작이란 무에서 유를 만들어내며 그동안 없었던 세계를 가꾸어가는 것이다. 그러나 고통의 결과가 항상 긍정적이지만은 않다. 그렇다보니 자기 세계에 빠져 정신착란 증세까지 보이는 사람도 있다. 우리는 스스로의 귀까지 잘랐던 화가 고흐에게서 그런 삶의 일단을 본다.

그래도 예술가는 대중이 자신의 세계를 알아주면 행복하다. 게다가 대중이 찾아주면 예술가의 물질적인 삶은 여유로워진다. 하지만 대부분의 예술가는 당대의 대중에게 낯선 존재다. 당대의 대중이 예술가의 천재성을 따라가지 못하는 것도 한 이유가 아닐까? 그래서 그들의 삶은 궁핍하며 '예술가는 배가 고프다'는 말이 낯설지 않은 것이다.

예술가도 대중의 관심이 싫지는 않다. 이때 그는 갈래 길에 서 있는 사람처럼 대중을 따를지, 자신만의 길을 갈지 고민에 휩싸이고 갈등하게 된다. 어떤 길을 택할지는 그 스스로 결정해야 한다. 하지만 예술성의 추구와 대중성 확보라는 두 마리 토끼를 다 잡기란 정말 어려운 일이다.

문제는 대중이다. 예술에 있어서 대중은 진짜 대중과 가짜 대중으로 나눌 수 있다. 진짜 대중은 예술을 참되게 이해하고 감상하는 사람들이다. 가짜 대중은 예술보다는 예술가의 명성에 따라 움직이는 사람들이다. 클래식을 들으면 잠이 오면서도 입으로는 유명한 작곡가를 나불대는 나 자신도 어쩌면 가짜 대중일지 모른다. 예술가와 대중의 관계는 심각하게 따져볼 사안이다.

유득공柳得恭(1749~1807)이 지은 〈유우춘전柳遇春傳〉은 오늘날에조차 풀기 쉽지 않은 이 문제를 본격적으로 다룬 작품이다. '유우춘에 관한 기록' 정도로 풀이되는 〈유우춘전〉을 통해 작가는 예술과 대중의 관계에 대해 진지한 고민의 결과를 솔직하게 펼쳐놓는다.

비 렁 뱅 이   같 은   음 악

—

〈유우춘전〉에서 주인공인 나는 서상수徐常修(1735~1793) 앞에서 해금 연주를 해보다가 그만 심한 말을 듣는다.

> 곡식이나 한 움큼 주어라. 이는 비렁뱅이 해금 소리구나. (…) 대저 비렁뱅이는 해금을 가지고 남의 집 문간에서 할아비, 할멈, 어린아이, 가축, 닭, 오리며 온갖 벌레 소리를 내다가 곡식을 주면 떠나간다네. 자네의 해금 연주가 바로 그러하이.

'비렁뱅이의 해금'이라는 것은 예술성이라곤 전혀 없이 단지 먹고살기에 급급한 연주를 의미한다. 이것은 결국 대중의 기호만 따르는 예술가에 대한 비판이기도 하다. 남의 집 문간이란 대중을 따라 기웃거린다는 의미다. 또한 할아비 소리에서부터 온갖 벌레 소리까지 낸다는 말은 그 가운데 어느 하나라도 대중이 좋아해 대가로 무언가 내놓기를 바란다는 뜻이다.

서상수는 음률에 워낙 뛰어난 사람으로 알려져 있다. 그의 귀에 내 음악 수준은 비렁뱅이 음악 정도밖에 되지 않았다. 그만큼 예술성을 찾아볼 수

해금, 국립국악원.

없다는 지적이다. 높은 수준의 관객에 의한 제내로 된 핑가냐. 서상수는 무릇 진정한 음악이라면 뭇 사람의 기호를 뛰어넘는 무언가가 있어야 한다는 점을 강조한 것이다.

그런 서상수가 유일하게 인정한 사람이 유우춘이다. 나에게 이왕 해금을 켤 거라면 유우춘에게 가서 배우라고 충고까지 하였다. 하지만 이후 나는 부끄러움을 이기지 못한 채 결국 해금을 자루에 넣고는 몇 달 동안 내팽개쳐두었다.

그러던 어느 날 나는 일가 사람인 금대거사琴臺居士(유필柳珌[약 1720~1782])를 만났다. 그리고 그의 동생 가운데 한 사람이 유우춘이라는 사실을 알게 되었다. 나는 서상수가 예전에 했던 말을 떠올리고는 즉시 금대거사를 따라 유우춘을 만나러 길을 나섰다. 그와 몇 마디 나누어보니 유우춘은 꽤 순박하고 성실한 사람이었다.

사실 유우춘의 아버지는 현감을 지낸 유운경柳雲卿(유시상柳蓍相[1681~1742], 운경은 그의 자)이다. 문제는 그의 어머니로, 신분이 이 장군 댁 여종이다. 그러니까 유우춘은 어머니의 신분을 따르는 조선의 법에 의거하면 노비인 셈이다. 다행히 금대거사가 이 장군 댁에 몸값을 치른 덕에 노비 신분에서 벗어나 용호영龍虎營(조선시대에 궁궐에서 숙직하며 대궐을 호위하고 임금을 경호하는 일을 맡아보던 군대)의 군인으로 지내고 있었다.

유우춘은 신분을 뛰어넘어 훌륭한 재주를 지닌 인물이다. 명문가의 후손이면서도 신분의 한계 때문에 병졸로 지내는 그의 처지가 딱하기도 하지만, 해금이라는 한 가지 재주로 이름이 났으니 그나마 다행스럽고 기쁜 일이기도 했다.

하지만 그날 나는 유우춘과 해금에 대한 이야기는 나누어보지도 못한 채 헤어졌다. 비렁뱅이 음악! 과연 해금의 달인 유우춘은 그에 대해 어떤 판단을 하고 있을까?

좋은 음악이면 뭐 하나
—

며칠 뒤, 달 밝은 밤! 유우춘이 몇몇 친구와 나를 찾아와서는 해금을 연주했다. 그 연주는 기가 막혔다. 그렇지만 그날도 해금에 대한 깊은 대화는 없었다.

그러다가 마침내 유우춘과 해금에 대해 속 깊은 이야기를 나눌 기회가 왔다. 금대거사가 유우춘의 집을 떠나는 날, 유우춘이 술상을 봐놓고 나를 초대한 것이다. 술이 한 순배 돈 뒤, 나는 비로소 자루에 넣어두었던 해금을 보여주며 '서상수가 내 연주를 비렁뱅이 소리라고 해서 몹시 부끄러웠다'

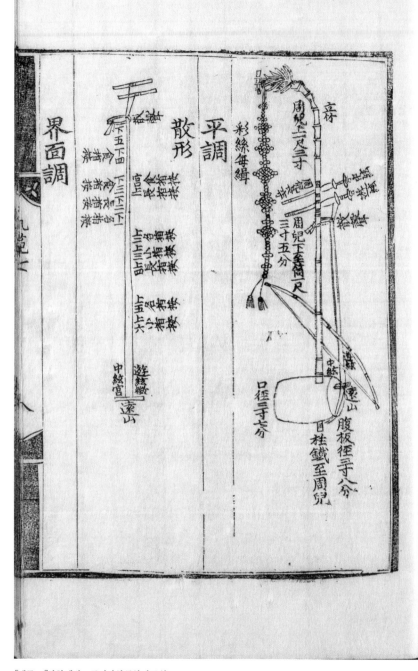

「해금」, 『악학궤범』, 규장각한국학연구원.

고 했다. 그런데 유우춘의 대답이 의외였다.

모기의 앵앵거리는 소리, 파리의 윙윙대는 소리, 온갖 기술자의 뚝
딱대는 소리, 선비들의 개골거리는 글 읽는 소리와 같은 천하의 소
리는 모두 먹을 것을 구하는 데 그 뜻이 있습니다. 그러니 저의 해
금이나 비렁뱅이의 해금이 어찌 다르겠습니까?

자신의 해금이나 비렁뱅이의 해금이 다를 바 없다는 말은 충격적이다.
더욱이 먹고살기 위한 행위라는 점에서 같다고 인정하는 일은 누구도 쉽게
하지 못할 것이다. 그러나 이는 어쩌면 한 시대를 살아가야 하는 예술가로
서 가장 솔직한 심정일 수 있다. 외면하고 싶어도 당장의 삶은 현실로 다가
온다.

먹을 것을 구하는 데 초점을 맞추면 몇 년을 연마한 유우춘보다는 비렁
뱅이가 오히려 더 뛰어나다고도 할 수 있다. 비렁뱅이는 못쓰는 해금 하나
를 주워 몇 달 연습해 하루에 쌀 한 말을 얻고, 질그릇에 돈을 가득 담아가
기 때문이다.

이 상황에서 유우춘은 불쑥 해금을 듣는 사람들로 화제를 바꾼다. 그는
비렁뱅이가 그렇게 할 수 있었던 것은 그 음악을 이해하는 자가 많아서라고
하면서 아주 중요한 문제를 제기한다.

지금 유우춘의 해금이라고 하면 온 나라 사람들이 다 알고 있습니
다. 그러나 제 이름만 들어 아는 것일 뿐, 제 해금 소리를 듣고 아는
사람이 몇이나 되겠습니까?

결국 대부분 사람들의 수준은 비렁뱅이의 해금을 듣는 정도에 불과하다. 그것은 나쁜 게 아니다. 그들은 자신의 수준에 맞는 음악을 즐기고 있다. 음악도 모르면서 이름에 끌려 억지로 고상하게 듣는 척하지 않기에 오히려 솔직하다.

고상하게 듣는 척하는 대표적인 그룹이 종실이나 대신들이다. 그들은 밤에 악공을 부르면서 '잘하면 상이 있을 것'이라고 한다. 이에 악공들은 심혈을 기울여 연주하지만, 그들은 책상에 기대어 졸고 있다가 기지개를 펴며 그만하라고 소리친다. 유우춘은 이를 두고 '내가 연주하고 내가 듣고 왔다'며 부연 설명을 한다.

고귀한 가문의 자제나 글 잘하는 명사들의 모임도 마찬가지다. 그들은 해금 연주를 듣기보다는 서로 자신이 지닌 지식을 자랑하려고 한다. 유우춘은 '그것이 내 해금 연주와 무슨 상관이냐?'고 반문한다. 게다가 하잘것없는 것은 모르고 음악이 그저 호탕하고 신명 나기만 하면 좋다고 하는 한량들도 문제다.

이들에게 음악의 예술성은 안중에도 없다. 그저 자신들이 고상하게 보이기만 하면 된다. 음악이 아무리 좋으면 뭐하나? '돼지 발에 진주'인 것을. 음악을 진정으로 이해하고 예술가의 진면목을 알아주는 사람은 어디에 있을까?

음악으로 교감하다

유우춘은 나에게 호궁기扈宮其와의 일화를 소개한다. 호궁기 역시 해금의 명인이다. 둘은 한가로운 날이면 만나서 해금을 켜며 한 치의 실수라도 있으면 껄껄 웃으며 상대방에게 한 푼을 주기로 했는데 서로 돈을 주는 일은 그리 많지 않았다고 한다. 그만큼 틀리는 일이 없었다는 것이고, 둘의 연주 실력은 통했다는 이야기다.

비로소 유우춘의 음악을 제대로 받아들일 수 있는 존재가 나타난 것이다. 그래서 유우춘은 '내 해금을 이해하는 사람은 궁기뿐'이라고 했다. 이는 유우춘이 호궁기와 음악으로 교감했음을 말해준다.

이야기는 대체로 이쯤에서 아름답게 마무리되는 것이 보통이다. 그런데 〈유우춘전〉에서는 반전의 서술이 전개된다.

> 그러나 궁기가 제 해금에 대해 안 것은 제가 제 자신의 해금에 대해
> 서 안 것만큼 정밀하지는 않았습니다.

자신이 호궁기보다 뛰어나다는 주장이다. 이 내용이 정말 유우춘이 한 말인지, 아니면 작가인 유득공이 임의로 넣은 것인지는 알 수 없다. 분명한 점은 이 서술을 통해 유우춘이 당대 최고였음을 확실히 하는 효과는 거둘 수 있었다는 것이다.

그 뒤 유우춘은 어머니가 세상을 떠나자 더 이상 해금을 연주하지 않았다. 왜 그랬을까?

자신의 뛰어난 예술성을 알고 불러주는 사람은 점점 줄어들고 있다. 그런데 모르면서 듣는 척하는 사람들은 여전하다. 이들은 아무것도 모르는 가짜 향유층이다. 어머니가 살아 계실 때에는 봉양을 위한 돈 몇 푼 때문에 그들 앞에서 어쩔 수 없이 연주했지만 기꺼웠을 리가 없다. 그렇다고 비

거문고, 양금, 피리와 함께 연주하는 해금, 1910년대에 발행된 엽서.

렁뱅이 해금을 지향할 수도 없다. 아예 해금을 그만두는 편이 그나마 자신의 예술세계를 더럽히지 않으리라고 판단했는지도 모른다.

유우춘은 마지막으로 한마디 교훈을 던진다.

지금 그대는 공을 이루기 쉬우면서도 남들이 알아주는 일을 버려두고, 이루기 어려우면서도 남이 알아주지 않는 일을 배우려 하니 참으로 어리석은 짓이 아니겠습니까?

이로써 주제는 예술을 넘어 인간사로까지 확대되었다. 여기서 '어리석은 짓'이라는 말은 반어적이다. 쉬운 길을 놔두고 어려운 길을 택하는 것은 분명 어리석은 짓으로 보이기에 유우춘의 지적은 일반론적으로 옳다. 그러나이 글은 오히려 어려운 길을 택하라는 독려의 의미를 담고 있다.

'기예가 높아질수록 사람들은 점점 더 이해하지 못한다는 말이 어찌 해금에만 해당되겠는가?'라는 유득공의 물음은 원대하고 심오한 사람들이 당대에 용납되지 못하는 상황을 빗댄 질문이다.

그래도 우리는 어리석은 짓을 계속해야만 한다. 그래야만 예술에 대한 대중의 수준이 높아지듯이 완고한 사회도 서서히 변할 것이기 때문이다.

❦ 송 경 운 전 ❦

조선 후기에는 예인藝人에 대한 전傳이 등장한다. 그 가운데 〈송경운전宋慶雲傳〉은 예술과 대중의 관계에 대해 〈유우춘전〉과는 다른 입장을 드러낸다. 송경운은 비파의 명인이다. 송경운은 자신은 비파의 고조古調를 좋아하고 죽도록 그것에 종사하려는 반면, 당시 사람들은 금조今調를 좋아한다는 데 대해 고민한다. 쉽게 말하면, 고조와 금조는 지금의 클래식 음악과 대중 음악의 차이라고 볼 수 있지 않을까? 음악의 본질은 사람을 즐겁게 하는 것이라고 여긴 송경운에게 이것은 큰 문제다. 이에 송경운은 자신의 음악에 '금조'를 간간이 섞는 타협점을 찾는다. 음악적 이상과 현실의 관심 사이의 괴리에서 그 둘을 적절히 조화시킬 수 있는 길을 선택한 것이다.

〈송경운전〉은 이기발李起淳(1602~1662)이 지은 것으로, 박희병 교수가 다룬 바 있다.

유광억전

柳　光　億　傳

누가 대신 시험 좀 봐줬으면……

초등학교 6학년 아들의 마지막 기말시험 점수 발표 날이다. 중학교 진학을
앞두고 열심히 공부시켰기에 나름 기대하면서 기다렸다. 그런데 시간이 되
었는데도 학교에서 돌아오지 않고 있다. 시험 점수에 뭔가 이상이 있는 건
아닌지. 그래서 집으로 오지 않는 것인지 내심 불안했다. 얼마나 지났을까?
아들이 들어왔다. 급한 마음에 잘 다녀왔다는 인사말도 듣는 둥 마는 둥
하고 손을 내밀었다.

"시험지 좀 줘봐!"

아들은 말없이 가방을 열더니 한 뭉치의 시험지를 건네주고는 소파에 몸을
던졌다. 무척이나 피곤하다며 유세를 떠는 것 같았다. 그러거나 말거나 나
는 시험지를 넘겼다.

"국어 100점, 수학 100점, 영어 99점……"

너무 놀랐다. 지금까지 내 눈으로 보지 못했던, 아니 볼 수 없었던 점수다. 아들을 바라보는 내 눈길은 어느새 사랑으로 가득했다. 전에는 결코 허락하지 않았던, 소파 위에 퍼질러 누워 리모컨을 누르고 있는 모습이 자랑스럽기까지 했다. 나는 그대로 달려가 아들을 안았다.

"민수! 웬일이니? 너 뭐 하고 싶은 거 없어?"

내가 호들갑을 떨며 물었지만 아들은 귀찮다는 표정으로 TV만 응시했다. 내 기쁨은 시간이 갈수록 커져 시험지를 보기만 하면 절로 웃음이 나왔다. 바로 그때, 늘 1등을 도맡아 한 진석이 엄마한테 전화가 왔다.

"민수 엄마! 나 진석이 엄만데, 민수가 진석이 시험지를 바꿔갔대."

시험지를 자세히 봤다. 민수 이름이 분명히 적혀 있었다. 무언가를 지운 흔적 위에……

커닝의 유혹

인천의 제물포고등학교는 1956년부터 현재까지 "양심의 1점은 부정의 100점보다 명예롭다"는 정신으로 무감독 고사를 실시하고 있다고 한다. 참으로 대단하지만 누구나 시험을 보다가 모르는 문제가 나오면 문득 남의 답이나 책을 보고 싶다는 생각이 들 때가 있을 것이다.

이처럼 남의 답을 보고 베끼거나 다른 수단을 몰래 이용해 문제를 푸는 행위를 속칭 '커닝'이라고 한다. 노력은 하지 않고 좋은 점수를 받으려는 이들이 흔히 택하는 나쁜 방법이다. 결코 바람직하지 않은 행위임에도 평범한 사람들조차 이따금 유혹을 느낀다. 감독이 소홀하다고 생각되거나, 시험을 잘 못 봤을 경우 가해지는 체벌이나 불이익이 클 것으로 판단되면 더욱 그러하다.

그러면 선비의 나라였던 조선에서는 어떠했을까? 체면과 예의 그리고 바른 성정을 중시하던 선비들이 부정행위를 했을 리 없었을 거라고 생각한다면 착각이다. 과거급제만이 유일한 출세의 수단이었으니 '커닝'은 당연히 있을 수밖에 없다. 조선의 법전에 과거 부정에 대한 처벌 규정이 있고, 과거 부정을 엄히 다스린다는 왕명이 자주 내려졌다는 사실이 조선시대 커닝의 심각성을 반증해준다. 오죽했으면 정약용丁若鏞이 『목민심서牧民心書』에서 "일자무식인 부잣집 자식으로 글과 글씨를 사서 뇌물을 바쳐 과거에 합격하는 자가 급제자의 태반을 차지하고 있다. 그런데도 국가에서는 사람을 등용함에 오직 이 방법에만 그치고 있으니 정말 한심하기 그지없다"고 했을까?

조선시대의 '커닝'은 '답안지 담긴 봉투 바꾸기', '시험관 매수하기', '대리시험 보기' 등등 다양했다. 지금과 별반 다르지 않다. 이 가운데 앞의 둘은

「평생도」중 소과응시, 김홍도, 종이에 엷은색, 18세기, 국립중앙박물관.

힘 있는 외부 사람과 결탁해야만 가능하다. 반면 응시자 주변 사람들의 도움만으로 할 수 있는 것이 '대리시헌 보기'다. 재주 있는 어떤 사람을 미리 매수해놓고 그 사람이 적은 답안지를 자기 이름으로 제출하는 방식이다. 이를 대술代述이라고 한다.

이렇게 만연했던 조선 후기의 과거 부정행위에 대해 매서운 시각으로 바라본 작품이 있다. 바로 〈유광억전柳光億傳〉이다. 이것은 이옥李鈺(1760~1812)이 지었다. 작가는 과거를 보는 사람들을 위해 대신 글을 써주는 유광억의 행적에 주목한다. 그런데 정작 이옥 자신은 평생 과거에 응시하지 못했다. 한문 정통의 문체로 돌아가야 한다고 주장한 정조가 성균관 유생이었던 이옥의 소설류와 같은 문체를 문제 삼았기 때문이다. 평생 과거에 응시하지 못했던 사람이 과거에 대한 글을 썼다는 것 자체가 예사롭지 않다.

내 가　대 신　과 거　봐 줄 게 !
—

이옥은 유광억을 영남 합천군 사람으로 소개한다. 실재했던 인물이라는 의미다. 유광억은 시를 대강 할 줄 알았는데, 특히 과체科體, 즉 과거에서 주로 쓰이는 여러 문체에 능했다고 한다. 이에 유광억은 서울로 과거를 보러 간다. 하지만 그는 서울에서 만나지 말았어야 할 사람을 만나고 만다.

부인들이 타는 수레로 길에서 맞이하였다. 한 곳에 이르러 보니 붉은 문이 여러 겹이었고 화려한 건물이 수십 채인데, 얼굴이 희고 수염이 성긴 몇 사람이 종이를 펼쳐놓고 팔의 힘을 뽐내며 처분을 기다리고 있었다.

부인들이 타는 수레로 맞이했다는 것은 모든 과정이 은밀하게 이루어졌음을 알려준다. 남자를 여자가 타는 수레에 태웠다는 것은 은폐하겠다는 의도다. 그렇게 해서 유광억이 간 곳은 엄청난 부잣집이다. 그런데 그곳에는 자기 글을 뽐내려는 다른 선비들도 있었다. 유광억 혼자만 초대된 것은 아니라는 말이다. 아마도 주인은 여러 선비 가운데 가장 실력 있는 사람을 뽑으려고 했던 것 같다.

유광억은 극진한 대접을 받는다. 그러고는 결국 모든 선비를 물리치고 자신이 부잣집 아들 대신 과거 글을 쓰는 사람이 된다. 당연히 주인의 아들은 유광억의 글로 진사에 오른다. 이 사건은 유광억의 환경을 변화시키는 결정적인 역할을 한다.

부자가 이에 짐을 꾸려 말 한 필, 종 한 명과 함께 전송하였다. 이에 집으로 돌아오니 2만 전을 가지고 오는 사람도 있었다. 그리고 그가 관아에서 빌렸던 환곡은 이미 감사가 갚아버렸다.

과거를 대신 봐주는 유광억에 대한 소문은 이미 파다해졌다. 2만 전이라는 큰돈을 들고 온 사람, 환곡을 갚아준 감사는 '과거 대리시험'에 대한 대가를 제시한 것으로 보인다. 여기서 이옥은 유광억에 대한 비판적 시각을 그대로 드러낸다. 그러나 그 이면에는 다른 의도가 숨겨져 있다.

유광억의 글은 별로 대단하지 않다. 다만 경망스럽게 조금 번득이는 것으로 재주를 삼을 뿐인데, 바로 이것으로 과거 글에 이름을 얻은 것이다.

얼핏 보면 분명 유광억을 얕보고 있는 듯하다. 하지만 조금 번득이는 재주만 있으면 과거에 합격할 수 있다는 의미심장한 비판이 담겨 있다. 훌륭한 인재를 뽑겠다는 취지를 내건 과거가 학문의 대단함과는 거리가 먼 상황이 되었다는 조소다. 요즈음의 고시도 여기에서 자유롭지는 못할 듯하다.

어쨌든 유광억을 말하는 척하면서 자기 본뜻을 그 속에 담고 있는 글쓰기다. 이것을 기억하면 독자들은 이옥이 유광억에 대해 평가하는 부분마다 다른 의미를 찾을 수 있을 것이다.

이후 유광억은 이 방면에서 크게 성공한 듯하다. 이를 알려주기 위해 이옥은 친절하게 '유광억이 늙었는데도 나라에 소문이 더욱 퍼졌다'고 서술하고 있다.

누가 썼는지 가려내 볼래요?

—

뒷날 향시를 치르게 되자, 서울에서 파견된 시험관이 감사에게 영남의 인재 가운데 누가 제일이냐고 묻는다. 이에 감사가 유광억이라고 대답하자, 시험관은 이번 과거에서 자신이 그를 장원으로 뽑겠다고 큰 소리를 친다.

"그대께서 정말로 그의 글을 알아보실 수 있겠습니까?"

"그럼요! 할 수 있습니다."

시험관과 감사가 서로 논란하다가 광억의 글을 알아내는지를 가지고 내기를 하였다.

이는 참으로 불공정한 게임이다. 감사는 유광억이 과거 글을 대신 쓴다는 사실을 알고 있지만 시험관은 그렇지 않다. 시험관은 정말 좋은 글을 장원으로 뽑을 것이다. 그렇다면 승부는 뻔하다. 유광억이 결코 자신의 이름으로 답을 내지 않을 것이기 때문이다.

과거 날이 되자 시험관은 문제를 낸다.

영남 땅에서 10월에 중양절 놀이를 하니   嶺南十月設重九會
남쪽과 북쪽의 기후가 같지 않음을 탄식한다   嘆南北之候不同

곧이어 답안지가 들어오자 그것을 본 시험관은 유광억의 솜씨가 틀림없다며 자신 있게 1등을 뽑았다. 그러고는 2등, 3등도 선발한 뒤 마침내 이름을 가렸던 부분을 떼어보았다. 그렇지만 유광억이라는 이름은 어디에도 보이지 않았다. 당연한 결과다. 남의 글을 써주느라 자기 이름을 쓰지 않는 사람을 어떻게 장원급제 시킨단 말인가?

하지만 시험관은 자신의 감식력을 믿었던 모양이다. 그래서 몰래 조사를 시켜 1등은 물론 2등, 3등까지도 광억이 남에게 돈을 받고 쓴 글이라는 놀라운 사실을 알아낸다. 뿐만 아니라 돈의 많고 적음에 따라 등수도 조절했다는 것도 밝혀낸다.

시험관은 자신이 유광억의 글을 몰라보지 않았음을 확신하고, 어서 빨리 감사에게 자신이 내기에서 지지 않았다는 사실을 분명히 하고 싶었다. 그렇다면 필요한 것은 유광억의 진술이다. 유광억이 모든 사실을 사백하지 않으면 자신이 옳았음을 밝힐 방법이 없다.

드디어 발각되었군!
—

이에 시험관은 사건을 합천군으로 이관하여 유광억을 잡아오게 한다. 그런데 여기서 이옥은 이상한 말을 한다.

> 유광억을 잡아 보내도록 하였지만 시험관은 실상 범죄로 다스릴 생각은 없었다.

부정행위자를 처단하는 것은 당연한 일이다. 그런데 죄를 줄 생각이 없었다는 서술은 무슨 의미인가? 이는 어쩌면 그 당시 이러한 부정행위에 대해 관행적 용서가 횡행했음을 알리려는 의도일지도 모른다. 즉 나라에서는 법으로 금지하고 있지만 실상 그 효과는 거의 없다는 점, 이런 분위기가 지배하는 당시 상황에서는 과거시험에서 초법적, 불법적 행위가 근절될 수 없다는 점을 암시한 것일 수도 있다.

하지만 죄를 지은 유광억의 입장은 다르다. 자신이 보기에 관아에 잡혀가면 과거를 문란하게 한 과적科賊으로 죄를 받을 것이 분명하다. 그러니 '잡혀가서 죽을 바에야 가지 않는 것이 낫다'고 생각하게 된다. 잡혀가지 않을 방법으로 그는 스스로 죽는 길을 택한다. 그날 밤 유광억은 친척들과 마음껏 술을 마시다가 몰래 강에 투신하여 자살한다.

시험관이 그 소식을 듣고 안타까워하고 사람들은 유광억의 재주를 아까워하였지만, 군자는 "유광억이 죽어 없어진 것은 마땅하다"고 말하였다.

유광억의 죽음에 대해 제각각 다른 평가를 내렸지만 중점은 군자의 말에 있다. 그러고는 유광억에 대한 이옥의 평가가 뒤따른다. 그 대강은 다음과 같다.

천하의 물건은 모두 파고 살 수 있지만, 마음만은 그럴 수 없다. 그런데 유광억은 마음을 판 자가 아니겠는가? 법전에는 '주는 것과 받는 것이 죄가 같다'고 되어 있다.

군자의 말과 이옥의 평가는 모두 유광억을 질책하고 있다. 이를 통해 이옥이 유광억을 좋지 않은 시선으로 바라보고 있다는 점을 분명히 알 수 있다. 그런데 문제는 마지막에 인용된 법전의 구절이다.

주는 것과 받는 것이 죄가 같다면 글을 파는 사람과 사는 사람도 같은 죗값을 치러야 한다. 글을 판 유광억은 죄 때문에 죽음을 맞았다. 그렇다면 글을 산 사람들은? 시험관은 유광억이 아니라 그의 글로 급제한 자를 체포하게 했을까? 이옥은 마지막으로 이러한 의문을 던져놓았다. 법의 불공정한 잣대, 또는 제멋대로의 집행에 대한 우회적 지적이다.

〈유광억전〉에 따르면, 유광억의 집안은 가난했고 지체 또한 좋지 않았다고 한다. 가난했기에 금전적인 유혹에 빠질 수 있었다고 치자. 그래도 자신이 과거에 급제하면 더 좋았을 수도 있었을 것이다. 여기서 지체가 낮았다는 데에 주목할 필요가 있다. 지체가 낮은 사람은 과거급제만으로는 성공할 수 없는 사회 분위기가 느껴진다. 학연·혈연·지연·당파 등으로 연결된 관계망 속에서 돈 없고 배경 없는 유광억은 설 곳이 없었다. 그래서 유광억에게서는 과거에 붙을 실력을 가지고도 글을 팔면서 살아가야 하는 슬픈 선비의 모습이 엿보인다. 이것이 우리의 자화상은 아닐까? 이옥은 유광억을 욕하면서 그 이면에 또 다른 날카로운 비판의 칼을 숨기고 있었다. 그리고 그 칼끝은 오늘날까지 살아 우리를 겨냥하고 있다.

✺ 소 현 성 록 ✺

〈소현성록〉이라는 작품에서는 대술代述을 주인공의 뛰어남을 드러내는 장치로 활용한다. 소현성은 과거시험장에서 단번에 답지를 내고는 주변을 유람하다가 답을 쓰지 못한 채 끙끙대는 선비들을 만난다. 그들은 하나같이 이번에는 꼭 급제해야 하는 딱한 사정들을 가지고 있다. 늙은 편모의 마지막 소망, 치료약 값으로 과거 비용을 대준 늙고 병든 아버지의 소원을 알면서도 답을 적을 능력이 안 되어 쩔쩔매고 있었던 것이다. 주인공은 이에 차마 지나치지 못하고 고민한다. 대술이 부정임을 의식한 것이다. 하지만 이내 그들의 효성을 갸륵히 여겨 답을 써준다. 그 결과 주인공보다는 낮은 등급이지만 모두 급제한다.

〈소현성록〉에서는 모두 다른 답을 써낼 수 있었던 주인공의 능력을 찬양하는 데만 초점을 둔다. 그리고 다른 사람을 불쌍히 여기는 마음가짐도 칭찬한다. 반면 과거 부정에 대해서는 아랑곳하지 않는다. 〈유광억전〉과는 문제의식이나 접근 방식이 매우 다르다.

다모전

茶 母 傳

내가 누구? 바로 조선시대 여형사!

의무 경찰로 근무하고 있을 때였다. 하루는 고참과 함께 교통법규 위반 단속을 나갔다. 대부분의 차가 물 흐르듯 운행하고 있는데, 갑자기 낡은 화물차 한 대가 신호를 무시하고 달려왔다. 고참이 나한테 차를 세우라고 명령했다. 나는 수신호로 멈추게 한 뒤 다가갔다.

"신호 위반하셨습니다. 면허증 제시해주십시오."

"미안합니다. 미처 보지 못해서……"

"저렇게 잘 보이지 않습니까? 빨리 면허증이나 주십시오."

"저, 신호위반 범칙금은 얼마나 되나요?"

"6만 원인 것으로 알고 있습니다."

그 순간 화물차 운전자의 깊은 한숨 소리가 들려왔다.

"저기 죄송한데요. 제가 하루 벌어 우리 가족이 하루 삽니다. 지금도 일거

리가 있다고 해서 급히 가려다가 그만…… 솔직히 6만 원을 낼 형편이 못
돼요."

나는 다시 운전자를 살펴봤다. 가난하지만 성실히 사는 우리네 아빠의 모
습이 보였다. 나는 주저 없이 면허증을 돌려주었다.

"이번 한 번은 봐주겠습니다. 다음부터는 조심하십시오."

운전자는 고맙다며 연신 인사를 하고 떠났다. 그 모습을 본 고참이 달려와
화를 냈다.

"야! 그냥 보내면 어떻게 해? 아주 멋대로구먼."

그날 법을 집행하는 사람으로서 부적절하게 행동했다는 꾸지람을 들었다.

하지만 지금도 만약 그 상황이라면 나는 똑같은 결정을 내릴 것이다.

아프냐? 나도 아프다

—

한때 나라를 들썩이게 했던 드라마 「다모茶母」의 유명한 대사다. 다모 폐인이 생겨날 만큼 인기를 끌었던 이 드라마 덕에 조선시대 '다모'라는 존재에 대해 관심이 집중되기도 했다. 특히 '다모=여형사'라는 등식이 흥미를 끌었다. 국어사전에는 다모에 대해 "조선시대에, 일반 관아에서 차나 술대접 같은 잡일을 맡아 하던 관비官婢"라고 정의하고 있다.

일반 관아라고 했으니 포도청에도 '다모'가 있었다. 이들은 보통 포도청에서 잔심부름을 하거나 연회에서 흥을 돋우는 역할을 했다. 그러면서 한편으로 여성 경찰 역할도 했던 것으로 보인다. 이는 조선시대의 남녀 구분에 따른 자연스러운 현상이다. 아무리 죄인이라고 해도 여성이 있는 안채에 남성 포졸들이 들어가 수색을 하거나 체포하기란 쉽지 않았다. 이때 다모가 활약한다.

다모는 여자이기 때문에 어느 집에나 들어갈 수 있다. 또 그 집 여종들과도 쉽게 접촉하며 정탐할 수 있다. 치마 속에는 2척 정도 되는 쇠도리깨와 오랏줄을 차고 있다가 죄가 의심되면 언제고 도리깨로 문을 부수고는 오라로 죄인의 몸을 묶어올 수 있다.

다모는 키가 5척尺이 넘어야 하고 막걸리 세 사발을 단번에 마셔야 하며 쌀 다섯 말을 번쩍 들 수 있어야 한다고 한다. 이만하면 웬만한 남자 같다고 하겠다. 전해오는 이야기이므로 얼마나 믿을 수 있을지 모르겠지만, 만약 사실이라면 드라마에서 하지원이 연기했던 아름다운 다모와는 많이 달랐을 것으로 보인다.

다모는 기본적으로 천민이기 때문에 그에 대한 역사 기록이 많지 않다.

그만큼 관심 대상이 아니었다. 이런 점에서 송지양宋持養(1782~1860)의 〈다
모전茶母傳〉은 주목할 만하다. 수사관으로서 '다모'의 모습을 보여주기 때문
이다. 다만 멋지게 칼을 쓰거나 공중제비를 도는 모습을 기대한다면 포기
하는 게 좋을 것이다.

법인가, 사람인가?

—

〈다모전〉은 1832년을 배경으로 한다. 그해에 경기도, 충청도, 황해도에 큰
가뭄이 들자 서울을 다스리던 한성부는 민간에서 술 빚는 것을 금지한다.
만약 어기면 죄의 경중에 따라 벌을 주기로 하고 이를 엄격하게 단속한다.

> 관리가 이를 고의로 숨기어 술 빚은 이를 붙잡지 않으면 그 관리에
> 게 죄를 묻는데 결코 용서해주지 않았다. 이에 관리들은 급히 잡아
> 들이지 못할까 근심하고 또 그 벌이 자신에게 미칠 것을 두려워하
> 여 백성에게 몰래 고발하면 그 벌금의 10분의 2를 나눠주겠다고 하
> 였다.

법이 생겼으니 이를 지키는 게 마땅하다. 하지만 방법이 문제다. 모든 것
을 엄벌에 처하는 방식은 또 다른 문제를 야기한다. 벌금을 나눠주겠다고
하니 당연히 은밀한 고발, 즉 밀고密告가 급증하게 된다. 사이좋게 지내야
하는 이웃끼리도 서로 감시하는 무시무시한 세상이 된 것이다. 이는 법 집
행을 위해 인간, 즉 인간성을 죽이는 짓이다.

이런 풍조 속에서 다모 김 소사金召史가 등장한다. 어느 날 다모는 아전들로부터 밀주를 담기고 있는 것으로 의심되는 양반집을 수색하라는 명령을 받는다. 잠입한 다모는 집 안의 후미진 곳에서 술독을 발견한다. 밀주를 만든 게 발각되자, 주인집 노파는 놀라 그만 기절하고 만다. 다모가 응급조치로 노파를 살린 뒤 범법 사실에 대해 질책한다.

다모 입장에서는 큰 건 하나를 올린 셈이다. 이대로 보고하면 많은 칭찬과 상을 받을 수 있다.

영감의 병을 구완하기 위하여 부득이 밀주 빚는 죄를 범하게 되었습니다. 어찌 붙잡힐 것을 생각이나 하였겠습니까? 보살 같은 착한 마음을 베푸시어 저희 사정을 측은하게 여기신다면 이 은혜를 잊지 않겠습니다.

범법자인 노파의 말이다. 다모는 술을 빚어 팔아야만 남편을 살릴 수 있는 딱한 처지를 가련하게 여겨 술을 아궁이 재에 쏟아 부어버린다. 적발해야 할 임무를 지닌 사람이 그것을 눈감아주는 범법 행위를 한 것이다. 한발 더 나아가 범인을 잡았는지를 묻는 아전들에게 "밀주범은 잡지 못하고 시체만 치울 뻔했다"고 웃으며 대답한다.

범죄 현장을 감추고 진범을 숨김으로써 다모는 법적으로 범죄자가 된다. 그러나 다모는 설사 그렇게 된다 하더라도 서민의 아픔을 외면할 수 없었다. 법도 중요하지만 사람의 처지와 삶을 고려하는 게 소중하다고 생각했기 때문이다. 현장을 발견한 이가 오직 다모 한 사람이었기 때문에 이렇게 마무리가 되면 모든 사실은 드러나지 않을 것이다. 하지만 그렇게 되면 〈다모전〉은 단지 다모가 가난한 노파를 도와 그 죄를 눈감아준 정도의 가벼운 이야기에 그치고 만다.

네가 사람이냐?

―

아무도 모르고 넘어갔을 이 사건에 대해 다모는 다시 차근차근 수사를 시작한다. 왜 그랬을까? 〈다모전〉의 진짜 주제는 여기서부터 시작된다. 독자들은 앞에서 이야기한 벌금과 밀고 문제를 염두에 두길 바란다.

다모는 죽을 사서 노파에게 가져다주며 노파가 술 빚은 일을 아는 다른 사람이 있느냐고 묻는다. 노파는 자기밖에 모른다고 대답한다. 그러자 술을 빚어서 누구에게 팔았는지를 묻는다. 노파는 결코 팔지 않았다고 대답한다. 목격자나 직접 술을 산 사람이 없다면 과연 누가 밀고했을까? 다모는 그렇다면 혹시 술을 마셔본 사람은 있느냐고 묻는다. 그러자 노파가 성묘 가는 시숙媤叔(남편의 형제)에게 아침밥을 해줄 수 없어 술을 한잔 주었다고 대답한다. 모든 것을 눈치 챈 다모는 시숙의 외양을 묻고는 노파의 집을 나선다.

관아로 돌아오는 사거리에서 아전을 기다리고 서 있는 시숙을 본 다모는 다짜고짜 그의 뺨을 때리고는 침을 뱉으며 꾸짖는다.

"네가 양반이냐? 양반으로서 형수가 몰래 술 빚은 것을 고발하여 그 대가로 상금 받기를 원한 것이냐?" 길 가던 모든 사람이 크게 놀라 담을 이루듯 둘러싸고 구경하였다.

여기에 〈다모전〉의 진짜 주제가 숨겨져 있다. "네가 양반이냐?"라는 말은 하층 신분인 다모가 할 수 있는 것이 아니다. 그런데도 이 말을 기탄없이 내뱉은 데에는 두 가지 의미가 있다. 하나는 양반이라고 하는 사회 지도층이 최소한의 인간적 도리도 몰라보느냐는 질타다. 다른 하나는 이러한 법 집행이 결국 인간의 기본적인 인성마저도 몰각하게 한다는 비판이다.

더 중요한 점은 이런 사건이 많은 사람이 오가는 사거리를 배경으로 벌어지고 있다는 사실이다. 다모의 큰 소리와 행동을 사람들이 담을 이루듯 둘러싸고 구경했다는 장면은 이 문제가 공론公論이 될 수 있음을 암시한다. 요즘 우리나라 사람들이 집회를 광화문이나 시청에서 열려고 하는 것을 생각하면 쉽게 이해할 수 있다. 사람이 많이 모이면 그만큼 현안에 대한 논의가 활발해질 수 있기 때문이다.

다모 혼자서 이렇게 큰 거리에서 외치는 것은 모두가 잘못되었음을 알면서도 모른 체할 때 누군가가 대중 앞에서 용기 있게 양심 고백을 하며 불합리를 알리는 일과 다르지 않다. 이 부분에서 법과 그 집행에 대해 불만을 품었던 독자들은 통쾌함을 느낀다. 하지만 그 순간, 다모는 자신의 입으로 범죄 은닉 사실을 큰 소리로 털어놓은 범인이 되고 만다.

만약 다모를 그대로 두었다가는 지금까지 이어온 법 집행이 흔들리고 말 것이다. 분명 관리가 고의로 숨겨주면 결코 용서가 없다고 하지 않았던가? 다모의 행동은 누가 봐도 고의적이다. 아전들은 다모를 잡아다가 주부主簿(조선시대에 각 관아의 문서와 장부를 주관하던 종6품의 관직) 앞으로 데려간다. 그들이 잡아간 이유는 다모가 밀주 사실을 감추고 오히려 고발자를 모욕한다는 점 때문이다. 그들은 법에 내재한 문제점에 대해서는 아랑곳하지 않는다.

「형정도」, 김윤보, 조선 말기. 조선시대 관가에서 소지를 내고 형벌을 내리는 등의 장면이다.

내가 정말 죄인인가요?

―

다모는 주부 앞에서 순순히 일의 자초지종을 아뢴다. 주부는 화를 내며 밀주자를 숨겨준 죄를 들어 다모에게 곤장 20대를 처분한다. 그런데 작가는 화를 낸다는 뜻인 '노怒' 앞에 거짓의 의미를 지닌 '양佯' 자를 더해 '양노佯怒'라고 하고 있다. 즉 주부가 화를 내기는 하지만 거짓으로 내고 있다는 의미다. 곤장 20대를 치게 한 것은 그때의 법에 따른 어쩔 수 없는 판결이었지만, 마음속으로는 다모를 이해하고 있었음을 암시하는 글자다.

주부의 이런 마음을 감안하면, 곤장 형벌 자체도 가볍게 이뤄졌을 가능성이 높다. 알 수는 없지만 매운 매보다는 잘 부러지는 매로 쳤을지도 모른다. 어쨌든 관아가 파하자 주부는 다모를 불러 돈 열 꾸러미를 주며 속마음을 말한다.

네가 밀주를 숨겨준 것을 내가 용서하면 법이 서지 않기에 곤장을 명하였다. 그러나 너는 의인義人이다. 내가 그것을 아름답게 여겨 상을 준다.

법을 어긴 다모를 의인이라고 한 이유는 무엇일까? 법을 지키는 것은 사회를 유지하는 근간이다. 그런데 그 집행은 자칫 현실적으로 많은 문제를 불러일으킬 수 있다. 그렇다보니 형수를 고발하는 패륜悖倫에까지 이르게 된다. 삼강오륜을 중시하던 조선사회에서 밀주와 형수 고발 가운데 무엇이 더 중요한 일이었을지는 더 이상 말할 필요가 없다. 그러나 법이 무서워 아무도 바른 소리를 못 할 때 다모만이 큰 소리로 외쳤다. 법과 그 집행도 중요하지만 더 중요한 것은 사람이라고.

이후 다모는 돈 열 꾸러미를 가지고 노파의 집을 찾아간다. 노파가 돈을 받지 않자 다모는 노파의 집 앞에 돈을 던져놓고는 돌아온다. 작가가 이런 행위를 서술해놓긴 했지만 왜 그렇게 했는지에 대해서는 설명하고 있지 않다. 자신이 벌 받는 데 원인을 제공한 사람에게 굳이 상금을 가져다주는 행동은 납득하기 어려울 수 있다.

하지만 다모는 노파에게 미안했을지도 모른다. 모든 것을 눈감아주는 듯했기에 노파는 안심했을 것이다. 그런데 뜻밖에 밀주를 만든 자신의 죄가 탄로나고 만다. 이제 남은 것은 법에 따른 노파의 처벌이다.

가난한 노파는 곧 가혹한 법 앞에 서게 될 것이다. 다모는 그것을 헤아리지 않았을까? 자신만 가만있었어도 별 문제 없이 넘어갈 일이었지만, 사건은 그렇지 못한 방향으로 흘러가고 말았다. 다모는 돈을 노파에게 줌으로써 노파의 가난을 일부 구제하는 한편, 벌금 등에도 대비하게 한 것이다.

노파가 돈을 받지 않겠다고 한 것 역시 다모의 처지를 고려한 결과다. 노파는 다모가 자신의 죄를 숨겨주려다가 벌을 받았다고 생각했을 것이다. 노파는 그저 다모의 그런 행동이 고마웠을 뿐이다. 다른 사람이라면 진즉에 고발해 벌써 벌을 받았을 테니 말이다.

마지막 이 부분은 당시 법에 따라 노파와 다모가 범죄자이기는 하지만 서로가 서로의 처지를 이해하는 아름다운 인간적인 마음을 지니고 있음을 보여준다. 그럼으로써 법과 그 집행의 비인간성을 폭로한 것이다.

〈다모전〉을 읽으면서 자연스레 우리 사회의 '학파라치·약파라치·교파라치' 등을 떠올리게 된다. 일반인이 학원이나 약국, 교육 현장의 불법 행위를 사진으로 찍어 고발하면 나라에서 포상금을 주는 이런 제도는 과연 옳을까? 당연히 불법은 옳지 않다. 그렇다고 해서 돈을 매개로 국민이 서로를 감시하게 만드는 제도는 더욱 바람직하지 않다.

송지양은 〈다모전〉을 마치면서 다음과 같이 외친다.

아아 이익을 탐하는 폐단이 끝내 예의염치를 돌아보지 않고 인륜을 저버리는 데까지 이르렀으니 참으로 경계하지 않을 수 있겠느냐?

『청구영언』에 실린 밀주금지령

『청구영언靑丘永言』에는 밀주금지령을 집행하던 유진항柳鎭恒 (1720~1801)이 범법자의 딱한 처지를 알고 눈감아준 이야기가 실려 있다. 임금은 유진항에게 칼을 주면서 3일 내로 술 빚는 자를 잡아 오라고 한다. 유진항이 집으로 돌아와 애첩에게 술을 먹고 싶다고 말한 뒤 미행해서 술 파는 집을 알아낸다. 하지만 그 집의 딱한 처지를 알게 된 유진항은 그 집의 젊은 유생에게 임금이 하사한 칼을 주며, 이를 팔아서 노모를 잘 봉양하라고 한다. 유진항은 명을 수행하지 못한 죄로 제주도에 유배된다. 훗날 유배가 풀려 초계草溪 군수로 나갔다가 일이 잘못되어 암행어사를 맞게 되는데, 그 암행 어사가 바로 예전에 술을 팔던 집의 젊은 유생이었다. 암행어사는 일을 잘 처리해주었고, 뒷날 두 사람은 모두 높은 벼슬을 한다. 앞의 내용은 〈다모전〉과 비슷하다. 하지만 뒤의 내용은 완전히 다르다. 불의함에도 불구하고 인연 때문에 넘어가는 사대부들의 타락한 모습만이 드러난다. 또 같은 양반끼리는 언제 어떻게 될지 모르니 심하게 다루지 말아야 한다는 그들만의 논리가 펼쳐질 뿐이다. 유생이 암행어사가 될 줄 누가 알았겠느냐는 말이다. 이 글을 읽는 사람들은 어떤 생각을 했을까?

| 2부 |

환상적인
체험

이생규장전

李生窺墻傳

사랑? 그 이상의 의미

내가 그녀를 처음 만난 때는 봄볕 좋은 1986년 5월의 어느 날이었다. 일상에서 탈출하고 싶어 무작정 학교를 나와 시내버스에 올랐는데, 그곳에 그녀가 있었다. 내 눈에는 천사처럼 보였다. 한눈에 반한다는 말이 이런 것인가? 나는 그녀의 얼굴을 똑바로 바라볼 수가 없었다. 이미 가슴은 두근두근. 그래도 미련은 있어 곁눈질로 훔쳐보았다. 머릿속이 갑자기 복잡해졌다. '야! 말을 걸어봐.' '아니야! 섣불리 그랬다가는 이상한 사람으로 보일 거야.' '야! 그래도 지금 말 걸지 않으면 다시 못 볼 수도 있잖아?' '아니라니까. 아까 버스가 오랫동안 서 있었어. 어쩌면 같은 학교인지도 몰라. 언제든 다시 볼 수 있을 거야.' 내 속에서는 두 명의 내가 싸우고 있었다. 그것도 큰소리로. 다행히 그 소리는 나만 들을 수 있었다. 머뭇거리는 사이에 그녀는 버스에서 내렸다. 용기 없는 내가 할 수 있는 일은 무조건 그녀가 같은 학교에 다닐 거라고 믿는 것뿐이었다. 이튿날부터 나는 그녀를 찾아 이리저리 다녔다. 얼마나 지났을까? 그녀가 보였다. 인연이라는 단어가 떠올랐다. '인연'이라면 못 할 것이 없다. 심호흡을 하고 그녀에게 다가갔다. 나는 그때 거리와 심장 박동이 반비례한다는 사실을 깨달았다. 그녀와의 거리가 가까워질수록 내 심장은 터질 듯이 뛰었다. 그녀 곁을 슬쩍 스쳐 지나갔다. 놀랍게도 심장은 점점 안정되었다. 그 후에도 몇 번 마주쳤으나 결과는 항상 같았다. 다가가려고만 하면 어느새 내 심장은 몸 밖으로 튀어나갈 만반의 준비를 하고 있었다. 그랬던 내가 지금 그녀와 스물여섯 해를 함께 살고 있다. 간절히 소망하던 바를 이루었다. 어떻게 그럴 수 있었는지 궁금하겠지만 더 이상 묻지 말았으면 한다. 처음의 설렘은 사라졌지만 여전히 아끼면서 잘 지내고 있다. 그 무엇도 우리를 갈라놓을 수 없다.

같이 있지 못한다는 것

—

사랑은 아름다운 말이다. 그러나 그 아름다움 속에는 '무조건·불변·책임' 등 인간이 쉽게 지킬 수 없는 조건이 담겨 있다. 그래서 사랑은 신의 언어다. 신을 닮으려고 하는 무모한 인간이 그 단어를 무모하게 쓰고 있을 뿐이다. 빌려 쓰고 있다면 비슷하게라도 따라야 한다. 사랑이라는 말의 남용은 그래서 심각하다.

함께 있고 싶은 사람이 있다. 왜냐고 물으면 딱히 대답할 말이 떠오르지 않지만 그냥 좋은 사람이 있다. 물론 그런 사람을 만나는 일은 쉽게 일어나지 않는다. 어쩌면 이미 스쳐 지나갔을지도 모른다. 설령 만났다고 하더라도 끝까지 함께하기는 더더욱 어렵다.

문제는 착각이다. 누구나 약간의 호감을 가지고도 사람을 만날 수 있다. 이때에도 함께하고 싶은 마음은 생긴다. 자기 자신은 절실하다고 느끼며 쉽게 사랑이라고 말한다. 그러고는 얼마 지나지 않아 또 다른 사람을 만나려고 한다.

그런데 가끔은 정말 영원히 같이 있고 싶은데 그럴 수 없는 경우도 있다. 이 사람이 내 전부이고 내 인생의 목표인데, 헤어질 수밖에 없는 상황이 닥쳐올 수 있다. 어떻게든 이겨내보려고 하지만 쉽지 않다.

현실이 이럴 때, 문학은 그 결말에 대한 여러 가능성을 제시해준다. 헤어져서 폐인으로 사는 주인공의 삶을 보여주기도 하고, 고단한 삶 속에서 아련한 추억으로 곱씹으며 사는 모습을 그리기도 한다. 환상적인 극복담을 엮어 두 사람의 행복한 삶을 담기도 한다.

우리는 고전소설 〈이생규장전李生窺墻傳〉에서 그 일단을 살필 수 있다. 김

「소년이 붉은 꽃을 꺾다」, 『혜원전신첩』, 신윤복, 종이에 채색, 28.2×35.6cm, 조선 후기, 간송미술관.

시습金時習(1435~1493)의 『금오신화金鰲新話』에 실려 있는데, '이씨 성을 가진 젊은이가 담장에서 엿본 이야기' 정도로 풀이된다. 이 작품은 제목부터 호기심을 자극한다. 도대체 무엇을 엿본다는 것이지?

첫눈에 반한다는 것

고려시대를 배경으로 하는 〈이생규장전〉은 국학國學(고려시대에 설치된 중앙의 교육 기관)에 다니는 선비 이생李生과 명문거족의 딸 최랑崔娘 두 남녀 주인공에 대한 소개로 시작된다. 이생은 국학에 가는 길에 최랑의 집 담 아래에서 잠시 쉬곤 했는데, 어느 날 무슨 호기심에서인지 담 안을 살펴보게 된다. 요즘으로 치면 학교가다 말고 딴짓을 한 것이다.

그 장면에서 이생은 주렴이 반쯤 걷혀 있는 작은 누각에서 시를 읊고 있던 최랑을 발견한다. '담장에서 엿본다'는 제목은 바로 남녀의 만남을 암시한 것이다. 그런데 최랑이 읊은 시가 예사롭지 않다. 다음은 그 일부다.

길가의 저 흰 얼굴 총각은 어느 집 도련님일까	路上誰家白面郞
푸른 옷깃 넓은 띠가 늘어진 버들 사이에 비치네.	靑衿大帶映垂楊
대청 위의 제비가 되어	何方可化堂中燕
주렴 위를 스쳐 담장 위를 날아 넘어도 될 텐데.	低掠珠簾斜度墻

참으로 대담한 글이다. 최랑은 이미 이생의 존재를 인식하고 있었다. 하지만 그때 이생이 담장 안을 엿보고 있다는 사실은 몰랐던 듯하다. 알고도

이랬다면 최랑은 진정한 고수다.

이생이 지체하지 않고 답시를 지어 기와 조각에 묶어 던지자, 곧바로 저녁에 만나자는 최랑의 회답이 온다. 이생은 심장이 바운스, 바운스. 날이 이슥해질 즈음 담장 앞에 다다른 이생은 그곳에 놓여 있는 밧줄을 이용해 최랑의 집으로 들어간다. 최랑이 과감하게 준비해놓은 것이다.

작가는 이곳에서 많은 시작품을 선보인다. 최랑과 이생이 서로 화답하는 시가 있는가 하면, 방 안 그림에 있는 제화시題畫詩, 벽에 걸려 있는 사계절을 노래한 시가 장황하게 나온다. 그 시들은 대체로 헤어진 님을 그리워하는 하는 내용이다. 이는 두 사람 앞에 펼쳐질 운명의 복선일 수도 있다.

어쨌든 그날로 이생은 최랑의 방에 며칠을 머문다. 그야말로 일사천리다. 비록 은밀한 만남이지만 둘 사이에는 충분한 교감이 형성되었다. 그러나 명심할 것은 이생과 최랑 사이의 담이다. 그것은 두 사람에게 부담이다. 때문에 지극한 즐거움이 어느 정도 가시자, 문득 가는 곳을 고하지 않고 나온 이생이 자신을 기다릴 부모의 역정을 걱정하는 대목은 자연스럽다.

담은 이 세계와 저 세계를 구분짓는 경계다. 자유로운 통행을 가로막는 장애물이다. 담의 이쪽과 저쪽은 차이를 내포한다. 그렇기 때문에 아무리 첫눈에 반했다고 해도 그들 사이에는 선명하게 놓인 담이 있다. 이생도 그것을 잘 알고 있다.

언젠가 봄소식이 새나간다면　　　　　　他時漏洩春消息
비바람은 무정하리니 또한 가련하리라.　風雨無情亦可憐

이생이 최랑을 대면했을 때 지은 시다. 봄소식은 두 사람이 만나고 있다는 사실이다. 비바람은 두 사람의 만남을 방해하는 현실이다. 이생은 처음부터 둘 사이가 다른 사람에게 알려지는 순간 결연이 순조롭지 않으리라 예상한 것이다. 최랑은 첫 만남에서부터 나약한 소리를 하는 이생을 나무란다. 최랑의 적극성이 돋보인다. 사실 가만히 따지고 보면 〈이생규장전〉에서는 모든 일의 중심에 여성인 최랑이 있다. 이는 〈이생규장전〉을 읽을 때 주목해야 할 부분이다. 그렇지만 불행하게도 이생의 예감은 들어맞는다.

담을 허물다
—

이생의 아버지는 이생이 밤마다 최랑을 만난다는 사실을 알고는 이생을 울산으로 쫓아버린다. 이생의 아버지는 밤에 여자를 만나는 것은 경박자輕薄子나 하는 짓이라는 이유와 함께 명문거족인 최랑 집안과의 차이를 언급한다. 거대한 담이다.

이생이 울산으로 내려갔다는 말을 들은 최랑은 상심에 빠져 결국 상사병相思病에 이른다. 원인을 안 최랑의 부모가 마침내 이생 집안에 매파를 보낸다. 그런데 이생 아버지의 반응이 특이하다. 매파에게 최씨 집안이 얼마나 번성한지를 물은 뒤 '우리 아들도 뛰어나니 곧 급제하여 이름을 떨칠 것이기에 서둘러 혼인시키고 싶지 않다'는 답을 보낸다. 나름의 자존심을 지키려는 행동이라고 해두자.

'딸 가진 죄'라고 했던가? 최랑의 부모는 이생 아버지의 번번한 거절에도 계속 간청을 한다. 그동안 이생은 아무 일도 하지 않는다. 헤어짐으로 인한 병은 최랑의 몫이다. 왜일까? 만약 집안이 열악한 이생이 상사병이 들었다고 하면 최씨 집안에서 눈이나 깜빡했을까? 자기 딸이 죽게 되었기에 집안이라는 담을 허물 수밖에 없었던 것이다.

깨진 거울이 다시 둥글게 되니 만남도 때가 있어   破鏡重圓會有時
은하의 까막 까치들이 아름다운 기약을 도와주네.   天津烏鵲助佳期
이제 월하노인月下老人이 인연의 실을 매어주었으니   從今月老纏繩去
봄바람에 돌아오지 않는 두견새를 원망 마소.   莫向東風怨子規

혼인이 이루어져간다는 소식을 들은 이생이 기쁨에 겨워 지은 시다.

'상사병'이 갈등을 쉽게 해결하는 만병통치약으로 작용한다는 점이 못마땅할 수도 있다. 개인의 열정과 사랑으로 극복하려는 노력을 좀 더 보여주는 편이 나을지도 모른다. 그렇지만 시대가 지금과는 다르다는 사실을 고려해야 한다. 신분·문벌 등으로 강하게 엮인 당시에 허용되지 않던 자유연애를 한 연인들이 헤어짐 속에서 할 수 있는 일은 없다. 서로 그리워할밖에. 상사병은 그 속에서 찾아낸 고육책이다. 옴짝달싹할 수 없는 현실의 벽 앞에서 수없이 고민하고 마음을 썼을 두 사람을 엮어줄 유일한 수단이다.

우여곡절 끝에 이생과 최랑은 인연을 이룬다. 부부는 서로 공경하고 사랑한다. 게다가 최랑은 이듬해에 과거에 급제해 온 나라에 명망이 가득하다. 이제 좋은 일만 남아 있을 듯하다.

죽음을 넘다

하지만 시련은 끝이 없다. 같은 곳을 보면서 이겨냈을 때, 두 사람의 사랑은 더욱 굳건해진다. 그래서인가? 잘 살고 있는 이생 부부에게 엄청난 시련이 닥친다. 홍건적의 침입이다. 두 사람은 이리저리로 도망가다가 외진 곳으로 숨었는데, 그때 한 도적이 칼을 뽑으며 따랐다. 이생은 간신히 도망쳤지만 최랑은 그만 도적에게 잡히고 만다. 여기서 두 사람은 다시 헤어진다. 그런데 그 이별이 죽음이라는 점에서 충격적이다.

창귀倀鬼(범에게 물려 죽은 사람의 혼으로 범의 앞잡이가 되어 나쁜 짓을 함) 같은 놈아! 나를 죽여라! 죽어 여우나 늑대의 창자에 장사지낼망정 어찌 개돼지의 짝이 되겠느냐?

최랑이 자신을 겁탈하려는 도적에게 한 말이다. 화가 난 도적은 최랑을 죽이고는 칼로 도려낸다. 여기서도 이생은 속수무책이다. 자기 목숨만 구차하게 지켰을 뿐이다. 상식적으로 이해가 되지 않는다. 어찌 죽음의 위기에 처한 아내를 두고 도망을 간단 말인가?

여기서 한번 다시 생각해보자. 김시습은 세조가 단종을 내친 행위에 대해 항거한 인물이다. 그런데 세조가 단종을 내쳤을 때 죽음으로 항거한 사육신死六臣이 있는가 하면, 살아서 의리를 다한 생육신生六臣이 있다. 사육신이 현실에 대해 더 적극적으로 행동했다고 평가할 수 있다.

김시습은 생육신 중 한 사람이다. 홍건적을 세조에, 최랑을 단종에, 이생을 김시습에 대입시켜보자. 충분히 이해가 되는 구도다. 어쩌면 당시 김시습은 따라 죽지 못하고 살아 있는 자신의 부끄러움을 이렇게 표현했는지도 모를 일이다.

그러나 죽고 사는 문제가 중요한 게 아니다. 뜻을 같이하고 지향을 같이한다는 점이 더 유의미하다. 그래서 두 사람은 다시 만난다. 슬픔에 겨워 지내고 있는 이생에게 최랑이 다가온다.

이생은 최랑이 이미 죽었다는 사실을 잘 알고 있다. 그런데도 짐짓 "어디로 피하였기에 몸을 보전할 수 있었느냐?"고 묻는다. 애써 현실을 외면하거나 부정하려는 태도다. 반면 최랑은 자신이 이미 죽었음을 분명히 하고는 "옛날의 맹세를 저버리지 않기를 바랍니다. 만약 지금도 그 맹세를 잊지 않으셨다면, 끝까지 좋은 인연을 이루고 싶습니다"라고 말한다. 이에 이생도 즐거운 마음으로 허락한다.

죽은 사람을 다시 만난다는 것은 현실적으로 불가능하다. 그런데도 김시습이 이를 작품 속에 구현한 것은 삶과 죽음을 떠나 같은 마음임을 강조하기 위해서다. 또한 영원히 함께하고 싶은 소망을 드러낸 것이다. 소망과는 달리, 산 사람과 죽은 사람은 이 세상에 함께 살 수 없다. 최랑은 3년이 지나자 그 사실을 알리고 흔적 없이 사라진다.

하느님께서 저와 그대의 연분이 끊어지지 않았고 또 아무런 죄도 지지 않았다면서, 환상의 몸을 빌려주었습니다. 이에 그대와 잠시 시름을 풀 수는 있지만 인간 세상에 오랫동안 머물면서 산 사람을 미혹시킬 수는 없답니다.

최랑의 말에서 우리는 두 가지 단서를 찾을 수 있다. 하나는 진짜가 아닌 환상의 몸幻體이라는 것, 또 하나는 오래 머물 수 없다는 것이다. 이는 처랑이 더 이상 세상에 존재하지 못한다는 의미다. 이생과 최랑이 함께 추구했던 현실에서의 삶의 목표는 더 이상 없다는 선언이다.

그 뒤 이생은 최랑의 유골을 수습해 장례를 치러준다. 세상에서의 흔적마저 지운 것이다. 이때 이생도 마음을 가다듬었을 것이다. 이생은 최랑을 생각하다가 결국 병을 얻어 죽는다.

김시습이 생각한 삶의 목표는 무엇이었을까? 단종의 복위였을까? 어쨌든 그것이 무엇이든 간에 김시습은 〈이생규장전〉을 통해 그것이 불가능함을 형상화하고 있다.

함께한다는 것은 사랑 그 이상의 의미를 지닌다.

김시습과 방외인 문학 方外人 文學

생육신의 한 사람인 김시습은 1455년(세조 1) 삼각산 중흥사重興寺에서 공부하다가 수양대군首陽大君이 어린 단종을 몰아내고 왕위에 올랐다는 소식을 듣는다. 그는 읽던 책을 모두 불태워버린 뒤 머리를 깎고 스님이 된다. 유학자의 삶을 살지 않겠다는 외침이다. 그후 김시습은 어느 것에도 얽매이지 않고 전국을 떠돌아다닌다. 그런 삶 속에서 이루어진 그의 문학을 방외인 문학이라고 한다. 방方은 네모를 의미한다. 그러니 방외인은 네모 밖에 있는 사람이라는 뜻이다. 네모 안은 기존의 이념, 체제, 가치관 등을 담고 있는 세계

다. 방외인 문학은 네모 안에서 벗어나 비판적인 시각으로 세상을
바라보는 작가들이 지은 작품을 총칭한다. 이후 남효온, 임제 등이
김시습의 뒤를 잇고 있다.

용궁부연록

龍 宮 赴 宴 錄

이곳이 더 좋아. 그러니 이리로 와봐!

여전히 나는 묵묵히 내 길을 간다. 신념이나 지조를 지키려면 그 외에 어떤 길로 눈길을 돌려서도 안 된다. 그러나 그 길을 가는 것은 외롭고 힘들다. 현실적인 성공이나 부귀영화를 바랄 수도 없다. 그저 후세에서나 내 이런 모습을 알아줄지 모를 일이다.

나도 인간인지라 가끔은 이 길을 계속 가야 하는지 고민할 때가 있다. 그럴 때면 어김없이 내 앞에 갈림길이 나왔다. 솔직히 다른 길로 가고 싶었던 적도 많다. 그렇지만 그때마다 흔들리지 않고 내 길을 갔다. 스스로 장하다고 자부하기도 했다.

앞으로 얼마나 더 가야 할까? 거의 다 온 걸까? 아니면 산 넘어 또 산이 있듯이 계속 가야 하는 걸까? 정말 지쳤다. 목도 타들어갔다. 나는 잠시 쉴

곳을 찾아 두리번거렸다. 저쪽에 큰 나무가 그늘을 드리운 채 서 있다. 그 밑에는 널찍한 침상이 놓여 있다. 게다가 맑고 시원한 물이 넘쳐나는 샘도 있다. 나는 망설임 없이 그쪽을 향해 갔다.

"야, 잘 봐. 갈림길이야! 그곳은 다른 길이란 말이야."

민첩한 내 눈이 먼저 보고 머리를 움직여 충고했다. 순간 멈칫했다.

"잠시 들어갔다가 다시 나와서 내 길을 가도 되잖아."

"안 돼! 한번 다른 길로 들어가면 그것은 이미 배신이야. 그리고 한번 들어가면 그 안락함에 빠져 다시는 헤어나오지 못해."

내 인생 최대의 갈림길에서 나는 갈등하고 있다. 너무나도 참기 힘든 유혹이다. 아, 어찌해야 하는가?

신념을 지킨다는 것

—

신념이란 자신이 옳다고 여기는 원칙을 굳게 지키며 실천하려는 의지다. 여기서 옳다고 여기는 것은 바름과 정당함이라는 기준에 비춰 어긋남이 없어야 인정받을 수 있다. 어떤 사람이 도둑질을 평생의 목표로 삼았다 해도 이를 신념이라고 하지 않는 이유가 여기에 있다.

사람이 평생 자기 신념을 지키며 살아가기란 쉽지 않다. 누가 알아주지도 않는다. 운이 좋아 죽고 난 뒤 후대에서 알아준다면 그나마 다행이다. 이런 마당에 신념을 조금만 버리면 안락하고 평안한 삶이 보장된다고 할 때 과연 몇 명이나 이를 물리칠 수 있을까? 조금만 타협해도 현실적인 안락함을 누릴 수 있다면 어느 누가 망설이지 않겠는가?

지사의 가슴에는 절의가 있고	志士胸襟存節義
장부의 기개는 공명을 세우려 한다	丈夫氣槪立功名
공명과 절의가 모두 내가 할 일이거늘	功名節義皆吾事
서로 뒤틀려 있어 함께하지 못하는 것이 한스럽다	得失相傾恨莫幷

『금오신화』의 작가로 알려진 김시습이 지은 〈실루탄室漏歎〉이라는 작품이다. 여기서 절의가 신념이라면 공명은 현실적인 성공이다. 김시습은 모두 갖고 싶지만 현재 그 두 가지는 서로 엇갈린 운명이다. 공명을 이루려면 단종을 제거한 세조 밑에서 벼슬살이를 해야 한다. 그러니 절의를 지키려면 공명을 무시해야 하고, 공명을 가지려면 절의를 버려야 한다. 이렇게 아이러니한 상황이다보니 집안 깊은 곳에서 탄식하는 것 말고는 다른 방도가

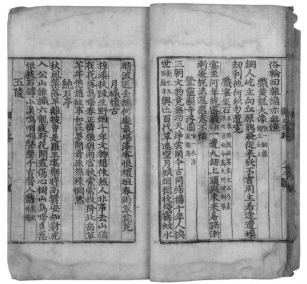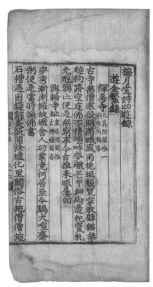

『매월당시 사유록梅月堂詩 四遊錄』, 김시습, 17세기, 국립중앙도서관. 매월당 김시습이 관서, 관동, 호남, 금오(경주) 등 전국 각지를 다니며 지은 시문집이다.

있을 리 없다. 지극히 인간적인 모습이다. 신념을 지키며 살았던 많은 사람 역시 이런 고민을 하지 않았을까?

갈림길에 서서

김시습은 고민하는 자신의 모습을 갈림길에 서서 갈등하는 인물로 표현한다.

푸른 풀밭 위에는 누렁이 잠자고	靑草眠黃犢
높은 절벽에는 흰 잔나비 울부짖는다.	蒼崖呌白猿

김시습 초상.

| 10년 동안 이리저리 다녔으면서도 | 十年南北去 |
| 갈림길만 만나면 애를 태운다. | 岐路正銷魂 |

〈가현假峴〉이라는 시의 일부분이다. 가현은 고개 이름이다. 앞의 두 구절에서는 단순히 풍경을 묘사하는가 싶더니 뒤의 두 구절에 자신이 하고픈 말을 냅다 실어낸다. 그곳에서 우리는 10년 동안 절의를 지키며 살았지만 여전히 갈림길에만 서면 마음을 다잡지 못하는 김시습을 볼 수 있다. 그만큼 공명, 즉 현실적 성공의 달콤함은 크게 다가온다.

김시습이 이렇게 고민하게 된 이유는 어디에 있을까? 김시습은 세조가 단종에게서 왕위를 빼앗았다는 소식을 듣고는 자신이 읽던 모든 유교 관련 서적을 불태우고 세상을 등진다. 그 후 그는 단종에 대한 충심으로 살아간다. 하지만 어려서부터 이름이 났던 까닭에 세조는 왕위에 오른 뒤 김시습을 여러 차례 부른다.

왕의 부름은 곧 출세를 보장한다. 이미 세조의 부름을 받은 친구들은 하나같이 고귀해져서 떵떵거리며 살고 있다. 이제 궁궐로 들어가기만 하면 김시습의 삶도 180도 달라질 수 있다. 궁궐은 이상적이며 모든 것을 이룰 수 있는 공간으로 상징된다. 그 속에의 삶은 지금과는 차원이 다르리라 기대된다. 게다가 왕이 몸소 부르기까지 하니 그곳으로 가고 싶은 마음이 드는 것은 자연스러운 일이다.

그러나 김시습은 궁궐로 향하지 않는다. 세조의 명으로 자신을 찾아오는 사람을 피하기 위해 일부러 똥통에 빠져 미친 사람 취급을 받기도 했다고 한다. 그는 세조의 부름에 '병'을 핑계 대고는 자신이 거처했던 금오산으로 들어간다. 그리고 '부름에 가는 것은 이미 내 분수를 넘는 짓'이라고 한다. 궁궐이 주는 공명이 자기 처지나 환경에 맞지 않는다며 내려놓은 것이다. 고민하고 갈등은 했지만 신념을 저버리지 않겠다는 다짐이기도 하다.

저 길로 한 번 가 볼 까 ?

김시습이 궁궐로 향하지 않을 수 있었던 과정을 보여준 고전소설이 바로 〈용궁부연록龍宮赴宴錄〉이다. '용궁의 잔치에 갔던 일을 기록함' 정도로 풀이되는 이 작품의 주인공은 한생韓生이다.

문장이 뛰어난 한생은 어느 날 용왕에게서 초대를 받는다. 하지만 한생은 머뭇거린다. 익숙하지 않은 곳이며 갈 수 없다고 생각한 공간이기 때문이다.

> 한생이 놀라 얼굴빛이 변하면서 말하였다. "신과 인간은 길이 떨어져 다른데 어찌 서로 만날 수 있겠습니까? 또 용궁은 아득히 멀고 파도가 집어삼킬 듯 거셀 텐데 어찌 쉽게 갈 수 있겠습니까?"

한생에게 용궁은 낯선 곳이다. 하지만 그는 그 낯선 존재들에게 인도를 받아 용궁으로 간다. 혼자서는 갈 수 없기 때문이다. 그만큼 용궁은 한생에게는 멀고도 다른 공간이다. 하지만 그 모습은 이상 공간이요, 낙원이다.

용궁에 도착한 한생은 공주가 결혼하고 살게 될 새로운 거처에 상량문을 써주고는 인정받고 또 칭찬받는다. 얼핏 보면 한생 입장에서는 매우 자랑스러울 수도 있다. 하지만 곰곰이 따져보면 용왕의 새로운 정치 터전인

'궁궐'이 아니라 '공주의 거처'에 글을 쓴 것이 그리 대단한 일인지는 의문이다. 실제로 '공주의 거처'는 중심 공간이 아니다. 한생은 용궁에서 그리 중요하지 않은 '공주의 거처' 정도에서 문재文才를 드러낸 존재가 되었을 뿐이다. 칭찬과 인정을 받지만 그 정도 수준일 뿐이다.

이후 한생은 잔치에 참석한다. 잔치는 본래 흥겨운 것이지만, 인간의 현실적 욕망이 담겨 있는 자리이기도 하다. 끼리끼리 어울리고, 자신의 부와 능력을 외부에 과시하는 기회가 되기도 한다. 한생이 참여한 잔치에서도 이런 분위기는 유지된다. 하지만 그 잔치에서 곽개사郭介士와 현선생玄先生의 등장이 예사롭지 않다. 이들은 노래하고 춤추기 전에 장황하게 자기소개를 한다. 먼저 곽개사를 살펴보자.

저는 바위 속에 숨어 사는 선비요, 모래 구멍의 은둔자입니다. (…) 아! 물속의 거대한 족속들은 나를 속없는 자라고 비웃지만 나는 군자에 비할 수 있으니, 덕이 속에 가득 차 속이 누렇다네.

곽개사는 자기 자신에 대해 강한 자부심을 드러내고는 자신 있게 나아가 노래하며 춤춘다. 하지만 자부심 넘치던 그가 춘 춤은 "좌로 돌고 우로 꺾으며 뒤로 굴렀다 앞으로 나오는" 행태로 다른 사람들로 하여금 땅바닥을 구르면서 큰 웃음을 짓게 한다. 이는 현선생도 다르지 않다. '산과 못에 혼자 사는 존재로서 수족의 어른으로 하나라 은나라 때부터 활약했다'며 춤을 추지만 역시 다른 사람들에게 큰 웃음거리가 된다.

이 둘은 모두 바위나 모래, 산이나 못에 사는 은사다. 그러면서 스스로는 매우 뛰어나고 재주도 많다고 생각한다. 그런 그들이 용궁에 왔지만 그들은 그곳의 모든 구성원에게 놀림을 받는 대상이 되고 만다. 이 장면에서 '한생'은, 웃음거리가 되는 두 존재를 관찰하는 입장에 있다. 그런데 이 둘은 '한생'과 여러 면에서 겹친다. 인간 세상의 사람으로 벼슬을 하지 않고 있는 은사적 삶을 사는 한생, 익숙하지 않은 공간인 용궁에 초대된 한생, 용궁에서 재주를 드러낸 한생. 어쩌면 용궁에서 조롱받고 있는 이 두 존재는 한생의 다른 모습이 아닐는지.

마지막으로 한생은 용궁을 유람한다. 한생은 유람 중에 '조원루朝元樓', '북', '풀무 같은 물건', '먼지떨이같이 생긴 물건' 등을 구경하고는 그것들을 한번 시험해보고자 한다. 그때마다 용궁의 안내자는 저지한다. 결국 용궁은 한생이 할 수 있는 게 아무것도 없는 공간이 되고 만다. 그저 문재 하나로 칭찬을 받을 수 있을지는 모르지만, 한생이 실질적으로 역할할 수 있는 곳이 아닌 장소다.

그러자 한생은 돌아가기를 청한다. 여기서 한생을 대하는 용왕의 태도가 뜻밖이다. 한생의 귀환을 막지 않는다. 자신이 초청한 사람, 조금 전까지 문재를 칭찬하면서 그렇게 최고의 대접을 베풀었던 사람에게 '명주'와 '비단' 같은 몇 가지 선물만 줄 뿐 남아달라는 어떤 제의도 하지 않는다.

부귀영화는 한갓 허상일 뿐

—

그렇게 한생은 다시 인간세계로 돌아온다. 돌아왔을 때, 인간세계는 자신이 용궁으로 떠나기 전과 다르지 않다. 다만 차이가 있다면, 용왕이 노자로 준 '명주'와 '비단'이 있을 뿐이었다. 한생은 그것을 지극한 보배로 여기며 소중하게 보관한다.

그렇다면 한생은 무슨 이유로 '명주'와 '비단'을 귀하게 여겼을까? '명주'와 '비단'은 용궁에서의 체험을 환기시켜 한생 자신을 깨닫게 해주는 물건이기 때문이다. 용궁에서 특별한 대접을 받은 듯했지만 실제로 용궁에서 보잘것없는 일을 한 자신, 용궁에서 웃음거리가 될 수도 있고, 나아가 갈수록 할 일이 없는 존재가 될 수 있는 자신, 언제든 용궁에서 필요한 일이 끝나고 나면 수용되지 못하고 나와야 하는 자신의 실체를 체험하고 자각한 것이다. 결국 선물로 던져준 '명주'와 '비단'만이 남아 있을 뿐이라는 사실을 분명히 인식한 것이다. '명주'와 '비단'은 용궁의 헛됨을 떠올리게 해주는 물건이다. 이 두 가지가 한생에게 지극한 보배가 된 이유다.

이렇게 볼 때 한생에게 용궁에서의 생활은 긍정적이지 않았다고 할 수 있다. 아니 앞으로도 한생에게 용궁은 바람직하지 않은 곳으로 인식될 것이다. 저쪽 길이 화려해 보이지만 실상은 그렇지 않다는 김시습의 깨달음이 여기에 녹아 있다. 궁궐의 부름을 좇아 가서 얻는 부귀영화가 한갓 허상임을 깨달았던 것이다. 그리하여 다시는 그 길에 미련을 갖지 않겠다는 김시습의 굳은 다짐도 보인다.

김시습의 마음가짐은 한생이 세상을 등지는 결말에서 찾을 수 있다. 만약 용궁에 대해 자각했다면 다시는 가지 않으면 되는 것 아닌가? 여전히 인간 세상에서는 재능을 인정받고 있고 그에 따라 명성을 얻을 수 있는 한생이 왜 굳이 세상을 등진단 말인가?

이에 대한 답은 용궁과 인간 세상의 관계에서 찾을 수 있다. 〈용궁부연록〉에서 용궁은 '말을 타고 갔다가 다른 사람의 등에 업혀 잠시 눈만 감고 있으면' 돌아올 수 있는 곳이다. 즉 용궁은 인간세계와 연결되어 있다. 이는 심각하다. 언제든 필요에 따라 다시 한생을 부를 가능성이 열려 있는 공간이기 때문이다.

한생은 이미 용궁 체험을 통해 그곳에서의 자기 위상을 확인했고, '명주'와 '비단'을 통해 용궁에 다시는 가면 안 된다는 자각도 한 상태다. 그러나 실제로는 용궁에서 언제든 다시 부를 가능성이 남아 있다는 점이 문제다. 그때마다 한생은 고민하고 머뭇거려야 한다. 절의와 공명 사이에서 헷갈려야 한다. 그러한 순환을 막을 수 있는 길은 한생이 자기를 다시는 부를 수 없는 곳으로 나아가는 일이다. 바로 그가 세상을 등지고 산으로 들어간 이유다.

한생이 세상을 등지는 결말은 더 이상 궁궐의 부름에 응하지 않겠다는 굳은 의지의 표명이다. 분명 인간세계와 연결될 수 없는 용궁을 왔다 갔다할 수 있는 공간으로 설정했다는 사실 자체에 김시습의 철저한 속셈이 녹아 있다. 그 속셈을 알아차릴 때, 용궁과 궁궐을 동일시하는 것이 어색하지 않다. 특별한 공간이지만 언제든 부를 수 있는 곳이 궁궐 아닌가?

〈용궁부연록〉을 읽다보면 신념의 길과 현실적 부귀영화의 길에서 고민도 했지만 그래도 나는 신념의 길을 가겠다는 김시습의 외침이 들리는 듯하다. 오늘날까지 우리가 김시습을 생육신으로 추앙하는 것은 이러한 선택이 있었기 때문이다.

『 금 오 신 화 』

모두 알고 있듯이 『금오신화』에는 〈용궁부연록〉 외에 〈만복사저포기萬福寺樗蒲記(만복사에서 저포 내기를 한 이야기)〉, 〈이생규장전(이생이 담장을 몰래 훔쳐본 이야기)〉, 〈취유부벽정기醉遊浮碧亭記(취하여 부벽정에서 노닐었던 이야기)〉, 〈남염부주지南炎浮洲志(남염부주에 관한 이야기)〉가 실려 있다. 하지만 안타깝게도 우리나라에는 『금오신화』가 없다. 그저 한두 작품만이 필사되어 전할 뿐이었다. 그러다가 최남선이 1927년 『계명』 19호에 『금오신화』를 소개하면서 처음으로 전체의 윤곽이 파악되었다. 최남선이 소개한 것은 일본에서 1884년에 간행된 판본이다. 일본에서는 그전에도 1653년, 1660년에 『금오신화』를 간행한 바 있다. 최근에는 조선에서 윤춘년尹春年(1514~1567)이 편집, 출판한 판본이 발견되었다. 가장 이른 시기의 간행물로 추정되지만 그마저도 중국의 다롄도서관大連圖書館에 소장되어 있다.

하생기우전

何 生 奇 遇 傳

너희 같으면 귀신과 결혼하겠니?

어스름한 겨울 저녁, 한 남자가 아름다운 여인을 보았다. 여인의 찰랑거리는 긴 머리가 인상적이었다. 한눈에 반한 남자는 여인을 따라갔다. 얼마나 갔을까? 여인이 돌아보며 알듯 모를 듯한 미소를 지었다. 남자는 설레었다. 재빨리 따라가 말을 걸었다.

"잠깐 시간 좀 내주시겠습니까?"

여인은 뒤도 돌아보지 않고 걸었다. 걷는 속도가 어찌나 빠르던지 남자의 걸음으로도 쫓아가기가 쉽지 않았다.

'어떻게 저렇게 빨리 걸을 수 있지?'

남자는 의심이 들었지만 여기서 그만둘 수는 없었다. 여인이 골목길로 꺾어 들어갔다. 남자도 곧바로 뒤를 쫓았다. 그런데 여인이 보이지 않았다. 겨울이라 그런지 사방은 어느새 캄캄해져 있었다. 남자는 어쩔 줄 몰라 하며 그곳을 서성거렸다. 아무리 봐도 다른 곳으로 나가는 길이 없었다. 두리번 거리던 그때 골목길 저쪽 가로등 불빛 아래에 서 있는 여인이 보였다. 남자 는 망설이지 않고 뛰어갔다. 반가운 마음마저 들었다. 남자는 여인의 등 뒤 에 이르러 숨을 헐떡이면서 다시 용기를 냈다.

"저기요."

그 순간, 여인이 긴 머리를 날리며 휙 돌아보았다. 그러고는 낮은 목소리로 말했다.

"너는 내가 아직도 사람으로 보이냐?"

왜 여인과의 만남이 기이한가?

—

신광한申光漢(1484~1555)이 지은 〈하생기우전何生奇遇傳〉이라는 전기소설傳奇小
說이 있다. 제목을 해석하자면 '하생이라는 사람의 기이한 만남'이라는 말이
다. 그런데 '기이한 만남' 즉 '기우奇遇'라는 제목이 심상치 않다. 도대체 어떤
만남인가? 이제 차근차근 하생의 이야기를 따라가보자.

고려 때 사람인 하생은 풍채가 좋고 재주가 뛰어나서 마을 사람들 사이
에 평판이 좋다. 하지만 일찍 부모를 여의고 집안이 가난했기 때문에 혼인
을 하고 싶어도 딸을 주려는 사람이 없었다. 이에 하생은 자신의 처지를 바
꾸려고 고향 집을 떠나 국학國學에 입학하여 열심히 공부한다. 과거에 급제
해 입신양명하기 위해서다. 하지만 부정한 현실은 그의 꿈이 실현되는 것
을 쉽게 허락하지 않는다. 좌절한 하생은 점쟁이를 찾아간다. 하생은 점쟁
이가 준 점괘에 따라 도성의 남문 밖으로 나가 한 여인을 만나 하룻밤 사
랑의 인연을 맺는다. 그 후 여인은 자신이 3일 전에 죽은 몸이라고 밝힌다.
자기 아버지가 권력의 요직에 오래 있으면서 사람들을 많이 해치는 바람
에 다섯 오라비가 요절했고, 끝내 자신도 죽었다는 것이다. 하지만 아버지
가 옥사에서 억울한 사람을 많이 구한 공도 있기 때문에, 옥황상제가 오늘
을 기한으로 자신을 인간 세상으로 돌려보내기로 했으니 도와달라고 한다.
만약 그렇게 하여 살아난다면 평생 부부의 연을 맺겠다고 언약하기에 하생
이 허락을 한다. 그러자 여인이 금척金尺을 주면서 서울 저잣거리의 큰 절에
있는 노둣돌(말을 타거나 내릴 때 도움을 주기 위한 큰 돌)에 놓아두라고 하면
서 어떤 고초를 당해도 약속을 지켜달라고 부탁한다. 하생이 헤어지고 나
와 돌아보니 무덤 하나만이 있었다. 하생은 여인의 말대로 노둣돌에 금척

을 놓았는데, 얼마 후 소복 입은 여인이 하인 두어 명을 데리고 와 하생을 결박하여 끌고 간다. 도착한 곳은 여인의 집이다. 시중 벼슬을 하는 그녀의 아버지는 하생이 딸의 무덤을 도굴했다고 의심한다. 금척이 여인의 시신과 함께 묻은 매장물이었기 때문이다. 하생은 자초지종을 말하며 자신을 은 인으로 여기게 될 것이라고 자신한다. 시중은 의심하면서도 하인들을 데리 고 가 무덤을 파보니 그 속에 누운 딸의 모습이 산 사람과 같았다. 시중이 놀라 딸을 가마에 태워 돌아와 지극한 정성으로 보살핀다. 며칠이 지나 여 인은 온전한 형태로 살아난다. 시중은 기뻐 잔치를 열어 하생을 대접한다. 하지만 하생의 한미한 집안을 탐탁지 않게 여겨 혼인 시킬 생각은 하지 않 는다. 하생은 원망하는 마음을 시로 적어 여인에게 보낸다. 여인이 식사도 거부한 채 부모에게 하생과 혼인하려는 뜻을 강하게 밝히자 부모도 더 이 상 반대하지 못한다. 이에 하생과 여인은 혼인해 행복하게 산다.

하생은 귀신을 만났다. 귀신을 만났으니 그야말로 기이한 만남이 아닌가?

왜 하필 귀신일까?

—

우리나라 전기소설에서 '남자 주인공과 여인의 만남'은 중요한 모티프다. 남 성들은 고독하고 한미한 존재로 여인들과의 만남을 갈망한다. 그때 정체 모를 여인이 나타난다. 그녀들은 '두 갈래 머리를 단정히 빗어 넘기고, 몸가 짐과 모습이 여리고 고와 마치 하늘에서 내려온 선녀' 같다. 남성은 여인과 의 즉석 만남을 시도한다. 이때 여인은 단순히 생물학적인 이성異性을 의미 하는 것이 아니라, 남성들이 이루어야 하는 꿈과 목표를 상징한다. 그런데 특이하게도 여인들의 정체는 귀신이다.

우리에게 귀신은 일반적으로 두려운 존재다. 어렸을 때 어른들에게서 들었거나, 전등을 끄고 친구들과 작은 목소리로 속삭이던 귀신 이야기는 머리털이 쭈뼛 설 정도로 무섭다. 귀신이 없다고 믿는 게 합리적인 사고이겠지만, 사람의 마음 깊은 곳에는 귀신이 있을 거라는 무의식이 자리 잡고 있다. 실체가 없는 어떤 것. 현실에서는 쉽게 만날 수도, 확인할 수도 없는 존재. 그래서 귀신은 막연한 두려움의 대상이다.

한편 귀신은 호기심의 대상이기도 하다. 귀신이 죽은 후에 저세상으로 가지 않고 이 세상을 떠돌고 있다는 점에서 어떤 심각한 사연을 품고 있을 것 같기도 하다. 우리나라에서 귀신을 지칭하는 '원혼冤魂', '원귀冤鬼'라는 어휘도 재미있다. '원冤'은 '원통함, 원한, 억울함'을 의미한다. 귀신이라는 글자 앞에 이런 수식어가 있다는 것은 귀신이 된 기막힌 이야기가 있다는 의미다.

두려움에 사로잡힌 사람들은 귀신을 보고는 죽거나 까무러친다. 하지만 두려움을 느끼지 않을 때 귀신은 우리의 호기심을 자극한다. 왜 귀신이 됐지? 만약 '억울하게 죽은 여인'이 귀신이 된다는 데 동의한다면, 우리는 그 억울한 사연에 대해 호기심을 넘어 흥미를 느끼기까지 한다.

앞서 언급했듯이 전기소설의 여인들은 아름답지만 귀신이다. 남성의 시선은 두 가지로 나뉠 수 있다. 하나는 귀신으로 대하는 태도요, 다른 하나는 아름다운 여인으로 대하는 태도다. 그들은 어땠을까?

전기소설의 남자 주인공이 여인과의 만남을 소원했다는 서술을 환기해본다면 답은 분명하다. 잠시 머뭇거림이 있기는 하지만 남자들은 여인으로 대하며, 짐짓 여인의 실체에 대하여 모른 척하고 빠져든다. 여인은 남자가 추구하는 꿈과 목표를 의미하기 때문이다. 〈만복사저포기〉의 양생이나 〈이생규정전〉의 이생 등이 여인의 정체에 대해 더 이상 따지지 않고 인연을 맺는 것은 어렵게 이룬 꿈과 목표를 어떻게든 잡고 싶은 간절한 마음에서다.

이런 이유로 전기소설에서는 귀신에 대한 두려움이 전혀 반영되지 않는다. 다만 왜 귀신이 되었는지에 대한 호기심은 남아 있다. 여인들은 모두 왜구(만복사저포기)나 홍건적(이생규장전)의 침략을 맞아 열烈과 절節을 지키려다 죽은 희생자들이다. 약자이지만 사회적 횡포 속에서 자신의 신념을 견지하려던 사람들이다. 남성들이 이러한 여인들을 만난다는 설정은 그들의 꿈과 목표가 단순히 개인의 욕망 성취를 지향하는 데에 그치고 있지 않음을 의미한다.

하지만 여인들은 귀신이다. 귀신은 있는 듯하지만 사실상 없는 존재다. 여인을 만난 지점에서는 남성들이 마침내 원하던 무언가를 이룬 듯 보인다. 실상은 귀신이기에 이루어진 것이 하나도 없는 상태인데도 말이다. 허상이다. 또한 귀신은 이 세상에서 영원히 살 수 없다. 귀신은 이 세상을 떠날 수밖에 없다. 이는 결국 남성의 목표도 사라짐을 의미한다. 그렇기에 애틋함과 상실감은 더욱 커진다. 귀신이 떠난 후, 양생과 이생이 뒤이어 세상을 등지거나 생을 마감하는 결말이 설득력을 지니는 이유다.

이처럼 전기소설은 일견 남녀의 사랑을 다루는 작품처럼 보이지만, 주제의식은 결코 사랑의 감상적 차원에 머물지 않는다. 꿈과 희망이 좌절되는 현실에 대한 진지한 고민이 담겨 있다. 세계는 결코 주인공을 받아들이지 않고, 주인공 역시 그런 세계 속에 살 수 없는 상황을 확인한다. 꿈을 버리고 살 수도 있다. 하지만 전기소설의 주인공들은 결코 이룰 수 없는 꿈을 간직한 채 이 세계를 떠난다. 세계를 떠난다는 것이 패배를 의미하지는 않는다. 타협하지 않겠다는 의지의 상징이다. 이들에게 꿈과 목표는 이룰 수 없지만 끝까지 지켜야만 하는 그 무엇이다. 꿈과 목표는 신념이 되었다고 할 수 있다. 그렇기에 꿈이 없는 현실에서의 부귀영화는 그리 중요하지 않다. 그렇다면 같은 전기소설인 〈하생기우전〉은 어떨까?

왜 하생은 귀신을 사랑했을까?

이제 〈하생기우전〉으로 돌아가보자. 여인을 만나는 부분에서 특이한 점은 하생은 여인과의 만남을 간절하게 소망하지 않았다는 사실이다. 하생은 세상일이 하도 안 풀려 점쟁이를 찾아갔다가 얻은 점괘를 따랐을 뿐이다. 하생의 삶이 운명에 이끌리는 부분이다. 여인과의 만남은 하생이 늘 바라고 꿈꾸던 일이 아니다. 그저 현실을 비껴가기 위한 수단일 뿐이다. 이런 상황에서 누가 귀신인 여인을 만나지 않겠는가? 만나면 자기 인생이 잘 풀린다는데.

그렇게 하여 하생은 여인을 만나 인연을 맺는다. 그제야 여인은 자신이 죽은 몸임을 밝힌다. 그런데 여인의 죽음은 사회적 횡포에 의해서가 아니라 그녀 아버지 개인의 잘못에 의해서다. 어쨌든 만남에 대한 갈망이 없었던 사람이라면 여기서 놀라 도망쳤을 것이다. 귀신이라는데 머물 수는 없는 일이다. 어쩌면 하생도 그러려고 했을지도 모른다. 그래서인지 여인은 재빨리 아버지가 고위 관료인 자기 집안을 소개하면서, 자신이 살아나면 하생과 혼인하여 함께 살고 싶다는 마음을 내보인다. 하생이 혹할 수 있는 일종의 조건 제시다. 이제 여인이 되살아나기만 하면 처가의 도움으로 하생의 꼬였던 삶은 풀릴 가능성이 높아졌다. 하생이 귀신인 여인과의 관계를 유지해야 할, 끊어버릴 수 없는 유혹이기도 하다. 하생이 허락하자, 시간이 없는 여인의 마음은 급해져 자신의 마음을 시로 적어 하생에게 보낸다.

산유화 처음 지고 산새들 지저귀더니	山花初謝鳥關關
봄소식 어느덧 어둠 속에 돌아오네.	春信無端暗裏還
생사를 맡겨 은혜가 막중하니	一托死生恩義重
어서 금척 들고 인간세계로 나가서요.	旱將金尺出人間

은혜가 막중하다는 찬사를 하면서 빨리 세상으로 나가라고 재촉한다. 하지만 이에 대한 하생의 답은 미온적이다.

꽃 간직한 장막은 푸른 구름 아래 잠겼으니	花藏繡幕碧雲沈
꽃 찾아 노니는 벌 즐겨 허락할 리 있나?	肯許遊蜂取次尋
소매 속의 금척은 분명히 있으니	分明袖裏黃金尺
사람 마음 깊고 옅음을 헤아려보려 하네.	欲就人情度淺深

꽃 간직한 장막은 무덤이다. 꽃 찾아다니는 벌, 즉 다른 남자를 여인이 쉽게 하락하지는 않겠지만 그래도 하생은 마음의 깊이를 헤아려보고 싶어한다. 과연 다시 살아나고서도 자신과 함께할지 못 미더웠던 것이다. 어쩌면 가장 인간적인 의심일 수 있다. 속된 말로 '화장실 갈 때와 나올 때가 다르다'고 하지 않던가? 여인이 재차 마음이 변하지 않을 것임을 확인해주자 하생은 그곳을 떠난다. 하생은 금척으로 인하여 고초를 겪지만 조금도 흔들리

지 않는다. 일단 목표가 확실해진 이상 어떤 수난도 그를 막을 수 없었다.

그 후 여인은 재생을 한다. 귀신이 현실의 여인이 될 것이다. 이는 작품 속에서 중요한 지점이다. 실상은 없었던 존재가 만나서 함께할 수 있는 실제의 여인이 되었으니, 하생에게는 자기 욕망을 실현할 기회가 생긴 셈이다. 하생은 결국 여인과 결혼하여 부귀영화를 누린다. 낭만적이고 통속적인 결말이다. 귀신이 사람이 될 수 없다는 것은 자명한 사실이다. 그런데 왜 이런 말도 안 되는 내용이 버젓이 〈하생기우전〉에 들어왔을까?

이에 대해서는 작가 신광한의 삶을 참고할 만하다. 신광한이 36세 때 조선의 4대 사화士禍 중 하나인 기묘사화己卯士禍(1519)가 일어난다. 이로 인해 조광조를 비롯한 수많은 사림이 목숨을 잃거나 귀양길에 오른다. 당시 도 승지都承旨였던 신광한은 그들과 깊은 친분을 유지하고 있던 까닭에 '조광조의 무리'라 불리며 탄핵을 받고 지방관으로 좌천된다. 그 후 신광한은 벼슬을 버리고 고향 여주에서 15년 동안 은둔의 시간을 가진다.

이 시기 신광한은 시골에 살고 있는 자신의 현실 속에서 조정에서 뜻을 펼칠 기회를 엿보았을 수 있다. 그리고 자신의 이상을 실현하고 싶은 욕망도 있었음 직하다. 그러나 대놓고 그것을 말하기가 쉽지 않았을 것이다. 주인공이 여인과의 만남을 간절히 소망하지 않았던 장면으로 설정한 이유가 이 때문이 아닐까? 또한 상황이 극적으로 변하지 않는 한 자신의 이상은 이루어질 수 없는 환상에 불과하다는 사실도 인식하고 있었던 듯하다. 귀신이 사람이 되는 기막힌 반전이 있어야만 가능한 일일 뿐이다. 신광한은 그런 고민을 〈하생기우전〉에 담았다.

결국 신광한은 나이 55세에 이르러 조정으로 돌아간다. 이후 영화를 누리다가 72세의 일기로 생을 마감한다. 〈하생기우전〉의 내용대로 된 것이다.

❧ 『기재기이』 ❧

자신이 신숙주의 후예임을 자랑스럽게 생각한 신광한은 문학사에서 주목할 만한 작품집인 『기재기이企齋記異』를 남겼다. 대체로 신광한이 고향에 은거할 당시 창작한 작품집으로 추정하고 있다. 기재는 그의 호다. 제목은 '내가 기이한 일을 기록한다' 정도로 해석할 수 있다. 여기에는 안빙이라는 사람이 꿈속에 화초의 나라를 방문하는 〈안빙몽유록安憑夢遊錄〉, 이름 모르는 선비가 한밤중에 문방사우를 만나 대화를 나누는 〈서재야회록書齋夜會錄〉(이 둘은 의인체 작품이다), 최생이 용궁을 방문하는 진기한 체험을 하는 〈최생우진기崔生遇眞記〉와 함께 〈하생기우전〉이 수록되어 있다.

최척전

崔 陟 傳

다시 만날 것을 믿습니다

야근을 마치고 저녁 늦게 집에 돌아왔다. 아내가 소파에 앉아 있다. 여기까지는 늘 봐왔던 풍경이다. 그런데 아내가 곁에 와서 앉으라고 한다. 전혀 뜻밖의 상황이다. 내가 귀가하면, 아내의 첫 마디는 늘 '옷 갈아입고 빨리 씻어'였다. 그런데 오늘은 달랐다. 아내가 어리둥절해하는 내게 소파 한켠을 비우며 빨리 오라고 손짓했다. 내가 엉거주춤 자리에 앉자 아내는 내 눈을 빤히 쳐다보며 물었다.

"당신 나를 정말 사랑해서 결혼한 거지?"

나는 급작스러운 질문에 말문이 막혔다. 내가 즉각 답을 하지 않자 아내가 재차 물었다.

"그…… 그럼! 당연하지. 그걸 말이라고 하냐?"

"그럼 말이야. 만약에 우리가 지금 어떤 피치 못할 사정으로 헤어지게 된다면, 당신은 끝까지 나를 찾아다닐 수 있어?"

"무슨 쓸데없는 소리야? 우리가 왜 헤어지나?"

"아니, 만약이라고 했잖아. 안 찾아다니려고?"

나는 순간 오늘 아내가 TV에서 부부와 관련된 무언가를 봤을 거라는 생각이 들었다. 그런 것을 본 날이면 어김없이 사랑에 대해 묻곤 했기 때문이다.

"또 무슨 재미있는 프로그램을 본 거야?"

"글쎄, 6·25전쟁 때 헤어졌던 부부가 60년을 서로 찾아다니다가 결국 만났는데, 그동안 아내는 남편을, 남편은 아내를 그리며 쭉 혼자 살아왔대. 이미 여든이 다 됐지만 두 부부 정말 멋있지 않아? 아! 나도 남편이랑 죽을 때까지 이런 사랑 하면서 살고 싶다."

그러고는 마치 '어쩔 거야? 나를 찾을 거야?' 하는 눈으로 바라보았다.

부부가 된다는 것

—

또래의 이성을 만나면 관심을 갖는 것은 인간의 본능이다. 그래서인지 각자 자기 방식대로 세상을 살아가던 사람들은 어느 순간 전혀 다른 삶을 산 이성에게 호감을 품게 된다. 그래도 우선은 그저 좋기만 하다. 하지만 시간이 흐르면서 갈등이 시작된다. 처음의 호기심은 점점 사라지는 반면 전혀 다른 삶을 살면서 형성된 두 사람의 가치관에서의 충돌은 더 커지기 때문이다.

예전에 여자가 남자를 평가하는 말의 중심에 '키'가 놓인 적이 있다. '키도 커', '키만 작아', '키만 커', '키도 작아'가 그것이다. 농담으로 유행한 말이었지만, 여기에는 남자의 생각이나 의식의 좋고 나쁨은 배제되어 있다. 요즘은 혹시 '초콜릿 복근'이나 '몸짱'이 아닐까? 하긴! 남자는 여자에 대해 한결같이 "예뻐?"라고 하고 있으니 문제다. 어쨌든 외형이 평가 기준이 된다는 것은 정말 위험한 일이 아닐 수 없다.

이런 염려가 있지만 여전히 많은 남녀가 결혼을 하고 부부가 된다. 결혼식은 사람들이 모여 식사하며 즐거워하는 단순한 잔치가 아니다. 부부가 되었다는 사실을 알리는 결혼식은 서로 달랐던 부분을 인정하고 이해하며 양보하면서 살아가겠다는 의지를 공표하는 의식이다.

결혼식을 성대하게 치러야만 공표가 더 분명해지는 것은 아니다. 정화수 떠놓고 조촐하게 한다고 해서 의미가 퇴색되지도 않는다. 부부가 되는 두 사람이 그 자리에 어떤 마음가짐으로 임하는지가 중요하다. 그런데도 최근 우리나라 결혼식은 점점 더 화려해지고 있다. 이 또한 의미보다는 외형을 중요시한 결과이기에 우려가 크다.

이제 부부가 된 사람에게는 혼인의 의미를 잘 새겨 행복하게 살아야 할 의무가 생긴다. 어떤 어려움도 극복해내며 평생 함께해야 한다. 그런데 이게 쉬운 일이 아니다. 살다보면 부부는 현실에서 예상치도 못했던 시련을 만나기도 하고, 그에 따라 부부 사이가 위험해지기도 한다. 때로는 뜻하지 않은 이별을 하기도 한다. 이런 위기에서 부부는 어떻게 해야 할까? 그 답을 고전소설 〈최척전崔陟傳〉에서 찾아보자.

〈최척전〉은 조위한趙緯韓(1567~1649)이 지은 작품으로, 임진왜란 때 헤어진 부부가 일본, 월남, 중국 등을 떠돌다가 끝내 재회하는 과정을 그리고 있다. 고전소설로서는 드물게 당시 동아시아의 여러 국가를 배경으로 하는 방대한 스케일을 자랑한다.

첫 번 째 만 남 과 이 별

남원 사람 최척은 정생원에게 글공부를 배우던 어느 날, 서울에서 전쟁을 피해 내려와 친척 정생원 집에 머물던 옥영이 마음을 담아 보내온 편지를 받는다. 사실 당시에 여인이 먼저 남성에게 편지를 보낸다는 것은 음탕한 일로 간주되었으나, 최척은 개의치 않고 답장해 인연을 이루기를 원한다.

이후 최척은 부친을 통해 정식으로 혼인을 청하지만, 가난하다는 이유로 옥영의 어머니 심씨에게 거절당한다. 두 사람의 결연에 장애가 시작된 것이다.

제가 최생을 살펴보니 사람됨이 중후하며 정성스럽고 믿음직합니다.

결코 방탕한 사람이 아니니 제가 짝이 된다면 죽어도 여한이 없을 것 같습니다. 가난이라는 것은 선비에게 늘 있는 법입니다. 저는 의롭지 못한 부유함은 원하지 않습니다. 제발 혼인을 허락해주십시오.

옥영이 어머니 심씨에게 한 말이다. 말은 부드럽지만 조건 따위는 보지 않겠다는 의지를 내비친다.

이렇게 해서 두 사람은 쉽게 부부가 되는 듯했다. 그러나 운명의 장난이 다시 시작된다. 혼인을 앞둔 최척은 변사정이 주도한 의병에 뽑혔던 것이다. 전쟁터에서도 혼인 걱정으로 병든 최척은 결국 의병장에게 잠시 혼례를 올리고 오겠다고 청했으나 호되게 거절당한다.

부자였던 이웃집 양씨가 이 틈을 노려 아들과 옥영의 혼인을 주선한다. 옥영의 어머니 심씨도 조건이 좋은 혼처에 마음이 끌려 허락한다. 옥영은 강하게 반발하지만 이미 돌이킬 수 없는 지경이 된다. 결국 옥영은 자결을 택하기로 한다.

이런 힘든 과정을 거친 후 두 사람은 부부가 된다. 사실 진정한 부부가 된다는 것이 그리 쉬운 일은 아니기 때문에 이 정도의 고난은 겪을 수 있다고 본다. 그래야 부부의 애틋함이 더할지도 모를 일이다.

최척이 퉁소를 불면 옥영이 시로 화답하면서 두 사람은 서로를 지음知音으로 여기며 행복한 삶을 이어간다. 그러나 이들의 삶에 또 하나의 시련이 닥친다. 바로 정유재란丁酉再亂이다. 왜구는 남원을 함락하고 이로 인해 최척의 가족은 뿔뿔이 흩어진다. 피란하기 위해 남장을 했던 옥영은 왜구의 포로가 되어 일본으로 잡혀간다. 그 사실을 안 최척은 낙담하고 있다가 명나라 장군 여유문을 만나 중국으로 향한다.

朝鮮國禮曹為通諭事

國家不幸被兵禍八路生靈陷於塗炭其僅免鋒刃者又皆係

累迄今二十餘年矣其中豈無思戀父母之邦以為首丘之計而

未見有擁員道路而來者此必陷沒既久無計自出其情亦可

憐也

國家於刷還人口特施寬典丁未年間使臣率來被擄人口並令免

縲至於有役者免役公私賤則免賤完復護恤使之安挿本土其

所刷還之人亦皆得見親黨面目復為樂土之氓在

日本者亦必聞而知之矣況今

國讐賊改前代之所為致書求欵

日本既已殲滅我

國家特以生靈之故差遣使价被擄在

日本者生還本土此其時也若一齊出來則當依往年出來人例

免賤免役完復等典一一施行諭文所到割即相傳依諭文通

告使价之面一時出來庶無愆延免作異域之鬼事胎驗施

行湏至帖者

右帖下被擄士民准此

萬曆四十五年五月　　　日

無判書

　　參判

　　參議

　　正郎　　正郎　　正郎　　正郎

　　佐郎　　佐郎　　佐郎　　佐郎

「포로쇄환유고문」. 종이에 먹, 각 101.7×66.1cm, 1617, 국립진주박물관.
임진왜란 이후 조선인 포로 쇄환에 대한 내용이 담겨 있다. 〈최척전〉의 주인공 역시 포로가 되어 험난한 과정을 겪는다.

최척과 옥영의 첫 번째 만남과 헤어짐은 이렇게 이뤄진다. 전쟁이 평범한 사람들의 삶을 송두리째 바꿔버린 것이다. 이들은 재회할 기약 없이 타국에서 살아간다. 실제로 당시 조선에서 포로로 잡혀가 생이별을 한 사람이 적지 않았다. 〈최척전〉은 그 일단을 보여주고 있다.

두 번째 만남과 이별

왜구 돈우에게 나고야名古屋로 잡혀간 옥영은 계속 체구가 작은 남자 행세를 한다. 돈우는 본래 장사에 능한 사람이다. 명민한 옥영이 마음에 든 돈우는 배를 타고 무역하러 다닐 때마다 옥영을 데리고 다닌다.

한편 최척이 마음에 든 여유문은 그에게 자기 동생을 시집보내려고 하지만 최척이 완강하게 거부한다. 얼마 후 여유문이 병으로 죽자 의탁할 곳이 없어진 최척은 속세를 떠나 신선술을 배우기로 마음먹는다. 세상에 더 이상 미련이 없는 것이다. 그런데 알고 지내던 송우가 말리면서 배를 타고 다니며 함께 장사나 하자고 한다.

요즈음에야 비행기로 이곳저곳을 다니지만, 예전에 다른 나라로 갈 방법은 배밖에 없다. 옥영과 최척이 배를 탄다는 것은 만날 기회가 열렸다는 말이다. 마침내 옥영이 탄 배와 최척이 탄 배가 월남에 도착한다. 그곳에서 열흘 넘게 머물던 어느 날 밤, 최척은 울적한 마음에 퉁소를 꺼내 슬픈 곡조를 부는데, 그때 일본 배에서 조선말로 시를 읊는다.

신선 왕자교가 퉁소 불 때 달은 나지막하고　　　　王子吹簫月欲低

바다 같은 푸른 하늘에는 이슬이 가득하네.	碧天如海露萋萋
서로 만나 푸른 난새를 함께 타고 날아가니	會須共御靑鸞去
봉래산 안개 속에서도 길을 잃지 않으리.	蓬島煙霞路不迷

이는 조선에서 옥영이 최척과 부부가 된 후에 읊은 시다. 서로 만나 산속 안개에서도 길을 잃지 않겠다는 것은 두 사람이 영원히 헤어지지 않으리라는 다짐이기도 하다. 이 시를 들은 최척은 옥영임을 직감하고 눈물만 흘린다.

주변 사람들의 도움으로 최척은 옥영을 데리고 중국으로 돌아온다. 두 번째 만남이다. 자식도 낳고 홍도라는 중국 여인을 며느리로 맞는다. 홍도는 조선을 구하러 간 아버지의 소식이 궁금해 조선인과 혼인한 여성이다. 아마도 아버지가 전쟁에서 죽은 듯하니 조선에 가서 제라도 올려주겠다는 생각에서다. 작가는 그 짧은 순간에도 '효孝'를 살짝 집어넣는다.

이제 다시는 헤어지지 않겠지? 하지만 전쟁은 중국에서도 일어난다. 청나라와 명나라의 대립이다. 청나라가 요양을 침범하자 명나라 임금은 토벌을 명하고, 그만 최척이 그 부대의 서기書記로 참전하게 된다. 최척은 그곳에서 청나라의 포로가 된다. 두 번째 이별이다.

다행스럽게도 최척은 그곳에서 조선에 있을 때 옥영과의 사이에서 낳은 아들 몽석을 만난다. 몽석은 명나라를 도우러 왔다가 광해군의 명으로 바로 청나라에 항복한 강홍립 군대에 속해 있었다.

이별 없는 만남

—

최척과 몽석은 청나라 군사의 도움으로 그곳을 탈출해 조선으로 돌아온다. 20여 년 만이다. 남원으로 돌아오는 길에 최척은 등에 종기가 나 위험한 지경에 빠진다. 마침 어떤 중국인이 침으로 구해주는데, 알고 보니 홍도의 아버지다.

몽석을 만난 것부터가 지나친 우연이라고 생각할 수 있지만, 그만큼 이들 가족의 헤어짐과 만남이 상식적으로는 도저히 예상하기 어려운 기적 같은 일임을 보여주는 것이기도 하다.

중국에 혼자 남은 옥영은 가족 모두를 데리고 조선으로 돌아가기로 결정한다. 옥영은 치밀하게 준비에 들어간다. 당시 주변 정황이 중국, 일본, 조선 삼국을 중심으로 긴밀하게 돌아감을 간파한 옥영은 세 나라의 의복을 모두 준비한다. 옥영은 자신이 배를 탔던 경험을 믿고 바다로 나선다. 중국 배가 오면 중국 사람으로, 일본 배를 만나면 일본 사람으로 행세하며 조선으로 향한다.

순조로울 것 같았던 옥영의 바닷길은 풍랑이 불면서 문제가 생긴다. 한 섬에 잠시 머물던 옥영 일행은 해적을 만나면서 또 한 번 위기를 겪는다. 해적들이 배를 빼앗아갔기 때문에 옥영 일행은 더 이상 움직일 수 없는 상황에 처한다. 강인한 옥영이었지만 더는 견디지 못하고 자결하려 한다. 그런데 꿈에 장륙불丈六佛이 나타나 죽지 말라며 말린다.

〈최척전〉에서는 중요한 순간에 장륙불이 등장하여 도움을 준다. 이는 정말 믿기 어려운 기적 같은 일이 연이어 일어난 데 대해 작가가 필연성을 부여하고자 하여 마련한 장치다. 현실적이지 않은 일을 설명하는 데 신이

한 존재의 등장이야말로 독자를 설득할 수 있는 최적의 방법이 아닐 수 없다. 그만큼 최척과 가족의 일은 어떻게 설명할 방법이 없는 사건인 것이다.

결국 옥영은 조선 통제사의 배에 의해 발견된다. 옥영은 재빨리 조선 옷으로 갈아입는다. 그런데 중국에서 오는 길이라는 말을 절대로 입 밖에 내지 않는다. 단지 나주로 가다가 표류하다가 이렇게 되었다고 설명한다. 아마도 중국에서 오는 길이라고 하면 간첩이나 포로로 여겨 절차가 복잡해질 수도 있다고 판단한 듯하다.

선원들은 더 이상 의심하지 않고 옥영 일행을 순천에 내려준다. 조선으로 무사히 돌아온 것이다. 옥영은 가족을 이끌고 남원으로 돌아온다. 드디어 온 가족이 모두 모이고 만나는 순간이다. 그들은 남원 서문 밖에 있는 옛집에서 행복하게 산다.

그때 이미 일본, 중국, 조선의 전쟁은 끝이 난 상태다. 더 이상 전쟁이 없으니, 최척 가족에게 이별 또한 없다. 그저 영원한 만남만이 있을 뿐이다.

그런데 작가 조위한이 장륙불을 내세울 만큼 특별한 이 이야기가 실화일까? 누구나 한번쯤 의심을 품을 만하다. 이를 의식해서인지 작가는 작품 말미에 의미심장한 말을 덧붙인다.

내가 이리저리 떠돌다가 남원의 주포 땅에서 잠시 거처하고 있을 때, 최척이 나를 찾아와 자신이 겪은 이런 이야기를 해주며 그 모든 전말을 기록하여 없어지지 않게 해달라고 청하였다. 내가 부득이하여 그 사건의 대략을 기록하였다.

이 글을 보면 일단 최척이라는 사람이 허구적 인물은 아닌 것으로 판명

된다. 사건을 겪은 사람이 있다면 믿는 게 옳다. 모든 것이 사실임을 확인 해주는 구절이다. 게다가 임진왜란, 정유재란이 실제로 발발했고, 포로로 잡혀간 조선인이 많았으며, 청나라와 명나라의 전쟁이 있었던 것은 모두 역사적 사실이다. 이 모든 것을 고려하면 최척의 사건은 사실일 가능성이 없지 않다.

그러나 여전히 의구심이 남는다. 우선 작품 속에서 일어난 많은 사건을 납득하기가 쉽지 않다. 또한 작품 속에서 글을 잘하는 사람으로 형상화된 최척이 왜 스스로 글을 쓰지 않고 조위한을 찾아갔을까?

이 이야기가 사실인지 혹은 허구인지는 중요하지 않다. 독자에게 사실로 믿어달라고 말하는 작가의 요청을 이해하는 자세가 중요하다. 작가는 최척의 이야기를 사실로 전하면서 전쟁이 평범한 사람들에게 가하는 폭력의 실상을 고발한다. 나아가 그러한 폭력 속에서도 결코 굴하지 않는 백성의 강인한 의지를 보여준다. 작가 조위한은 그것을 부부 간의 사랑으로 풀어냈다.

홍도전

〈최척전〉은 유몽인柳夢寅(1559~1623)의 『어우야담於于野談』에 실려 있는 〈홍도전紅桃傳〉과 비교된다. 〈홍도전〉 역시 남원에 살던 두 남녀의 결혼, 정유재란 때의 헤어짐, 통소 소리로 다시 만남, 남편이 청나라의 포로가 되어 다시 헤어짐, 포로에서 탈출하여 조선으로 오다가 종기 치료를 해주는 중국인을 만남, 아내가 배를 타고 중국을 탈출, 가족 모두의 재회 등의 내용으로 짜여 있다. 두 작품이 내용이나 구조 면에서 매우 유사함을 알 수 있다. 〈홍도전〉의 내용은 〈최척전〉에 비해 아주 소략하다. 또한 〈홍도전〉에서는 최척이 정생으로, 옥영이 홍도로 되어 있는 것도 흥미롭다. 의식적으로 작품을 구성한 조위한과는 달리, 유몽인은 떠돌던 이야기를 그대로 채집해 수록했기에 이런 차이가 생겼다. 영향관계를 따지기보다는 당시에 떠돌던 이야기를 대하는 작가 의식에 따라 서로 다른 결과물을 산출했다고 보는 것이다.

주생전

周 生 傳

우리 사랑의 끝은 어디일까?

지우는 여전히 눈물을 흘리고 있었다. 어려울 때 만나 마음을 다했던 남자가 자기 몰래 다른 여자를 만나고 있다는 사실은 큰 충격이었으리라. 나는 딱히 해줄 말이 없어 커피 잔만 만지작거렸다. 얼마나 지났을까? 지우가 마음을 진정시키며 말했다.

"그 사람이 나한테 어떻게 그럴 수 있니? 응? 선미야, 너는 내가 그 사람을 얼마나 사랑했는지 알지?"

"알지, 알고말고! 나도 석준씨가 변했다는 게 믿기질 않아. 너희 두 사람 정말 잘 어울렸단 말이야. 그런데 어쩌다가……"

"내가 잘 알고 지내던 원장님께서 대학 입학시험을 앞둔 아들 과외 공부를 시켜야 하는데 마땅한 사람이 없다고 하시더라고. 그래서 내가 남친이 아닌 척하고 그 사람을 소개했어. 원래 그 사람이 사법시험 공부를 했거든."

"그렇지. 석준씨 정도면 좋은 선생님이 될 수 있지."

"그런데 그 집에 딸이 있었어. 명문대를 졸업하고 반듯한 직장을 다녔는데, 시간이 지나면서 글쎄 그 사람과 눈이 맞았던 모양이야."

"뭐야? 아니 뭐 그런 나쁜 여자가 다 있어? 여친이 있는 사람하고 어떻게?"

"그 여자는 모르는 눈치야. 내가 모든 사실을 알리겠다고 하니까 그 사람이 미안하다며 다시 나한테 잘하겠다고 하더라. 시간을 벌려는 속셈 같아. 선미야! 이미 마음 떠난 남자를 억지로 잡아두려는 내가 너무 비참해. 그런데도 놓지 못하겠어. 어쩌면 좋니?"

지우는 고개를 숙이며 흐느끼기 시작했다. 나는 다시 커피 잔만 만지작거렸다.

사랑은 변하는 거야!

—

예전에 애인이 있는 사람을 좋아하게 되었을 때 흔히 "골키퍼 있다고 골 안 들어가냐?"라는 말을 하곤 했다. 우스갯소리였지만 인간의 사랑이 영원하지 않을 수도 있다는 의미가 담겨 있어 씁쓸하다. 하지만 실제로 죽도록 사랑했던, 또는 운명이라고 생각했던 사람이건만 어느 순간 헤어짐이 눈앞에 닥치는 일은 한두 번이 아니다.

TV 드라마에서 왜 남녀 주인공의 사랑이 이뤄지는 아름다운 순간만 그리는 줄 아는가? 그 이후 만남이 계속되면 그들도 이별의 위기에 처할 수 있을 텐데 말이다. '환상을 통한 만족'을 주기 위해서다. 저들은 우리와 달리 영원한 사랑을 하리라고, 그렇기에 끝까지 행복할 거라고 믿게 한다. 환상은 깨지기 마련이지만 이루어진 순간만큼은 행복하다. 드라마는 시청률을 위해서 그 순간을 포착한 유희물일 뿐이다.

우리 고전소설도 수많은 남녀의 사랑을 그리고 있다. 주인공들은 적대자의 온갖 방해를 이겨낸다. 그들의 사랑은 언제나 완성에 이른다. 심지어 죽어서도 하나가 된다. 그런데 사랑이 그렇지 않다는 사실을 보여주는 문제작이 튀어나온다. 권필權韠(1569~1612)의 〈주생전周生傳〉이다.

주생은 임진왜란으로 조선에 출정한 명나라 사람이다. 권필은 〈주생전〉이 자신이 개성에서 주생을 만나 직접 들은 이야기라고 밝히고 있다. 그가 실제로 주생을 만났는지는 알 수 없다. 어쩌면 가탁假託일 수도 있다. 〈주생전〉의 내용이 실화든 아니든 권필이 작품으로 남긴 이유는 내용이 그만큼 신선했기 때문이다. 천천히 탐색해보자.

〈주생전〉에서 중심이 되는 인물은 주생과 그의 아내(?) 배도, 그리고 또 다른 여인 선화다. 아내에 물음표를 친 이유는 두 사람이 정식으로 혼인하지는 않았지만 사실상 함께 사는 사실혼 관계에 있었기 때문이다. 간단히 말하자면 이 작품은 배도를 먼저 만난 주생이 후에 선화를 만나는 내용이다. 이때 당연히 배도는 주생과 갈등한다.

〈주생전〉은 악하지 않은 사람들의 삼각관계, 어쩌면 흔히 있을 법한 삼각관계를 그린다는 점에서 흥미롭다. 이는 우리 고전소설에서 거의 찾아볼 수 없는 모습이다. 과연 이 세 사람의 치명적인 사랑의 결말은 어떻게 맺어질까?

오빠 한번 믿어봐
—

어려서부터 총명함으로 이름을 떨치던 주생은 그만 과거에는 번번이 낙방하고 만다. 이에 모든 꿈을 접고 장사를 시작한다. 이리저리 떠돌아다니다가 고향 전당錢塘에 도착한 주생은 그곳에서 젊을 적 친구였던 기생 배도俳桃를 만난다. 배도는 주생에게 좋은 짝을 구해줄 테니 머물라고 한다. 그러니까 친구를 소개시켜주겠다는 말이다. 하지만 상황은 주생이 배도의 시를 보면서 급변한다.

비파로 상사곡일랑 타지 마시오.	琵琶莫奏相思曲
음악 소리 높아지면 내 마음은 또 끊어져요.	曲到高時更斷魂
꽃 그림자 주렴에 가득한데 임은 없어	花影滿簾人寂寂
올봄 몇 날 밤을 지새웠던가?	春來銷却幾黃昏

기생으로 살면서 많은 남자를 가까이했지만 아직까지 진정으로 따를 한 사람을 만나지 못한 배도의 절실함이 묻어난다. 그런데 권필은 "주생은 이미 배도의 예쁜 모습을 좋아하고 있었는데, 이 시를 읽고는 정미의혹情迷意惑"했다고 묘사한다. 한마디로 정신이 혹 나갔다는 말이다. 겉모습에 빠진 남성이, 임을 찾고 있는 여성의 마음을 알고 몸이 달아올랐다고 보면 된다. 앞뒤 헤아리지 않는, 육체에 대한 욕정만이 가득 차 있는 상황이다.

배도는 애초에 주생을 마음에 두지 않았다. 다른 사람을 찾아주겠다는 말에서 눈치 챌 수 있다. 그러나 주생이 다가오자, 배도는 주생에게 반드시 입신양명하여 자신을 기적妓籍에서 빼주겠다고 약속한다면 따르겠다고 한다. 조건 제시다. 그 조건에 욕정은 거침없이 솟아 "그것은 남자만이 할 수 있는 일"이라며 망설이지 않고 대답한다. 남성들의 가장 음흉한 말인 "오빠 믿지?"의 조선식 화법이다.

배도는 여기에 더해 주생에게 자신을 버리지 않겠다는 맹세의 글을 요구한다. 주생은 당연하다는 듯 써준다.

청산은 결코 늙어 없어지지 않고	靑山不老
푸른 물은 항상 그곳에서 흐른다.	綠水長存
그대가 나를 믿지 못한다면	子不我信
하늘에 있는 밝은 달이 보고 있다.	明月在天

늘 한결같겠다는 다짐이다. 아름다운 여인을 앞에 둔 주생은 못 해줄 게 없다. 자신의 욕구 충족 앞에서 배도의 요구는 그다지 심각하게 생각되지 않는다. 다 들어주어야 한다. 여인이 충분히 믿을 수 있게 과장을 해서라도

진심인 듯 해야 한다. 자연에서 결코 사라지지 않는 산과 물, 달이 나오는 주생의 서약은 달콤하다. 여자들은 알면서도 속는다고 했던가? 주생은 그 순간에 충실했다. 그렇기에 배도와 함께할 수 있었다. 과연 늘 한결같으리라는 남자의 언약은 믿을 수 있을까?

사랑이 어떻게 변하니?

—

주생과 배도는 서로 장난치고 즐기면서 하루하루를 보낸다. 배도 역시 주생과 있느라 잔치에 나가지 않는다. 늘 함께 있고 싶은, 정말 사랑하는 사람들의 모습이다. 그러던 어느 날, 배도는 차마 거절하지 못하고 노 승상 댁 부인의 잔치에 나가게 된다. 주생은 말을 탄 배도의 모습에 홀린 듯 따라 나서지만 같이 들어갈 수 없어 이리저리 돌아다닌다. 날이 어두워져도 배도가 나오지 않자 주생은 노 승상 댁으로 들어간다. 여기서 문제가 발생한다. 하필 주생은 그곳에서 또 다른 여인을 보고 만다.

구름 살쩍, 검푸른 머리카락에 얼굴은 약간 취기가 어리어 홍조를 띠었다. 살짝 옆을 흘겨보는 맑은 눈은 흐르는 물에 밝은 가을 달이 비추는 것 같았다. 애교가 넘치는 미소는 봄꽃이 아침 이슬을 함빡 머금은 듯했다. 그곳에 앉아 있는 배도는 마치 봉황에 까마귀, 옥구슬에 조약돌과 같았다. 넋은 구름 밖에 나앉고 마음은 허공에 떠버린 주생이 거의 미친 듯이 소리치며 뛰어들 뻔하였다.

주생이 본 여인은 노 승상 댁의 외동딸 선화다. 주생의 태도는 배도를 보았을 때와 마찬가지로 외모에 치중되어 있다. 게다가 선화는 배경 좋고 재산도 많은 집안의 이상적인(?) 인물이다. 어느 남자인들 싫어하겠는가? 정신이 나갈 수밖에 없다. 주생은 그 순간 배도를 너무 일찍 만난 것을 후회했을지도 모른다.

욕정은 단발성으로, 지속성을 갖지 못한다. 새로운 욕정의 대상이 나타났을 때, 이전의 대상은 관심 밖으로 밀려난다. 그래서일까? 주생은 선화를 만난 뒤부터 배도에 대한 정이 식어버린다. 비록 배도를 만나 이야기할 때는 억지로 웃었지만 마음에는 오직 선화만이 있을 뿐이다. 그러던 차에 노 승상 댁 부인이 주생의 학문을 인정해 아들 국영의 교육을 부탁해온다. 주생에게는 정말 하늘의 도움 아닌가? 어찌됐건 선화와 연결될 실마리가 주생의 손에 쥐여진 셈이다. 기회를 놓치기 싫었던 주생은 국영에게 '오가며 공부하기 힘들 테니 별채가 있으면 자신이 승상 댁으로 가겠다'고 제안한다.

여자의 촉은 무섭다. 배도는 주생에게 딴마음이 있을 거라 의심한다. 하지만 주생은 노 승상 댁에 있는 많은 서책을 공부하기 위해서라고 둘러댄다. 주생이 입신양명하여 자신을 기적에서 빼주기를 바랐던 배도의 소원을 이용한 핑계다. 배도는 그 말을 믿고 일단 마음을 놓는다.

과연 주생과 선화는 어떻게 되었을까? 늦은 밤 주생이 담을 넘어 선화의 거처에 잠입하고, 선화 역시 주생을 받아들임으로써 두 사람의 인연은 시작된다. 그런데 선화는 배도와 달리 어떤 조건도 내세우지 않고, 사랑으로 주생의 욕망을 있는 그대로 안아준다. 그 후 배도와 선화의 신경전도 뜨겁게 전개되는 등 흥미진진한 내용이 이어진다. 마침내 배도는 주생에게 최

후통첩을 한다.

어찌 군자가 담장을 넘어 만나고, 벽에 구멍을 뚫고 서로 훔쳐보는
짓을 할 수 있습니까? 모든 사실을 부인께 말씀드리겠습니다.

주생은 자신을 죽이려고 하느냐며 반항하지만 배도는 자기 입을 막으려
면 바로 집으로 가자고 단호하게 말한다. 어쩔 수 없이 배도와 함께 돌아온
주생은 선화가 그리워 병이 든다. 그런데 배도 또한 병이 든다. 아마도 화병
火病이지 싶다. 이미 마음 떠난 남자를 억지로 붙잡아두느라 가슴속에 켜켜
이 쌓였던 울분과 억울함이 만만치 않았으리라.
　　결국 배도는 눈을 감는다. 마지막으로 선화와 혼인하라는 말을 남긴
채……

이 사 랑 어떻게 하나요?
—

주생은 배도의 장례를 치른 뒤 호주湖州로 떠난다. 노 승상 부인이 자신과
배도의 관계를 알게 되었고, 국영 또한 병으로 죽어 연결 고리가 없어진 마
당에 아무리 생각해도 선화와 인연을 맺을 방법이 없었기 때문이다. 떠나
기 전날 밤, 주생은 선화의 후원을 바라보며 상사곡相思曲을 읊는다.

　　좋은 인연이　　　　　　　　　　　　　　好因緣
　　나쁜 인연 되어　　　　　　　　　　　　是惡因緣

새벽 후원 은등잔 불빛은 아련한데 　　　　　　曉院銀釭已惘然
떠나는 배는 이별의 끝을 달리는구나 　　　　　歸帆雲樹瀯

　주생은 호주에서 외가인 장씨 노인에게 의탁한다. 그곳에서 주생은 선화 생각이 갈수록 깊어져 점점 더 수척해진다. 선화에 대한 주생의 마음이 욕정에서 진정으로 변화되었음을 보여주는 장면이다. 장씨 노인이 염려가 되어 묻자 주생이 모든 사정을 털어놓는다. 장씨 노인은 자기 아내의 성이 노씨로, 본래 노 승상 댁과는 여러 대에 걸쳐 아는 집이라며 주선해보겠다고 한다.

　독자들이 예상하는 바와 같이 일이 잘 풀려 주생과 선화는 혼인하기로 결정된다. 알고 보니 주생이 떠난 뒤 선화도 상사병에 걸렸던 터라 노 승상 집에서도 더 이상 문제삼지 않는다. 혼인 날짜는 9월로 잡힌다. 그런데 주생은 무언가를 예감했는지 혼인 날짜를 앞당기자고 요청하는 편지를 쓴다.

　옛사람은 하루를 못 만나면 3년과도 같다고 했습니다. 이것으로 따져볼 때 한 달은 90년이나 됩니다. 만약 천고마비의 가을날로 혼인을 정한다면, 차라리 이미 죽어버린 나를 찾는 편이 나을 것입니다.

　이 편지는 부치지 못한다. 임진왜란 때 조선의 구원병으로 주생이 뽑혀가기 때문이다. 이럴 때 우리는 흔히 마가 끼었다고 한다. 이제 두 사람의 사랑이 어떻게 결말을 맺게 될지는 아무도 모른다. 주생이 전장에서 죽을 수도 있고, 살아 명나라로 돌아갈 수도 있다. 어쩌면 선화가 주생을 그리워하다가 먼저 세상을 떠날 수도 있다.

열린 결말로 독자들의 상상에 맡겨둘 따름이다. 배도를 떠올리며 잘되었다고 비아냥거릴 수도 있고, 그래도 두 사람이 잘되기를 바랄 수도 있다. 여러분은 어느 쪽인가?

❈ 도기: 기생을 애도함 ❈

권필이 주생을 진짜로 만났는지에 대해서는 학자들 역시 아직 논란 중이다. 그런 가운데 권필이 지은 한시 〈도기悼妓: 기생을 애도함〉이 배도를 대상으로 한 작품이라는 주장이 있다. 물론 처지가 비슷한 다른 기생일 수도 있다. 판단은 여러분 몫이다.

백옥 같은 뼈 신선의 궁에 묻었고	玉骨埋靈鎖
금빛 화로의 향불은 저녁 연기로 흩어진다.	金爐罷夕薰
버드나무는 소소(유명한 기생)의 집을 감추었고	柳藏蘇小宅
꽃은 설도(유명한 기생)의 무덤을 둘렀다.	花繞薛濤墳
진루의 달(남녀의 사랑을 의미)은 한갓 꿈이요.	一夢秦樓月
외로운 혼이 초협(운우지정, 즉 남녀 사랑) 구름에 떠도네.	孤魂楚峽雲
해마다 긴 제방의 풀만이	年年大堤草
흔들흔들 치마 입고 춤추던 때를 따라하는구나.	空學舞時裙

위경천전

韋 敬 天 傳

우리 끝까지 사랑할 수 있을까?

아파트 앞에서 한 사내가 서성이고 있다. 초조한 듯 긴장된 모습의 사내는
연신 휴대전화를 만지작거린다. 몇 번을 망설이던 사내가 마침내 버튼을
눌렀다. 단축번호인 것으로 보아 전화 받을 사람과는 꽤 가까운 듯싶었다.
"따르르릉, 따르르릉……"
무미건조한 신호음이 계속되었다. 상대방이 전화 받기를 꺼리는 것 같았다.
그럴수록 사내는 가슴이 타들어갔다. 봄볕은 유난히도 화창했다. 여러 번
시도하다가 마침내 연결이 됐다.
"왜?"
오랜 기다림 끝에 전화를 받은 사람의 첫 응답치고는 꽤 사무적이었다. 남
자는 그래도 전화를 받았다는 사실에 안도했다.

"집 앞인데…… 저기 좀 나오면 안 될까?"

사내가 간신히 입을 떼었다. 한참 동안 침묵이 흐르더니 전화가 끊겼다. 사내는 그 자리에서 기다렸다. 얼마나 지났을까? 아파트 입구에서 한 여자가 나왔다. 사내의 얼굴에 잠깐 기대에 찬 미소가 스쳤다.

"우리 다 끝났잖아! 이런다고 달라지는 건 없어. 더 이상 사랑하지 않는다고."

사내를 보자마자 내뱉은 여자의 말투는 단호하고 냉정했다. 그 앞에서 사내는 허탈한 웃음을 지으며 말했다.

"사랑이 어떻게 변하니?"

사내의 목소리는 떨리고 있었다.

누구나 꿈꾸는 순수한 사랑
—

남녀가 서로 사랑하는 이유를 한마디로 요약할 수는 없다. 각자가 처한 상황과 입장이 다르기 때문이다. 하지만 대체로 다음의 세 가지 틀 속에 넣을 수는 있을 듯하다.

하나는 목적형 사랑이다. 사랑을 통해 무언가를 얻으려는 계획된 사랑이다. 여기에는 조건이 수반된다. 자신의 신분 상승을 위해, 출세를 위해, 목표를 위해 하는 사랑이다. 상대방은 이러한 욕망을 성취시켜줄 수 있는 조건만 갖추고 있으면 된다. 상대방이 자신을 좋아해주는 상황이라면 더 좋다.

사람들은 이런 목적형 사랑을 비난한다. TV 드라마에서 남자 주인공이 어려운 시기에 뒤를 보살펴주던 여자 주인공을 배반하고 재벌 집이나 권세가의 사위로 들어갈 때, 시청자들은 '나쁜 놈'이라며 분노한다. 자신 또는 자신의 아들딸에게 그런 기회가 온다면 당연히 같은 선택을 하거나, 하게할 것이면서도 말이다.

또 다른 하나는 성희형 사랑이다. 자신의 성적 욕구를 채우기 위한 찰나적인 사랑이다. 지속성이 결여된 성희형 사랑의 끝에는 개인의 만족감만이 남는다. 책임감이 뒤따르지 않는 사랑의 행위는 심하면 폭력을 수반하기도 한다.

이러한 것을 어떻게 사랑이라고 할 수 있느냐고 반문하는 사람들이 꽤 많다. 이들은 '사랑'의 본질적 의미를 따지기 때문이다. 사랑이라는 단어 안에는 아끼고 귀하게 여기는 마음이 전제되어 있다. 그러나 더 중요한 전제는 어떠한 상황에서도 대가를 바라지 않는, 결코 변하지 않는 믿음과 책임감이다. 이를 순수형 사랑이라고 할 수 있다.

순수형 사랑은 무한 책임과 믿음의 지속성을 중시한다. 대부분의 남녀는 자신들의 사랑이 순수형이라고 생각한다. 사랑할 때는 결코 자신들의 사랑이 변하지 않고 영원하리라고 믿기 때문이다. 그러나 어디 그런가? 언제라도 요동치는 게 사람의 마음인 것을?

"사랑이 어떻게 변하니?"라는 물음이 나오는 순간 순수형 사랑은 깨지고 파탄만 남는 것이다.

물론 이 세 가지 형태의 사랑이 완전히 독립적이지는 않다. 처음 만남은 목적형 또는 성희형이었으나 결국에는 순수형 사랑으로 귀결되는 경우도 적지 않다. 특히 이러한 귀결을 우리 고전소설에서 자주 볼 수 있다.

〈춘향전〉을 예로 들어보자. 이 도령은 처음에 춘향의 모습을 보고 '장히 좋다'며 혹하고 이어 춘향의 신분이 기생이라는 말을 듣고는 불러오게 한다. 당시 기생은 사대부 남성을 모시는 것이 법도였다. 이 도령은 한바탕 자신의 욕구를 해소하고 싶었던 듯하다. 반면 춘향은 이 도령이 사또 자제로 뛰어난 인물이며 다섯 가지 복이 갖추어진 관상을 지닌 인물임을 보고 사랑을 허락한다. 조건이 전제된 만남이다. 성희형 사랑과 목적형 사랑의 결합이다. 그러나 이후 그들의 사랑은 변한다. 이 도령은 과거에 급제한 화려한 경력에도 불구하고 춘향을 찾아 약속을 지켰고, 춘향 역시 온갖 고난에도 이 도령에 대한 믿음을 버리지 않았다. 그 결과 행복한 결말을 맺는다.

얼마 전 방영된 〈천일의 약속〉이라는 TV 연속극 역시, 목적형 사랑으로 인하여 깨져버렸던 남녀 주인공의 순수형 사랑이 회복되고 이어지는 과정을 주제로 했기 때문에 큰 인기를 끌 수 있었던 것은 아닐까?

근대에 발행된 『춘향가연정』에 실린 춘향이 형장을 받는 장면, 아단문고.

　세상에는 목적형 사랑과 성희형 사랑, 또는 사랑의 파탄이 판을 친다. 그런데도 문학이나 영화, 드라마에서는 순수형 사랑을 추구한다. 사람들이 심정적으로 순수형 사랑을 지향하기 때문이다. 병든 아내(남편)를 끝까지 극진히 보살피는 남편(아내), 어떠한 상황에서도 사랑의 끈을 놓지 않는 남녀의 모습을 보면서 눈물을 흘리고 감동하며, 실제로 그 상황이 되면 자신도 그렇게 하겠노라고 다짐까지 잠시 해보는 이유가 여기에 있다.

욕정에서 시작된 사랑

　고전소설에서 남녀의 사랑을 중심으로 다룬 작품에는 〈위경천전韋敬天傳〉이 있다. 이 소설은 오직 남녀의 사랑 속에서 이루어질 수 있는 사건만을 다룬다.

　금릉 땅에 사는 위경천은 훌륭한 가문의 후손으로 문장과 재주가 뛰어났다. 그는 친구 장생과 함께 장사 땅에 있는 동정호로 뱃놀이를 가서 흥취에 겨워 술을 마시고 시를 지으며 놀다가 그만 잠이 들었다. 저녁 무렵 먼저 일어난 위경천은 곤히 자는 장생을 두고 배에서 내려 마을로 갔다가 풍악과 피리 소리가 들리는 화려한 집으로 몰래 들어갔다. 밤이 깊어 나오려는 순간, 그 집 청지기가 모든 문을 열쇠로 잠그는 바람에 꼼짝없이 안에 갇히고 만다. 하는 수 없이 은밀히 집 안을 배회하던 위경천의 눈에 시를 읊는 꽃다운 여인이 들어왔다. 소숙방이었다.

그림자는 오래도록 달을 사랑했으나
몸은 꽃처럼 가벼지기 않구나.
바람 따라 흐르는 일만 점의 향기
뉘 집으로 날아가 떨어지려나?

소숙방의 이 시는 심상치 않다. 바람 따라 아무 집에나 떨어지는 꽃의 향기처럼 자기도 자유롭게 세상에 나가 남자를 만나고 싶어하는 마음을 담고 있다. 그 모습을 본 위경천은 참을 수 없는 욕정이 솟아, 죽음을 무릅쓰고라도 그 욕정을 채우려는 마음에 사로잡힌다. 그러나 진짜 잘못되었을 경우를 생각하고는 몇 번 망설인다. 하지만 수레를 끄는 여섯 마리의 말이 치달리듯이 미친 마음이 솟구치자 더 이상 참지 못하고 소숙방의 방으로 뛰어 들어간다.

성희형 사랑의 표본이다. 누군지, 어떤 여자인지도 모르고 그저 자신의 욕정만이 우선이다. 최소한의 상호 소통도 없다. 이때 소숙방이 거부하는 것은 당연하다.

"뉘 집 방탕한 놈이 이리도 미쳐 날뛴단 말이냐?"

소숙방의 이 말은 강한 저항의 표시다. 소숙방의 거친 저항이 계속되자 위경천은 도망가든가, 강제로라도 소숙방을 어떻게 하는 수밖에 없다고 생각한다. 그러나 문이 잠긴 집에서 도망치기란 쉽지 않을 것이기에, 강제적 수단 즉 폭력이 뒤따를 개연성이 높아진다.

만약 여기서 폭력으로 얼룩진 찰나적 사랑을 그렸다면 〈위경천전〉은 당시 사회에 문제적이고 위협적인 작품이 되었을 것이다. 폐기처분되었거나 읽더라도 공개적으로는 보기 힘들어 몰래 숨겼다가 읽는 은밀한(?) 소설이 되었을 것이다.

그러나 작가는 성희형 사랑으로 작품을 마무리할 생각이 없었던 것 같다. 작가는 위경천의 온화하고 고상한 말씨와 설명에 소숙방이 마음을 다소 누그러뜨리며 처음처럼 심하게 거부하지는 않는 태도를 보이는 방향으로 서사의 진행을 바꾼다. 실로 갑작스러운 일이 아닐 수 없다. 실제였다면 일어나기 힘든 상황이다. 이러한 변화가 유기적 인과성을 지니지 못했다는 지적은 피할 수 없다.

마침내 두 사람은 함께 밤을 보내고, 이후 그들의 감정은 변화를 일으킨다. 이로써 두 사람의 사랑은 긍정적으로 변한다.

"오늘 밤 훌륭한 낭군을 만나 제 소원을 이루게 되었으니 백발이 되도록 고락을 함께할 것을 맹세합니다."
"오늘 밤 우리가 함께한 것은 전생의 인연이 있었기 때문이 아닐까 합니다. 더구나 못난 나에게 몸을 허락하고 평생 함께하겠다고 하니, 그 정성은 목석도 감동시킬 것이요, 그 마음은 천지신명께도 통할 것입니다."

조금 전까지만 해도 폭력으로라도 소숙방을 겁탈하려던 위경천과 온몸으로 저항했던 소숙방 사이의 대화다. 두 사람이 대립적 관계에서 평생을 약속하는 사이로 전환되었음이 확인된다. 이제 더 이상 성희형 사랑은 찾아볼 수 없다.

죽음을 초월한 사랑

—

아침이 되자 위경천은 소숙방과 아쉬운 작별을 하고 장생에게로 돌아간다. 밤사이에 있었던 일을 들은 장생은 위경천을 꾸짖는다.

"자네는 과거에 급제하여 임금님 앞에서 글을 짓고 입신양명하여 세상을 구하고 편안케 하는 것이 평생의 뜻인 사람이 아니었나? 이 제 망령되이 사통하는 죄를 범하고도 깨닫지 못하여 끝내 신세를 망치겠다는 겐가? 음란한 남녀가 밀회한다는 추악한 소문은 덮을 수 없으니 이로 인하여 부모님과 가문에 욕이 미치고 재앙이 미칠 걸세."

'망령되이 사통한 음란한 남녀'라는 장생의 말은 두 사람의 사랑을 성희 형으로 판단하고 부정적으로 보았음을 의미한다. 또한 가문을 들먹인 것은 조건에 대한 고려다. 어쩌면 위경천과 소숙방을 제외한 모든 사람의 생각 일 수도 있다. 밖으로 드러난 정황으로 보면 이러한 평가는 마땅하다. 장생 이 술을 권하여 위경천이 쓰러진 틈을 타서 배를 급히 돌려 금릉으로 돌아 간 것도 두 사람을 떼어놓아야 한다는 일념에서였다.

하지만 남들이 어떻게 보더라도 두 사람의 사랑은 이미 바뀌어 있었다. 자 기 의지와 상관없이 금릉으로 돌아온 위경천과 장사에 남아 있던 소숙방의 그리움은 시간이 갈수록 짙어졌고, 결국 병이 든다. 이른바 상사병이었다.

꽃가지 그림자는 옥으로 된 난간에 어른거리고

석양에 우는 꾀꼬리는 봄날의 수심을 더욱 부추긴다.

침상에 누워 초조하게 님 그리워하니

머리맡에 아련한 그 목소리 들려온다.

황하가 끊이지 않듯 깊은 우리 맹세 그대로인데

멀리 떨어져 있어 기쁜 소식 올 기약이 없다.

이대로 죽으면 원한이 남을 텐데

살아 있는 동안 어디서 다시 만날 수 있을까?

군이 다른 설명을 하지 않더라도 이 시에서 소숙방에 대한 위경천의 절실함과 간절함을 읽을 수 있다. 변하지 않는 마음과 다시 만나야만 한다는 기대가 담겨 있다. 위경천의 부모가 사실을 알고 소숙방의 집으로 청혼하려고 할 때, 소숙방 집에서 먼저 사람이 도착했다는 데에서 소숙방도 마찬가지 마음이었음을 알 수 있다. 앞에서 보인 장생과는 달리, 이제 모두가 두 사람의 순수한 사랑을 공식적으로 인정한 셈이다. 마침내 혼인하여 부부가 된 두 사람은 늘 사랑하고 공경하며 지낸다.

이렇게 위경천과 소숙방의 진실한 사랑은 이루어졌다. 그런데 여기서 작가는 다시 한번 장난(?)을 해본다. 이들의 사랑이 어디까지인지를 보여주려고 작정한 듯싶다.

두 사람이 행복하게 살고 있는 그때 조선에는 왜군이 침입한다. 명나라에서는 구원병을 보내기로 하고 위경천의 아버지를 장군으로 임명하여 출정시킨다. 아버지는 위경천을 서기관으로 삼아 함께 출발한다. 그러나 위경천은 미처 조선에 이르지 못한 채 그만 병영에서 고단함과 소숙방에 대한 그리움에 병이 들어 죽고 만다. 위경천의 상여가 오자 소숙방도 비단 수건에 목을 매어 자결하니, 소씨 집안에서 두 사람을 함께 묻어준다.

욕정에서 시작된 위경천과 소숙방이 사랑은 이제 죽음도 갈라놓을 수 없는 완전한 사랑으로 거듭 완성되었다.

죽은 위경천이 아버지 꿈에 나타나 "소씨와 깊은 정을 미처 나누지 못했습니다. 살아서는 함께하지 못했으나 죽어서는 같이 묻히고 싶습니다"라고 말한 데서 우리는 그들이 사랑이 삶과 죽음을 떠나 영원히 지속될 것임을 확인한다. 그래서 〈위경천전〉은 그저 슬프기보다는 우리 가슴속 깊은 곳에서 어떤 울림으로 남는다.

❧ 주 생 전 vs 위 경 천 전 ❧

〈위경천전〉은 임진왜란에 참전한 중국인을 주인공으로 한다는 점에서 앞에서 읽은 〈주생전〉과 유사하다. 남자 주인공이 모두 서기관으로 차출된다는 점, 전쟁으로 인해 사랑하는 사람과 헤어지게 되었다는 점, 병영에서 남자 주인공이 병든다는 점도 같다. 그렇지만 주생은 위경천과 달리 여전히 살아 있고, 조선에까지 들어온 것으로 되어 있는 점이 다르다. 또한 남녀 주인공이 죽어 서사가 완결된 〈위경천전〉은 이야기가 더 이상 진행될 수 없는 닫힌 구조다. 반면 과연 주생이 돌아가서 사랑하는 여인 선화를 만날 수 있을지 궁금해할 수밖에 없는 〈주생전〉은 어떤 이야기가 더 이어질 것 같은 열린 구조를 갖고 있다.

참고로 『고담요람古談要覽』이라는 책에서는 〈위경천전〉의 작가를 권
필權韠(1569~1612)이라고 밝히고 있다. 하지만 이 기록의 신빙성에
대해서는 의문을 제기하는 학자가 적지 않아 작가 문제는 여전히
논란거리로 남아 있다.

양산백전

梁 山 伯 傳

우리 모두 행복하게 살자!

직장에서 회식이 있어 조금 늦게 집에 돌아왔다. 현관을 들어서는데 아내
는 기척도 없다. 거실에는 전등이 꺼진 채 TV 불빛과 소리뿐이었다.
'이 사람이 TV를 켜놓고 잠들었구나' 하고 생각하는 순간 소파에 웅크리고
앉아 있는 아내의 모습이 보였다. 아내는 훌쩍거리고 있었다.

"왜? 무슨 일 있어?"

깜짝 놀라며 묻자 아내는 나를 물끄러미 바라보며 말했다.

"내가 좋아하던 드라마가 이제 거의 끝나가."

"난 또 뭐라고! 근데 왜 울고그래?"

"주인공이 죽는대. 그러면 안 되는데. 행복하게 살아야 하는데……."

"그러니까 해피엔딩이 되어야 한다는 말이네."

"그럼! 저 주인공이 얼마나 고생하면서 살아왔는지 당신은 모르지? 그렇게 버티다가 이제 조금 잘 살게 되었는데 죽는다니 말이나 돼?"

"물론 행복하게 끝나면 좋지. 하지만 드라마잖아. 그냥 있는 그대로 봐."

"안 돼! 주인공을 죽게 놔둘 수는 없어."

아내는 비장하게 일어서더니 컴퓨터를 켰다. 그러고는 방송국 홈페이지로 들어가서 게시판을 클릭했다. 그곳에는 이미 아내와 같은 생각을 가진 사람이 많았다. 이에 아내는 자신감을 얻었는지 글을 올렸다.

"작가님, 제발 주인공을 살려주세요!"

고난을 극복하는 DNA

1997년! 우리나라는 국제통화기금인 IMF에 구제 금융을 요청했다. 외부의 도움 없이는 지탱할 수 없을 정도로 국가 경제가 실로 어려워진 것이다. 그로 인하여 우리나라는 뼈를 깎는 듯한 고난의 시절을 보내야만 했다.

IMF 구제 금융 당시 우리나라에서는 세계를 놀라게 한 자랑스러운 일이 있었다. 그것은 국민이 자발적으로 참여한 '금 모으기 운동'이었다. 상식적으로 생각해보자. 나라가 어렵고 살림살이가 어려워지면 우선은 내 재산을 지키려는 게 당연한 행동 아닌가? 그런데 우리 국민은 거꾸로 자기 재산을 내놓았다. 이겨내야 하고 이겨낼 수 있다는 마음이 없었다면 불가능한 일이다. 전 세계는 위기를 극복하려는 우리의 작은 움직임에 감동했다. 모두가 좌절할 것 같은 시기였지만 우리는 마침내 그것을 극복해냈다. 뿐만 아니라 이제는 IMF에 150억 달러를 지원할 정도가 되었다.

그러면 무엇이 우리를 그렇게 만들었는가? 선뜻 답을 내놓을 만한 문제는 아니다. 하지만 하나의 요인은 찾을 수 있다. 바로 고난은 극복할 수 있다는 믿음의 DNA가 우리 몸속에 내재해 있다는 사실이다.

이러한 DNA가 정말 있는지 의심을 품을 수 있다. 그럴 때면 고전소설을 보라. 우리나라 고전소설에 비극적 결말이 보이기는 한다. 하지만 99퍼센트의 작품은 주인공이 행복하게 살아가는 내용으로 끝을 맺고 있다. 고전소설의 주인공들은 죽을 위험에 처하거나, 부모가 죽어 외톨이가 되거나, 사회의 횡포 속에서 수난을 겪는다. 그런데도 그들은 자신을 둘러싼 환경에 좌절하거나 포기하지 않는다. 어떻게든 이겨낸다. 심지어 초월적 존재의 도움을 받아서라도 극복한다. 내 힘으로 최선을 다했지만 안 될 때에는 하늘이 도와주리라고 믿는다. 고난 극복에 대한 확신이 이보다 더 지극할 수 있을까?

고전소설은 해피엔딩을 지향한다. 우리 선조들이 그러한 결말에 적극 동조했기 때문이다. 결국 고전소설은 온갖 수난과 고통은 이겨낼 수 있는 과정이며, 이를 통해 삶은 행복해질 수 있으리라는 우리의 내면의식을 글로 드러낸 문학이다. 그렇기에 고전소설은 이야기의 비극적 결말마저 바꿔버린다.

무척이나 슬픈 이야기

〈양산백전梁山伯傳〉이라는 작품이 있다. 남자 주인공 양산백과 여자 주인공 추영대의 사랑 그리고 성공을 드라마틱하게 그린 고전소설이다. 이 〈양산백전〉은 중국의 〈양축梁祝 설화〉를 바탕으로 하고 있어 흥미롭다. 〈양축 설화〉는 이미 고려조에 우리나라에 유입되었다고 한다. 명나라 말기의 문인 풍몽룡馮夢龍(1574~1646)은 자신이 지은 『정사情史』에 〈양축 설화〉를 실어놓았다. 그 내용을 요약하면 다음과 같다.

양산백과 축영대는 동진東晋 때 사람이다. 양산백의 고향은 회계이고 축영대의 고향은 상우다. 두 사람은 동문수학하였는데, 축영대가 먼저 상우로 돌아갔다. 후에 양산백이 상우를 지날 일이 있어 축영대를 찾아가는데, 그곳에서 비로소 축영대가 여자인 것을 알았다. 집으로 돌아온 양산백이 부모에게 고하여 장가들고자 하였지만 축영대는 이미 마씨와 정혼한 상태였다. 그 사실을 알게 된 양산백은 어찌할 비를 몰라 히머 슬퍼하였다. 그 후 3년, 양산백은 은령이라는 벼슬에 나아갔지만 슬픔은 그만 병이 되었다. 양산백은 청도산 아래에 자신을 묻어달라고 유언을 남기고는 죽었다.

이듬해, 축영대가 마씨에게 시집가려고 배를 타고 청도산 아래를 지나고 있었다. 그런데 갑자기 바람이 불고 파도가 일어 더 이상 나갈 수가 없었다. 이유를 직감한 축영대는 양산백의 무덤으로 가서 실성 통곡하였다. 그때 갑자기 무덤이 갈라졌다. 축영대는 망설임 없이 무덤 속으로 뛰어들었고, 그 후 무덤은 다시 닫혔다. (…)

두 사람의 옷을 태우자 불 속에서 두 마리 나비가 되었다는 내용은 후세에 말하기 좋아하는 사람들이 붙인 것이다.

내용이 무척 담담하다. 정보만 담고 있어서 이것만으로는 두 사람이 진짜 사랑했었는지도 모를 일이다. 이를 확인하기 위해서는 고려 때 간행된 『협주명현십초시夾注名賢十抄詩』라는 책을 참고할 필요가 있다. 이 책에서는 당나라 시인 나업羅鄴의 〈협접蛺蝶(나비)〉을 소개하면서 "나비는 속설에 의로운 아내의 옷이 변한 것이라 하네俗說義妻衣狀"라는 구절을 설명하기 위해 양산백과 축영대의 이야기를 주석으로 달아놓았다. 거기에는 두 사람의 절절한 사랑이 잘 드러나 있다. 그 일부를 보자.

산백이 보고는 누구와 비슷하다고 여겼다가	山伯見之情似
비로소 축영대가 여자인 것을 깨닫는다.	辨英臺是女郎
근심에 병이 들어 시 한 편을 부치니	帶病偶題詩一絶

저승에서라도 함께 부부가 되고 싶다고 한다.　黃泉共汝作夫妻云云

(…)

양산백 당신은 저 때문에 이미 죽었는데　　　　君旣爲奴身已死

저는 이제야 당신 생각하며 무덤가로 왔습니다.　妾今相憶到墳傍

당신이 만약 혼령이 없다면 저를 물리치시고　　君若無靈敎妾退

혼령이 있다면 무덤을 열어주세요.　　　　　　有靈須遣塚開張

말이 끝나기 무섭게 무덤이 깨어지니　　　　　言訖塚堂面破裂

축영대가 뛰어들어 죽었다.　　　　　　　　　英臺透入也身亡

이 일부 내용만으로도 두 사람이 화려하지는 않지만 매우 은은하게 사랑하고 아꼈음을 알 수 있다. 그래서 그들의 슬픈 죽음도 이해가 된다.

약간의 변주

〈양축 설화〉의 비극성에 안타까워한 우리나라 사람들은 그러한 마음을 시나 설화로 드러내곤 했다. 그렇지만 기본적으로 〈양축 설화〉는 행복한 결말을 꿈꾸는 우리 정서와는 배치된다. 그래서 출현한 작품이 〈양산백전〉이다. '아무래도 안 되겠다. 뭔가 바꿔야겠다'고 마음 제대로 먹은 결과물이라고 할 수 있다.

〈양산백전〉에서는 여자 주인공의 이름이 추영대로 나온다. 아마도 '축영대'의 발음이 쉽지 않아 바꾼 듯하다. 〈양산백전〉의 중반까지는 〈양축설화〉와 크게 다르지 않다. 다만 양산백이 동문수학하면서 추영대의 정체를 의

심하는 장면은 이채롭다. 그 대표적인 것이 목욕 장면이다.

어느 날 양산백은 더위를 핑계로 동문수학하던 추영대에게 폭포수에서 목욕을 하자고 한다. 눈치챘겠지만, 추영대는 남장을 한 상태다.

피서하며 글을 지어 서로 화답하다가 양산백이 추영대에게 말하였다.

"오늘 몸이 매우 더우니 봉하 폭포에서 목욕하는 것이 어떻겠는가?"

"나는 몸에 병이 났으니 목욕을 할 수가 없네. 자네만 가는 것이 좋겠네."

"자네는 사내대장부가 아닌가? 우리의 정이 태산 같으니 모든 행동을 함께 하는 것이 좋지 않겠는가? 무슨 말을 그리 섭섭하게 하는가?"

양산백이 웃으며 말하였다. 추영대는 더 이상 어쩌지 못하고 같이 가서 다른 곳에서 손과 발만 씻었다. 양산백이 그 모습을 보고 속으로 의심하였다.

'저 사람이 만일 남자라면 어찌 함께 목욕하는 것을 꺼리겠는가? 정말 이상한 일이로다.'

추영대가 여자임을 알고 있는 독자에게 이 부분은 아슬아슬하기도 하고 재미있기도 하다. 이후 양산백은 잠들어 있는 추영대의 가슴을 헤쳐 보고서는 여자임을 확인한다. 남자가 양갓집 여자의 가슴을 헤쳐 보는 일은 지금도 쉽지 않다. 물론 양산백이 추영대를 남성으로 알고 있었다는 점을 감안하면 이해가 된다. 하지만 추영대의 정체를 꿰뚫고 있던 독자들은 이 부분에서 침을 꼴딱 삼키는 '긴장된 흥미'를 느꼈을 것이다. 정체 확인과 에로

틱한 장면 사이의 묘한 줄다리기가 보인다.

그 후 두 사람이 죽음에 이르는 부분까지는 서로의 그리워하는 마음을 더 강조해 서술하는 점을 제외하고는 〈양축 설화〉와 크게 다르지 않다. 특히 죽은 양산백의 혼령이 추영대의 꿈에 자주 이르러 서로 사랑하는 대목이 첨가됨으로써 두 사람의 관계를 이미 부부의 연을 맺은 당당한 사이임을 강조한다. 이렇게 함으로써 다른 남자(〈양산백전〉에서는 심생)와 혼인한 추영대가 양산백의 무덤에 뛰어들어 죽는 행위가 정당성을 확보하게 된다. 원래의 남편을 따라 죽은 상황이 되기 때문이다.

마침내 대박 반전
—

문제는 양산백과 추영대가 죽고 난 다음이다. 비극을 싫어하고 고난에 좌절하는 모습을 인정할 수 없었던 우리나라 사람들은 두 사람의 죽음 뒤에 행복을 약속하는 또 다른 내용을 붙였다. 그래서인지 〈양산백전〉은 당시 독자들에게 인기가 있었던 듯하다. 〈양산백전〉이 여러 형태로 출판되어 많은 이본이 있었다는 사실이 이를 뒷받침한다. 독자들은 비극적인 내용을 바꾼 새 작품에 환호하고 갈채를 보냈다.

〈양산백전〉에서 덧붙인 내용은 크게 둘로 나누어 볼 수 있다. 그것은 '재생담再生談'과 '군담軍談'이다. '재생담'은 양산백과 추영대가 세상에 다시 태어나는 이야기이고, '군담'은 재생한 양산백이 전쟁을 통해 나라에 공을 세우는 이야기다.

문득 두 무덤이 일시에 갈라지더니 오색 빛깔 구름이 솟아났다. 그 속에서 두 사람의 몸이 움직여 일어나더니 무지개다리를 따라 한 곳에서 만났다. 서로 반가움을 이기지 못하여 덥석 안으며 말하였다.

"오늘 우리 두 사람이 다시 만난 것이 어찌 하늘이 정한 일이 아니겠는가?"

하늘의 도움을 통해서라도 죽음이라는 고난을 이겨낸 두 사람은 각자의 집에서 이해를 얻어 혼인을 한다. 이미 짐작했겠지만 이제 이들에게 더 이상의 좌절은 없다. 다만 현세에서의 장밋빛 삶이 예정되어 있을 뿐이다. '재생담'이 그러한 삶의 물꼬를 터준 이야기라면, '군담'은 그 정점을 찍게 해주었다.

양산백과 추영대가 혼인한 지 얼마 되지 않아 서달이라는 오랑캐가 쳐들어와 나라가 어수선해진다. 이에 조정에서 오랑캐를 물리칠 만한 인재를 뽑고자 과거를 실시하는데, 여기서 양산백은 문무 장원으로 급제한다.

이제 양산백이 전쟁에 나가 공을 세우는 일만 남았다. 하지만 작가는 서두르지 않는다. 조금 더 뜸을 들여 먼저 왕균이라는 사람이 대원수가 되어 출정하는 이야기를 끼워넣는다. 당연히 왕균은 대패한다.

비교해보라! 주인공이 처음부터 나서서 승리하는 경우와 누군가가 이미 전쟁에 져서 더 이상 어쩔 수 없을 때 출전하여 적을 물리치는 경우를. 주인공의 공이 어느 경우에 더 극대화되겠는가? 작가는 이 점을 노렸다.

결국 '임금이 놀라고, 조정 신하들이 두려워하며, 백성이 불안해하여 언제 나라가 망할지 모르는 상황'에서 양산백이 출정을 한다.

군사들이 달려들어 창으로 서달이 타고 있는 말 다리를 찔렀다. 말이 고꾸라지면서 서달 또한 몸이 공중에 붕 떠서 땅에 떨어졌다. 양산백이 군사를 재촉하여 서달을 사로잡아 결박하게 하니, 남은 적병이 모두 항복하였다.

양산백은 당당한 개선장군이 되어 돌아오고, 임금은 양산백을 북평후에 봉한다. 그 후 고향으로 돌아간 양산백은 추영대와의 사이에서 2남 1녀를 두고 남부럽지 않게 살다가 부부가 함께 하늘로 올라간다.

지금 힘들고 괴롭고 어려운가? 그러면 조금만 참고 견뎌보자. 반드시 이겨내서 좋은 날을 맞으리니. 분명 하늘도 편들어줄 테니까. 이것이 우리 민족이 가지고 있는 원형적 DNA이다.

🌿 의 적 일 지 매 🌿

우리나라에서 일지매—枝梅에 관한 기록은 조수삼趙秀三(1762~1849)의 『추재집秋齋集』 「기이紀異」 편에서 찾아볼 수 있다. 조수삼은 일지매를 늘 탐관오리의 재물을 훔쳐 먹고살 길 없는 백성에게 나누어준, 도둑 중의 협객이라고 했다. 그리고 다른 사람이 도둑으로 의심받지 않게 하려고 붉은색으로 매화 한 가지를 그려놓는다고도 하였다. 사실 일지매라는 인물과 이야기는 1640년에 출간된 중국 소설 『환희원가歡喜冤家』에 실려 있는 것이다. 우리나라 사람들은 만화, 동화, 소설 등으로 끊임없이 재생산하면서 우리 이야기로 바꾸었다. 탐관오리에 대한 분노인가, 의적 출현에 대한 소망인가? 한 가지! 매화가 엄동설한을 겪은 뒤 곱게 피어나듯이, 일지매는 우리에게 고난 속에서 기다림과 희망을 상징하는 인물이 되었다.

원생몽유록
元 生 夢 遊 綠

역사 속에서 진실 찾기

퇴근해 집에 들어와서 뉴스를 보고 있는데 갑자기 아들이 묻는다.

"아빠, 옛날에 간첩이었던 사람들이 왜 이제 와서 간첩이 아닌 걸로 다시 판결이 나요?"

"글쎄다. 아마 당시에는 저분들을 간첩으로 모는 것이 모든 면에서 좋다고 생각하는 힘 있는 사람들이 있었기 때문이겠지."

"그러면 저분들은 굉장히 억울하잖아요?"

"물론 억울하지. 그런데 당시 저분들이 힘 있는 자들에게 반대했거든. 힘 있는 사람들 입장에서는 눈엣가시지. 그럼 어떻게 하겠니?"

"없애려고 하겠지요."

"그렇지! 물론 처음에는 회유도 하겠지만, 끝까지 반대하자 간첩으로 본 거지. 북한하고 대치하고 있던 상황이라 간첩이라고 하면 일반 시민들에게도 잘 먹혔거든. 간첩이라고 하면 대놓고 편을 들 수도 없었지."

"그럼 아빠도 저분들을 간첩이라고 생각했었나요?"

"대학생 때였으니까 아니라고 생각했지만 신문과 방송에서는 모두 간첩이라고 했지."

"에이, 그러니까 사실 같기는 했지만 사실이 아니었던 거네요."

"역사가 그렇단다. 우리가 읽고 있는 역사 기록은 승리한 사람에 의해 쓰인 것이란다. 그러니 역사 기록은 이긴 자가 자기에게 유리한 대로 조작할 수도 있지 않겠니? 우리는 기록 너머에 있는 진실을 알도록 노력해야 할 거야. 비록 진실 찾기가 어렵다고 해도 말이지. 아빠는 오늘 저분들이 간첩 혐의에서 무죄를 받은 것도 또 다른 진실 찾기의 결과라고 본다."

"그러니까 눈에 보이는 것만을 전부라고 믿지 마라, 뭐 이런 말이네요."

권력과 피

—

'장성택 처형'. 얼마 전 대한민국을 떠들썩하게 했던 북한발 뉴스다. 북한의 2인자로 군림했던 장성택이 하루아침에 형장의 이슬로 사라졌다는 보도는 너무 급작스러웠다. 게다가 장성택이 북한 최고 권력자인 김정은의 고모부였다는 사실에 많은 사람이 "아무리 그래도 어떻게 고모부를 죽일 수 있지?" 하며 웅성거렸다. 일반인들 입장에서는 이해하기 쉽지 않은 게 사실이다.

하지만 권력의 속성을 안다면 그리 놀랄 일도 아니다. 권력은 한 사람에게 집중되어야 한다. 더욱이 북한은 왕조 체제다. 즉 조선시대의 왕위 세습과 별반 다르지 않다. 권력이 분산될 경우, 왕조 체제는 무너진다. 그렇기 때문에 만약 위협이 된다면, 김정은은 형과 동생이라고 해도 제거할 것이다. 그렇게 해서라도 가져야 하고 지켜야 하는 것이 바로 권력이다.

조선시대에는 이보다 더한 일이 있었다. 초기에는 태조의 아들끼리 서로 싸워 죽이는 '왕자의 난'이 일어난다. 이를 통해 후에 태종이 되는 방원이 권력의 중심에 서게 된다. 또한 태종은 자신과 세종의 처가 쪽을 모두 처치한다. 이들이 외척이 되어 왕권을 간섭할까 걱정해서다. 이처럼 권력은 피를 부른다. 이기면 적의 피를 칼에 묻혀오는 것이지만, 지면 적의 칼에 자신의 피를 묻히게 되는 게 권력이다.

그래도 앞의 사건들은 이미 등극해 있는 왕을 겨냥하지는 않았다. 조선시대에 왕을 부정하는 것은 곧 역모이며, 이는 삼족이 죽임을 당하는 큰 죄이기 때문이다. 그런데 조선 초기에 유일하게 성공한 역모가 있다. 바로 수양대군이 단종을 죽이고 세조가 되는 사건이다. 이것이 더욱 논란이 되는 이유는 수양대군이 단종의 숙부이기 때문이다. 이런 관계 때문에 이 사건은 세상 사람들의 관심을 끌어 다양한 콘텐츠로 재생산된다. 수양대군과 단종을 지키려던 김종서의 대립을 다룬 영화 〈관상〉도 그 가운데 하나다.

너를 인정할 수 없다
－

수양대군이 세조가 되자 단종 때의 신하들 가운데 일부는 그를 왕으로 인정하지 않았는데, 그중 대표적인 인물이 '사육신死六臣'이다. '죽은 여섯 신하'로 풀이되는 이 단어는 '단종을 위해 목숨을 바친 충절의 신하'라는 참뜻을 지니고 있다. 나아가 충성의 상징어가 되었다고 할 수 있다.

성삼문成三問, 박팽년朴彭年, 하위지河緯地, 이개李塏, 유응부俞應孚는 단종 복위를 준비하다가 발각되어 모두 처형당한다. 이들은 문초 현장에서 세조에 대하여 왕을 의미하는 "전하"라는 말 대신 높은 사람에 대한 공경의 뜻을 담은 "영감"으로 불렀다고 한다. 왕자인 사실은 인정하겠지만 왕으로는 받아들일 수 없다는 의미다. 이들은 모두 형장에서 사라진다. 이로써 공식적으로는 조선의 역적이 되었다.

하지만 조선의 많은 지식인은 이들의 행위에 공감하고 응원을 보낸 듯하다. 이들의 의거와 억울함에 대한 많은 글이 남아 있는 정황이 그 증거다. 그 가운데 하나가 〈원생몽유록元生夢遊錄〉이다. 〈원생몽유록〉은 다양한 이본이 존재하지만 내용상으로는 큰 차이가 없다. 이는 〈원생몽유록〉이 당시에 상당히 많이 읽힌 작품임과 동시에 그 자체가 완전한 내용으로 구성됐음을 말해준다.

〈원생몽유록〉의 작가는 임제林悌(1549~1587)다. 임제는 항상 '만약 내가

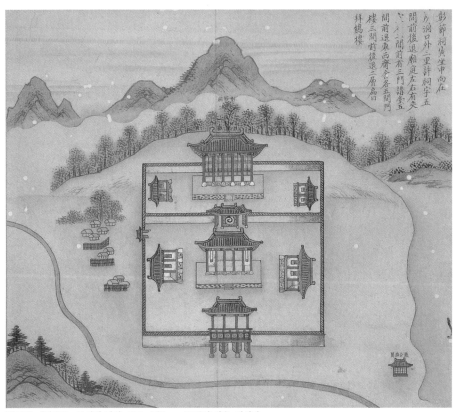

「창절사」, 『월중도』, 종이에 채색, 55.7×46.0cm, 1840년 이후, 장서각.
사육신의 위패를 모셔놓은 곳이다.

중국에서 태어났더라면 나도 천자 노릇을 할 수 있었을 것'이라고 하면서, 특히 죽음을 앞두고는 자식들에게 '온 세계의 나라 가운데 황제를 칭해보지 않은 나라라곤 없는데 우리 조선만은 한 번도 그리지 못했으니, 이런 소국에서 태어났다가 가는데 무엇이 그리 아까울까. 내가 죽더라도 너희는 절대 울지 말라'고 명했다고 한다. 세계화 속에 살고 있는 우리에게도 시사하는 바가 많은 말이다. 이런 배포 때문에 여전히 공식적인 역적으로 남아 있던 단종과 여섯 신하가 등장하는 〈원생몽유록〉을 지을 수 있었던 것은 아닐까?

〈원생몽유록〉의 중심인물은 가난하지만 정의로운 선비인 원자허元子虛다. 그는 밤늦도록 책을 읽다가 머리가 어지러워 책상에 기대어 그만 잠이 든다. 원자허는 꿈속에서 신선이 된 기분으로 공중을 날아 어떤 강변에 이른다. 그는 그곳에서 휘파람을 불면서 시 한 수를 읊는다.

한 서린 장강은 목이 메어 흐르지 못하고　　　　　恨入長江咽不流
갈대꽃 단풍잎 사이로 찬바람만 분다.　　　　　　荻花楓葉冷颼颼
이곳은 분명 장사의 언덕인데　　　　　　　　　　分明認是長沙岸
달 밝은 밤 영령은 어디에 있는가?　　　　　　　　白月英靈何處遊

만나고 싶은 사람을 만나다

위 시에서 지명地名인 장강과 장사는 중요한 암시를 한다. 이곳은 바로 항우가 초나라 왕이 되기 위해 죽였던 당시의 왕(비록 명목뿐이기는 했지만) 의제義帝와 관련된 장소다. 모두 알다시피 의제와 관련해서는 김종직이 지은 〈조의제문弔義帝文(의제를 조문하는 글)이 유명하다. 이로 인해 김종직은 연산군에 의해 부관참시를 당하고 그 제자들은 모두 죽임을 당하는 무오사화가 발생한다. 이는 항우와 의제로 세조와 단종을 비유했다는 이유에서다. 즉, 세조를 부정하는 마음을 가졌다는 것이다. 따라서 조선의 지식인들은 이 부분만 읽어도 〈원생몽유록〉이 단종과 관련된 작품임을 눈치챘을 것이고, 그만큼 흥미를 느꼈을 것이다. 마치 우리나라 민주화 투쟁 시대에 정부에서 금지한, 그러나 정당한(?) 불온서적을 읽는 스릴이랄까?

원자허는 한 선비의 영접을 받는데 바로 그가 남효온南孝溫(1454~1492, 단종이 왕위를 빼앗기자 관직에 나가지 않고 절의를 지킨 생육신 가운데 한 사람)이다. 생육신 가운데 남효온이 등장할 수 있었던 근거는 그가 사육신을 기리는 〈육신전六臣傳〉을 지었다는 사실과 무관하지 않은 듯하다.

남효온을 따라간 원자허는 마침내 한 정자에 앉아 있는 단종과 다섯 신하, 즉 박팽년, 성삼문, 하위지, 이개, 유성원柳誠源을 만난다. 그때 남효온이 충격적인 발언을 한다.

요순탕무는 만고의 죄인입니다. 후세에 억지로 선양을 받은 놈들이 근거로 삼고, 신하로서 임금을 친 놈들이 명분으로 삼고 있습니다. 오랜 시간이 지나도 끝내 막지 못하였으니 쯧쯧 네 사람은 그만 도적의 효시가 되고 말았습니다.

요 임금, 순 임금, 탕왕, 무왕은 유교에서 숭상하는 성군이다. 따라서 이 네 사람을 비판한다는 것은 유교 자체를 부정하는 위험한 발언일 수도 있다. 요 임금은 농사를 짓고 있던 순 임금을 발탁했고, 순 임금은 홍수로 고

생하던 중국에서 물을 잘 다스려 홍수를 막아낸 우 임금에게 자리를 물려준다. 이로써 이른바 임금 자리를 똑똑하고 현명한 사람이 잇도록 한다는 선양禪讓의 전통이 생겨나게 된다. 탕왕과 무왕은 은나라와 주나라를 세운 사람이다. 이들은 본래 하나라와 은나라의 신하였으나, 그 나라의 왕이 포악무도하여 백성을 도탄에 빠트리자 군사를 일으켜 새롭고 정의로운 나라를 건국했다. 따라서 이들의 행위는 전혀 비난받을 일이 아니다.

문제는 힘 있고 무도한 놈들이 임금 자리를 빼앗으면서 요·순·탕·무를 들먹이는 데 있다. 남효온은 요순 임금이 그 무도한 놈들에게 빌미를 주었으니 잘못되었다는 논리를 내세운 것이다. 이 논리에는 무리가 있다. 단종은 즉각 그것을 지적한다. 그것은 요·순·우·탕의 잘못이 아니라 그 이름을 팔면서 나쁜 짓을 하는 놈들의 잘못이라고.

작가는 남효온과 단종의 토론을 통해 세조가 단종에게 '선양'의 형식으로 왕위를 물려받은 사실을 상기시킨다. 나아가 그러한 행위가 결코 옳은 일이 아니었음을 비판한다. 선양은 원래 좋은 제도인데, 세조 네가 한 짓은 아니라는 의미다.

이후 단종과 다섯 신하는 모두 시를 읊는다. 시를 읊는다는 것은 마음속의 깊은 회한을 드러내는 행위다. 단종의 시는 왕이었던 자신은 죽고 거짓 왕이 선 상황에 대한 슬픔을 말하면서 그나마 넋을 의탁할 수 있는 예닐곱 신하가 곁에 있다는 사실에 안도하는 마음을 담고 있다. 하지만 한때 임금이었던 단종에게 겨우 예닐곱 신하밖에 없다는 사실에 독자는 오히려 짠함을 느낀다. 다섯 신하는 자신의 행위에 대한 자부심과 함께 임금을 지키지 못한 안타까움을 담고 있다. 시를 통하여 독자와 그들의 충절이 교감되는 부분이다.

실패에 대한 아쉬움

—

그런데 왜 사육신 가운데 다섯 사람만 나올까 궁금해지려던 찰나에 마지막 한 사람 유응부(?~1456)가 등장한다. 영웅의 기상을 가진 그가 던진 첫 마디는 우리의 예상을 뛰어넘는다.

"애달프다! 썩은 선비들아! 그대들과 어찌 큰일을 꾸몄단 말인가?"

사육신은 세조가 상왕(단종. 세조가 왕이 되면서 단종을 명목상 상왕으로 추대함)과 함께 명나라 사신을 접대하는 자리에서 세조를 제거하기로 한다. 유응부와 성삼문의 아버지 성승成勝(?~1456)이 별운검別雲劍(행사에서 칼을 차고 임금을 시위하는 직위)이 되었기 때문이다. 하지만 나라에서 갑자기 행사 당일 별운검을 폐지하여 일이 어렵게 된다. 이에 유응부는 그대로 거사를 일으키자고 하지만 다른 사람들은 다음 기회를 노리자며 만류한다. 하지만 이후 일이 발각되어 모두 죽임을 당하게 된다.

실제로 유응부가 국문을 받을 때 성삼문 등을 돌아보며 '사람들이 문인들과는 일을 도모하기 어렵다고 하더니 과연 그렇구나. 지난번 사신 초청 잔치 때 내가 그곳에 가서 내 칼을 시험해보겠다고 하자 너희가 좋은 계책이 아니라며 짐짓 말리더니 결국 이 지경에 이르고 말았구나. 너희가 사람이면서도 계교가 없으니 짐승과 무엇이 다르단 말이냐?' 하며 호통을 쳤다는 일화도 있다.

〈원생몽유록〉에서 유응부가 다섯 신하에게 한 이 말은 나머지 다섯 문신에 대한 신랄한 문책인 것처럼 들린다. 그렇지만 그보다는 힘 한번 제대로 써보지도 못하고 실패한 거사에 대한 아쉬움의 표현으로 보는 게 옳다. 이왕 죽을 운명이었으면 무라도 잘랐어야 하지 않았을까 하는 안타까움이 강한 목소리로 터져나온 것이리라.

여섯 신하가 모두 등장했으니 작품은 막바지로 치닫는다. 이제는 원자허가 잠에서 깨어날 순간이 되었다. 그래서인가? 검은 구름이 몰려오고 비바람이 치더니 갑자기 벼락치는 소리가 크게 나면서 모두 흩어지고 원자허도 꿈에서 깨어나 현실로 돌아온다. 하지만 꿈의 여운은 쉽게 가시지 않는다. 원자허는 친구인 해월거사海月居士를 찾아가 꿈 이야기를 한다. 꿈은 지극히 개인적이다. 나만의 머릿속에서 이루어지는 행위이기 때문이다. 그러나 그것을 남에게 이야기할 때는 의미를 갖는다. 개인적인 것에서 너와 나, 우리의 것으로, 꿈속의 것에서 현실의 것으로 변환된다. 의식의 확산이요, 공유다.

원자허의 말을 들은 해월이 원통해하며 하는 말에서 〈원생몽유록〉의 주제의식이 더욱 분명하게 드러난다. 요약하면 다음과 같다.

지금 꿈속의 임금은 현명하고 여섯 신하 또한 충성스럽기 그지없네. 그런데도 멸망의 화가 닥쳤으니 정말로 참혹하구먼. 이것이 정녕 하늘의 뜻이란 말인가? 하늘의 뜻이라면 착한 이에게는 복을 주고 악한 놈에게는 재앙을 내리는 것이 마땅하지 않겠는가? 그런데도 만일 이 모든 것이 진정 하늘의 뜻이라면 그 이치가 너무 막막하여 자세히 알 수가 없고 이해할 수도 없네. 허니 이 세상에 한갓 뜻있는 선비의 원통함만 더할 뿐이네.

뜻있는 선비들의 원통함을 더하게 했던 사육신은 1691년(숙종 17)에 가서

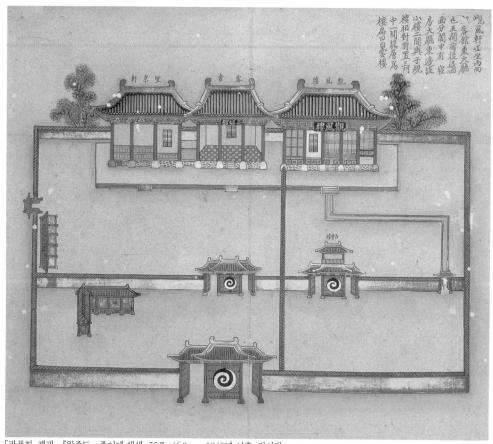

「관풍헌·객관」, 『월중도』, 종이에 채색, 55.7×46.0cm, 1840년 이후, 장서각.
단종이 유배생활을 했던 영월 객사의 관풍헌 풍경이다.

야 비로소 죄인의 굴레에서 벗어나 신분을 회복한다. 마치 지금 간첩이 아니라는 판결이 나온 것처럼 역적이 아니라는 인정을 받은 셈이다. 늦었지만 해월이 언급한 명백한 하늘의 뜻이 이루어졌다고 하겠다.

내 성 지

단종과 사육신에 관련된 작품으로 김수민金壽民(1734~1811)이 1757년에 창작한 〈내성지柰城誌〉가 있다. 내성은 지금의 강원도 영월로, 단종이 수양대군에게 왕위를 빼앗긴 뒤 노산군魯山君으로 강등, 유배되어 죽은 공간이다. 이 작품 역시 무명자無名子가 꿈을 꾸는 몽유록 양식을 취한다. 무명자는 '관풍루觀風樓'에서 술에 취하여 잠이 드는데, 특이하게도 무명자의 꿈에는 단종과 비슷한 경험을 가진 명나라의 황제인 건문제建文帝와 그 신하들도 등장한다. 건문제는 명나라의 2대 황제로, 숙부인 연왕燕王 즉 훗날 영락제永樂帝에게 죽임을 당한 인물이다. 이 작품에서 주목할 부분은 성삼문이 중심이 되어 사육신뿐만 아니라 단종 때의 여러 신하를 소환하여 그들이 진정한 충忠인지 간奸인지를 가리는 내용이다. 물론 구분의 주체는 작가다. 단종과 관련된 공적인 사건을 바탕으로 김수민이 자신의 사적인 의식을 펼치고 있는 것이다.

강도몽유록

江 都 夢 遊 錄

그 여자들은 왜 귀신이 되었을까?

오늘 이사를 했다. 새로 지은 빌라인데 혼자 살기에는 더할 나위 없이 좋다. 대강 짐을 정리하고는 잠자리에 들었다. 내 집을 가졌다는 뿌듯한 기분에 한참이나 뒤척거렸다.

그때 갑자기 아랫배가 딴딴해져왔다. 화장실을 가야겠다고 생각했지만 눈이 쉽게 떠지지 않았다. 억지로 일어나 문을 열고 나가는데 건넌방 쪽에서 희미한 불빛이 보였다. 무심코 그리로 가려는 순간 등골이 서늘해졌다. 두런두런 이야기 소리가 들렸기 때문이다. 내 집에 다른 사람이 들어와 있었다.

'도대체 누구란 말인가?'

나는 열린 문틈으로 방 안을 살짝 들여다보았다. 어렴풋이 두 사람이 보였다. 한 사람은 머리에서 턱 쪽으로 검은 선이 그려져 있었고, 다른 한 사람은 가슴 쪽에 커다란 얼룩이 있었다. 꺼림칙했다.

"정말 억울해! 난 그놈이 여기 있었는지도 몰랐어. 그놈이 나를 건물 공사 장으로 납치해 끌고 와서는 나쁜 짓을 하려고 했어. 내가 완강하게 저항하 니까 그놈이 벽돌로 그만 내 머리를…… 그런데 기가 막힌 건 내 남자 친구 가 나를 버리고 도망쳐버렸다는 거야!"

"나도 그랬어. 그런데 내 남편도 나를 모른 척했어. 혼자 살겠다고 내가 잡 힌 사이에 경찰에 신고한다며 달아났어."

머리털이 쭈뼛 섰다. 검은 선과 얼룩은 핏빛 흔적이었다. 그때 두 여자의 눈 과 내 눈이 마주쳤다. 나는 도망치려고 발버둥치다가 침대에서 굴러떨어졌 다. 꿈이었다. 아주 생생한. 그런데 도대체 두 여자는 누구를 원망하는 것 인가? 살인자인가, 늘 함께했던 남자인가?

전 쟁 그 리 고 죽 음

—

항상 위험과 긴장이 도사리고 있는 전쟁은 그만큼 스릴이 넘친다. 그렇기에 문학이나 영화 등의 좋은 소재가 되기도 한다. '나만 죽지 않으면 총싸움이 제일 재미있다'는 우스갯소리를 굳이 들먹이지 않더라도, 앉아서 읽거나 보는 전쟁은 흥미로운 게 사실이다. 전장에서 싹트는 로맨스가 곁들여지면 더욱 좋다.

하지만 인류가 만들어낸 최악의 발명품(?)이 전쟁이라는 사실도 분명히 알아야 한다. 지구상에서 가장 뛰어난 존재라고 자부하는 인간들이 가장 야만적이고 광기어린 폭력을 펼치기 위해 만든 게임이 전쟁이다. 그 속에서는 서로 죽이고 죽는 살육이 판을 친다. 그런데 정작 전쟁을 일으킨 몇몇에게 죽음은 먼 이야기다. 그저 힘없는 백성과 일반 병사들만이 자기 뜻과 상관없이 내몰릴 뿐이다.

전쟁을 다룬 작품에서는 주인공의 죽음마저 아름답게 포장하지만, 그 와중에 죽어나가는 사람들에게는 전혀 관심을 기울이지 않는 경우가 대부분이다. 전쟁이 끝난 곳에 남겨진 죽은 이들을 보는 것은 편치 않다. 수많은 시신은 인간의 파괴적 본성이 남긴 처절한 결과다. 그래서인지 누구도 그 많은 사람이 왜 죽어야만 했는지 궁금해하지도 않는다. 어쩌면 애써 외면하는지도 모른다.

이런 점에서 고전소설 〈강도몽유록江都夢遊錄〉은 파격적이다. 제목은 '강화도에서 꿈을 꾸고 쓴 기록' 정도로 풀이할 수 있다. 이 작품에는 병자호란 때 강화도에서 죽임을 당한 사람들의 목소리가 가득하다. 흥미롭게도 그 사람들은 모두 여인이다.

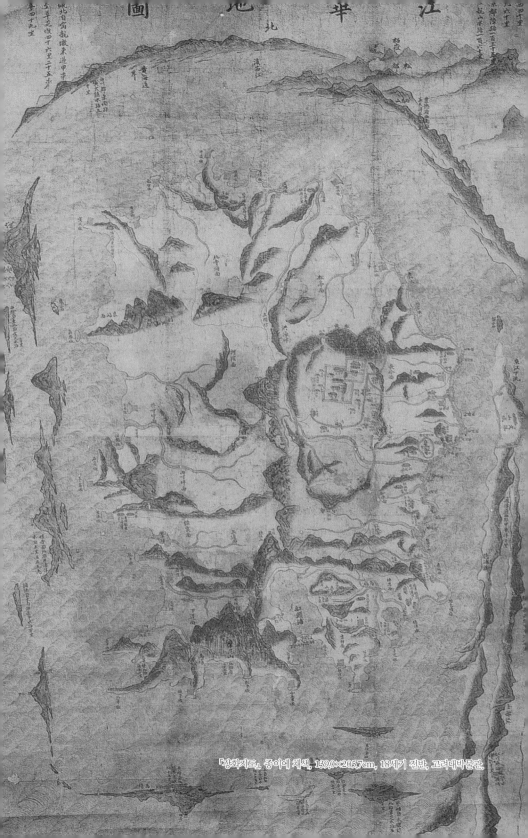

「강화지도」, 종이에 채색, 139.0×205.7cm, 18세기 전반, 고려대박물관.

『산성일기』, 조선 후기. 병자호란 당시 국왕과 신료, 백성들이 겪은 일을 일기 형식으로 생생히 기록하고 있다.

당시 전쟁 속에서 어떤 항거도 할 수 없었던 여인들을 내세웠다는 데에 서 이 작품이 전쟁의 영웅을 그리거나, 전쟁에서의 활약상을 드러내는 데 초점을 두지 않고 있다는 사실을 알 수 있다. 그러면 작가의 진정한 의도는 무엇일까?

죽은 여인들의 한탄

—

강화도에서 죽은 시신들을 거두어 제를 올려주는 일을 하던 청허 스님은 달 밝은 어느 날 밤 어렴풋이 꿈을 꾼다. 청허 스님은 어딘가에서 들려오는 여인들의 소리에 발걸음을 옮긴다. 그곳에는 많은 여성이 위아래 없이 앉아 있었는데, 그 모습이 예사롭지 않다.

어떤 이는 긴 새끼줄이 목에 걸려 있었고, 어떤 이는 한 자 남짓한 칼이 목을 뚫고 있었다. 또 어떤 이는 뼈가 으스러져 피가 가득했고, 어떤 이는 머리가 다 깨졌으며, 어떤 이는 입과 배에 물을 머금고 있었다.

죽은 여인들의 모습이 매우 적나라하다. 기분은 좋지 않지만 여기에는 당시 여인들이 죽을 수 있는 방식이 모두 드러나 있다. 새끼줄과 물은 자결이다. 목을 매거나 물에 뛰어든 것이다. 전쟁에서 여성으로서의 몸을 지키기 위한 최후의 수단이다. 칼과 피, 그리고 깨진 머리는 적에게 죽임을 당했음을 보여준다. 자신들을 핍박하는 적들에게 여성으로서 할 수 있는 최소한의 항거를 한 대가다.

청허 스님이 여인들에게 쉽게 다가가지 못하고 그저 바라만 보고 있을 때, 한 여인의 한탄하는 소리가 울려 퍼진다.

아! 슬프다. 이 목숨을 죽게 한 것이 하늘인가? 귀신인가? 진실로 그 이유를 찾자면 이 지경에 이르게 한 사람은 바로 내 남편이다.

무능한 남편이 높은 관직에 있으면서 책무를 다하지 못해 자신이 죽게 되었다는 논리다. 이후에도 많은 여인이 남성에게 책임을 돌린다. 바로 이 부분이 〈강도몽유록〉의 핵심이다.

여인들의 남성은 모두 조정 대신이다. 그들은 나라에 대해 늘 충의와 절의를 떠들던 조선의 사대부들이다. 하지만 이들은 강화도 함락 때 모두 목숨을 부지한다. 죽음으로 나라의 위기를 구하는 태도를 보인 남성은 하나도 없다. 이런 점에서 전쟁에서 죽은 여인들과 대조된다. 여인들은 자신의 목소리로 이 비극적 전쟁의 모든 책임이 남성, 더 나아가 조정의 관리에게 있음을 또박또박 비판하고 있다.

이는 발화자 가운데 마지막 열다섯 번째로 나선 기생의 입에서 다시 확인된다.

강도가 함락되고 남한산성이 위급하여 임금이 욕을 당할 때 어떠했습니까? 나라의 치욕이 더욱 깊어가는데 절의를 지킨 충신은 만에 하나도 없었습니다. 늠름히 정조를 지킨 사람은 오직 여인들뿐이니, 이 죽음은 오히려 영광입니다. 어찌 슬퍼하겠습니까?

기생은 최하위 계층에 속한다. 고관대작의 아내에서부터 후처, 선비의 아내를 거쳐 기생의 발언으로 정점을 찍었다. 여인들 사이에는 신분의 차이와 상관 없이 모두 전쟁 결과에 대한 인식이 같다는 점을 보여줌으로써 그만큼 남성이 책임으로부터 자유로울 수 없음을 강조하고 있다.

강요된 죽음, 인정받지 못한 죽음

-

전쟁에서 여인은 피치 못하게 죽음을 택하기도 한다. 그런데 그 죽음이 강요된다는 것은 무슨 말인가? 우리는 계백 장군의 일화를 잘 알고 있다. 신라와 전쟁을 하러 나가면서 아내와 자식들이 포로가 되어 노비의 삶을 살까봐 모두 죽이고 집을 나섰다는 내용이다. 필자가 어렸을 때 애국과 충절의 상징으로 칭송되던 이야기다. 지금 와서 생각해보면, 아내와 자식들의 죽음은 전쟁을 빙자한 남성의 자의적 선택에 의하여 강요된 것은 아닌가한다. 물론 아내와 자식들이 동의했다고 하더라도 그냥 스스로 선택하게 했으면 어땠을까?

이처럼 전쟁 속에서는 자신의 의지와 관계없이 죽음을 택해야만 하는 여인들이 있다. 이들은 과연 행복했을까?

내 자식이 어질지 못하여 일이 잘못되고 말았습니다. 도적의 칼날이 아직 핍박하기도 전에 먼저 칼 하나를 내게 던지더군요. 내가 스스로 결정하여 죽은 것이 아니니 어찌 다른 사람들의 말이 없겠습니까? 또한 억지로 권하여 이룬 정절이니 세상에서 모두 웃고 욕할 일이거늘, 오늘날 정려문을 내리는 것은 또 무엇이란 말입니까?

아직 적이 눈앞에 보이지 않는데도 아들이 어머니에게 죽음을 강요하고 있다. 그런데 아들은 여전히 살아 있다. 강요에 의해 죽은 어머니는 모든 것이 부끄럽다. 나라에서 자신의 정절을 기리기 위하여 내려준 정려문마저 속상하다. 전쟁이 여성에게 행한 또 다른 폭력이다.

반면 〈강도몽유록〉에는 스스로 죽음을 선택했지만 인정받지 못하는 여인도 나온다. 선비의 아내였던 여인은 부부가 된 지 몇 달 만에 전쟁을 겪게 되자 절개를 지켜 바다에 몸을 던진다. 하지만 남편은 아내가 적에게 잡혀 끌려갔거나 길에서 죽었을 거라고 생각한다. 아내의 정절을 의심하고 있음을 알 수 있다. 여인이 자신의 올곧은 마음을 몰라주는 남편에 대해 서운히 여기는 것은 당연하다.

두 이야기에서도 역시 남성이 문제다. 아들과 남편의 어리석음이 두 여인의 죽음을 비웃음거리로 만든다. 강요된 죽음을 정절로 뒤바꾸는 작태는 어머니를 두 번 죽이는 일이다. 살아 있는 아들에게는 명예가 될지 모르지만, 저승에 있는 어머니에게는 더 창피한 일이 된다. 실상과 다른 칭찬은 오히려 욕이다. 정절의 죽음을 알아보지 못하는 남편의 태도도 문제다. 그로 인해 현세에서의 아내의 죽음은 가치를 잃는다.

이 두 여인의 이야기는 당시 열에 대한 잣대가 제멋대로임을 보여준다. 실상과는 다른 열에 대한 평가는 오히려 망자를 두 번 죽인다는 사실을 분명히 하고 있다.

죽음에 대한 보응

누구나 죽어 저승에 가면 그들은 현실 삶의 행적에 따라 심판을 받는다. 그런데 〈강도몽유록〉에서는 열다섯 명의 발화자 가운데 오직 두 명의 여인에 대해서만 염라왕이 심판한 내용이 나온다. 여느 여인들과 마찬가지로 전쟁에서 죽었다. 다른 점은 그들 곁에 있었던 남성이다.

이괄李适이 난을 일으켰을 때(1624, 인조 2)에는 난을 막지 못한 공신의 목을 베어야 한다고 청하였고, 정묘호란丁卯胡亂(1627, 인조 5) 때에는 주화파를 배척하며 강화도를 불태우자고 주장하였다. (…) 충성된 마음이 지극하고 선견지명이 있으니 전한前漢 때의 주운朱雲의 곧은 절개와 급암汲黯의 충성스러운 간언을 이 사람이 없었다면 누가 이었겠는가? 그가 바로 너의 아버지다.

이 여인의 죽음은 아버지의 뜻을 이은 것으로 평가된다. 인용문에서 말한 인물은 윤황尹煌으로 여인의 시아버지다. 〈강도몽유록〉에서 형상화된 윤황의 행적은 실제 역사에서도 확인된다. 어쨌든 이런 시아버지를 둔 여인은 천제로부터 극락세계로 가서 즐겁게 지내라는 상을 받는다.

이어 등장하는 다른 여인도 '광해 말년에 혼탁한 조정에서 조부祖父가 취한 사람 가운데 혼자 깨어 있었고 뜻이 고결했다'는 이유로 천당에 들어가 복을 누리라는 명을 받았다고 한다. 이 조부가 누구인지는 아직 분명하지 않다.

두 여인의 공통점은 충성스러운 남성을 두었다는 점이다. 같은 죽음을 두고도 오직 두 여인에게만 극락세계의 문을 열어준다는 서술은 예사로 볼 문제가 아니다. 일단 정체가 밝혀진 윤황은 청나라와의 화친을 극력 반대한 인물이다. 염라왕의 입을 통해 윤황을 칭찬한 데에서 병자호란에 대한 작가의 시각이 척화斥和에 있음을 알 수 있다.

그런데 〈강도몽유록〉에서는 무능한 남성들을 모두 실명 공개한다. 그들은 김류金瑬(1571~1648), 김류의 아들 김경징金慶徵(1589~1637), 김자점金自點(1588~1651), 심기원沈器遠(1587~1644), 장신張紳(1595~1637) 등이다. 이들은 모두 광해군을 몰아낸 인조반정仁祖反正의 공신들이다.

사실 병자호란의 비극은 모두 이들의 잘못이다. 인조가 즉위하면서 조선은 광해군이 추구한 명나라와 청나라 사이의 등거리 외교 정책을 버리고 청나라를 배척한다. 명나라와 중국의 지배권을 두고 싸우던 청나라는 배후에 있는 조선의 정책 변화가 신경이 쓰여 마침내 병사를 이끌고 조선을 침략한다. 이것이 병자호란이다.

당시의 정세를 잘못 읽어 전쟁을 일으킨 것도 모자라, 그 전쟁에서 나라와 백성을 지키지 못했으니 그들은 큰 잘못을 저지른 죄인이다. 그런데 이들은 모두 책임을 지지 않으려고 한다. 오히려 인조와 공신들은 병자호란의 책임을 척화파에게 돌린다.

〈강도몽유록〉의 작가는 척화파 윤황을 찬양함으로써 그러한 시각에 단호히 반대한다. 그의 행적은 하늘에서도 인정한다고 함으로써 땅에서 이루어지고 있는 전쟁 책임의 논의가 부당하다는 점을 분명히 한다.

작가는 도리어 공신들의 책임론을 제기한다. 도대체 그들이 강화도에서 제대로 한 게 무엇이냐는 문제 제기다. 작가는 이를 죽은 여인의 목소리로 웅변하고 있다. 주목할 점은 그 여인들을 공신들의 가족으로 설정했다는 사실이다. 살아남은 남성들이야 현실에서 가문을 유지하고 자리를 지키기 위해 사실을 왜곡할 수도, 날조할 수도 있을 터이다. 하지만 그 자리에서 죽은 가족이 전하는 말보다 더 진실인 것은 없다. 그것도 공신들을 가까이에서 본 아내 또는 며느리의 말이라면 더욱 신빙할 만하다.

작가가 청허 스님을 여인들 속으로 들여보내지 않고 지켜보게 한 설정도 계획적이다. 독자들은 아무도 개입하지 않은 가장 객관적인 상황에서 이루어지는 여인들의 말을 듣는 느낌을 갖게 된다. 그 속에서 독자들은 작가가 설정한 진실을 찾아간다. 과연 병자호란의 책임은 누구에게 있는가?

❧ 병 자 록 ❧

한국학중앙연구원에는 『병자록』이라는 실기류가 소장되어 있다. 이 자료는 앞부분이 떨어져나가 있어 내용이 어디서부터 시작되었는지 정확히 알 수는 없다. 그 가운데 '병자호란 당시의 강화도 함락'에 관한 내용이 70퍼센트 이상을 차지한다. 여기서 사대부 여인에서부터 이름 모를 여인들의 순절을 5장 이상에 걸쳐 서술하고 있다. 특히 한 선비의 아내가 종에게 '적이 죽은 사람의 의복을 벗겨 간다고 하는데, 죽은 몸이라도 남의 손을 탈 수 없으니 내가 죽거든 즉시 불에 태우라'고 명한 후 목매어 자살하는 장면은 안타깝기 그지없다. 작가는 당시 여성들의 상황에 대해 '물에 떨어져 죽은 사람이 무수하여 족두리와 머리를 덮는 감투들이 물을 덮어 이루 셀 수가 없었다'며 참혹함을 직설적으로 표현하고 있다.

용문몽유록
龍門夢遊錄

하고 싶은 말은 해야지

"내가 형이야!" "아냐, 내가 형이야!"

중학교 1학년 쌍둥이의 싸움이 또 시작되었다. 엄마는 물론이고 주위 사람 모두가 어렸을 때부터 먼저 나온 아이가 형이라고 설명했다. 하지만 동생은 그깟 몇 분 차이는 아무것도 아니며, 오히려 키 크고 덩치도 더 좋은 자기가 형이라고 우겼다. 엄마는 그 막무가내에 또 한 번 진땀을 흘렸다.

그로부터 며칠 후 동생이 엄마에게 진지하게 말했다.

"엄마! 나 어젯밤에 꿈을 꿨는데, 그 꿈속에서 머리카락이 희고 수염이 긴 도사를 만났다? 도사가 나한테 다가오더니 빙그레 웃으면서 내 10대조 할아버지라고 하시더라. 자세히 보니까 아빠랑 닮은 것도 같았어. 내가 조금 안심하니까 할아버지께서 뭐 궁금한 거 없냐고 하시더라고. 특별히 물을

게 없어서 우물쭈물하는데 갑자기 쌍둥이 문제가 생각나잖아. 그래서 쌍둥이 중 누가 형이냐고 물어봤지."

엄마는 하는 짓이 귀여워 짐짓 궁금한 표정을 지으며 아이의 얼굴을 바라보았다.

"뭐라고 하시던?"

"엄마, 할아버지께서 뒤에 나온 아이가 형이래. 왜냐하면 엄마 뱃속에서 형이 원래 높은 윗자리에 있었는데, 세상에 나오려면 어쩔 수 없이 밑에 있는 동생이 먼저 나와야 하기 때문에 늦게 나온 거래. 나는 그 말을 듣고 너무 기뻐서 '앗싸!' 하며 뛰다가 발을 잘못 짚는 바람에 놀라 깼어. 엄마, 엄마! 그러니까 내가 형인 거 맞지?"

가슴속에 담아둔 생각

허균이 최초의 한글 소설 〈홍길동전〉을 지었다는 것은 우리나라 사람 대부분에게 사실로 받아들여지고 있다. 중고등학교 때의 교육 탓이다. 그런데 그것이 사실이 아니라고 생각하는 어떤 사람이 있다고 하자. 그 사람은 답답해하며 세상에 자신이 알고 있는 진짜 사실을 알리고 싶어할 것이다.

그런가 하면 '광해는 폭군이다. 아니! 현군이야'와 같이 역사적 평가가 엇갈리기도 한다. 영화 「광해: 왕이 된 남자」에서 실제 광해는 폭군이었으나 닮은 사람인 광대 '하선' 때문에 현군으로 인식될 수 있었다는 시각을 보여주고 있다. 그러나 만약 광해가 정말로 현군이었다고 생각하는 사람이 있다면 이에 대해 불만을 품을 수밖에 없다.

이러한 경우에 그것을 그저 가슴속에만 담아두려는 사람도 있을 수 있다. 반면 어떤 방식으로든 그것을 표출하고 표현해내려는 사람도 있다. 이들은 일기와 같은 개인적·소극적인 방식을 택하기도 하지만, 대중을 향한 적극적 방식도 불사할 수 있다. 대중을 향한 글쓰기는 여론을 주도할 수 있다는 장점도 되지만 그만큼 역풍을 맞을 위험도 있다.

이처럼 자신의 생각이 옳다는 것을 밝히는 방법에는 여러 가지가 있다. 그러나 생각이 진짜 옳은지는 관련자들을 직접 만나 확인하는 방법이 최선이다. 그 후 그들을 직접 만나 알게 된 사실이나 진실을 알게 된 과정을 그려내면 된다. 그러면 사람들의 공감을 쉽게 얻을 수 있다.

하지만 허균이나 광해는 이미 이 세상에 없다. 그러면 어떻게 해야 만날 수 있을까?

꿈 을 통 한 만 남

—

조선시대의 선비들도 있었던 사건이나 인물에 대하여 자신의 견해를 지니고 있었다. 그들 가운데 일부 또한 당사자들을 만나 자기 생각이 틀리지 않음을 확인하는 것이 가장 좋다고 여겼다. 하지만 현실적으로 이미 죽은 당사자들을 만날 수는 없는 일이다. 다만 문학적으로는 그들이 자신에게 오거나, 자신이 그들이 있는 곳으로 가는 길이 열려 있다.

그 가운데 하나가 '몽유록夢遊錄'이다. '꿈속에서 노닐던 일을 기록함' 정도로 풀이되는 이 유형은 꿈에서 관련자들을 만나 사실을 확인하는 형태를 띠고 있다. 한때 연구자들은 작가가 자신의 생각을 '꿈'에 가탁한 이유는 혹여 주장이 워낙 강해 나중에 화를 입을까 염려해서라고 평하기도 했다. 그러나 선비들은 신념을 지키기 위해서라면 자신의 목숨마저 아끼지 않았던 사람들이다. 만약 화를 입을까 걱정했다면 애초에 붓을 들지 않았을 것이다.

그렇다면 왜 하필 꿈인가? 이미 죽은 사람을 만날 수 있는 방법이 무엇인가를 고민해보면 그 답은 간단하다. 꿈밖에 없다. 꿈속에서라면 자유롭게 그들을 만난다는 설정이 얼마든지 가능하다. 그들이 귀신이 되어 찾아오는 방법도 있기는 하다. 하지만 꿈은 우리가 매일 꾼다는 점에서 현실적으로 납득이 된다. 반면 귀신은 비현실적이다.

신착愼懽(1581~?)이 1636년에 지은 〈용문몽유록龍門夢遊錄〉이라는 작품이 있다. 제목으로 볼 때 꿈을 꾼 공간이 용문임을 알 수 있다. 정유재란 때인 1597년 경상남도 안음현安陰縣 황석산성黃石山城에서 있었던 전투를 문제 삼고 있다. 주인공, 즉 몽유자夢遊者는 황계자黃溪子다. 황계자는 신착의 호이니,

주인공은 작가 자신인 셈이다.

황석사성 저투는 아음현감 곽준郭䞭(1551~1597)과 많은 백성이 그곳을 지키다가 죽음을 맞은 패전이었다. 패장에 대하여 무슨 말을 하겠는가? 부연할 무엇도 없는 뻔한 일인데 신착은 무엇 때문에 몽유록을 창작했을까?

작품은 황계자가 누이동생을 만나러 화림花林(안음의 다른 이름)으로 가다가 용문에서 며칠 머무는 장면으로 시작된다. 그러던 어느 날 저녁, 객사에서 외로워하던 황계자는 잠을 이루지 못하다가 다음과 같은 시를 짓는다.

달 밝고 바람 맑은 밤　　　　　　　　　　　月白風淸夜
아무도 나그네의 속마음 물어보지 않네.　　　無人問客懷

이 시는 자기가 가슴속에 하고 싶은 말이 있다는 뜻이다. 마침내 잠이 든 황계자는 꿈속에서 호랑나비가 날아가는 곳을 따라갔다가 정자에 모여 있는 화림의 여러 선비를 만난다. 꿈을 통한 만남이 이루어지는 순간이다.

심정의 토로와 평가

화림의 여러 선비는 오늘 황석산성에서 죽음을 맞은 조종도, 곽준과 두 아들 곽이상·곽이후, 유세홍과 두 아들 유강·유가, 그리고 정언남을 만나고 왔다고 한다. 이들은 모두 실존했던 인물이다. 황계자가 그 인물들이 한 말을 묻자 화음현의 여러 선비가 그들의 말을 전한다.

먼저 그들은 조종도의 말을 전한다. 그런데 이때 선비들의 목소리는 사라지고 죽은 사람들의 대화가 직접화법으로 펼쳐진다.

"논자들은 내가 헛되이 죽었다고 하나 그렇지 않다네. 그때 나는 특별한 관직에 있지 않았고 또 임금의 명이 없었으니 죽지 않았어도 그만이지만 그렇다고 죽은 것이 어찌 의리를 해친 것이겠는가?" 이에 시를 지었다.

나라를 위해 성으로 들어가 난리에 죽은 것은	爲國入城身死亂
신하의 직분으로 마땅히 할 일이라.	於臣職分所當爲
나의 죽음이 헛되다고 말하지 마오	莫道余生浪死者
그때 나 또한 임금의 은혜를 입고 있었으니.	當時我亦衣君衣

이에 대해 곽준은 '그대의 명성은 헛되이 얻은 것이 아니'라며 인정해준다. 그러고는 못난 선비로서 전투에서 지는 바람에 많은 백성을 죽게 했으니 부끄럽다는 자기 고백을 하며 그 마음을 시로 적는다. 그런데 여기서 곽준은 매우 중요한 언급을 한다.

구차히 살기 위해 도망간 저 백사림이란 놈은 죽여도 시원찮을 것이다.

백사림白士霖은 출전장出戰將으로서 전투 때 황석산성을 버리고 도망간 사람이다. 곽준의 이 말로 인해 황석산성 패전의 주요 책임이 백사림에게로 전가된다. 살려고 도망간 자와 죽음으로 지키려던 자의 모습이 극명하게 대조된다. 비겁함과 의로움, 불충과 충의 모습이 아닐 수 없다. 그렇다고 모든

사람을 성으로 들어오게 하여 결국 죽음에 이르게 한 곽준이 쉽사리 용납
될 수는 없다. 좌중에 있던 어떤 사람의 말은 이에 대한 통렬한 지적이다.

어떤 사람의 시에 '우리는 성안에서 의를 위해 죽었다 하지만 지금
사람들은 동래성 지킨 것만을 일컫는구나'라는 구절이 있으니, 죽는
것은 어렵지 않으나 어디에서 죽느냐 하는 것이 어렵구나. 황석산성
남문이 어찌 죽을 곳이었겠는가? 이 시는 이를 말하는 것이로다.

동래성은 동래부사 송상현宋象賢(1551~1592)이 왜병과 싸우다 순절한 곳
이다. 황석산성 남문이 죽을 곳이 아니라는 말은 그 죽음에 누군가의 잘못
이 있었다는 의미다. 때문에 같은 죽음이기는 하지만 송상현의 동래성과는
차원이 다른 대우를 받을 수밖에 없다는 지적이다. 그러자 곽준의 아들 곽
이후가 답답해하며 시를 짓는다.

세상 사람들이 어찌 이곳의 사정을 알리?　　　　　世人豈識此間事
머리 위에 밝디밝은 태양이 비추는구나.　　　　　頭上昭昭天日臨

하늘은 이미 알아주고 있다고 함으로써 자신들의 행위가 충절임을 분명
히 한다. 이후 작품은 유세홍과 그 아들 유강의 심정이 산문과 운문으로
표현되는데 하나같이 황석산성에서의 죽음이 충절이었음을 강조한다. 정언
남은 "깊은 골짜기에 뒹구는 내 시신을 거둘 자 없어 혼백조차 의지할 곳이
없다"고 읊조린다. 이는 아직 자신들의 죽음이 정당한 평가를 받지 못하고
있다는 호소다. 역으로 마땅한 죽음이니 제대로 평가해달라는 요구이기도

「동래부순절도東萊府殉節圖」, 비단에 채색, 145.0×96.0cm, 보물 제392호, 육군박물관.
4월 15일 임진왜란 당시 동래성에서 왜군의 침략에 대응하다 순절한 부사 송상현과 군민들의 항전 내용을
묘사한 그림이다.

하다.

이에 모든 사람이 슬퍼하며 눈물을 흘릴 때, 붉은 옷을 입은 키 큰 사람이 들어온다. 그러자 유세홍이 화를 내며 "내가 네 몸뚱이를 씹어먹고 싶지만 그렇게 하지 않는 것은 도리어 내 입이 더러워질까 해서다. 네 어찌 감히 당돌하게 이곳에 온단 말이냐?"라며 쫓아낸다.

작품에서 키 큰 사람이 누구인지는 밝히지 않고 있다. 그러나 문맥상으로 보면 백사림인 듯하다. 그는 절대 용납될 수 없는, 그리고 패전의 모든 책임을 져야 하는 죄인이 되었다.

공감의 확산

—

여타의 몽유록 작품은 몽유자가 해당 인물들을 직접 만나거나 목격하는 것으로 되어 있다. 하지만 이미 앞서 살펴보았듯이 〈용문몽유록〉은 몽유자가 해당 인물들을 직접 만나지 않고 자신이 만난 여러 선비의 입을 통해 이야기의 전말을 듣는 액자 형식을 취한다. 이는 〈용문몽유록〉에서 보여주는 가장 특징적이고도 독창적인 모습이다.

그런데 이런 액자 형식은 매우 전략적인 장치로 두 가지 효과를 노린다. 하나는 그 지역의 여러 선비로 하여금 말을 전하게 함으로써 그들이 죽은 사람들의 입장에 동조하고 있다는 점을 부각시킨다. 다른 하나는 작가인 황계자 자신이 이 전투에 대해 매우 객관적인 입장에 서 있는 것처럼 느끼게 한다. 이로써 작품에 드러나는 의식은 특정인의 독단적인 판단이 아니라 지역에서 보편적으로 공감을 얻고 있는 것으로 자리잡는다.

다음은 선비들의 말을 다 듣고 난 후 황계자가 눈물을 흘리며 보이는 반응이다.

황석산성에서의 죽음을 누가 슬퍼하지 않겠는가? 더욱이 같은 칼날 아래에서 참혹한 죽임을 당한 유세홍 부자와 같은 사람들이 또 어디 있겠는가? 황석산성의 싸움에서 백사림이 곽준에게만 홀로 전력을 기울이게 하다가 끝내 사지에 남겨두고는 먼저 성을 버리고 도망쳤으니 어찌 곽준에게만 죄인이겠는가? 또한 온 나라의 죄인이다. 사람들은 그 몸뚱이조차 먹으려고 하지 않거늘 도리어 보호하려는 자가 있으니 유독 무슨 마음에서인가?

결국 황계자는 앞에 있었던 여러 선비의 말에 수긍하는 모습을 보인다. 마치 객관적인 입장에 섰던 자신마저도 같은 생각을 하게 된 듯 처리한 것이다. 이로써 백사림에게 죄를 몰고 황석산성에서 죽은 나머지 인물들에게는 정당한 평가가 필요하다는 신착의 생각은 아무도 부정할 수 없는 당위론으로 우뚝 선다. 아마도 〈용문몽유록〉이 이루어질 즈음까지는 이들의 공과에 대한 이론이 분분했기 때문에 신착은 이 작품으로 분명히 못을 박고자 한 듯하다.

그런데 백사림을 꾸짖는 사람이 가장 원한이 클 법한 곽준이 아니라 유세홍이라는 점이 주목된다. 순절자인 유세홍이 나라에서 어떤 포상도 받지 못한 점을 아쉬워해 전면에 내세웠다고 볼 수도 있다. 그렇지만 속사정은 그리 간단하지 않다. 유세홍의 아들 유가가 황계자 누이동생의 남편이기 때문이다. 작가와 유세홍은 사돈관계인 것이다. 더욱이 유가는 황석산성에서 죽은 사람이 아닌데도 작품에 등장시키고 있다. 이 사실이 미안했던지 자가는 자품 속에서 유가외 이름을 거론히기는 히지만 어떤 역할도 부여하고 있지 않다. 그러나 〈용문몽유록〉을 통해 그들은 전면에 부각된다. 개인적인 욕심이 보이는 부분이다.

어쨌든 다른 몽유록 같았으면 대부분 이 장면에서 주인공이 꿈에서 깨어난다. 그런데 〈용문몽유록〉에서는 이후 생뚱맞게도 박숙선이라는 조선 초기 사람이 등장해 안음현의 자연 풍광을 장황하게 이야기하는 내용이 이어진다. 이로 인해 앞의 내용과 전혀 어울리지 않는다는 이유로 실패한 작품으로 평가되기도 한다. 반면 신착이 그곳 양반들의 정체성과 방향성 정립에 중요한 역할을 하는 '읍지 편찬'과 관련하여 논란이 되는 인물과 고적, 지명 등의 모든 사항을 다루어 정리하느라 생긴 현상으로 보기도 한다. 필자는 후자의 견해에 동의한다. 신착이 어울리지 않는 듯한 이야기를 연결시켜놓은 의도는 이런 목적이 있었기 때문이다.

꿈에서 깬 황계자가 다음 날 안음의 아는 사람들에게 꿈속에서의 일을 이야기하자 경이롭게 생각하지 않은 사람이 없었다는 마지막 서술은 주목을 요한다. 이는 신착 자신의 생각이 안음 땅 선비들의 생각이 되기를 소망하는 의지의 반영이다.

결국 〈용문몽유록〉은 공적인 담론을 견지하면서 작가의 개인적 이해관계가 작용한 작품이다. 이를 부정적으로만 볼 필요는 없다. 어차피 글쓰기는 작가의 의도적 산물이기 때문이다.

❦ '몽 유 록'의 여 러 형 식 ❦

몽유록은 반드시 꿈에 들었다가(입몽入夢) 사건이 진행된 후 꿈에서 깨는(각몽覺夢) 형식을 취한다. 대부분이 〈○○몽유록〉이라는 제목으로 되어 있는데, 그 틀은 김시습의 〈남염부주지〉에서 볼 수 있다. 이념이나 사회적 문제에 대한 작가의 입장을 드러내는 데 적합한 유형이기에 조선시대 내내 생명력을 지녔다. 대표적인 작품으로는 사육신의 문제를 정면으로 다룬 〈원생몽유록〉, 병자호란 당시의 책임 문제를 제기한 〈강도몽유록〉, 청나라에 대한 적개심을 강하게 표출한 〈금화사몽유록〉 등이 있다. 이들 작품의 주인공 역시 역사에서 사라진 인물을 만나는데 방식은 작품마다 다르다. 그들과 만나 이야기를 나누는가 하면(〈원생몽유록〉), 그들의 행동과 대화를 다소 떨어진 거리에서 지켜보기도(〈강도몽유록〉, 〈금화사몽유록〉) 한다. 이에 따라 작품에서 느끼는 우리의 미감도 달라진다.

수성지

愁 城 誌

술 한 잔에 마음속 근심을 털고

'마음'이라는 왕이 다스리는 나라가 있었다. '마음' 왕은 항상 바르고 착하게 행동했으며, 주위에는 '공경', '근면', '정직' 등의 신하가 보필했다. 자연히 나라는 태평성대를 이뤘다.

그러던 어느 날! '마음' 왕에게 '게으름'과 '거만', '욕심'이 찾아와 절을 올렸다.

"전하! 조금 쉬면서 하시지요."

"전하! 조금 더 권위를 가지셔야 합니다."

"전하! 모든 것을 남보다 더 차지하셔야 합니다."

'마음' 왕이 고개를 들어 보니 '게으름'과 '거만', '욕심'이 온갖 아첨하는 낯빛을 지으며 서 있었다. 처음에 '마음' 왕은 그들을 경계하며 멀리했다. 하지만 점차 달콤한 유혹에 빠져들어 그들과 어울리기 시작했다. 나라는 시간이 갈수록 혼란스러워졌다.

그 틈을 타 외적들이 연합하여 침입했다.

"내가 나선다면 '마음' 왕의 나라는 여지없이 무너져버릴 거야!"

가장 무서운 '섹시한 아름다움'이 말을 마치고 '눈'의 관문을 통해 쳐들어왔다.

"너의 뒤를 이어 나도 '마음' 왕의 나라를 치겠다."

'교태로운 소리'가 '귀'의 관문으로 침입했다. 그리고 정신을 흐리게 하는 '향기로운 물(술)'이 입의 관문으로 들어왔다. 그들은 '게으름', '거만', '욕심' 등과 내통하고 있었다. '마음' 왕은 속수무책이었고, 나라는 큰 위기에 빠져 망할 지경이 되었다.

바로 그때, 깊은 곳에서 은거하고 있던 '깨달음'이라는 신하가 의병을 이끌고 '마음' 왕 앞에 나타났다.

"전하! 모든 것을 바르게 하시옵소서. 소신이 막아내겠사옵니다."

'깨달음'의 힘은 무척 강했다. '마음' 왕은 점점 예전의 모습으로 되돌아갔다.

모든 것이 마음먹기에 달렸다고?

—

마음이란 참으로 오묘하다. 스스로 다잡을 수 있는 것이면서도 언제든 쉽게 무너지는 게 마음이다. 사람은 누구나 바르고 착하며 올바른 마음으로 살아가고자 한다. 그리고 근심 걱정 없는 평안한 마음을 갖기를 원한다. 그런데 마음은 쉽게 흔들린다. 마음이 흔들리는 원인은 여러 가지가 있겠지만 크게 두 가지로 나누어볼 수 있다.

하나는 자기 자신에 의해서다. 무언가 굳게 결심했지만 어느 순간 그 마음은 언제 그랬냐는 듯이 사라진다. 작은 예로 '새해부터는 담배를 끊겠다'고 마음먹은 아버지가 어느새 몰래 담배를 태우고 있는 광경을 들 수 있다. 물론 이때 "옆에서 친구가 권유하는 바람에⋯⋯"라며 외부 환경 탓으로 돌릴 수도 있다. 하지만 궁색하다. 근본적인 원인이 나약한 자신에게 있다는 사실을 본인도 잘 알고 있기 때문이다. 그래서 미안한 마음에 숨어서 피우는 것이다. 오죽하면 작심삼일作心三日이라는 고사성어가 나왔을까? 마음먹어봐야 고작 3일 정도 버티다가 포기한다는 뜻이다. 그만큼 사람들이 마음을 지키기가 쉽지 않다는 점을 반증한다. 그래도 3일이나 준 것을 보면 옛날 사람들은 조금 후했던 듯하다. 요즘 같으면 많아야 하루일 텐데. 어쨌든 이런 경우에 마음을 원래대로 되돌리면 흔들림은 해결될 수 있다.

다른 하나는 주변 상황에 의해서다. 변할 생각도 없고 바꿀 의향도 없는 마음이 나를 둘러싼 외부적인 요인으로 인해 흔들리는 경우다. 그래도 자기 마음만 굳게 먹으면 된다고 충고할 수도 있다. 문제는 외부적인 힘이 그렇게 녹록하지 않다는 점이다. 그 힘은 주위의 적대적인 사람일 수도 있고, 자기가 직면한 사회 현실일 수도 있다. 우리 마음은 항상 이러한 위험 인자들과 맞선다. 많은 사람의 경험에서 알 수 있듯이 외부적인 힘이 마음에 주는 충격은 상상을 초월한다. 그것에 대해 고민하고 근심하느라 마음은 초췌해진다. 아무리 마음을 되돌리려고 해도 쉽지 않다. 초인적인 노력을 통해 마음을 다스려 회복할 수 있다면 다행이지만, 그렇지 못하는 일반인은 외부의 도움을 필요로 한다. 음악을 듣는다든가 친구를 만나 수다를 떠는 것도 한 방법이다. 훌쩍 여행을 떠나는 것 역시 나쁘지 않다.

그러나 사람들이 가장 손쉽게 선택하는 것 가운데 하나가 바로 '술'이다. 드라마나 영화에서 주인공이 답답하거나 슬플 때 술 한잔 기울이는 장면이 자주 나온다. 그만큼 사람들이 쉽게 공감한다는 뜻이다. 하지만 '술'은 순간의 망각을 통해 일시적인 위로를 줄 수 있을지 몰라도 근본적인 해법은 되지 못한다. 여기서 '마음'과 '술'의 이중적 관계가 형성된다. 마음을 위해 '술'이 필요하기는 하지만 그렇다고 '술'에 의지한다며 그것은 나약한 마음의 또 다른 표현일 뿐이다.

마음을 지키려 하지만

조선의 선비들에게 마음을 다스리는 일은 무척 중요했다. 선비들은 항상 심성心性을 수양하는 데 공을 들였고, 그에 따라 몸과 마음의 안정을 꾀했다. 그러나 선비들도 인간이니 어찌 마음이 흔들리지 않을 수 있겠는가? 결국 흔들리는 마음을 어떻게 바로잡아야 하는지는 선비들이 소홀히 할 수 없는 화두였다.

이러한 문제를 다룬 고전소설이 있다. 임제林悌(1549~1587)의 『수성지愁城

誌』다. '시름의 성에 대한 기록' 정도로 풀이되는 이 작품의 주인공 또한 '천
군', 즉 마음이다.

즉위한 원년에 '천군'은 완전하고도 평화로운 상태다. 신하들인 '인仁', '의
義', '예禮', '지智'가 각기 제 직분을 충실히 수행하고, '기쁨', '노여움', '슬픔',
'즐거움'은 모두 절도에 맞았으며, '보는 것', '말하는 것', '듣는 것', '행동하는
것'이 한 치의 어긋남도 없다. 억지로 하려고 하지 않아도 모든 것이 자연스
럽게 맞아 돌아가는 안정된 모습이다. 그러나 모든 사람의 마음이 그렇듯
이 천군은 점차 흔들린다.

나는 너희로 하여금 오래도록 각자의 직무를 방치하게 하였다. 또한
혹 법도에 맞지 않아도 스스로 옳다고 여겼다. 뜻은 높고 먼 데로만
향하고 감정은 호탕한 곳으로만 끌렸으니 장차 분수에 넘치는 행동
을 하고 말 것이므로 어찌 다른 사람이 비웃지 않겠느냐?

여기에는 천군이 나태함, 오만함, 방종함에 빠진 정황이 보인다. 이는 마
음의 평화를 해치는 부정적 인자들이다. 위태로운 상황에서 천군은 '다른
사람의 비웃음'을 염려한다. 남의 시선을 의식하고 있으니, 천군이 이러한
위험 요소에서 벗어날 수 있을 것 같다는 생각도 든다. 그저 처음의 마음
으로 빨리 돌아가면 된다. 다행히 천군도 그 사실을 안다.

그러나 나는 머지않아 회복할 것이다. 그러니 마땅히 서로 힘써 다시
시작하여 처음의 평안함을 이을 것이니 서로 책임을 다하도록 하라.

다시 정신을 차린 천군은 연호를 복초復初(처음의 상태를 회복했다는 의미)로 고친다. 천군이 이렇게 할 수 있었던 원동력은 주인옹主人翁의 충고 때문이다. 주인옹은 마음을 주재하는 인물이라는 뜻이다. 자기 자신의 문제로 마음이 흔들릴 때는 결국 자기 자신의 힘으로 극복해야 하고, 또 극복할 수 있다는 말이다. 하지만 외부 상황에 의한 것일 때 마음은 걷잡을 수 없게 요동친다.

마 음 속 에   시 름 이   들 어 오 고

『수성지』에서 외부 상황은 굴원屈原과 그의 제자 송옥宋玉이 흉해胸海(가슴 바다)로부터 천군에게 오는 장면으로 시작된다. 굴원과 송옥은 안색이 초췌하고 비쩍 마른 모습으로, 나라를 근심하며 임금을 생각하느라 눈에는 눈물이 그득하다.

여기서 우리는 『수성지』의 색다른 맛을 느끼게 된다. 그것은 의인화된 소설에 역사상 실재했던 인물들이 등장하고 있기 때문이다. 의인소설이라고 생각하며 읽어가는데, 그 속에서 우리가 익히 알고 있는 사람을 발견하게 되는 것은 신선한 충격이다. 그들로 인해 작품은 마음이라는 추상성에서 벗어나 좀더 구체적으로 다가온다. 그리고 그들이 나오는 이유가 궁금해진다.

굴원은 초나라 사람으로 임금에게 충성을 다했으나 참소로 내쳐져 끝내 자살로 생을 마감한 인물이다. 그를 아는 선비라면 충과 죽음이라는 이율배반적인 그의 삶에서 비감함을 느낄 수밖에 없다. 그런 그가 천군을 찾아와 한 모퉁이에 성을 쌓고 거처할 수 있게 해달라고 부탁하자 천군은 흔쾌히 허락한다 그들이 쌓은 성이 바로 '수성', 즉 '시름의 성'이다. '수성'을 쌓았다는 표현은 마음에 시름이 가득 찼다는 의미다. 무슨 이유에서일까?

수성에는 수만 가닥의 원통한 기운과 수천 겹의 슬픈 구름이 가득하였다. 그 안에 옛날의 충신, 의인뿐만 아니라 무고하게 화를 당했던 사람들이 처참하고 보잘것없는 모습으로 그 사이를 왕래하고 있었다.

이 글을 통해 마음에 수심이 가득하게 된 까닭을 알 수 있다. 그 이유는 역사의 횡포에 희생당한 사람들 때문이다. 그들의 좌절과 실패를 보고 슬픔에 빠진 것이다. 이는 그들의 삶을 포착한 작가가 자신의 마음 상태를 형상화했다고 볼 수 있다.

그래서 『수성지』에는 역사 속에서 비참함을 당한 인물이 대거 등장한다. '수성'이 완성되자 천군은 '수성'의 네 개 문, 즉 충의문忠義門, 장렬문壯烈門, 무고문無辜門, 별리문別離門을 활짝 열고 안으로 들어간다. 천군이 '수성' 안으로 들어갔다는 것은 그만큼 시름이 깊어졌다는 의미다.

그곳에서 천군은 각각의 문에 있는 인물들을 본다. '충의문'은 일신을 돌보지 않고 순국한 사람들, '장렬문'은 영웅의 뜻을 이루지 못하고 공업이 허사로 떨어진 사람들, '무고문'은 직분을 다하다가 아무런 잘못이나 허물도 없이 죽은 사람들, '별리문'은 현실 속에서 이별하거나 죽음으로 영별한 사람들이 모인 곳이다. 그들을 본 천군은 시름을 이기지 못한다. 그저 손 놓고 아무 일도 하지 않은 채 말없이 고민에 휩싸여 번민만 하다가 '복초' 원년을 보낸다.

술　장군이여，도와주오

이때 다시 주인옹이 나선다. 그런데 주인옹은 천군의 상태가 자신이 충고하
여 원래 모습으로 회복시킬 수 있는 단계를 이미 지났다고 판단한다.

> 주상께서는 수성에 부대끼느라 오랫동안 평안히 있지 못하고 눈물
> 만 흘리셨습니다. 그런데 저 수성의 뿌리가 워낙 깊고 굳건하여 일시
> 에 뽑아버리기가 쉽지 않습니다. 소신이 들어보니 행화촌에 성현聖
> 賢이라는 명예를 얻은 한 장군이 있는데 맹렬한 기운이 마치 출렁이
> 는 일천 굽이의 물결과 같아 측량할 수 없다고 합니다.

주인옹도 시름이 가득한 마음은 쉽게 다스릴 수 없다는 사실을 알고 성
현의 이름을 얻은 장군을 천거한다. 성현은 술을 일컫는다. 당나라 시인인
이태백이 「월하독작月下獨酌」(달빛 아래 홀로 술을 마신다) 제2수에서 맑은 술을
'성聖', 탁한 술을 '현賢'으로 비유한 데서 유래했다. 어쨌든 주인옹이 천거한
술 장군의 이름은 국양麴釀(누룩으로 빚은 술)이다.

천군은 즉시 주인옹의 천거에 의해 국양의 친한 벗 공방孔方(돈)을 시켜
국양을 불러오게 한다. 술을 사오는 행위를 흥미롭게 표현하고 있다. 천군
의 명으로 국양이 수성을 공략하자, 수성 안에 있던 모든 사람이 항복하고
성문은 힘없이 열린다.

천군이 영대에 올라 바라보니 구름과 안개가 걷히고 화창한 바람에 봄볕이 내리쬐고 있었다. 이전의 슬픔은 기쁨이 되고, 고통은 즐거움이 되었으며 원한은 사라지고 분노는 풀리었다.

시름은 더 이상 없다. 천군은 기뻐하며 수성의 옛터를 국양 장군에게 내려준다. 이로써 천군은 다시 새로워진다. 그런데 여기에는 반전이 숨어 있다.

수성 안에 있던 모든 사람은 항복하려고 마음먹었다. 그러나 오직 굴원만은 투항하지 않고 머리를 풀어헤치고 달아났는데 어디로 갔는지 알 수 없었다.

굴원이 누구인가? 수성을 쌓게 한 주역이 아닌가? 이 사람이 도망갔다는 결말은 언제든 다시 시름이 찾아올 수 있다는 예고가 아니고 무엇이겠는가? 시름과 술의 전쟁은 여전히 진행형이다. 아직 끝나지 않았다.

천군소설류의 유행

일찍부터 '마음'의 문제에 대해 심각하게 고민한 고전소설이 적지 않다. 김우옹金宇顒(1540~1603)의 『천군전天君傳』, 정태제鄭泰齊 (1612~?)의 『천군연의天君演義』와 같은 이른바 '천군소설天君小說류'가 그것이다. '천군'은 곧 마음이다. 가슴속 깊은 곳에 위치하면서 온

몸을 다스린다고 해서 붙여진 이름이다. 이들 소설류는 곧 마음을 의인화한 작품이다. 16세기에 접어들면서 조선 사대부들은 심성心性의 탐구에 관심을 갖게 되는데, 그와 궤를 같이하여 이러한 작품들이 등장한 것으로 보인다. 『천군전』이나 『천군연의』는 해이해지거나 나태해질 때 마음을 다잡는 과정을 그리고 있다. 이러한 '마음 다스림'을 확대해 '나라 다스림'으로 풀이할 수도 있다. 마음을 다스리듯이 나라를 다스려야 한다는 점을 강조했다는 논리다.

왜 이런 말이 나왔을까? 그만큼 마음을 다잡기가 어렵기 때문이다.

금강탄유록

金 剛 誕 游 錄

뭐야, 신선이 되겠다고?

내가 초등학교 때 자신은 슈퍼맨이 될 수 있다고 믿는 친구가 있었다. 그건 영화의 한 장면일 뿐이라고 아무리 말해도 그 친구는 듣지 않았다. 그러던 어느 날, 하굣길에서 공사하는 곳을 지나게 되었다. 원래 낮은 둔덕이었는 데 새 길을 만드느라 흙을 파내려가서 그런지 꽤 높아 보였다. 개구쟁이였 던 나는 속으로 히히 웃으면서 슈퍼맨이 되겠다는 친구를 정색하며 바라보 았다.

"야! 너 여기서 뛰어내릴 수 있어? 슈퍼맨은 날잖아?"

"그럼!"

내 속셈을 알아채지 못한 친구는 단호하고도 재빠르게 대답했다.

"정말? 그럼 뛰어내려봐. 그러면 앞으로 슈퍼맨이라고 부를게."

"진짜지? 알았어."

친구는 꼭대기에 섰다. 그러나 막상 뛰려고 하니 겁이 난 듯 머뭇거렸다. 나는 결정타를 날렸다.

"못 하겠지?"

"아냐! 할 수 있어."

그러곤 친구가 내 시야에서 사라졌다. 그 후 나는 친구를 병원에서 봤다. 친구는 천만다행(?)으로 팔과 다리에 깁스를 하고 있었다.

상상, 놀라운 결과! 그러나……

인간은 상상하는 동물이다. 상상은 현실에서는 불가능한 일을 가능하게 한다. 그런데 상상은 다시 현실의 실체가 되기도 한다. 인간이 하늘을 난다는 것은 상상 속에서만 가능했던 일이다. 하지만 그 상상이 있었기에 비행기가 세상에 나올 수 있었다. 이처럼 상상은 발전을 내재하고 있다.

상상을 현실 속에서 실현시키려면 부단한 노력이 뒤따라야 한다. 뿐만 아니라 그 노력 속에 수많은 시행착오를 거치면서도 포기하지 않아야 한다. 그만큼 실패의 땀방울이 있을 때 상상은 곧 현실이 될 수 있다.

애초에 불가능한 일을 상상했던 사람들은 처음에는 곱지 않은 시선을 받았다. 그 일에 몰두하기 때문에 '미친 사람', '기인'과 같은 별명은 물론, 심한 경우 손가락질까지 받는다. 우리가 오늘날의 발전된 문명을 누리는 것은, 고맙게도 그들이 주위 시선에 굴복하지 않았기 때문이다.

또한 인간은 자기 자신을 위해 꿈꾸기도 한다. 인간은 대부분 스스로 이루었으면 하는 꿈을 가지고 살아간다. 삶의 목표라고 할 수 있다. 그런데 세상에는 이미 자신이 세운 꿈을 이룬 것처럼 보이는 사람들이 있다. 그래서 사람들은 누구처럼 되고 싶다고 말하기도 한다. 더 나아가 가끔씩 자신이 그 사람이었으면 좋겠다는 바람도 가져본다. 스티브 잡스나 빌 게이츠, 메시나 호나우두가 된 양 상상의 나래를 펼치기도 한다. 이 글을 읽는 이가 청소년이라면, 소박하게나마 대학에 입학해 예쁜 여학생이나 잘생긴 남학생과 미팅하는 자신을 그려보기 바란다. 이때는 자기도 모르게 즐거워진다.

원래 적절하기만 하면 이 같은 행위는 스스로의 꿈을 실현하는 데 좋은 자극제가 된다. 끊임없이 노력하고 매진한다면 어느 순간 자신은 그 사람들과 비슷하거나 그들을 뛰어넘는 존재가 되어 있을 것이다. 하지만 요행을 바라거나 꿈만 가지고 있을 때는 심각한 문제가 된다. 그런데도 적잖은 사람이 헛된 꿈을 좇는다. 백일몽만 꾼다. 쉽고 편하기 때문이다. 굳이 보지 않아도 좋지 않을 결과가 있으리라는 것은 쉽게 짐작할 수 있다. 노력하지 않는 상상이나 꿈은 그저 헛된 일이다.

일찍이 고전소설에서는 이러한 인간에 대해 관심을 기울였다. 이런 작품들은 전반적으로 꿈만 따르는 명청한 사람을 통해 한바탕 웃음을 주고 아울러 타산지석의 교훈을 얻자는 분위기를 띠고 있다. 명청한 사람은 바로 그러한 유형의 군상을 대표한다. 웃음을 통해 그들의 행위를 비틀고 꼬집는 신랄한 비판이다.

여 보 게 ! 정 신 차 리 게

이러한 작품 가운데 하나로 안서우安瑞羽(1664~1735)가 1687년에 지은 〈금강탄유록金剛誕遊錄〉을 들 수 있다. '금강산에서 있었던 허탄한 놀음의 기록'이라는 의미로 풀이될 수 있는 이 작품은 신선이 되려는 한 남성이 금강산에서 골탕 먹는 내용으로 이루어져 있다.

〈금강탄유록〉의 주인공은 지금의 종로구 사직동 부근에 살고 있는 김생金生이다. 그런데 작가가 밝히고 있는 김생의 정체가 심상치 않다.

김생은 성품이 본래 허황되어 신선을 좋아하고 글을 잘 지었다. 명승지마다 가보지 않은 곳이 없었고, 가는 곳마다 시를 지었는데 그

시구가 종종 세상에 전해지기도 하였다.

작가는 김생이 신선을 좋아하는 허황된 사람임을 처음부터 드러낸다. 그러면서 지은 시가 세상에 전해질 정도로 김생이 글을 잘 짓는 인물인 점도 밝히고 있다. 멀쩡한 사람이 신선에 빠지는 방향으로 내용이 전개될 것임을 암시하는 부분이다. 아울러 그냥 글 잘하는 재능 있는 선비로 남아있었다면 좋았을 것을, 괜히 헛된 욕심을 부려서 낭패를 보게 된다는 날선 지적을 예비한 것이기도 하다.

어쨌든 내면에 신선이 되고 싶은 꿈을 품은 김생은 금강산에서 온 나이 아흔의 승려를 만나고는 그곳을 방문하기로 약속한다. 김생이 속임수의 나락으로 떨어지는 순간이다.

여기에 때마침 강원도 회양淮陽의 원님으로 부임하는 신생申生이 등장한다. 본래 신생은 김생과 한동네에 살면서 평소 친한 사이였다. 김생은 신생이 회양 원님으로 부임한다는 말을 듣고 찾아가 자신도 곧 금강산에 갈 예정이니 그때 모른 척하지 말라고 부탁한다. 신생은 그러겠다고 대답하고는 임지에 도착하자마자 김생을 찾아갔던 승려를 만난다.

"세상에 어찌 신선이 있을 수 있으며, 신선이 산다는 삼신산이 있단 말이냐?"
"삼신산은 예로부터 전해오는 말이라 진위를 알 수는 없으나, 신선이 없다는 사실은 잘 알고 있습니다."
"김생은 신선을 좋아하는 자이니 여기에 와서는 분명 신선을 찾을 것이다. 그러면 너는 어찌하겠느냐?"

「신선 종리권」, 비단에 채색, 147.0×104.2cm, 조선시대, 국립중앙박물관.

"저 역시 김생이 신선을 좋아한다는 말을 들었습니다. 이에 그 미혹
됨을 풀어주려고 만나 약속을 정한 후 돌아온 것입니다."
"너의 생각이 내 뜻과 같구나."

여기서 큰 문제는 김생이 그저 막연히 신선이 되고 싶은 꿈만 품을 뿐
어떤 노력도 하지 않는다는 점이다. 그러니 신생과 승려의 눈에는 그것이
미혹, 즉 마음이 흐려져 분별력이 없어질 정도로 홀린 상태로 보일 수밖에
없다.

이들은 모두 김생이 정신을 차리기를 바란다. 문제는 방법이다. 진심어
린 말로 설득해볼 수도 있다. 하지만 이들은 애초에 말로써는 김생이 헛된
꿈을 버리지 않으리라고 판단한 듯하다. 좀더 충격적인 요법이 필요하다고
여긴 두 사람은 결국 속임수를 택한다.

'아는 놈이 더 무섭다'고 했던가? 이후 신생은 신선이 되고 싶어하는 김
생을 속일 계교를 짠다. 이로써 김생을 속이는 주동자는 승려가 아닌 신생
이 된다. 승려는 단지 신생의 속임수를 행하는 데 일조할 뿐이다.

왜 이렇게 했을까? 유교사회였던 조선에서 승려가 선비를 속인다는 설정
은 아무래도 낯설다. 만약 그랬다면 치도곤을 면하지 못했을 것이다. 그렇
기에 아무리 허황된 선비라지만 그를 속이려면 그만한, 또는 그 이상의 존
재가 있어야만 한다. 같은 선비이면서 원님의 지위에 있는 신생이 나선 이
유다.

헛된 꿈은 꾸지도 마라
—

이들이 짜놓은 시나리오는 완벽했다. 총감독은 신생, 등장인물은 승려, 가짜 신선 역할을 맡을 두 명의 아전, 신선을 모시는 동자 역할을 맡을 두 명의 어린 종, 가짜 사또 역을 맡을 젊고 잘생긴 관리 등이다.

우선 신생은 찾아온 김생에게 승려가 신선이 되어 행방이 묘연하다는 소식을 전한다. 일종의 덫이다. 이들의 예상대로 김생은 신선이 되었다는 승려를 찾아 나선다. 그리고 승려의 도움으로 숨어서 가짜 신선들을 본다. 가짜 신선들은 각본대로 속세의 냄새가 난다며 동자들에게 명령해 김생을 잡아오게 한다. 여기서부터 김생의 수난이 시작된다.

그 첫째는 속세 사람을 끌어들였다는 죄목으로 승려를 매질한 일이다. 김생은 그것이 거짓인 줄 모르고 겁먹은 채 도망간다. 둘째는 도망간 김생을 다시 잡아다가 세상에 미친개로 태어나게 해서 사람들에게 잡아먹히는 꼴을 당하게 하겠다는 말과 함께 동자로 하여금 김생을 발가벗겨 볼기를 20여 대 치게 한 것이다. 그러고는 은근히 김생의 마음이 어찌 되었는지 떠본다.

"그동안 속세 사람이 온 것을 본 적이 없다. 그런데 너는 이곳에 올 수 있었으니 만약 신선의 연분이 아니라면 어떻게 이 땅에 발을 들여놓을 수 있었겠는가? 이로써 네가 신선의 자질을 가지고 있음을 알겠으니, 우리와 함께 노니는 것이 어떠하겠는가?"

앞에서 당한 수모를 생각하면 정신을 차릴 만도 하다. 하지만 김생은 그러기는커녕 이 말에 감사해하며 두 번 절하고 답한다.

"감히 청하지는 못하였으나 진실로 제가 원하는 일입니다."

이후 김생의 2차 수난이 가차 없이 이어진다. 가짜 신선들은 신선이 되려면 해야 한다는 세 가지 방술을 김생에게 쓴다. 즉 신선이 쓰는 단사수를 몸에 뿌리고, 신선의 세계인 적성에서 가져온 이슬을 마시고, 전설상의 풀인 금광초를 먹는 일이다. 그러나 사실 단사수는 자줏빛이 우러나는 제비꽃을 삶은 물이고, 적성의 이슬은 소 오줌에 사람의 오줌을 섞은 것이며, 금광초는 그저 쓰디쓴 나뭇잎이다. 자근수를 뿌린 김생은 머리와 수염, 그리고 온몸이 붉게 물들어 괴이한 모습이 된다. 역한 냄새가 나는 오줌을 마시고, '이미 9할 이상 신선이 되었으나 그것을 먹지 않으면 안 된다'는 말에 너무 써서 먹을 수 없는 나뭇잎을 억지로 삼키는 김생의 모습은 안쓰럽기까지 하다.

이제 이들의 속임수는 절정으로 치닫는다. 신선세계의 하루는 인간 세상의 100년이라며, 김생에게 400년이 지난 세상에 내려가 가족과 작별하고 돌아오라고 한다. 정상적인 사람이라면 이쯤에서도 눈치를 챌 수 있을 것이다. 하지만 김생은 그 말을 철석같이 믿고 금강산에서 내려와 먼저 신생을 찾아간다. 그곳에서 김생은 가짜 현감을 만나 자기의 집터는 이미 폐허가 되었으나, 5대손이 어떤 마을에서 부자가 되어 살고 있다는 소식을 듣는다. 시나리오는 아마도 여기까지였으리라.

하지만 김생이 가짜 원님의 말마저 믿고 후손의 집을 찾아감으로써 사건은 예상치 못한 방향으로 흘러간다. 김생이 찾아오자 후손의 집에서는 무

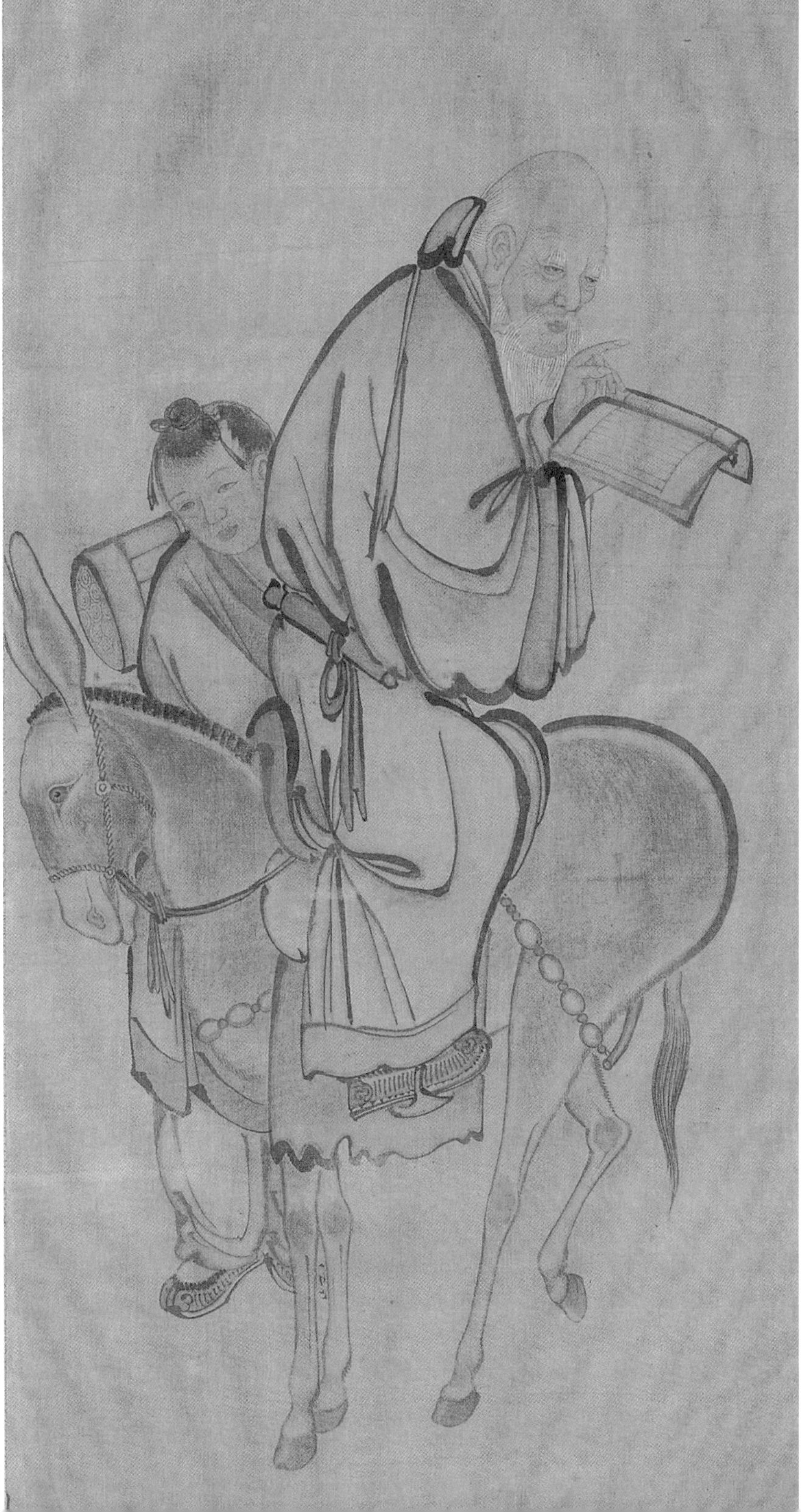

「신선 장과로」, 전 유한지, 비단에 옅은색, 125.7×62.1cm, 조선시대, 국립중앙박물관.

슨 미친놈인가 하며 문전박대한다. 당연한 일이다. 그 사람 입장에서는 자다가 봉창 두드리는 소리일 뿐이다. 김생은 조상인 자신을 몰라보는 후손이 괘씸해 고을 원님에게 그를 처벌해달라고 청원한다. 고을 원님은 마흔이 채 안 되어 보이는 김생에게 어떻게 5대 후손이 있을 수 있냐며 도리어 김생의 볼기 50대를 쳐서 내몬다.

김생은 여기서도 알아차리지 못하고 일가친척을 만나 후손임을 밝히겠다며 자기 집으로 간다. 그곳에는 부모형제와 처자가 모두 살아 있었으나 그들은 붉게 변한 김생의 모습을 미처 알아보지 못한 채 하인을 시켜 끌어내게 한다.

비로소 김생은 속았다는 사실을 깨닫는다. 그러다가 부모형제, 처자가 자신을 몰라보는 것을 원통해하며 결국 병이 나서 죽고 만다. 끝까지 헛된 꿈을 꾼 자신의 잘못을 뉘우치지 않은 채, 허무하게 생을 마감한 것이다.

하지만 이 작품의 결말은 지나친 감이 없지 않다. 속임수로 주인공을 한바탕 놀리면서 웃는 것으로 끝내도 전혀 이상하지 않다. 하지만 작가는 내친김에 더 나아가 죽음으로 마무리한다. 확실하게 방점을 찍고 싶었던 모양이다. 헛된 꿈의 결말은 결국 이렇게 될 수밖에 없다는 점을 좀더 강렬하게 보여주려 했던 것은 아닐까?

가짜신선타령

신선이 되고 싶어하는 멀쩡하게 생긴 미친놈이

금강산으로 들어가 늙은 선사에게 방도를 물었다.

천 년 된 바다 복숭아, 천 일 된 술이라 하던 것이

결국 속임수였으니 가짜 신선에게 망신만 당하고 말았구나.

판소리 열두 마당 가운데 현재 창과 사설이 모두 전하지 않고 있는 〈가짜신선타령〉을 시로 읊은 것이다. 이 시는 송만재宋晩載(1788~1851)가 1843년에 지은 『관우희觀優戱』에 실려 있는데, 이로 인해 우리는 〈가짜신선타령〉의 내용을 어림짐작할 수 있다. 아마도 〈가짜신선타령〉은 큰 틀에서 볼 때, 신선이 되려는 어떤 사람이 금강산에서 가짜 신선을 만나 가짜인 복숭아나 가짜인 신선의 물로 속임을 당하는 과정을 그린 작품인 듯하다. 이때 신선이 되려는 꿈을 가졌던 사람은 어떤 노력도 없이 그것을 원했을 것이고, 그로 인해 쉽게 속았을 것이며, 결국 사람들의 비웃음을 받았을 터이다. 〈금강탄유록〉의 김생과 여러 면에서 닮아 있다.

호질

虎叱

절대로 그런 짓을 할 사람이 아닙니다

"안녕하십니까?"

일요일 아침. 집사람과 외출을 하려고 엘리베이터를 탔는데, 그 안에서 중년의 멋진 신사가 인사를 해왔다. 잘 모르는 사람이라 어색하게 서 있는데 아내가 반갑게 응대를 했다.

"어머! 안녕하세요? 어디 가시나봐요."

"네, 친척 혼인이 있어 일찍 나갑니다."

그 사이 '띵동' 하는 소리와 함께 엘리베이터 문이 열렸다. 내가 어떻게 할 여유도 주지 않은 채, 신사는 가볍게 목례를 하고 나섰다.

"아니, 당신 왜 그래? 예의를 차려야지!"

예외 없이 아내의 한 톤 높아진 잔소리가 나왔다. 빨리 화제를 돌려야 했다.

"처음 보는 분이어서…… 그런데 뭐 하시는 분이야?"

내 작전은 성공했다. 아내는 내 질문에 칭찬이 가득 담긴, 수없는 답을 해왔다. 요약하자면 어느 초등학교 교장 선생님인데 학식이 높고 점잖으며, 항상 인자해서 동네 사람들에게 명성이 자자하다는 것이다.

며칠 후, 퇴근해 집으로 온 나에게 아내는 매우 심각한 표정으로 말을 걸어왔다.

"지난번 만났던 분 알지? 글쎄 그분이 학교 여선생님들을 성추행했다고 난리야. 그런데 내가 아는 한 절대 그런 일을 벌일 사람이 아냐. 아파트 아줌마들도 분명히 뭔가 잘못된 거라고 말하고 있어."

내가 겉모습으로는 사람을 알 수 없다고 하자 아내는 크고 강한 어조로 부정했다.

"아이, 정말! 그분은 절대로 그런 짓할 사람이 아니라니까!"

선입견, 그 무서운 함정

—

「도가니」라는 영화가 화제가 된 적이 있다. 겉으로는 장애인 학교를 운영하는 참된 교육자의 이미지를 띠면서 안으로는 추악한 모습으로 살아가는 인물로 인해 야기되는 사건을 그려 세상을 분노케 한 영화다. 더 놀라운 점은 이 영화가 실화를 바탕으로 하고 있다는 사실이다. 만약 사람들이 교육자라는 겉모습에 이끌리지 않고 그 인간의 본모습을 보려고 노력했다면 이러한 비극은 일찍이 막을 수 있었을지도 모른다.

'저 사람은 저러니까 저럴 것이야'라고 먼저 단정하는 생각은 본질에 대한 객관적인 접근을 허용하지 않는다. 그렇지만 인생을 살아가면서 선입견에 이끌리지 않기란 여간 어려운 일이 아니다. 하기야 어느 누가 선입견에서 자유로울 수 있을까? 어쩌면 '만민이 평등하다'는 '법'에서마저도 선입견이 작용할 수 있다. 법을 적용하는 존재가 인간이기 때문이다.

선입견으로 인해 진실이 은폐된다면, 그 피해는 바로 우리에게 돌아온다. 겉으로 드러난 이미지를 무기로 정말 나쁜 사람들, 아주 가식적인 사람들이 뻔뻔스럽게 행세하는 세상이 될 것이기 때문이다. 이제 우리는 그들에 대한 선입견에서 벗어나야 한다. 그래야만 정당하고 평범한 사람들이 행복하게 살 수 있다.

선입견으로 인한 불합리가 어디 오늘만의 문제이겠는가? 그런 점에서 조선 후기의 박지원(1737~1805)이 선입견에 대해 날린 통렬한 펀치 한 방을 맞아보자. 누구나 다 아는 〈호질虎叱〉이 바로 그것이다. '호랑이의 꾸지람' 정도로 풀이되는 이 작품은 『열하일기熱河日記』〈관내정사關內程史〉에 실려 있다. 이 작품에서 박지원은 선입견에 빠진 우리의 몽매함을 준엄하게 꾸짖는다. 우리의 어리석음으로 인해 더럽고 추한 시대가 앞으로도 계속될 것임을 경고한다. 그리고 우리에게 빨리 깨어나라고 재촉한다.

겉 모 습 과   그   실 체

〈호질〉은 처음부터 끝까지 '선입견'을 문제 삼는다. 〈호질〉의 시작 부분은 매우 독특하다. 호랑이를 칭찬하는 듯하다가 느닷없이 비위佛胃, 죽우竹牛, 박駁, 오색사자五色獅子, 자백玆白, 표견豹犬, 황요黃要, 추이酋耳, 맹용猛獚 등 호랑이의 천적들을 소개한다. 이들은 모두 호랑이를 잡아먹는 존재들이다. 즉 호랑이가 최강자가 아니라는 말이다. 그러면서도 작가는 "사람들은 맹용은 두려워하지 않고 호랑이만 두려워하니, 호랑이의 위풍이 엄해서인가?"라고 되묻는다.

이는 사람들이 호랑이의 실체는 모른 채, 그동안 알려진 사실에만 의거해 호랑이만 강한 동물이라는 선입견에 빠져 있는 것은 아닌지 조심스럽게 내놓은 질문이다.

이러한 물음 뒤에 작가는 호랑이가 잡아먹은 사람들이 호랑이에 빌붙는 장면을 설정한다. 그들은 호랑이로부터 피해를 받았음에도 도리어 사람들을 호랑이에게 바치는 역할을 한다. 작품 속에서 호랑이는 최강자가 아니라고 분명히 밝혔음에도 선입견에 빠진 그들은 복수할 길을 찾지 않고 같은 사람을 배신하는 길을 걷는다. 호랑이에게 천적이 있다는 사실을 알고 있는 독자들이 그들에 대해 멍청하다며 분노하는 것은 당연하다. 하지만 작가가 말해주지 않았다면 독자들은 과연 그 사실을 알았을까?

조선시대 깃발에 그려진 호랑이의 모습. 육군박물관.

문제는 이들이 호랑이가 잡아먹을 사람들을 천거하는 데서 더 심각해진다. 그들은 철저하게 겉모습만을 보고 추천한다.

동문東門에 의원醫員이라 불리는 먹을 것이 있는데, 입에다 온갖 풀을 머금어서 살과 고기가 향기롭습니다.

서문에도 무당이라 불리는 먹을 것이 있는데, 온갖 귀신에게 아양을 부리느라 날마다 목욕재계하기 때문에 고기가 깨끗합니다.

저 숲속에 어떤 고기가 있는데, 인자한 염통과 의로운 쓸개를 지녔습니다. 충성스러운 마음을 간직하고 순결한 지조를 품었으며, 머리에는 악樂을 이고 발에는 예禮를 신었습니다. 입으로는 백가百家의 말을 외우며 마음속으로는 만물의 이치를 통달하여 석덕지유碩德之儒라고 합니다. 등살이 오붓하고 몸집이 기름져서, 오미五味를 갖추었습니다.

그들은 자신이 이미 알고 있는 모습에만 빠져 있는 데 반해, 호랑이는 놀라운 통찰력을 보인다. 같은 발음으로 뜻이 완전히 달라지는 언어유희를 통해 '의醫는 자신도 의심스러운 처방을 내리는 의심 의疑', '무巫는 사람들을 미혹하게 하는 거짓 무誣'로 단언하며 먹지 않겠다고 한다. 겉으로 보이는 모습이 아닌 실제 그들의 행동을 꿰뚫어본 혜안이다. 이로써 호랑이는 자신의 입맛에 맞고 몸에 좋은 또 다른 고기를 고를 기회를 갖게 된다. 냉철한 인식에 따른 바른 판단을 할 때 우리의 선택 기준이 넓어질 수 있음을 보여준다.

그런데 오직 유儒에 대해서만 언어유희를 하지 않은 이유는 무엇일까? 이는 다음의 구체적인 사례를 보여주기 위해서다.

대단한 열녀, 더 대단한 유학자?

—

이제 이야기는 정鄭 땅에 사는 유학자에 대한 구체적인 사례로 넘어간다. 그곳에는 북곽선생北廓先生이라는 정말로 대단한 유학자가 있다. 그는 나이 마흔에 손수 교정한 책이 1만 권이나 되고, 옛 성현의 책에 드러난 뜻을 부연해 지은 책은 1만5000권이나 된다. 그래서 당시 사람들이 모두 그를 아름답다고 생각한다. 그런 그가 성이 다른 다섯 아들을 두었으면서도 천하의 열녀로 인정받은 동리자東里子와 바람을 피운다.

다섯 남자를 거쳤으면서도 열녀로 인정받은 동리자는 그야말로 대단한(?) 여인이다. 반전이 아닐 수 없다. 하지만 이는 실상도 모른 채 무작정 뽑는 당시의 열녀 선정에 대한 박지원의 비판적 의식을 담고 있는 서술이기도 하다.

호랑이 때와 마찬가지로 독자들은 이 부분에서 두 사람의 거짓된 모습을 명백히 알게 된다. 하지만 작품 속의 다른 인물들은 여전히 선입견에 사로잡혀 있다.

"『예기』에 '과부의 집 문에는 함부로 들어서지 않는다'고 하였다. 북곽선생은 어진 사람이다."

"이 정 땅의 성문이 헐어서 여우 구멍이 있다는 말을 들었어."

"여우가 천 년을 묵으면 조화를 부려 사람 흉내를 낸다는 말을 들었어. 분명 그놈이 북곽선생을 흉내 낸 걸 거야."

북곽선생과 어머니 동리자가 함께 있는 것을 본 다섯 아들이 서로 의논하는 장면이다. 북곽선생은 현자이기에 절대 이런 불륜을 저지르지 않으리라는 확신에서 시작해 여우의 장난으로까지 논의가 확대되고 있다. 그럴 사람이 아니라는 판단이 앞선 이상, 더 이상 실체를 파악하는 일은 불가능하다.

다섯 아들이 여우로 알고 잡으려 하자 북곽선생은 놀라 달아난다. 이때도 북곽선생은 치밀하다. 혹시 남들이 자신을 알아볼까봐 한 다리를 목덜미에 얹고 귀신처럼 춤을 추고 웃으며 뛰어나간다. 철저하게 자신을 숨긴 위장술이다. 그러다가 그만 똥이 가득 차 있는 벌판의 구덩이에 빠진다. 이때 호랑이가 나타난다. 북곽선생은 호랑이에게 온갖 아부하는 말을 한다.

이런 북곽선생에게 호랑이는 '구린내가 난다', '유儒는 아첨한다는 뜻의 유諛'라고 말한다. '구린내가 난다는 것'은 이중적인 의미를 담고 있다. 표면적으로는 똥구덩이에 빠졌으니 나는 냄새이지만, 심층적으로는 썩은 선비가 내는 악취다. '유諛'는 앞에서 이루어졌던 언어유희를 이어받으면서 유학자의 본질을 날카롭게 비판한 말이다.

호랑이는 이후 북곽선생을 호되게 질책하고는 떠난다. 이미 날이 밝은 터라 북곽선생은 머리를 조아리고 있다가 들판에서 농부를 만난다. 하지만 그의 가식적인 태도는 변하지 않는다. '어찌 이른 아침에 들판에서 공경한 태도를 보이시느냐'는 농부의 질문에 북곽선생은 여전히 '하늘이 높다 한들 머리를 굽히지 않을 수 있으며, 땅이 굳다 한들 조심스럽게 딛지 않을

수 있겠느냐'며 거드름을 피운다. 이렇게 되면 북곽선생은 본모습과는 상
관없이 여전히 그 사회에서 존경을 받는 인물로 살아갈 것이다.

이처럼 〈호질〉에서는 위선자가 다시 예전의 모습대로 살아가리라는 것
을 암시한다. 독자들이야 답답하겠지만, 박지원은 실상 독자들이 살고 있
는 세상이 바로 이렇다는 사실을 알려주려 한 것이다.

위선이 탄로나서 파멸하는 모습을 보여주는 결말이 속 시원하겠지만, 이
는 비현실적이다. 우리가 살고 있는 바로 이 시대가 위선자가 판을 치는 세
상이니, 북곽선생이 잘 살아가는 모습이 오히려 더 현실적이다.

호랑이의 꾸지람

—

호랑이가 똥구덩이에 빠진 북곽선생에 대해 호되게 질책하는 장면은 "호질
왈虎叱 曰"로 시작된다. 박지원은 이 작품이 중국의 한 가게에 걸려 있는 족
자를 베낀 것으로, 본래 제목이 없었으나 본문 내용 중에 있는 "호질虎叱"로
제목을 삼았다고 밝히고 있다. 그렇다면 전체적인 내용 속에서 그 부분이
또 다른 중요한 의미를 지닌다고 봐야 한다.

호랑이가 질책하는 장면은 한자로 900여 자에 이르는 장광설로 되어 있
다. 그 내용은 사물과 인간을 비교하면서, 인간의 위선과 폭력을 드러낸다.
처음에는 이미 앞에서 이야기한 대로, '선비 유儒는 아첨할 유諛'로 시작한
다. 이때까지는 앞부분의 내용을 이어 유학자를 비판하는 내용으로 받아
들이게 된다. 그러나 그 이후 호랑이가 질책하는 대상은 단지 가식적인 유
학자에 머물지 않고 인간 전체로 확대된다.

「호랑이」, 유숙, 삼베에 엷은색, 55.0×35.0cm, 19세기, 국립중앙박물관.

호랑이는 인간들이 잔인하고 야비한 짓을 일삼으며 짐승보다도 더 남을 해치고 자신들을 서로 잡아먹는다고 나무란다. 수많은 함정을 만들어 죽이고, 무기를 만들어 포악함을 드러내며, 글로 남을 해친다는 점에서 인간은 가장 잔혹하게 서로를 잡아먹는 존재라고 비판한다. 인간은 자신을 위해 일하는 소나 말을 아끼는 척하지만 끝내 그것까지 잡아먹는다고 혹평한다. 천지의 큰 도둑이고 실로 인의仁義를 해치는 큰 도적이 바로 인간이라는 말도 서슴지 않는다. 더욱 놀라운 것은 인간들의 나쁜 짓은 오륜과 같은 윤리로도 막을 수 없다는 지적이다. 돈을 좋아하고, 목적을 위해 수단을 가리지 않는 '인간'이기 때문에 정해놓은 윤리가 쓸모없다는 말이다. 이는 인간의 삶에 대한 뼈아픈 문책이다. 이익 앞에서 옳지 않은 행동을 하는 인간이 적지 않기 때문이다.

그러고는 호랑이와 인간의 성품이 전혀 다르지 않다고 강조한다. 이른바 '인물성동론人物性同論'을 주장한 것이다. 하지만 호랑이의 질책만 들어보면 인간은 오히려 사물보다 못난 존재가 되고 만다. 성품이 같다고 말해주는 호랑이가 오히려 고마울 정도다.

박지원은 〈호질〉에서 이중적인 구성을 취하고 있다. 처음에는 호랑이와 호랑이에게 잡아먹힌 인물, 그리고 북곽선생을 중심으로 하는 유학자의 위선적인 행동을 비판하며 우리에게 객관적 실체를 파악할 것을 요구한다. 그리고 그 속에서 호랑이의 질책을 통해 인간의 독선적이고 자만에 빠진 모습을 비판한다.

어쩌면 인간들이 좀더 마음을 열고 모든 만물을 같은 시각으로 대할 때 세상은 더 아름다워질 것이며, 그렇게 되면 위선이나 사악한 행동은 저절로 사라진다는 메시지를 전하고 싶었던 것은 아닐까?

❦ 열 녀 함 양 박 씨 전 ❦

박지원의 작품에 〈열녀함양박씨전烈女咸陽朴氏傳〉이 있다. 이 작품은 남편이 죽자 따라 죽은 함양 박씨의 사적을 기록한 것이다. 그런데 박지원은 열부 박씨의 행적을 기록하기에 앞서 한 예화를 제시한다. 그것은 이름난 고관 형제의 어머니에 관한 이야기다. 선대에 그 집에 과부가 있었는데 소문이 자못 시끄러웠다는 이유로 그 집 사람의 벼슬길을 막는 형제들에게 그들의 어머니는 닳아빠진 동전을 꺼내어 보여준다. 젊어서 과부가 된 자신이 모든 욕망을 참느라 외로운 밤에 동전을 굴려 그렇게 되었다는 사실도 밝힌다. 이어서 이렇게 평생 괴롭게 수절한 여인의 이름은 세상에 드러나지 않고, 죽어야만 열녀의 칭호를 얻는 것에 대한 안타까운 마음을 드러낸다. 그러고는 남편을 따라 죽은 박씨의 행적을 적으며 열녀라고 칭찬한다. 평생 수절과 죽음. 과연 무엇이 더 어려우며 옳은 일일까? 이 작품은 당시 열녀의 개념과 범주에 대하여 새롭게 고민할 필요가 있다는 문제의식을 드러내고 있다.

양반전

兩班傳

호박아, 줄 긋지 마라! 썩은 수박된다

"검찰은 교수 채용의 조건으로 금품을 받은 모 대학 A학과장에 대해 구속 영장을 신청했습니다. A학과장은 그 학교 시간강사 B씨에게 곧 교수 채용이 있을 거라며……"

TV에서 기자는 매우 진지한 표정으로 소식을 전하고 있었다.

"우리나라에 아직도 교수 자리를 돈으로 사고파는 일이 있나? 저런 교수가 학생들에게 진리를 가르칠 수 있으려나?"

"썩은 놈들이지. 저런 놈들이 교수라면 썩은 교수 아니겠어?"

아내와 내가 열을 올리자 곁에 있던 아들이 물었다.

"그런데 왜 저렇게 해서라도 교수가 되려고 하는 거예요?"

"그야 교수라는 자리가 좋으니까 그런 거지. 같은 대학에서 아이들을 가르치는데도 시간강사와 교수는 그 대우가 천지 차이거든. 그러니 시간강사들은 하루라도 빨리 교수가 되고 싶어한단다. 그 욕망이 잘못된 것인 줄 알면서도 돈을 주는 저런 짓을 하는 거지."

내 말에 아내가 덧붙였다.

"A학과장은 우월한 지위를 이용해서 시간강사의 마음을 교묘하게 이용한 거니까 더 나쁜 사람이야. 저들은 교수라는 본연의 임무는 접어두고, 대접이나 사회적 인정 따위 같은 외형적인 것을 더 중요하게 여긴 거지. 지금이라도 잡혔으니 다행이지 뭐니?"

아들이 고개를 끄덕이더니 말했다.

"노력은 하되 잘못된 방법으로 목표를 이루려고 해서는 안 된다! 그리고 겉으로 보이는 데 현혹되지 말고 근본을 봐라. 뭐 대충 이런 말이네요."

돈으로 살 수 있는 것

—

"돈은 귀신도 부린다"는 말이 있다. 그만큼 돈의 힘은 막강하다는 비유다. 그래서 많은 사람이 부자가 되기를 꿈꾼다. 조선시대에도 다르지 않았다. 하지만 조선시대에는 신분이 변수였다. 아무리 돈이 많아도 양반이 아니면 결정적일 때 절대 힘을 쓰지 못하는 구조였다. 뇌물 등으로 양반과 결탁했다고 해도 신분적 한계는 근본적으로 극복할 수 없었다.

이로 인해 조선 후기에 오면 부유한 사람들은 양반이 되기를 꿈꾸었다. 돈으로 양반 족보를 사서 그 안에 자신들의 이름을 넣는 방법을 쓰기도 했다. 그러나 그렇다고 해서 사람들이 양반으로 인정해주지는 않았다. 지역의 토착 양반들이 누구인지를 모두 알고 있기 때문이었다.

윤학준은 〈나의 양반문화탐방기─온돌 야화〉에서 '자신이 양반 출신이며, 김해 김씨 중에서도 갑족甲族(여러 대에 걸쳐 높은 관직을 두루 거친 문벌이 높은 가문)인 삼인파三仁派로서 계보를 따지면 김일성 원수님과 한집안이 된다며 자랑했던 조총련 제1부장 김병식金炳植이, 같은 고향의 지주 출신인 정우택鄭宇澤 집안의 머슴이었다는 사실이 밝혀진 후 정우택을 원수같이 미워했다'고 적고 있다.

근대에도 이러했으니 조선시대에 양반 되기는 더 쉽지 않았다. 단순히 양반 신분을 사들였다고 해서 양반이 될 수는 없었다. 양반을 산 어느 집안이 진정한 양반으로 인정받기 위해 삼대에 걸쳐 꾸준히 노력했다는 사실만으로도 양반 되기가 얼마나 어려웠는지 짐작할 수 있다.

신분제도는 조선을 지탱하는 근간이기 때문에 쉽게 무너지지 않았다. 여러 학자의 논의 결과에 따르면, 조선 후기까지 전체 인구 가운데 양반이 차지하는 비율에는 큰 변동이 없었다고 한다. 양반을 사고팔았으니 양반층이 급증했을 것이라는 우리 예상과는 어긋난다.

현대를 사는 사람들에게 물어보면 모두 자신은 양반의 후예라고 하는데, 그 사실 여부는 알 수 없다. 그만큼 양반은 선망의 대상이었다. 때문에 양반 되기가 아무리 어려워도 당시에는 양반을 사려는 움직임이 계속되었던 듯하다.

이러한 모습을 글로 담아낸 작품이 있으니 바로 박지원이 지은 〈양반전兩班傳〉이다. 〈양반전〉에서는 돈으로 양반을 사려는 상황과 사건을 다루고 있다. 돈으로 사고파는 양반은 과연 어떤 의미를 지닐까?

폼 만 잡 지 마 라

사람들에게 〈양반전〉의 주제에 대해 물으면 대부분 '양반에 대한 신랄한 비판'이라고 대답한다. 중고등학교에서 그렇게 배웠기 때문이다. 그런데 박지원은 〈양반전〉을 지으면서 이렇게 말한다.

선비는 하늘이 주신 작위다. 선비士의 마음心은 뜻(士+心=志)이 된다. 그 뜻은 어떠해야 하는가? 권세와 이익을 꾀하지 않아 영달해도 선비에게서 떠나지 아니하고, 궁핍해도 선비에게서 없어지지 않아야 한다. 명절名節(명예와 절의)을 지키지 않고 가문을 재화로 삼아 조상 대대로 이어져온 덕을 판다면 장사치와 무엇이 다르겠는가? 이에 양반전을 짓는다.

「경직도」 중 '일산을 받치고 가는 관리', 국립민속박물관.

박지원은 선비, 즉 양반 계층 자체에 대해서는 '하늘이 내려주신 것'이라고 생각한다. 장사치와도 구별된다고 여긴다. 얼핏 보면 자긍심의 표출로까지 풀이될 수 있다. 하지만 이는 막중한 책임감을 담고 있는 발언으로 보아야 한다. 선비는 잘되거나 어렵거나 언제든 한결같은 마음으로 살아가야 한다는 준엄한 요구다. 그래야만 선비로서의 존재 가치가 있다는 말이다.

박지원은 〈양반전〉의 시작 부분에서 또 한 번 "양반이라는 것은 선비 계층에 대한 존칭"임을 분명히 한다. 그러고는 정선 양반에 대해 소개한다. 그는 "어질고 독서를 좋아하여 매번 새로운 군수가 도임하면 반드시 찾아와 예를 올릴" 정도의 인물이다. 전형적인 시골 은거 양반의 모습이다. 하지만 집안이 가난해서 매년 관아에서 곡식을 빌어먹고는 갚지 않아 문제가 생긴다. 관찰사가 사실을 알고 양반을 가두라고 명하면서 작품은 긴막하게 돌아간다. 그러니까 정선 양반은 능력도 없으면서 같은 양반이라고 눈감아주는 집단 속에서 폼만 잡고 산 것이다.

정선 양반은 어찌할 방도가 없자 밤낮으로 울기만 한다. 앞에 독서를 좋아하던 모습과는 딴판이다. 이때 그의 아내가 한마디 꾸짖는다.

당신은 평생 글 읽기만 좋아하더니 관아의 곡식을 갚는 데는 아무런 도움이 되지 못하네요. 쯧쯧쯧 양반! 한 푼어치도 되지 않는 양반!

양반을 돈의 수량인 '(한) 냥 반'의 음과 유사하게 여겨 금전적 가치로 환산하고 있다. 이대로라면 정말 양반은 한심한 계층이 아닐 수 없다. 박지원은 여기서 정선 양반이 선비로서 지켜야 할 어떤 정신을 표출해주기를 바랐는지 모른다. '참양반'으로서의 모습을 보여주기를 원했을 수도 있다. 차분히 법의 심판을 받든지, 아니면 어려움 속에서도 지금까지 지켜온 삶을 이어나가든지.

그러나 정선 양반은 신분 자체를 파는 선택을 한다. 이로써 이야기는 새로운 국면에 접어든다. 관심의 초점은 양반을 산 부자로 넘어간다.

양반, 내가 사겠소
―

정선 양반이 관곡을 갚지 못한다는 소식을 들은 그 고을의 부자는 자신이 그 양반을 사기로 한다. 그런데 그가 양반을 사기로 한 이유가 재미있다.

양반은 비록 가난해도 늘 존귀하고, 나는 비록 부자여도 항상 비천하다. 말도 탈 수가 없다. 양반을 보면 굽신거리며 두려워하고, 엉금엉금 기어가서 뜰아래 엎드려 절하며, 코를 땅에 대고 무릎으로 기니 내가 항상 이런 수모를 받으며 살고 있다.

조선시대 신분제의 모습이다. 부자는 이러한 모든 제약이 억울했을 것이다. 그래서 이 기회에 자신도 양반이 되기로 한다. 부자는 정선 양반의 매매 허락을 받고 관곡을 다 갚아준다.

이때 군수가 나선다. 군수는 부자가 정선 양반의 빚을 갚아주었다는 말을 듣고는 "군자로다. 부자여! 양반이로다. 부자여! 부유하면서도 인색하지 않으니 의롭고, 남의 어려움을 도와주니 어질며, 비천한 것을 싫어하고 존귀한 것을 사모하니 지혜롭구나. 이야말로 진짜 양반"이라며 부자를 칭찬한다.

그런데 이 칭찬 속에는 상대방을 안심시키는 무서움이 담겨 있다. 그 무서움은 이후 이루어지는 문권文券, 즉 '양반매매계약서 작성'이다. 군수는 훗날 소송이 벌어질 수도 있으니 모든 사람이 보는 앞에서 문권을 작성하자고 한다. 군수에게서 '진짜 양반'이라는 말을 들은 부자는 이를 따른다. 그런데 그 문권의 내용이 기가 막히다.

손에 돈을 만지지 말고, 쌀값을 묻지 말고, 더워도 버선을 벗지 말고, 밥을 먹을 때 맨상투로 밥상에 앉지 말고, 국을 먼저 훌쩍훌쩍 떠먹지 말고, 마실 때 후루루 소리를 내지 말고, 젓가락으로 상 위에 방아를 찧지 말고, 생파를 먹지 말고, 막걸리를 들이켠 다음 수염을 빨지 말고, 담배를 피울 때 볼이 움푹 들어가게 빨지 말고, (…) 추워도 화로에 불을 쬐지 말고, 말할 때 이 사이로 침을 흘리지 말고, 소 잡는 일을 하지 말고, 놀음을 하지 말아야 한다. 이와 같은 모든 품행 가운데 양반에 어긋남이 있으면, 이 증서를 가지고 관官에 나와 변정할 것이다.

다소 과장되었을 수 있지만 일상생활에서 이루어지는 양반들의 형식적인 몸가짐이 나열되어 있다. 이는 양반이 행해야 할 본질은 제쳐둔 채 겉치레에 치중하는 당시 양반들의 모습이기도 하다. 군수는 이를 아무렇지도 않게 적는다. 정선 양반이나 군수 또한 당시 양반들의 관행에서 벗어나지 못하고 있음을 알 수 있다. 박지원은 당시 양반들이 형식적인 몸가짐으로 알고 지키는 규칙들을 무심하게 드러냄으로써 그들의 허례허식을 있는 그대로 꼬집고 있다.

그런데 관아에 나와 증서를 고쳐야 한다는 마지막 부분은 계약을 원천적으로 무효화시키겠다는 의미다. 부자가 할 수 없는 행실을 늘어놓고, 그 가운데 하나라도 지키지 못하면 새로 산 양반의 지위를 박탈하겠다는 협박이다.

군수의 교묘함이 여기에 있다. 겉으로는 칭찬하는 척하면서 속으로 무서운 음모를 숨긴 그는 부자에게 결코 양반 지위를 주지 않겠다는 속셈을 가지고 있었다.

양 반 이 라 는 게 왜 이 래 ?

―

양반을 그저 좋은 것으로만 알고 있던 부자로서는 문권에 적힌 행실이 난감하기 그지없었다. 하지만 부자도 그냥 물러서지 않는다.

"양반이라는 게 단지 이것뿐입니까? 저는 양반이 신선 같다고 들었
는데 이렇다면 너무나 손해입니다. 원하옵건대 이익 되는 것이 있도
록 바꾸어주십시오."

이에 군수는 관리가 된 양반은 잘 먹고 잘 살면서 방에서는 기생, 들에서는 학鶴과 어울린다고 적는다. 나아가 시골에 사는 쇠락하고 궁핍한 선비라도 제멋대로 이웃의 소를 끌어다 먼저 자기 땅을 갈고, 마을의 일꾼을 잡아다 자기 논의 김을 맬 수 있고, 군민 코에 잿물을 들이붓고 머리끄덩이

를 휘휘 돌리고 수염을 낚아채더라도 누구 하나 감히 대들 수 없다고 문서에 기록한다.

이는 앞의 문권과는 달리 양반들이 누리는 세속적 이익으로 가득 차 있다. 군수가 언급한 양반의 이익에는 책임과 의무는 다하지 않고 우월한 지위만을 누리려는 당시 양반들의 타락한 모습이 그대로 드러나 있다. 이를 듣던 부자는 "나를 도둑으로 만들 셈이냐?"며 가버린다.

이로써 어쨌든 군수의 작전은 성공한다. 정선 양반은 빚만 갚은 채 양반의 지위를 유지할 수 있게 되었다. 동질성을 지닌 양반으로서 군수는 훌륭하게도 문제 있는 양반을 지켜낸다. 군수는 문서를 작성할 때 군내 사족士族은 물론 농農, 공工, 상商을 모두 소집한다. 조선 사회의 근간인 네 계층이 모두 모인 것이다. 군수는 이 속에서 부자로 하여금 도망치게 함으로써 양반은 아무나 될 수 있는 계층이 아님을 모두에게 보여주고 싶었는지도 모른다. 군수는 그저 양반을 지켰으면 됐다고 안도했을 수 있다.

하지만 부자가 던진 "도둑"이라는 단어가 주는 비판의 강도는 매우 세다. 부자는 누구보다도 세속적 이익에 밝은 사람이다. 그렇기에 양반이 누릴 수 있는 세속적 이익을 원하여 양반 값을 지불했다. 지극히 당연한 거래다. 그런데 가장 세속적인 부자가 양반 이익 문권을 보고 "도둑" 운운한 것은 사실 양반들이 도둑이라는 말과 같다. 양반이 되려던 부자는 그 이익이 도둑이 되는 길임을 깨닫고 자리를 피한 것이다. 부자는 어쩌면 마지막에 최소한의 양심을 지킨 인물이라고 볼 수 있다. "도둑"이라는 단어와 함께 부자가 두번 다시 "양반"이라는 말을 입에 올리지 않았다는 마지막 서술은 〈양반전〉에서 끝까지 주목해야 할 부분이다.

박지원은 〈양반전〉에서 어쩌다가 양반이라는 것이 이 모양이 되었는지

고민하고 있다. 어쩌다 돈만 있으면 양반이 될 수 있다고 생각하고, 어쩌다 그런 사람들마저도 양반을 외면하게 되었는가? 형식과 이익에만 빠져버린 당시 양반의 모습이 그런 결과를 낳았다는 따끔한 지적이다.

박지원의 이런 비판적 성찰은 오늘날 우리에게도 암시하는 바가 적지 않다. 우리 모두가 자기 자리에서 본분을 지키고 최선을 다했다면 세월호와 같은 비극은 없었을 것이다. 편법이 판치고, 돈으로 자리를 사고, 또 그런 패당끼리 서로 돕는 이상한 사회가 되면, 우리 소시민들의 입에서는 "도둑"이라는 외침이 절로 나올 수밖에 없지 않겠는가?

❧ '유 학'이 라 불 린 이 들 ❧

권내현의 「양반을 향한 긴 여정」에서는 조선시대에 하층민이 아무리 돈이 있어도 양반 되기가 얼마나 어려운 일인지를 보여주는 실제 기록을 다루고 있다. 이 글에 따르면 본래 노비였던 김수봉金守奉은 나라에 상당한 곡식을 납부하고 평민이 되어 김해 김씨를 본관으로 정한다. 1717년 김수봉이 죽은 후 자손들은 점차 신분 상승을 꾀한다. 그 결과 1780년경 증손자에 와서 마침내 유학幼學(벼슬하지 않은, 유학을 공부하는 선비)이라는 양반 호칭을 획득한다. 그렇다고 해도 양반으로 인정받기가 쉽지 않자 후손들은 본관을 안동 김씨로 바꾼다. 그 후 1850년경에는 많은 후손이 '유학'으로 칭해지고 있음이 확인된다. 유학이라 불린다고 해서 곧 양반이라고 할 수 없다는 주장도 있다. 분명한 것은 김수봉 집안이 이 정도까지 되는 데에도 오랜 시간이 걸렸을 정도로 조선시대의 신분제도는 엄격했다는 사실이다.

서동지전

鼠 同 知 傳

정말 억울합니다

옆 동네 김씨가 찾아왔다. 김씨는 잠시 망설이는 척하더니 이내 말을 꺼
냈다.

"저기, 형님! 한 100만 원 정도 변통해줄 수 없나요? 꼭 갚겠습니다. 마누라
가 병원에 입원을 했는데 치료비가 없어서……."

형님이라니? 내가 알기에 김씨는 나와 나이가 같았다. 그리고 나는 김씨와
금전 거래를 할 만큼 친한 편이 아니다. 이름과 얼굴만 알아 인사 정도 나
누는 사이라고나 할까? 하지만 김씨가 게으르고 불성실하며 거짓말을 잘
한다는 소문은 익히 들은 터였다.

"지난번 고등학교에 다니는 아들의 납입금이 없다고 할 때, 하도 딱해 보여
빌려줬던 20만 원도 아직인데…… 나도 요즘 자식들 등록금 마련하느라 힘
에 부칩니다."

"부자인 형님이 무슨 그런 않는 소리를 합니까? 그 쪼그만 돈을 빌려준다
고 재산에 축이나 나겠나? 새 발의 피지! 그럼 50만 원이라도 해줘요."

"정말 지금에 여유가 없어요. 그러니 그만 돌아가줘요."

나는 김씨의 등을 가볍게 밀었다. 그러자 갑자기 김씨가 바닥으로 쓰러지면서 외쳤다.

"아이고! 사람 치네. 그깟 돈 좀 있다고 유세 떠는 거냐? 가난하다고 짐승 다루듯이 바닥에 내동댕이치는 거는 무슨 경우냐? 오냐! 그 돈 가지고 얼마나 잘 사나 보자."

김씨는 자리에서 멀쩡하게 일어나 나가면서 계속 상소리를 해댔다. 나는 그나마 김씨가 우리 집에서 나가 다행이라고 생각하며 마음을 추슬렀다. 얼마나 지났을까? 김씨가 팔에 붕대를 감고 다리를 심하게 절뚝이며 다시 나타났다.

"저 사람입니다. 저 사람이 저를 이렇게 때렸습니다. 폭행죄로 고소할 테니 체포해주세요."

경찰관 두 명이 나에게 다가왔다.

뜻하지 않은 봉변

—

인간은 사회적 동물이기에, 주변 사람들에게 발생한 일로 인해 내가 힘겨울 수도 있다. 예를 들어 뜻하지 않은 사고로 소중한 부모와 자식을 잃기도 한다. 이는 내 의지와는 상관없이 대개 상황이나 시대 또는 국가의 문제 때문에 일어난 사건이다. 내 잘못이 아닌 까닭에 더 억울하고 가슴이 아프다. 참을 수 없는 슬픔이 가득 찬다. 그나마 이때에는 대부분의 주변 사람이 안타까움을 함께한다.

반면 자기 몸에 고난이 직접 닥치기도 한다. 흔히 죽을 만큼 사랑하는 사람과의 이별이나, 운전하다가 일어난 사고를 생각해볼 수 있다. 그래도 이별과 교통사고는 자신이 어떻게든 관련되기 때문에 감내할 수밖에 없다. 때로는 본인의 잘못이 더 크기도 하다. 그러니 책임이 따른다.

문제는 사건이 나와 전혀 상관없이 일어날 때다. 그곳에 가본 적도 없는데, 비슷하게 생겼다고 해서 도둑으로 몰린다면 어떻겠는가? 또 앙심을 품은 사람이 말도 안 되는 이유를 들어가며 나를 괴롭힌다면 어떻겠는가? 아무리 무죄를 주장하고 무고誣告라 외쳐도 주위의 친한 사람들을 제외한, 나를 전혀 모르는 사람들은 아니 땐 굴뚝에 연기가 나겠냐면서 신나게 욕할지도 모른다. 그나마 아무런 잘못이 없다는 사실이 밝혀지면 다행이겠지만, 그렇지 않다면 그 어려움은 이루 형언할 수 없으리라. 사람들은 자신에게는 이런 일이 생기지 않으리라고 생각한다. 그렇지만 세상사를 어찌 알겠는가?

고전소설 가운데 〈서동지전鼠同知傳〉은 이런 점에서 주목할 만하다. 〈서동지전〉은 쥐를 의인화한 소설로, 조용히 잘 살고 있던 서대쥐가 어느 날 생각지도 못한 송사訟事에 휘말리는 내용을 담고 있다. 아무런 잘못도 없는 서대쥐가 재판과정에서 어떻게 행동하는지, 그 사회적 의미가 무엇인지 살펴보면 오늘날 우리에게 주는 의미가 적지 않다. 그리고 왜 하필이면 '쥐'를 의인화했는지도 궁금하다.

너 무 긴 서 두
-

〈서동지전〉의 서사는 간단하다. 쥐인 서대쥐를 다람쥐가 고소하고, 호랑이인 산군山君이 재판하는 과정이 전부다. 당연히 작품의 중심은 이 부분이 되어야 하는데, 특이하게도 〈서동지전〉은 사건에 앞서 서대쥐 가문이 유구한 시간을 거쳐 정착하게 된 경위 및 서대쥐와 아들들의 대화를 장황하게 펼쳐낸다. 하나의 예를 들어본다.

대저大抵 삼황三皇인 복희씨伏羲氏, 신농씨神農氏, 황제씨黃帝氏 이전에는 아직 표현해낼 만한 무언가가 만들어지기 전이어서 어떤 일이 있었는지 상고할 수가 없습니다. 그런데 제가 듣기로 복희씨는 뱀의 몸에 사람의 머리를 하고 있었는데, 진쯔 땅에서 왕이 되어 글을 지으며 혼인을 이루었다고 합니다. 또한 그물을 맺어 고기잡이를 가르치고 짐승을 길러 장사하는 법을 알려주셨습니다. (⋯) 신농씨는 사람의 몸에 소의 머리를 하고 있었는데, 나무를 깎아 농사지을 수 있는 보습을 만들고, 온갖 풀을 맛보아 의약을 만드셨습니다. 황제씨는 무기를 만들어 탁록涿鹿 들판에서 치우蚩尤와 싸워 사로잡고, 배와 수

레를 만들었습니다.

중국 초기의 역사다. 전설이라고도 할 수 있는 이 부분부터 시작해 작품의 배경으로 삼고 있는 당나라 태종 이세민李世民에 이르기까지의 역대 왕조를 간단히 소개하고 있다. 이어서 그때까지의 유명한 중국의 역사적 인물을 모두 거론하고 있다. 물론 모두 아들들의 입을 통해서다. 그러면서 서대쥐는 아들들이 문밖을 나가지 못해 우물 안 개구리처럼 용렬하고 무식할까 염려했는데 그렇지 않다며 기뻐한다.

작가는 도대체 무슨 이유로 본격적인 사건에 앞서 교양이 가득한 이런 글을 채워넣었을까? 단순히 독자들에게 중국 역사의 대강을 알려주고 싶은 의도에서 였다고 생각해볼 수 있다. 일종의 보너스인 셈이다. 소설을 읽으면서 역사도 공부하는 일석이조의 효과를 노렸다고 해도 틀린 말은 아니다.

하지만 이 부분은 작품 내적으로 상당한 의미를 갖는다. 주인공 서대쥐의 집안은 매우 부유하다. 그런데 복희씨 때부터 이어져온 집안의 오랜 역사 속에서 조정에 나가 벼슬한 인물이 없는 점으로 미루어보면 양반은 아니다. 그렇지만 열심히 살아서 상당한 부를 축적했다. 당나라를 세운 태종이 "서대쥐가 종족을 이끌고 가서 적의 창고에 있는 군량미를 다 없애주는 바람에 전쟁에서 승리할 수 있었다"며 동지同知라는 벼슬을 내려주기는 한다. 비로소 양반이 되었다고 생각하겠지만 천만의 말씀!

만약 양반으로 인정되었다면, 다람쥐가 서대쥐를 고소했을 때 산군이 오소리와 너구리 두 포졸을 보내 즉시 잡아 대령하라는 명령을 내릴 리가 없다. 박지원의 〈양반전〉만 봐도, 나라의 환곡을 축낸 죄인을 군수가 차마 가두지 못한다. 비록 몰락했지만 양반 신분이기 때문이다.

조선시대의 양반은 대대로 이어져왔기에 족보를 고치든 나라에 돈을 내든 갖은 수단을 동원해 하루아침에 양반이 된 사람을 인정하지 않았다. '보리동지'라는 어휘가 있다. 곡식 따위를 바쳐 벼슬을 얻은 사람을 비아냥거리는 말이다. 서대쥐는 곡식 때문에 벼슬을 얻었다. 보리동지와 상황은 다르지만 비슷한 뉘앙스를 느끼기에 충분하다.

그런 서대쥐와 아들들이 유학자들이 관심을 갖는 중국 역사와 인물에 대해 이야기한다. 양반이 아니면서 양반을 지향하는 모습이다. 작가는 서대쥐 집안의 대화를 통해, 양반 아닌 일부 부유층의 양반처럼 살고 싶어하는 욕망을 보여준다.

지나친 요구, 거절의 대가

-

세상에 숨어 살아온 서대쥐는 동지 벼슬을 내린 당 태종의 가자를 받은 후, 원근에 있는 일가를 모두 초청하는 큰 잔치를 벌인다. 기쁜 일인 게 분명하지만 이로 인해 서대쥐는 뜻하지 않은 사건에 휘말린다. 그 사건은 단지 얼굴 정도만 알고 지내던 다람쥐가 찾아오면서부터 시작된다. 다람쥐는 포악하고 어질지 못한 데다 게을러 몸을 거의 쓰지 않는 존재다. 그러니 집안은 굶주릴 정도로 어렵다.

다람쥐가 찾아와 힘겨운 사정을 이야기했을 때, 서대쥐는 조금도 따지지 않고 밤 한 석과 잣 닷 되를 내어준다. 잔치하고 남은 음식물까지 보내준다. 덕분에 다람쥐는 놀고먹으며 한 해를 잘 보낸다. 그러나 여전히 일하지 않았기 때문에 곤궁은 다시 찾아온다.

나는 본시 세상 물정에 어두운 선비요. 위로는 조상의 재산이 없고, 아래로 친척의 생업이 없어, 약한 몸에 여기저기 빌려 쓰며 구구한 목숨을 이어왔으나 마음만큼은 항상 안빈낙도安貧樂道를 꿈꾸었소. 이제 새해가 다가오는데 조상 신령께 한 그릇 떡과 국을 올릴 길이 없음을 한탄할 뿐이라오.

다람쥐가 두 번째로 서대쥐를 찾아가기 전에 아내에게 한 말이다. 선비이면서 집안이 매우 가난하다는 점을 감안하면, 다람쥐는 몰락 양반으로 추정된다. 좀더 구체적으로 말하면 양반입네 하며 전혀 생업에 종사하지 않는 집단을 대표한다고 할 수 있다.

다람쥐가 다시 서대쥐에게 가겠다고 할 때, 아내는 예의염치를 지키라며 만류한다. 양반으로서 최소한의 도리는 지키라는 지적이다. 그러나 이런 아내의 말을 들을 다람쥐가 아니다. 그런데 이번에는 서대쥐가 자기 집안도 쓸 곳이 많아서 더 이상 줄 수 없다며 단박에 거절한다.

여기서 서대쥐는 반말을 하고 다람쥐는 존대를 하는 대화체가 흥미롭다. 빌어먹기 위해 양반의 체통이나 체면을 다 잊은 모습을 부각시키는 효과가 있다. 이러한 대화체는 둘이 처음 만났을 때부터 시작되었다. 그래도 그때는 양식을 얻었으니 소기의 목적은 달성한 셈이다. 두 번째도 극존칭을 썼으나 다람쥐는 실패의 쓴맛을 보고 만다.

방귀 뀐 놈이 성낸다고 다람쥐는 서대쥐가 보여준 첫 번째 은덕은 망각한 채 집으로 돌아오는 길에 노발대발한다. 말리는 아내에게는 "내 형세가 좋지 않자 서대쥐에게 가려는 마음을 먹어서 자꾸 그쪽 편을 든다"는 망언도 서슴지 않는다. 이에 아내도 다람쥐의 행태를 더 이상 참지 못하고 행장을 꾸려 집을 나가버린다.

이와 같은 일련의 사태는 다람쥐로 하여금 서대쥐를 무고하는 데까지 나아가게 한다. 다람쥐는 '서대쥐가 노복 등과 함께 와서 자신의 양식을 훔쳐갔다'는 죄목으로 서대쥐를 고소하기에 이른다. 서대쥐는 그만 정말 영문도 모른 채 절도죄로 재판을 받게 될 처지에 놓이고 만다. 은혜를 베풀었다가 한 번 거절한 대가치고는 가혹하다.

잘못 없이 하는 재판 그리고 쥐의 한계

산군의 명령을 받고 포졸 오소리와 너구리는 급히 서대쥐를 잡으러 간다.

오소리가 너구리에게 말하였다.

"내가 들으니 서대쥐가 재물이 많다 하여 심히 교만하게 굴며, 우리를 늘 괴이하고 흉악하게 여긴다고 하더라. 내가 벼르고 있던 차에 오늘 우리에게 걸렸으니, 이놈을 잡아 그동안 괄시당한 분을 풀자. 또 소송당한 놈이 예물 바치는 전례는 위에서도 알고 있는 사실이다. 수백 냥이 아니면 절대 놓아주지 말자."

당시 재판과정에서 횡행했던 부정부패가 적나라하게 드러나고 있다. 평소 미워했다고 하면 죄의 여부에 상관없이 잡아들일 수 있고, 이를 핑계로 윗사람이나 아랫사람이 공공연하게 뇌물을 받을 수 있었음을 보여준다.

실제로 오소리와 너구리는 황금 20냥을 뇌물로 받는다. 그들은 재판할 때 서대쥐 편을 들기로 약속한다. 재판은 부자인 서대쥐가 가난한 다람쥐의 양식을 훔쳤을 리 없다며, 서대쥐는 풀어주고 다람쥐는 유배 보내라는 산군의 판결로 끝난다. 무죄로 재판이 끝난 후 서대쥐는 산군의 거처인 백호궁의 모든 관리에게도 재물을 돌린다.

이번 송사에서 내가 무사히 돌아감은 그대 등이 잘 주선하여주었기 때문이오. 지금은 약간의 재물로 작은 정을 표하나 이후 다시 사례할 날이 있을 것이오.

이것이 먼 옛날의 일이었다고 치부하지 말라. 많이 줄었다고는 하지만 여전히 우리 사회에는 자신의 작은 힘을 휘두르는 작자들과 그 속에서 주고받는 뇌물이 판치고 있다. 이런 사회는 건강하지 못하다. 〈서동지전〉의 작가는 송사과정에서 의인화를 통해 조선의 부패상을 노정시켰다. 동물들의 이야기라고 해서 간단히 무시해버릴 수 없는 부분이다.

서대쥐는 쥐다. '쥐'는 모아들이는 성실함을 지니고 있다. 서대쥐가 부자로 설정된 근거다. 반면 아주 작은 존재이기도 하다. 오소리와 너구리의 눈치도 봐야 하고, 다람쥐와도 잘 지내야 한다. 조금만 거스르면 당장 어려움이 닥친다. 적절하게 이곳저곳에 돈을 써야만 넘어갈 수 있다. 이는 어쩌면 조선시대에 양반이 아니면서 부유했던 사람이 가지고 있던 모습인지도 모른다.

아, 참! 다람쥐는 어떻게 되었을까? 다람쥐도 용서를 받는다. 서대쥐가 산군에게 부탁했기 때문이다. 다람쥐는 뉘우치고 감사 인사를 한다. 서대쥐는 부족한 데 쓰라며 다람쥐에게 돈과 양식까지 준다. 이후 둘은 서로 좋은 관계를 맺어 더 이상 싸우지 않게 된다.

이렇게 해서 〈서동지전〉은 여타의 고전소설과 같이 해피엔딩으로 끝을 맺는다. 그런데도 찜찜함이 남는다. 자신을 무고한 다람쥐까지도 원수로 만들어서는 안 되는 서대쥐의 한계가 그 안에 숨겨져 있기 때문은 아닐까 하고 반문해본다.

❦ 서 대 주 전 ❦

쥐를 의인화한 또 다른 고전소설로는 〈서대주전鼠大州傳〉(한문본)이 있다. 이 작품에서 다람쥐는 타남주駞南州로 표기한다. 〈서대주전〉은 다람쥐가 자신의 양식을 절도해갔다며 서대주를 고소하여 재판이 이루어지고, 서대주가 자신을 잡으러 온 포졸에게 뇌물을 주며, 부유한 자신이 도둑질할 리가 없다는 말로 풀려나는 내용은 〈서동지전〉과 동일하다. 하지만 서대주가 굶주림에 지쳐 다람쥐의 식량을 훔쳐갔다는 사실에서 큰 차이가 난다. 작품의 서두도 길지 않으며, 쥐와 다람쥐 무리를 제외하고는 원님이나 사령使令에 대해서는 별도로 의인화하지 않는 점도 다르다. 기근에 시달렸다는 서대주의 집이 매우 부유하게 묘사되는 등 허점이 지적되기는 하지만, 실제로 죄를 저지른 존재가 뇌물로 무죄를 받고, 오히려 피해자인 다람쥐가 유배를 간다는 〈서대주전〉의 결말은 심각한 문제의식을 담고 있다.

배비장전

裴 裨 將 傳

멍청이!
나는 절대 너처럼 그러지 않을 거야

여자 친구가 그만 헤어지잔다. 그것도 전화로…… 너무나 갑작스러운 일이다. 요즘 일이 바빠서 열흘쯤 못 만나기는 했지만 딱히 문제가 있었던 것은 아니다. 만나서 이야기하자고 매달렸지만 막무가내다. 버럭 화를 내며 더이상 내게 남은 미련이 없으니 다시는 찾지도 말란다.

뭔가에 홀린 것처럼 멍해졌다. 문득 재준이가 떠올랐다. 재준이는 내 여자 친구와 친하다. 게다가 얼마 전에 차인 경험도 있으니 해결책이 있을지도 모른다. 반사적으로 휴대전화를 찾았다.

통화 연결음은 마냥 신나는 여자 아이돌의 댄스곡이다. 미친놈, 엊그제만 해도 여자한테 차였다며 눈물 콧물 범벅에 찔찔 짜더니만. 벌써 슬픔 끝, 희망 시작인가? 노래가 거의 끝나갈 무렵 재준이가 전화를 받았다. 재준이의 상황은 무시하고 무작정 약속을 잡았다.

재준이가 나와 있었다. 술 한잔 하다가 시간이 얼마쯤 흘렀을 때 내 상황을 이야기했다.

"여자가 아무런 이유 없이 헤어지자고 하면, 그건 돌이킬 수 없어. 그냥 싫은 거야."

"야, 아무리 그래도 그럴 수는 없는 거잖아. 사귄 게 얼만데? 결혼까지 생각했단 말이야."

"그건 네 생각이고, 인마! 여자의 반응으로 봤을 때, 너희 사랑은 이미 끝난 거야."

무심한 재준이의 말에 갑자기 눈물이 흐르더니 멈추질 않았다. 재준이가 힐끗 곁눈질하더니 한마디 툭 던졌다.

"야, 넌 여자 친구랑 헤어져도 울지 않겠다고 호언장담했잖아? 나 놀리면서 말이야. 그런데 왜 우냐?"

어떤 말도 할 수 없었다. 그때 재준이가 크게 웃으면서 나를 툭 쳤다. 출입문 쪽에서 여자 친구가 함박미소를 지으며 들어오고 있었다. '속았구나.' 내 머리에 천둥이 쳤다.

내 판단으로 사는 삶

—

사람은 누구나 신념과 원칙을 가지고 있다. 저마다 자기가 옳다고 생각하는 것, 그리고 그대로 행동하려고 하는 것은 모두 이 때문이다. 신념과 원칙은 자기 방식대로 판단할 수 있게 하고, 삶을 주도적으로 영위할 수 있게 해준다. 이처럼 두 어휘는 기본적으로 긍정적인 의미를 지닌다.

문제는 그것이 지나치게 경직됐을 때다. 이 경우 사람들은 일의 결과만을 본다. 왜 그렇게 되었는지, 또는 그렇게 될 수밖에 없었던 정황에 대해서는 고려하지 않는다.

예를 들어 어떤 남녀가 금지된 사랑을 했다고 하자. 이를 결코 용납할 수 없다는 신념을 가진 한 사람이 가혹한 벌을 줘야 한다고 주장한다. 여느 사람과는 달리 남녀가 서로 끌리는 것은 인간의 본성이라는 변론이나, 그 남녀가 어렸을 때부터 알고 지낸 남다른 사이였다는 동정론도 먹히지 않는다.

남은 방법은 하나다. 적절한 교훈을 통해 그 사람의 완고한 신념을 변화시키면 된다. 신념이나 원칙도 좋지만 좀더 유연할 필요가 있음을 알려주면 더욱 좋다. 어떤 방식으로 그것을 할 수 있을지는 고민이 필요하다.

만약 신념과 원칙이 위선이라면 상황은 더욱 심각해진다. 위선은 실제로는 그렇게 하지 못하면서 겉으로만 그렇게 하는 척하는 가면을 쓴 상태다. 이는 깨부숴야 하는 악이다. 이런 부류의 인간들은 조롱과 비판을 받아야 마땅하다. 단호한 경고의 메시지가 전달되어야 한다.

경직된 신념에 유연성을 더하려는 경우, 신념 자체는 나쁘지 않기 때문에 주도하는 사람은 좋고 나쁨을 문제 삼지 않는다. 따라서 상대적으로 여유가 있다. 반면 위선을 깨트리려는 경우, 주도하는 사람은 그것의 사악한 부분을 강하게 드러내려고 한다. 그래서 더욱 엄격하다.

삶의 현장을 고스란히 기록해온 고전소설이 이처럼 복잡 미묘한 문제를 외면할 리가 없다. 처음에는 경직된 신념을 문제 삼은 〈지봉전芝峯傳〉 같은 한문 작품이 등장한다. 궁녀의 사랑을 용납하지 못하는 지봉 이수광이, 왕이 주도한 계교에 의해 자신도 얼마든지 신념이나 원칙에서 벗어난 상황에 처할 수 있다는 사실을 깨닫는다는 내용이다. 심각한 갈등보다는 시종일관 웃음이 가득하다. 왕의 태도 또한 관대하다. 여기서 위선은 전혀 고려되지 않는다.

하지만 조선 후기로 내려오면서 이를 다룬 고전소설은 방향을 달리한다. 혹시 '위선'이 아닐까 의심해본다. 그 대표적인 작품이 〈배비장전裵神將傳〉이다. 〈배비장전〉은 판소리 열두 마당 가운데 한 작품으로, 현재 사설만 전해지고 있다.

저 사 람 왜 저 래?
—

조선시대에 감사監司 등을 따라다니며 일을 돕던 무관인 비장을 주인공으로 한 〈배비장전〉은 제주도를 배경으로 한다. 작품의 앞부분은 배를 타고 제주로 향하는 과정을 서술하고 있다. 그런데 배비장은 제주로 떠나기에 앞서 '제주가 색향色鄕인데, 만약 그곳에 갔다가 주색에 빠지기라도 하면 어찌하느냐?'고 걱정하는 아내에게 결코 그럴 일 없을 거라고 단언하며, 자신의 신념이 확고함을 확인시켜준다.

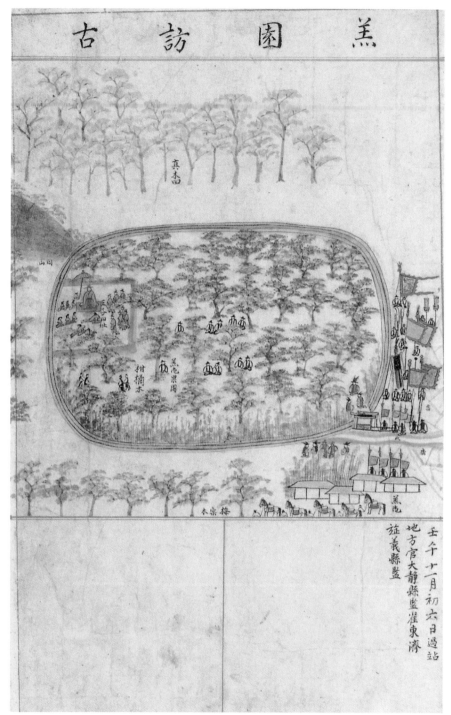

「과원을 찾아 풍악을 즐기다」, 『탐라순력도』, 51.5×41.5cm, 보물 제652–6호, 국립제주박물관.
감귤나무가 익어가는 왕자구지라는 곳에서 기생들의 거문고 연주를 즐기고 있는 제주목사가 보인다.

그렇게 제주도에 도착한 배비장은 정비장과 기생 애랑의 이별 광경을 목격하게 된다. 새로운 관리가 왔기 때문에 제주도를 떠나야만 하는 정비장은 그동안 정들었던 애랑과 헤어지기 서러워 눈물만 흘린다. 애랑은 없는 설움을 지어낸다.

'없는 설움'이란 억지로 슬퍼한다는 말이다. 그것도 모르는 어리석은 정비장은 애랑의 말에 속아 관아 곳간의 물건에서부터 자신이 입고 있던 옷, 차고 있던 칼까지 모두 내어준다. 어느새 정비장은 알몸이 된다. 상투까지 잘라달라는 청은 거절했지만 마침내 '자신이 단명하면 원귀가 될 것이니, 앞니 하나 빼주면 관 속에 같이 넣어 합장하겠다'는 애랑의 부탁에 자신의 이까지 뽑아주기에 이른다.

그런데 정비장이 이를 빼러 온 공방에 속한 창고지기와 대화하는 장면이 매우 해학적이다.

"네가 남의 이를 더러 빼어보았느냐?"
"예! 많이는 못 빼어봤으나 모두 합하면 서너 말가량은 됩니다."
"허, 그놈! 제주의 이란 이는 몽땅 뽑은 놈이로구나. 다른 이는 상하게 하지 말고 앞니 하나만 쏙 빼내어라."

'서너 말'과 '앞니 하나'가 묘하게 대조를 이룬다. 정비장의 이는 표도 안 난다. 그동안 기생에게 빠진 사람들이 뽑은 무수한 이에 겨우 하나 더할 뿐이다.

이 이야기의 근원은 발치설화拔齒說話다. 사랑의 징표라 믿고 이까지 빼주는 어리석은 남성에 대한 경계를 담고 있다. 〈배비장전〉에서의 이 장면 역시 그와 무관하지 않다.

이별 장면을 읽는 사람들은 모두 정비장의 어리석유을 탓하며 웃을 것이다. 여자에게 빠지지 않겠노라고 말한 배비장 역시 '천한 기생에게 크게 미혹되어 체면을 손상시키는' 정비장의 행위를 남부끄러워한다. 왜 저러는지 이해하지 못한다.

그런데 그때 작가는 "정말로 너희는 정비장과 다를 수 있는가?" 하고 묻는다. 그 역할은 방자가 한다. '너희'의 대표는 배비장이다.

> "나리! 남의 말이라고 쉽게 하지 마시오. 화류계에서는 본래 영웅열
> 사가 없는 법입니다."
> "이놈! 그러면 너는 나를 정비장과 같은 사람으로 보는 것이냐? 내
> 가 큰소리치는 것이 아니다. 30년이나 서울, 시골 할 것 없이 두루
> 다니면서 경국지색의 미인을 수없이 보았지만 왼눈 하나 끔쩍하였다
> 면 사람이 아니다."

신념인가, 위선인가?

배비장의 신념은 확고해 보인다. 그런데 방자는 믿지 않는다. 남자라면 여자를 두고 그럴 수 없다는 것이 방자의 생각이다. 그래서 내기를 한다. 방자는 '여자에게 홀리지 않는다면 식구 모두 데리고 가서 배비장의 집에서 하인 노릇을 하며 살겠다'는 파격적인 제안을 한다. 만약 신념이라면 방자는 절대 이길 수 없다. 그러나 위선이라면 이야기는 달라진다. 얼마든지 깰

수 있다. 방자는 위선이라는 데에 모두 걸었다. 이른바 올인.

이후 배비장은 기생들과 놀자는 여러 비장의 초청을 거부하며 하인 우두머리에게 '만일 기생년을 눈앞에 얼씬이라도 하게 하면 엄하게 매질하고 쫓아내겠다'며 호통친다. 작가는 이때 '마음으로는 끌리나 어쩔 수 없이 억제하는' 배비장의 심리를 짧게 드러낸다. 어쩌면 방자의 생각이 맞을 수도 있다는 암시다.

반면 배비장의 호통을 들은 제주 목사는 '허허' 하고 크게 웃는다. 그러고는 배비장 몰래 기생들 사이에 내기를 붙인다.

"너희 여러 기생 중에 배비장을 혹하게 하여 웃게 하는 자가 있으면 큰 상을 내리겠다. 누가 해보겠느냐?"

'혹하게 하여 웃게 하는 것'은 배비장의 신념은 기특하지만 경직되어 있으니, 그렇지 않을 수도 있음을 깨닫게 하겠다는 가벼운 마음이다. 앞서 언급한 〈지봉전〉의 경우와 크게 다르지 않다.

내기를 하는 것과 내기를 붙이는 것은 큰 차이가 난다. 내기를 하는 것은 나와 그의 관계다. 지면 큰일이다. 그러나 내기를 붙이는 것은 '그들만의 리그'다. 그들이 못 해도 나와는 상관없다. 그만큼 긴박함이 덜하다.

어쨌든 목사의 제안에 애랑이 나선다. 애랑은 목사에게 한라산으로 꽃놀이를 가면 좋은 꾀를 내겠다고 한다. 작품 전개상, 배비장이 애랑에게 빠지는 내용이 자연스럽게 이어진다. 남은 과제는 배비장이 내세웠던 것이 경직된 신념이냐 위선이냐를 판가름하는 일이다.

목사를 따라 한라산에 간 배비장은 그곳에서 목욕하는 애랑을 본다. 작근대에 발행된 『배비장전』에 실린 삽화, 아단문고.

裴裨將
배비쟝

愛娘
애랑

勸馬聲
花芳草楊柳
힝화방초 양류

권만성에 가는길

가는 그때의 배비장을 "절개는 커니와 눈을 모로 뜨고 숨을 헐떡이는 음탕한 남자"로 묘사한다. 배비장의 위선은 점점 드러난다. 애랑을 더 보기 위해 거짓으로 배앓이를 하며 목사 일행과 떨어지고, 안 본다고 하면서 곁눈으로 애랑을 보기도 하고, 방자에게 만나게 해달라고 조르고, 방자의 꾀에 속아 돈 100냥을 뺏기기도 한다. 이미 위선을 드러낸 배비장은 거리낌이 없었고, 그때마다 방자는 적절하게 배비장을 놀린다.

이를 통해 마침내 방자의 의혹이 사실로 증명된다. 〈배비장전〉에서 방자의 등장은 이런 점에서 중요한 의미를 갖는다. 방자는 하층민이다. 양반인 목사는 그저 경직된 신념 정도로 여겼지만 하층민의 시각은 다르다. 위선임을 간파한 것이다. 〈배비장전〉에 드러난 방자와 배비장의 내기에서 방자가 이긴 것은 결국 하층민이 상층민에 대해 가지고 있는 의식이 틀리지 않다는 의미를 내포하고 있다.

위선의 대가, 그러나……

배비장은 결국 방자의 도움으로 애랑을 만나러 간다. 그러나 그때까지도 배비장은 그것이 자신에 대한 징치懲治(잘못된 일이나 죄를 다스림)가 이루어지기 위한 과정임을 눈치채지 못한다. 물론 징치의 중심에는 방자가 있다.

여기서 방자는 일인다역一人多役을 한다. 애랑의 집으로 안내할 때는 방자, 애랑의 집에서는 출타하지 않은 남편, 궤를 지고 나가는 시골 상두꾼을 모두 방자가 맡아 한다. 이때마다 배비장은 곤경을 겪는다. 애랑의 집으로 들어갈 때는 개구멍으로 들어가는 바람에 개 취급을 당한다. 방자가 남편

노릇을 할 때 배비장은 자루에 숨었다가 다시 궤로 옮긴다. 이때 방자는 궤를 불사르겠다느니, 톱으로 자르겠다느니 하며 위협을 한다. 이에 배비장은 업귀신 흉내를 낸다. 개와 귀신이 된 것이다. 방자와 독자들은 전모를 알고 즐기는데, 배비장만 모른다. 위선의 혹독한 대가다.

방자에 의해 궤가 동헌에 옮겨지고 나서야 목사가 꾀를 낸다. 마치 동헌을 바다인 양 위장하게 한다. 이 꾀는 크게 성공해서, 배비장은 바다에 버려진 것으로 착각하고 벌거숭이 몸으로 동헌 앞뜰에서 헤엄치는 추한 모습을 보여준다. 그런데 놀라운 것은 목사의 반응이다.

목사가 웃고 의복을 내어 입힌 후에 말하였다.
"이 일로 너무 꺼리거나 피하지 말고 애랑이 첩으로 들여져 있는 동안 잘 지내게."
여러 동료도 분분히 위로하였다.

목사와 같은 부류에게 배비장의 행위는 그저 한바탕 웃고 지나갈 일일 뿐이다. 방자가 보인 태도와는 사뭇 다르다. 계층에 따른 입장 차가 매우 크다는 점이 드러난다.

이후 〈배비장전〉에서 방자는 더 이상 등장하지 않는다. 위선을 폭로하는 역할이 끝났기 때문이다. 애초에 내기의 조건이었던 '천금 나가는 배비장의 말'을 받았는지도 알려주지 않는다. 하기야 이긴 게 중요한 것 아닌가?

이본에 따라 다르지만 구활자본 〈배비장전〉에는 망신을 당한 배비장이 다시 애랑을 만나고, 목사의 주선으로 정의 현감이 되어 선정을 하고 잘 산다는 후일담이 덧붙여져 있다.

위선이든, 경직된 신념이든 고난을 겪은 후에 행복을 이룰 수 있다는 고전소설의 문법을 충실히 따른 결과라고 할 수 있다. 아니면 '경직된 신념'을 유연하게 해주었다고 믿는 사람들이 추구하는 결말을 담은 것일 수도 있다. 또는 '행복한 결말'을 추구하는 우리나라 사람들의 소망이 투영된 것일 수도 있다.

이유야 어떻든 후일담이 존재함으로써 〈배비장전〉이 가지고 있었던 주제의 치열함이 매우 후퇴했다는 점은 부정할 수 없다.

송만재宋晩載는 1843년에 지은 〈관우희觀優戱〉 50수 가운데 16수에서 〈배비장전〉을 다음과 같이 묘사하고 있다.

욕심 많은 애랑에게 빠져 자기 몸을 돌아보지 않고 慾浪沈淪不顧身
상투 자르는 것은 좋게 거절하더니 다시 이를 뽑네. 肯辭剃髻復挑齦
잔치에서 기생을 업은 배비장 中筵負妓裴裨將
이로 인해 멍청이라고 비웃음을 산다. 自是倥侗可笑人

잔치에서 기생을 업었다는 말은 현존하는 작품의 실상과 다소 거리가 있다. 당시 그렇게 불렸을 수도 있고, 송만재가 착각했을 수도 있다. 멍청이라고 비웃음을 샀다는 것도 마찬가지다. 여기에는 송만재의 주관적인 평가가 들어간 듯하다.

강릉매화타령

판소리계 소설로 〈배비장전〉과 유사한 작품으로 〈강릉매화타령〉이 있다. 작품의 줄거리는 다음과 같다. 강릉 사또가 부임할 때, 책방冊房(지금의 비서)으로 내려간 골생원骨生員이 강릉 기생인 매화를 만나 사랑하다가 서울 집에서 과거를 보라고 부르는 바람에 헤어진다. 과거에 실패하고 다시 강릉으로 오지만, 강릉 사또가 골생원을 골리기 위해 그에게 매화가 죽었다며 속인다. 골생원은 달랑쇠의 놀림을 받으면서도 매화를 그리워한다. 매화는 귀신으로 환생한 것으로 꾸며 골생원을 만난다. 골생원은 누구에게도 보이지 않는다는 매화의 말에 속아 옷을 벗고 사또가 베푼 잔치 자리에서 맨몸으로 춤을 추다가 망신을 당한다. 두 작품의 애랑과 매화, 목사와 사또, 방자와 달랑쇠는 서로 유사한 역할을 한다. 하지만 〈배비장전〉과 달리 골생원을 웃음거리로 만드는 이유가 무엇인지 분명하게 제시되어 있지 않다.

홍길동전
洪 吉 童 傳

왕이 된 남자

"요즘 드라마 왜 저래?"

오랜만에 내 옆에 앉아 TV를 보던 남편이 짜증 섞인 투로 말했다.

"왜? 재미있기만 한데."

"시대가 어느 때인데 아직도 첩의 자식을 주인공으로 내세워? 그리고 저게
재미있다고?"

남편은 가정의 평화가 깨지는 내용을 서슴지 않고 공중파로 방송한다며 투
덜거렸다. 나는 그 말에 개의치 않고 줄거리를 이야기해주었다.

"저 첩의 자식인 주인공은 능력도 좋고, 인물도 좋고, 게다가 품성까지 좋
아. 그런데 아버지는 모든 걸 알면서도 조금 모자란 본처 자식에게 회사를
물려주려고 하는 거야. 그리고 또 다른 첩이 있는데 그 여자는 주인공을

못 잡아먹어서 안달이지. 같은 처지끼리 왜 그러는지 모르겠어."

"그러니까 저 친구가 모든 시련을 이겨내는 내용이란 말이군."

"그래! 물론 자기 말대로 첩을 등장시킨 건 시대랑 좀 맞지 않을 수도 있어. 하지만 세상 사람 누구나 하나 이상의 약점을 가지고 있잖아. 그냥 그 약점에 지지 않는 캐릭터라고 보면 조금 이해가 되지 않을까?"

"그래도 우리 삶이랑 너무 달라서 현실감이 없어. 허황된 것 같다고."

"그러니까 드라마지. 혹시 알아? 우리가 모르는 저들의 세계에서는 여전히 그런 일들이 벌어지고 있는지? 그런데 자기는 절대 다른 여자를 가까이해서는 안 돼! 내가 두 눈 부릅뜨고 지켜볼 거야."

태생적 제약

—

인간은 태어나면서 누구나 평등하다고 한다. 그리고 현대에 있어서 이 말은 진리로 받아들여진다. 문제는 그것을 피부로 느끼지 못한다는 데 있다. 최근까지도 신라시대에나 쓰던 성골, 진골, 육두품이라는 신분적 어휘가 등장하기도 하고, 죄수들 가운데 사회적으로 힘깨나 쓴다는 사람과 그렇지 않은 사람을 범털, 개털로 구분 짓기도 한다.

분명 우리는 누구에게나 자기 능력을 펼칠 기회가 마련된 시대에 살고 있다. 그런데도 자꾸 이런 말이 나오는 것은 오늘날까지 여전히 차별이 지속된다고 생각하는 사람이 많기 때문이다. 1988년 죄수 호송 버스에서 달아난 지강헌이 인질을 붙잡고 경찰과 대치하는 사건이 발생한다. 이 무시무시한 범죄는 2005년 영화 「홀리데이」로 재탄생한다. 그때 탈주범 지강헌은 세상을 향해 "유전무죄, 무전유죄!有錢無罪 無錢有罪(돈 있으면 무죄가 되고, 돈 없으면 유죄가 된다)"라고 소리친다. 벌 받아야 마땅한 범죄자의 외침인데도 여전히 우리 귓가에 맴돌고 있다. 왜일까?

태어날 때부터 너는 이렇게 살아야 한다고 정해지지 않은 것은 그나마 다행이다. 아무리 뛰어난 능력을 갖고 있어도 태생적인 신분이 낮으면 아무것도 할 수 없었던 조선시대에 비하면 훨씬 낫다. 재능이 많아도 재혼한 여자나 첩의 자식은 벼슬길에 나갈 수 없고, 노비의 자식은 노비 신분에서 벗어나지 못했던 때가 조선시대다. 이미 자신의 선택과는 상관없이 자기 삶의 방향이 정해졌던 것이다.

이러한 불합리를 직접적으로 다룬 작품이 〈홍길동전洪吉童傳〉이다. 〈홍길동전〉은 허균許筠(1569~1618)이 지은 우리나라 최초의 국문소설로 알려져

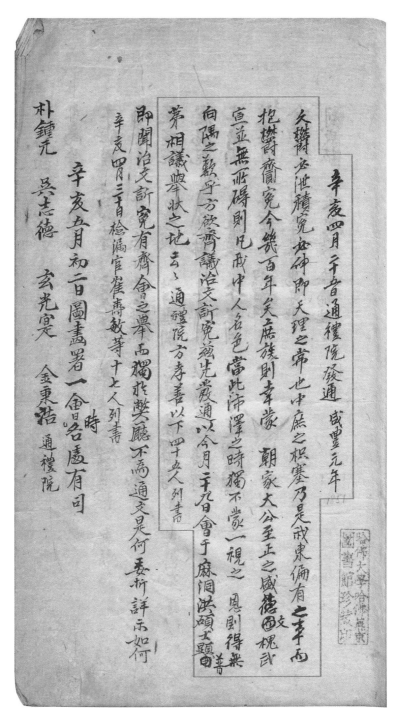

辛亥四月二十日 通禮院 發通　咸豐元年

矢擠 必泄積寃 如仲尼即天理之常也 中庶之枳塞乃是我東偏有之事而
抱擠齎寃 今幾百年矣 庶族則幸蒙 朝家大公至正之盛德
宣並無所碍 則凡我中人名色 當此沛澤之時獨不蒙一視之 恩則得與
向陽之歎乎 方欲齊議治文訴 先嚴通以今月二十九日會于麻洞洪碩士顯普
第相議擧狀之地云云 通禮院方秀善以下四十五人列書

即聞治文訴寃有齊會之擧 而獨於獎廳不爲通交 是何委折 詳示如何
辛亥胃三日 檢漏官崔壽敏等十七人列書

辛亥五月初二日 圖畵署 一金名處有司　時

朴鍾元　吳志德　玄光寔　金東浩　通禮院

『상원과방상원院科榜』, 1880년경, 하버드 옌칭도서관.
조선시대에 중인과 서얼은 중서中庶로 병칭되며 양반 계층으로부터 차별을 받았다.
그리하여 1724년 서얼들은 통청通淸 운동을 전개하는데, 이에 관한 문서다.

있다. 하지만 진위 여부는 좀더 지켜보아야 한다. 일단 이본들이 모두 1800년대 중반 이후에 출현되었다는 점에서 그러하다. 허균이 1500년대 말에서 1600년대 초반까지 살았다는 사실을 고려할 때, 그 시간적 차이는 무려 250여 년이나 된다. 이런 상황에서 현존 이본들이 한글본이라고 해서 〈홍길동전〉이 처음부터 한글로 창작되었으리라 보는 것은 무리일 수 있다. 이 밖에도 연구자들은 이에 대해 여러 의문점을 제기하고 있는 실정이다. 심지어 허균이 〈홍길동전〉을 지었다고 하더라도 그 내용이 지금 전하는 작품과는 사뭇 달랐으리라고 추정하기도 한다.

이러한 논란에도 불구하고, 노비였다가 첩이 된 여자의 자식을 내세워 조선을 지탱하고 있던 신분제도 자체를 문제 삼은 〈홍길동전〉은 오늘날 사회의 실상도 돌아보게 할 만큼 내용이 살아 있고 유의미하다.

준 비 된 영 웅, 그 러 나
-

조선시대의 신분제도는 종모법從母法이다. 즉 아이가 탄생하면 그 아이는 어머니의 신분을 따라야 한다. 홍길동은 노비 춘섬의 아들이다. 그렇기에 홍길동은 당연히 노비다. 다행히 아버지 홍 판서가 춘섬을 노비에서 풀어 첩으로 삼았기에 얼자孽子라도 될 수 있었다. 노비의 자식에서 첩의 자식으로 바뀌었지만, 홍길동은 그 당시에 무엇도 할 수 없는 태생적 한계를 갖게 된다.

아이러니하게도 홍길동은 태어나면서부터 영웅이다. 이미 준비된 영웅이다. 아무것도 허용되지 않는 천한 사람이 누구도 따라올 수 없는 영웅성을 지녔다는 이율배반적 설정에서 〈홍길동전〉이 지니는 무게감이 느껴진다.

그런데 우리는 홍길동이 세상에 나오게 된 과정에 주목할 필요가 있다. 홍 판서는 어느 날 청룡이 달려드는 꿈을 꾼다. 홍 판서는 그것이 뛰어난 인물을 잉태할 징조임을 직감하고 본부인에게로 달려간다. 당연한 일이다. 그 좋은 꿈을 적자嫡子 탄생이 아닌 다른 곳에 쓸 이유가 없기 때문이다.

홍 판서가 기쁜 마음에 고운 손을 잡고 함께 잠자리에 들려고 하자 부인이 정색하였다.

"상공께서 체통을 생각하지 않은 채 경박한 사람의 더럽고 추한 행위를 하려고 하시니, 저는 따르지 않겠습니다."

말을 마치고는 손을 떨치고 나가버렸다.

양반은 부부라고 해도 아무 때나 잠자리를 같이할 수 없었기에 홍 판서 부인의 행위는 당시의 법도를 지킨 올바른 선택이라고 할 수 있다. 그런데 법도를 잘 지킴으로써 오히려 훌륭한 아들을 둘 기회를 놓치게 되었다는 설정 또한 재미있다. 만약 두 사람이 합방해서 아기가 태어났다면 〈홍길동전〉은 존재할 이유가 없다.

하지만 청룡 꿈을 그대로 버릴 수 없었던 홍 판서는 노비인 춘섬을 택하게 된다. 일종의 대타였던 셈이다. 이로써 문제적 인물인 홍길동은 마침내 세상에 나오게 된다. 홍 판서가 기뻐하면서도 본부인의 몸에서 태어나지 않은 것을 안타깝게 여겼다는 작가의 서술은 이러한 탄생 과정이 치밀하게 준비되었음을 알려준다.

청룡이 곧 홍길동이 되었으니, 그는 이미 영웅이 될 준비가 끝난 상태다. 그러나 세상은 준비된 영웅을 알아보지 못한다. 오히려 당시의 잣대로 홍길동을 억압한다. 첩의 자식 홍길동은 아버지를 아버지라 부르지 못하고, 형을 형이라 부르지 못한다. 홍 판서가 허락하지만 그것은 사사로운 공간인 가정에서만이다. 사회에서는 여전히 용납되지 않는다. 게다가 춘섬과 같은 처지인 초란은 홍길동을 죽이기 위해 특재라는 자객을 보내기까지 한다.

준비된 영웅 홍길동은 이제 가정을 벗어나야 할 단계가 되었다.

뛰 어 난 영 웅, 그 러 나

─

집을 나온 홍길동에게 필요한 것은 함께할 집단이다. 결집된 힘을 보여줘야만 국가나 사회에 충분한 영향력을 행사할 수 있기 때문이다. 새로운 정치인이 나오면 그를 둘러싼 집단인 당을 만들어야 하는 요즘과 크게 다르지 않다.

홍길동이 찾아간 곳은 아직 우두머리를 정하지 못한 도적의 무리다. 우두머리가 없다는 것은 아직 같은 지향점을 갖는 집단으로까지 승격되지 못했다는 의미다. 그런데 그들은 스스로를 영웅호걸이라고 칭한다. 도대체 '도적과 영웅호걸'이 어울리는 조합인가? 이는 두 가지로 해석할 수 있다. 남들은 인정하지 않는데 자기 멋에 빠져서 자화자찬한 존재일 수도 있고, 단순한 도적이 아니라 사회에 불만을 품은 사람들일 수도 있다.

홍길동이 이들을 모아 '활빈당活貧黨'이라 이름 짓고서야 이들은 비로소 규율 있고 원칙 있는 집단이 된다. 그래서인지 작가는 활빈당의 활동을 다음과 같이 요약한다. 첫째, 각 고을 수령이 부당하게 모은 재산을 탈취한다. 둘째, 가난하고 의지할 곳 없는 사람을 구제한다. 셋째, 백성에게는 해코지하지 않으며 나라의 재산에도 결코 손을 대지 않는다.

이렇게 되자 비로소 '도적과 영웅호걸'은 자화자찬이 아닌 또 다른 의미로 정당한 조화를 이루게 된다. 그때 홍길동은 함경 감사를 단죄한다.

이제 함경 감사가 탐관오리로 백성을 착취해 견딜 수 없게 되었다. 그대로 둘 수 없으니, 그대들은 내가 지시하는 대로 하라.

이후 일을 성공시킨 홍길동은 초인草人을 자신으로 만들어 전국으로 보낸다. 그들은 팔도에 한 명씩 흩어져 각각 사람을 수백 명씩 거느리고 다닌다. 또 다른 집단의 형성이다. 나라가 정비되지 않으면 홍길동의 활빈당과 같은 집단이 언제든 퍼져나갈 수 있다는 메시지다.

나라에서는 홍길동을 잡아들이려고 애쓴다. 하지만 홍길동은 오히려 자신을 체포하려고 온 포도대장 이흡을 농락한다. 결국 나라에서는 아버지 홍 판서와 형 홍인형을 활용한다. 즉 홍인형을 경상 감사로 제수하면서 골육의 정을 이용해 홍길동을 색출하려고 한다. 이 작전은 그대로 적중한다. 홍길동이 제 발로 홍인형을 찾아온 것이다. 그러나 이 역시 초인으로 밝혀진다. 홍길동은 초인의 몸을 빌려 자신을 찾지 말라고 임금에게 부탁한다.

이처럼 뛰어난 모습을 보이지만 나라에서는 여전히 홍길동을 내버려두고 등용하지 않는다. 도리어 홍길동을 죽이려고 혈안이 된다.

여러 신하 가운데 한 사람이 아뢰었다.

"길동의 소원이 병조판서를 한 번 지내면 조선을 떠나겠다는 것이라
하오니, 제 소원을 한 번 풀면 제 스스로 은혜에 감사할 것입니다.
그때를 타 잡는 것이 좋을까 하옵니다."

병조판서에 제수된 홍길동은 임금 앞에 나아가 감사 인사를 드린다. 이
와중에도 조정의 신하들은 도끼와 칼을 쓰는 병사를 매복시켰다가 홍길동
을 쳐 죽이려고 계획한다. 홍길동이 사회와 국가에서 그만큼 능력을 보였
으나 지배층에게는 한갓 골칫덩어리일 뿐이었다. 뛰어난 영웅성은 그들을
위협하는 위험 요인이었기에, 홍길동은 반드시 제거해야만 하는 존재에 불
과했다. 국가는 자신들만의 이익에 따라 운영되면 그만이다. 기득권은 강하
고 깨지지 않는다는 사실을 보여준 예다. 지금은 이전과 달라졌을까?

왕이 된 영웅, 그러나

이에 홍길동은 조선을 떠난다. 먼저 홍길동은 활빈당 무리를 이끌고 남경
땅 제도라는 섬으로 들어간다. 그곳에 수천 호의 집을 지은 뒤, 농업에 힘
쓰고 무기 창고를 지어 백성에게 군법을 연습시킨다. 집단과는 사뭇 다른
세력의 결집이다. 이것은 율도국을 정벌하는 기반이 된다.

그리고 홍길동은 혼인을 한다. 혼인은 어른이 되는 수순이다. 댕기머리
의 홍길동이 상투 튼 홍길동으로 바뀌는 전환점이다. 혼인을 했기에 그 후
율도국을 정복하고 왕위에 등극할 수 있었다. 어린아이가 임금이 된다면

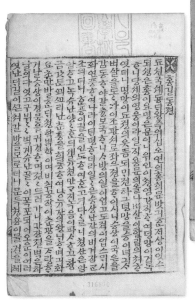

『홍길동전』, 허균, 1916, 서울대 중앙도서관.

어색하지 않았을까? 비록 간략하게 서술되고 있지만, 이 부분에서 투쟁에 따른 홍길동의 영웅성은 극대화된다. 이 과정에서 홍길동은 모국인 조선과 끊임없이 접촉한다.

율도국을 정벌하기 전에는 홍 판서의 산소를 제도에 마련한다. 얼자의 근거지에 아버지의 산소를 두었다는 설정은 더 이상 홍길동이 조선의 신분제에 구속되지 않음을 의미한다. 마지막 부분에 홍 판서의 부인 유씨가 홍인형을 따라 율도국에 왔다가 그곳에서 죽어 묻히는 것도 같은 맥락이다.

율도국을 정벌한 후에는 조선의 임금에게 표表를 올리고, 조선의 임금은 홍인형을 위유사로 삼아 보낸다. 위유사는 부속 국가나 지방에 일이 있을 때 파견하는 사신이다. 마치 율도국이 소국으로 대국 조선을 섬기는 모습처럼 보인다. 하지만 이는 자신의 모국을 잊지 않는 마음 정도로 이해하면 무난하다. 조선은 여전히 문제가 남아 있는 나라로 존재한다.

신이 전하를 받들어 만세를 모실까 하였으나, 천한 종의 몸에서 태어났기에 문관이나 무관의 모든 벼슬길에 막혀 있습니다. 사방을 멋대로 떠돌아다니면서 관청에 폐를 끼치고 조정에 죄를 지었던 것은 전하로 하여금 아시게 하려 함이었습니다.

홍길동이 조선을 완전히 떠나기 전에 한 말이다. 그 후 조선에서 이러한 점이 개선되었다는 내용은 전혀 드러나지 않는다. 홍길동이 다스린 율도국이 '도적이 사라지고, 백성은 길거리에 떨어진 남의 물건을 줍지 않는 태평성대'를 이룰 동안 과연 조선은 어떻게 되었을까?

혹자는 첩의 자식인 홍길동이 두 부인을 둔 것에 대해 문제를 제기하기도 한다. 첩의 자식으로 온갖 불평등을 당한 홍길동이 그럴 수 있느냐는 말이다. 이러한 회의는 나름의 타당성을 지닌다. 하지만 여기서 우리는 일단 〈홍길동전〉에서 중요시한 점이 무엇인가에 대해 고려해야 한다. 분명히 할 것은 〈홍길동전〉은 또 다른 부인이나 첩을 두느냐의 문제가 아니라 신분에 따른 불평등에 초점을 맞추고 있다는 사실을 분명하게 인식해야 한다. 물론 동시에 여러 부조리를 함께 다루었다면 더할 나위 없이 좋았을 수 있다. 그러나 오히려 독자의 관심을 여러 방면으로 흩어놓을 위험성도 크다.

홍길동은 당시의 잘못된 제도에 강하게 반항한 인물이다. 어쩌면 현대를 살아가는 우리 또한 스스로 홍길동이 되거나 홍길동 같은 인물이 나오기를 기대하고 있는 것은 아닐까?

허 생 전

박지원이 지은 〈허생전〉 역시 조선을 떠나 새로운 공간을 개척한 인물을 다룬 소설이다. 허생은 도적 1000여 명과 그 아내들을 이끌고 빈 섬으로 들어간다. 땅이 비옥한 그곳에서 3년 동안 농사를 지은 후 흉년이 든 일본 장기長崎에 곡식을 팔아 은 100만 냥을 번다. 하지만 조그만 섬을 운영하는 데 100만 냥은 필요하지 않다며 50만 냥을 바닷속으로 버린다. 규모에 따른 적절한 국가 자산을 헤아림과 동시에 욕심을 경계한 것이기도 하다. 또한 화근을 없앤다며 글을 아는 사람들을 모두 데리고 떠난다. 사실 당시 조선을 망치고 있는 사람들이 바로 글 읽는 선비들이었다. 신랄한 비판이다. 마지막으로 남아 있는 배들을 모두 불 질러 없앤다. 이는 조선과의 단절을 의미한다. 더 이상 조선에 희망이 없다는 의미가 아닐까? 〈홍길동전〉의 율도국이 홍길동의 영웅성에 바탕을 두고 있다면, 〈허생전〉의 빈 섬은 허생의 치밀한 경제적, 현실적 의식에 기초하고 있다는 점에서 차이가 난다.

적성의전

그만해라! 우리가 남인가?

두 사람이 마주하고 있었다. 순간 한 사람이 주먹을 뻗었다. 방심했던 다른
사람은 얼굴을 감싸고 그대로 자빠지면서 소리쳤다.

"형! 도대체 나한테 왜 이러는 거야?"

"몰라서 물어? 너 때문에 되는 일이 없어. 너 같은 놈은 죽어야 돼!"

"무슨 말이야? 내가 뭘 어떻게 했는데…… 우리 우애 좋았잖아?"

"좋아? 흥! 네놈이 생각하기에 그렇지. 항상 모범생인 척하며 부모님 사랑
독차지하고. 덕분에 나는 문제아로 낙인찍혔지. 이대로라면 우리 집 재산도
모두 너한테 갈 거야."

"무슨 소리야! 우리 집 장남은 형인데. 어떻게 그런……"

"여전히 착한 척하는군. 내가 네놈 속셈을 모를 줄 알아? 이번에 아버지가 쓰러지니까 병원에서 간호한다면서 가게 문도 닫고 별별 쇼를 다 하더군."

"아니, 나는 형보다는 내가 하는 게 좋을 것 같아서 그랬지."

"닥쳐! 넌 언제나 그런 식이었어. 나만 나쁜 놈 만들었지. 하지만 이제는 그냥 두고 볼 수 없어. 나도 내 몫 좀 챙겨야겠다."

"형. 나는 정말 욕심 없어. 믿어줘. 그냥 아버지만 빨리 나으시면 돼."

"말은 번드르르하게 하는구나. 하지만 아버지가 나으면 모든 사실을 밝혀서 나를 완전히 내치려는 음흉한 놈!"

말을 마치자마자 형은 주머니 속에서 날카로운 무언가를 꺼냈다.

잘난 동생을 둔 형은 괴롭다

강가에는 배 두 척이 정박해 있고 그 앞에 두 남자가 서 있다. 한 남자 뒤에는 10여 명의 무사가 줄지어 있고, 다른 남자 뒤에는 선원들뿐이다. 한 남자가 다른 남자에게서 '일영주'라고 하는 귀한 약을 건네받고는 뒤로 물러났다.

"죽여라!"

한 남자가 눈짓을 하고 나직이 명령하자 무사들이 칼을 빼들고 앞으로 나왔다. 선원들이 놀라 어쩔 줄 몰라 하며 다른 남자를 감쌌다. 그러나 무사들이 가까이 오자 어찌 이런 일이 있느냐고 목 놓아 울면서 강물로 뛰어들었다. 그때 무사 가운데 태원이 막아서면서 외쳤다.

"세자께서 임금의 명을 사칭하면서까지 동생을 죽이려고 하니 형제의 정으로 어찌 그럴 수가 있습니까?"

말을 마치고 칼을 휘두르면서 무사들을 막았다. 이에 한 남자가 크게 노해 직접 칼을 들고 다른 남자에게 달려들어 두 눈을 찔렀다. 다른 남자는 얼굴 가득 피를 흘리고 쓰러졌다. 한 남자가 배를 부순 후, 쓰러진 남자를 나무 조각 하나에 얹어 강물로 밀어버렸다. 나무 조각은 넘실거리는 물결을 따라 멀리 떠내려갔다.

위의 내용은 고전소설 〈적성의전狄成義傳〉의 일부다. 도대체 어떻게 된 일인가? 세자인 형이 왜 아우를 죽이려고 하는가? 그리고 일영주라는 귀한 약은 또 무엇이란 말인가? 이제 이야기를 거슬러 올라가보자.

두 사람은 안평국의 왕자다. 형의 이름은 적형의이고, 동생은 적성의다. 적성의는 얼굴이 옥을 깎은 듯 아름다웠고 풍채 또한 수려했다. 마음은 순하고 착했다. 효성스럽기까지 했다. 부모는 '우리 성의는 날짐승 가운데 봉황이요, 들짐승 가운데 기린'이라며 적성익를 아끼고 사랑했다. 그래서 아버지는 장자인 형의를 두고 성의를 세자로 삼아 왕위를 잇게 하려고까지 한다. 다행히 신하들의 반대로 형의가 세자 자리에 오를 수 있었지만 불안하다. 언제든 성의에게 자리를 빼앗길 수 있다는 위기감이 가득하다.

적형의는 나무랄 데 없이 잘난 동생이 밉고 싶다. 이것을 풀어갈 수 있는 방법은 단 하나, 어떤 방법으로든 성의를 제거해야 한다.

그때 왕비가 병이 든다. 어느 도사가 와서 진맥을 하고는 왕비의 병이 나으려면 서천에 있는 일영주라는 명약이 있어야 한다고 처방한다. 서천은 하늘 끝에 위치한 곳으로, 아주 작은 새의 깃털도 가라앉는 약수弱水 3000리를 건너야 닿을 수 있는 땅이다. 한마디로 사람은 갈 수 없는 곳이다. 그러니 일영주라는 약을 구하기란 엄청나게 어려운 일이다. 하지만 효성 깊은 적성의는 주위의 만류를 뿌리치고 자원해서 서천으로 간다. 형의는 일단 안심한다. 적성의가 눈앞에서 사라진 것이다. 살아 돌아온다는 보장도 없다. 적성의가 약을 구해올 수도 있겠지만, 그것은 그때 대비하면 될 일이다.

그렇게 적성의가 떠난다. 이후 동생으로부터 소식은 없었지만 적형의는 왠지 찜찜하다. 만약 약을 구해 돌아온다면 적성의의 입지가 더 굳건해질 터이기 때문이다.

적형의는 즉시 선원과 무사들을 데리고 서천으로 향한다. 모진 풍파와 싸운 지 3일, 어느 강변에 다다랐을 때 서천에서 돌아오던 적성의의 배가 그곳을 지나고 있었다. 적형의는 크게 소리 질러 배를 세운다. 그렇게 형제는 만난다. 적성의를 죽이려고 작정한 적형의에게 동생의 안부는 뒷전이다. 적형의는 최대한 자연스럽게 적성의가 가져온 일영주를 받아 든다. 그러고 는 적성의를 죽이라고 명령한다.

적성의가 '이는 마치 토끼를 다 잡자 더 이상 쓸모가 없어진 사냥개를 삶 아 먹는 것과 다르지 않다'고 따져보지만, 적형의에게 이러한 항변은 먹히 지 않는다. 마침내 적형의는 적성의의 두 눈을 칼로 찌른 후 적성의를 물결 속으로 흘려보낸다. 이로써 적형의는 잘난 동생을 제거하게 된 것이다.

잘난 동생이 더 이상 눈앞에 없으므로 적형의의 문제는 해결된 듯하다. 하지만 적성의가 정말 죽었을까? 살아 돌아오지는 않을까? 어쩌면 적형의 의 걱정은 더 심해졌는지도 모른다.

이 이야기는 극단적인 형제 갈등이 가져오는 파탄을 보여준다. 〈적성의 전〉이 여기서 끝났다면 소설사에서 상당히 문제적인 작품으로 남았을 것 이다. 대부분의 고전소설에서 보이는 행복한 결말과는 달리, 비극적이고 암울한 끝을 보인 작품으로 주목받았을 것이다. 그러나 적성의가 죽음을 무릅쓰고 어머니의 약을 구하러 간 효자라는 사실이 문제가 된다. 효자가 이런 비극을 맞는다는 마무리는 우리 정서에 맞지 않는다.

효 자 는   행 복 해 야   한 다 ?
—

가끔 우리는 언론을 통해 유산을 두고 다투는 형제들의 이야기를 접하게 된다. 그때 그들이 내세우는 주장의 중점은 법이 아니라 효다. 그들은 '부모 님을 내가 모셨다', '부모님을 모시지도 않은 사람이 유산만 차지하려고 한다'는 등의 말을 한다. 이때 많은 사람은 자연스럽게 부모에게 효를 행한 사람을 동정한다. 그리고 그런 사람이 잘돼야 한다고 생각한다. 우리 내면 깊은 곳에 자리하고 있는 무의식이다. 더 나아가 효를 실행하면 하늘까지 감동한다고 믿는다.

옛날, 홀어머니를 모시고 사는 부부가 있었다. 그 부부는 9대 독자인 아들을 하나 두었다. 어느 날 홀어머니가 병이 들었는데 지나가던 노승이 9대 독자를 삶아 드려야 나을 수 있다고 하였다. 부부는 고민하다가 자식은 더 둘 수 있다고 하고는 9대 독자를 가마 속 끓는 물에 넣었다. 얼마쯤 지나 뚜껑을 열자 아이는 없고 동자삼이 들어 있었다. 그때 아이가 밖에서 뛰어 들어왔다. 홀어머니는 동자삼 끓인 물을 마시고 병이 나았다. 이 모든 것은 하늘이 감동하였기 때문이다.

효를 위해 9대 독자 아들을 삶는다는 이야기 자체는 매우 섬뜩하지만 '하늘의 감동'이 있어 행복하게 끝난다. 여기서 아무도 '아들을 삶은 것'에 이의를 제기하지 않는다. 그만큼 우리는 '효와 하늘의 감동'이라는 키워드에 암묵적으로 동의하고 있다. 결국 효는 9대 독자인 아들을 희생할 만큼 무조건 행해야 하는 당위가 된다.

'효와 하늘의 감동'에 익숙한 독자들은 〈적성의전〉의 내용상 반전을 기대한다. 그리고 작가는 당연히 그러한 심정을 이용해 '효'와 '하늘의 감동'이라는 코드를 들이댄다. 실제로 이후 장님 적성의에게는 쉽게 생길 수 없는 기쁜 일이 연속으로 벌어진다. 먼저 남일국에 사신으로 갔다가 그곳을 지

어미롤셤기되뜻을승슌ᄒ여그릇ᄒ미업더니

어미죽으매부도(둥의법이라)롤쓰디아니ᄒ고ᄒᄅᆞᆺ

티가례롤조차그아비와합장ᄒ고삼년을녀묘

ᄒ야거상을ᄆᄎ매도아비롤위ᄒ여삼년을다

시이시려ᄒ거놀쳐족들이잇글고길로나가인

ᄒ여그녀막을블지르니즈강이닛빗츨ᄇ라보

고하놀을부르며ㄷ흘두드리며힘뻐믈니치고

도로가무덤알픽사흘을업딕여다아니ᄒ니

쳐족들이그효셩을감동ᄒ여다시녀막을지어

주니즈강이ㅅ도삼년을이시되쳐음ᄀᆞᆺ더라

「석진단지石珍斷指」, 전 김홍도 밑그림, 1797, 삼성미술관 리움. 효자 석진이 아버지의 병을 치료하려고 손가락을 끊어 피를 내는 장면으로, 조선시대에는 사회적·국가적으로 효를 강조하기 위해 『삼강행실도』 『오륜행실도』와 같은 책을 제작했다.

나던 중국 승상 호마령에게 구출된다. 그리고 그와 함께 중국의 수도로 와서 임금에게 인정을 받는다. 임금은 적성의를 왕실 후원에 거처하게 하는데, 그곳에서 채란 공주와의 만남이 이뤄진다. 적성의에게 이런 일이 일어날 수 있었던 이유는 피리 솜씨 때문이다. 적성의가 부는 피리 소리를 들은 이들은 신선의 소리라며 재능을 극찬한다. 그전에 피리를 분 적이 없던 적성의가 어떻게 이처럼 피리를 잘 불게 되었는지…… 그 이유를 작가는 굳이 설명하지 않는다. 천지신명이 돕는, 효성 깊은 청년 적성의에게 이 정도는 특별한 일도 아니다.

그러던 어느 날, 안평국에 있을 때 키우던 기러기가 적성의를 찾아 날아온다. 발에는 일영주를 먹고 병이 나은 어머니의 편지가 달려 있었다.

정신을 차리고 급히 일어나 어머니를 만난 듯이 편지를 향하여 네 번 절하였다. 바로 그 순간, 문득 두 눈에 불빛이 일어나더니 두 눈이 번개같이 뜨였다.

기적처럼 눈을 뜬 적성의는 이후 과거에 장원급제하고, 마침내 채란 공주와 혼인도 한다. 그 후 적성의는 안평국으로 돌아와 왕위를 계승하고 선정을 베푼다. 슬하에는 여러 왕자와 공주도 둔다. 효를 행하고 천지신명의 도움을 받은 적성의에게는 당연한 보상이다. 역시 효자는 행복해야 한다.

그런데 이쯤에서 궁금한 점이 있다. 적형의는 어떻게 되었을까?

적성의가 돌아온다는 소식을 접한 적형의는 자신의 행적이 탄로날까봐 애가 탄다. 적형의는 즉시 용맹한 장수 적불을 불러 길목을 지키게 하지만 실패한다. 그리하여 적형의는 스스로 적성의를 죽이려 나선다. 그때 한 사람이 나서며 막아선다. 태연이다. '못된 짓만 하더니 이제 돌아오는 아우를 무슨 원한이 있어 해치려고 하는가?' 외침과 동시에 칼을 들자 적형의의 머리가 땅에 떨어진다. 적형의의 비참한 최후다.

이 부분에서 어떤 이는 악인에 대한 냉정한 징치懲治에 환호할 수도 있다. 하지만 꼭 적형의를 죽여야 했을까? 형이 죽고 없는데 형을 단 한 번도 원망하지 않았던 착한 적성의는 과연 행복했을까? 〈적성의전〉은 행복한 결말 속에 숨겨진 형제애의 붕괴라는 불편한 진실을 담고 있다.

여성 영웅의 깜짝 등장
–

형제간의 갈등을 다루고 있는 〈적성의전〉에서 흥미로운 인물이 등장한다. 바로 적성의와 혼인하는 채란 공주다. 채란 공주는 적성의를 불러 만나는 데 전혀 거리낌이 없다. 사실 조선시대에 어떤 여인이 외간 남자를 불러 만난다는 것은 상상할 수도 없는 일이다. 예교에 어긋나기 때문이다.

그러나 채란 공주는 예교에 얽매이지 않는다. 오히려 적성의가 '앞을 보지 못하는데 어찌 공주를 만나겠느냐'며 조심하고 거절한다. 채란 공주는 당돌하게도 여기에 개의치 않는다. 이런 모습은 그녀의 평소 행동으로 설명이 된다. 채란 공주는 어려서부터 말 달리기와 칼 쓰는 법을 연습하고 군사 부리는 훈련을 한다. 공주의 뛰어난 능력과 위엄은 세상에 견줄 사람이 없을 정도다. 게다가 공주의 아름다움은 물고기가 그 얼굴을 보다가 헤엄치는 것을 잊고 물에 빠져 죽으며, 기러기가 날갯짓을 잊어 땅에 떨어질 정도다. 예쁜 데다 능력까지 겸비한 채란, 그녀는 바로 조선 후기 소설에 자주 등장하는 여성 영웅의 일면을 보여준다.

이 정도의 영웅이면 작품 속에서 채란 공주의 활약이 기대되는 것은 자연스러운 일이다. 하지만 그녀의 출중함은 안평국으로 돌아오는 길에 적형의가 보낸 적불을 만났을 때만 발휘된다. 채란 공주는 남성 장수들이 대적하지 못하는 적불뿐만 아니라 그의 동생 적문까지도 물리친다. 물론 적성의가 하지 못한 일을 해냈다는 점에서는 충분히 찬양할 수 있지만, 어딘가 부족하다. 다른 여성 영웅들이 남성을 압도하는 국가적, 집단적 활약을 하는 데까지는 미치지 못하기 때문이다. 채란 공주는 그저 적성의를 보호할 때만 영웅성을 드러낸다. '일면을 보여준다'고 한 이유다.

여성 영웅은 조선 후기 여성들이 꿈꾼 모델이다. 남편의 그늘 속에서 집안에만 있어야 했던 당시의 여성들은 남성 못지않은 역량과 자질로 자신의 길을 헤쳐나가는 소설 속 여성 영웅을 통해 대리만족의 기쁨을 느낀 듯하다. 〈정수정전〉에서는 전장에 대원수로 나간 아내가 부하로 온 남편을 심하게 꾸짖기까지 한다. 〈방한림전〉에서는 여성 영웅인 방관주가 남성으로 살면서 같은 여성인 영혜빙과 결혼을 하는 파격적인 내용을 선보이기도 한다.

조선 후기 소설에서 여성 영웅이 자주 등장하는 것은 그만큼 이 소재가 인기 있고 흥미를 끌었다는 점을 반증한다. 〈적성의전〉에서 굳이 채란 공주의 영웅성을 끄집어낸 것도 이와 무관하지 않을 것이다.

그런데 우리는 여성들이 꿈꾼 여성 영웅의 삶 속에서 오히려 당시 여성들의 속박을 읽어낸다. 할 수 없는 일을 간절히 원한다는 것은 그만큼 현실의 삶이 팍팍했다는 뜻 아닐까? 그나마 문학이 있어서 위안이 되었을 뿐!

이야기의 선택과 활용, 조선의 문화 콘텐츠

—

최근 우리 사회는 문화 콘텐츠에 대해 높은 관심을 보이고 있다. 문화 콘텐츠란 일종의 문화상품으로, 디지털 시대가 도래하면서 고부가가치 산업으로 각광을 받고 있다. 조선은 디지털은커녕 아날로그도 아닌 시대인 만큼 문화 콘텐츠를 말하기가 어색하다. 하지만 그 시대에도 하나의 문화상품을 좀 더 나은 고부가가치로 전환하거나, 색다른 버전으로 재생산해내려는 시도가 있었다.

〈적성의전〉과 얼개가 비슷한 작품으로 불경에 있는 〈선우태자전〉과 서유영(1801~1874)이 지은 〈육미당기〉가 있다. 세 작품 모두 왕자 형제 가운데 무언가를 얻기 위해 먼 길을 떠났던 선한 사람이 임무를 마치고 돌아오는 길에 다른 악한 형제에 의해 두 눈이 멀고, 그 후 구출되어 영화로운 몸으로 돌아와 왕위에 오른다는 내용이다. 간단히 말하면 〈선우태자전〉을 바탕으로 〈적성의전〉이, 〈적성의전〉을 바탕으로 〈육미당기〉가 창작된 것이다.

〈선우태자전〉에서는 두 사람이 이복형제로 설정되어 있고 동생 악우가 악인으로 등장한다. 나쁜 짓을 일삼던 악우는 선우 태자의 도량으로 잘못을 뉘우치고, 결국 두 사람은 화해한다. 〈적성의전〉은 두 사람을 동복형제로, 형을 악인으로, 그리고 형을 처형하는 것으로 재설정한다. 이복형제보다는 동복형제의 갈등이 더 심각하다. 갈등의 심각성은 형제애의 단절로 이어진다. 또한 조선시대와 같은 엄격한 도덕률이 강요되던 때에 형은 동생에 비해 힘의 우월성을 유지한다. 따라서 〈적성의전〉에서 형을 갈등 유발자로 만든 것은 자연스럽다.

반면 〈육미당기〉는 두 사람을 이복형제로, 형 김세징을 악인으로 등장시킨다. 형제의 관계는 〈선우태자전〉을 따르되, 갈등을 야기하는 인물 양상은 〈적성의전〉을 따른 것이다. 아무래도 동복형제의 갈등이 부담이었나보다. 〈육미당기〉는 〈선우태자전〉과 같이, 동생 김소선의 선함에 형이 개과천선하고 형제간 화해를 하는 것으로 결말을 삼는다. 서유영은 〈적성의전〉의 비극적 파탄이 썩 마음에 들지 않았던 듯하다. 하지만 형 김세징이 자기 잘못을 뉘우쳐 울다가 두 눈에 종기가 나는 것(종기로 인해 두 눈이 멀었다는 구체적인 서술이 없기 때문에 그에 대한 상상은 독자 몫이다)으로 처리함으로써 소심한 인과응보를 드러내기는 한다.

〈선우태자전〉에서 시작된 이야기는 시대를 넘나들면서 새로운 콘텐츠로 재탄생하고 있다. 시대의 모습과 작가 의식을 담으며 이야기가 확장되었다. 불경의 내용을 시장에서 매매할 수 있는 방각본 소설로 재탄생시킨 〈적성의전〉이나, 그것을 신라를 배경으로 주인공 김소선이 여섯 부인을 두는 내용으로 변환시킨 〈육미당기〉는 기존 문화를 활용해 새로움을 담은 조선시대 문화 콘텐츠의 결정판이다.

적성의나 김소선은 모두 공주와 혼인한다. 하지만 〈적성의전〉에서는 채란 공주가 여성 영웅으로 반짝 등장하는 반면, 〈육미당기〉에서는 공주 대신 백 소저(김소선을 구해준 백 상서의 딸로, 〈적성의전〉으로 보면 호 승상의 딸에 해당됨)가 여성 영웅으로 활약한다. 궁궐에서 공주가 무예를 연마한다는 것은 누가 봐도 비상식적일 수 있다. 그래서 서유영은 고난 속에 남장을 하고 떠나니던 백 소저가 도인을 만나 능력을 키우는 내용을 삽입한다. 〈적성의전〉에 없는 새로운 콘텐츠를.

☙ 〈 창 선 감 의 록 〉과 〈 유 효 공 선 행 록 〉 ❧

우리나라 고전소설 가운데 형제간의 갈등을 그린 작품으로는 〈창선감의록〉과 〈유효공선행록〉이 있다. 〈창선감의록〉에서는 잘난 동생 화진과 이복형 화춘의 갈등을 그리고 있다. 화춘은 화진을 곤경에 빠트리는 등 악행을 저지르지만 징치되지는 않는다. 화춘이 개과천선하기 때문이다. 반대로 〈유효공선행록〉에서는 잘난 형 유연과 동생 유홍이 갈등한다. 유홍은 형 유연을 제거하기 위해 끊임없이 모해한다. 결론은 유홍이 잘못을 뉘우치고 형제가 화해하는 것으로 마무리된다. 이들 작품에서는 악한 인물이 회과悔過하기를 기다려 준다.

유충렬전

劉　忠　烈　傳

나는 태어날 때부터 영웅이었다

"여보, 나 임신한 것 같아!"

아내가 욕실에서 뛰어나오며 외쳤다. 나는 반사적으로 몸을 일으켰다. 아내
의 손에는 임신진단시약이 들려 있었고, 눈가엔 눈물이 맺혀 있었다.

"정말? 정말?"

입에서 나온다는 게 이 말뿐이었다. 믿어지지 않았다. 결혼 초기에는 서로
할 일이 있다는 핑계로 아이를 갖지 않았다. 하지만 그 후 간절히 아기를
원했건만 쉽지 않았다. 집안 어른들 역시 말은 안 해도 내심 초조한 기색을
내비쳤다. 그동안 임신에 좋다는 민간요법과 부적 등 무엇 하나 가리지 않
고 다 해보았다. 그런데도 전혀 효험이 없었다. 이제는 지쳐 포기하려고 했

는데, 결혼 10년차에 마침내!

아내가 내미는 진단시약 결과를 보고 환희에 차 나도 모르게 소리를 질렀다. 그러고는 아내를 꼭 껴안았다. 아내의 어깨가 들썩였다.

"가만! 이럴 때가 아냐. 어서 이 기쁜 소식을 양가 부모님께 알리자."

아내가 품안에서 빠져나오며 말했다. 나는 친가와 처가에 전화를 걸었다. 하나같이 기뻐하고 축하해주셨다.

"뭐라고 하셔?"

"당신, 애썼고 고맙대. 그런데 양가 부모님 모두 태몽이 뭐냐고 물으시던데? 혹시 꿈꾼 거 있어?"

엄마는 어떻게 임신을 하지?

—

아기가 생기려면 우선 남녀의 결합이 있어야 한다. 그런데 우리나라 사람들은 이런 상식을 거부한다. 아니, 상식 너머에 있는 무언가를 상정한다. 그것이 바로 '태몽胎夢'이다. 우리나라 사람들은 임산부와 대화할 때 '임신할 때 무슨 꿈을 꾸었느냐?'는 질문을 종종 한다. 그리고 그 꿈의 내용을 매우 진지하고 흥미롭게 듣는다. 나아가 그 꿈의 내용을 바탕으로 태아의 성별을 추측하기도 한다.

과학이 발달한 21세기에도 꿈에서 임신의 이유를 찾으려는 모습은 참으로 황당하다. 그래서인지 중국, 일본에서는 이러한 현상을 찾을 수 없다. 그렇다면 우리나라는 왜 아직도 '태몽'을 강조하는가?

'태몽'은 사실상 신화적 영웅에게 부여되었던 신이한 혈통이 시대의 흐름에 따라 변이된 결과물이다. 신화의 주인공은 부모가 모두 신적인 존재다. 부모에게서 신神의 혈통을 이어받은 사람이기에 신화의 주인공이 되는 것은 매우 자연스럽다. 하지만 시간이 흘러가면서 사람들은 신의 아들이 존재한다는 사실을 받아들이지 않는다.

문제는 같은 사람들 가운데 훨씬 뛰어난 인물, 즉 영웅이 존재한다는 사실이다. 부모가 신이 아닌 상태에서 그들은 도대체 어떻게 그렇게 훌륭할 수 있었을까? 여기서 부모가 이상한 꿈을 꾸고 그 영웅을 잉태했다는 '태몽'이 등장한다.

특정한 개인이나 집단을 위한 장치들이 모범적인 선례나 규칙으로 통용되는 순간, 그것은 모든 사람의 소유가 된다. 그리고 그것은 공식적이고 관습적인 '어떤 것'이 된다. 우리나라에서 태몽이 확산된 계기다. 위대한 인물에게만 부여되었던 태몽이 지금은 일반 사람들의 탄생의 징조로까지 확대되어 수용된 것이다.

'태몽'을 중시하는 의식은 아기를 선택된 존재로 본다는 의미다. 선택되었기에 태몽을 통해 탄생을 예고했다는 생각이다. 인간은 무작정 세상에 태어난 것이 아니라 선택된 존재라는 인식이야말로 인간에 대한 존엄의식의 극치라고 볼 수 있다.

어쨌든 '태몽'은 영웅 탄생의 근원적인 모습을 담고 있다.

어렵게 얻은 아기

우리나라 고전소설 가운데 태몽이 작품 서사에 중요한 역할을 하는 유형이 영웅소설英雄小說이다. 18세기 이후 소설의 상업화에 힘입어 크게 유행한 유형이다. 그 대체적인 내용은 훌륭한 가문의 중노 부부中老夫婦에게서 태몽을 통해 고귀한 혈통을 가지고 태어난 후, 현실 속에서 고난에 처하지만 전쟁에서의 활약을 통해 모든 난관을 극복하고 승리하는 주인공의 일대기다.

이런 영웅소설 유형 가운데 가장 영웅소설답다는 평가를 받는 작품이 바로 〈유충렬전劉忠烈傳〉이다.

유충렬은 대대로 명문인 가문의 후예로 조정에서 벼슬을 하고 있는 유심의 아들로 태어난다. 그러나 그 탄생 과정은 순탄치 않다. 유심과 그 부인 장씨는 이미 나이가 들어 아기를 출산하기 어려운 상태였다. 유심 부부가 늦도록 자식을 두지 못했다는 설명이 이를 대변해준다. 그러다가 명산대찰名山大刹에 기자치성祈子致誠을 드린 끝에 어렵게 얻은 자식이 바로 유충

「어해도」, 종이에 채색, 69.0×37.0cm, 19세기 후반, 계명대박물관.
우리나라에서는 잉어꿈을 태몽으로 꾸게 되면 아들을 얻는다는 길몽으로 여겨 기뻐했다.

렬이다.

그런데 유충렬의 임신 과정에 드러나고 있는 태몽이 흥미롭다.

빌기를 다한 후 만심고대하고 있었다. 하루는 하늘에서 오색구름이 생기면서 한 선관이 청룡을 타고 내려와 말하기를 "나는 청룡을 차지한 선관인데, 익성이 무도하여 옥황상제께 아뢰어 익성을 다른 곳으로 귀향을 보내게 한 적이 있습니다. 익성이 그것에 앙심을 품고 있다가 백옥루 잔치에서 저와 그만 싸움이 벌어지고 말았습니다. 그 때문에 죄를 얻어 인간 세상에 내쫓기고 말았습니다. 갈 곳을 몰라 하던 저에게 남악산 신령이 부인 집으로 가라고 지시하였습니다. 그러니 부인은 불쌍히 여기십시오"라고 하고 청룡을 오색구름 사이로 보내며 "후일 너를 다시 찾을 것이다"라고 하고는 품속으로 달려들거늘 부인이 놀라 깨니 꿈이었다.

요약하면 '저는 하늘의 ○○인데 △△의 지시로 귀댁에 왔다'는 서술이 된다. 주인공 유충렬은 인간 세상에 내려오기 전에는 하늘에 있었던 선관이다. 즉 천상의 혈통을 지니고 있는 인물이다. 인간에게 하늘은 신성불가침의 영역, 미칠 수 없는 불가사의한 공간으로 인식된다. 하늘이 지닌 이러한 이미지는 자연스럽게 그곳에 있는 '존재' 또한 우리와 다르다는 차별적 사고를 야기한다. 그러니 유충렬은 지상에서 남보다 뛰어난 영웅이 될 만한 조건을 태어날 때부터 갖춘 셈이다.

재미있게도 태몽은 예고편의 역할도 한다. 독자는 태몽을 통해 인간 세계에서 '나'인 유충렬과 '익성'인 누군가의 대립이 격렬하게 이루어지고, 그때 유충렬은 '청룡'이라는 어떤 좋은 말과 함께할 것이라는 점을 예측할 수 있다. 작품이 과연 예측한 대로 전개될지 지켜보는 것도 독자 입장에서는 또 다른 재미가 된다.

'말'은 칼이나 활과 함께 영웅이 반드시 갖추어야 할 상징물이다. '청룡'이 변한 말이라면 유충렬의 영웅성을 더욱 두드러지게 부각시키는데 유용하다.

고난과 시련을 넘어서 남부럽지 않은 환경에서 태어난 유충렬은 정한담에 의해 하루아침에 모든 것을 잃고 죽을 위험에 처한다. 이미 짐작했겠지만 정한담은 곧 '익성'이다. '익성'인 만큼 정한담 역시 영웅이 될 가능성을 지니고 있다. "지략이 다른 사람보다 훨씬 뛰어나며, 일만 사람이 당해내지 못할 용맹함이 있으니 누가 감히 대적하겠느냐?"는 서술이 이를 뒷받침한다. 하지만 그의 능력은 개인적 욕망에 따른 악행을 일삼기에 문제가 된다.

〈유충렬전〉에서 정한담은 임금 자리를 노린다. 임금 자리를 노린다는 것은 바로 나라 전체를 노리는 것과 같다. 개인의 욕망이 집단의 위기를 불러올 위험성이 매우 높다.

평생 마음에 임금을 도모하고자 하였으나 정언주부 유심의 직간과
재상을 하다가 물러난 강희주의 상소를 꺼려 중지하고 있었다.

이에 정한담은 자신의 의도에 방해가 되는 유심과 강희주를 내친다. 그러고는 최일귀와 함께 참모인 옥관도사를 찾아 천자 자리를 도모할 묘책을 묻는다. 그런데 이때 옥관도사는 뜻밖의 말을 한다.

하늘의 삼태성이 황성에서도 유심의 집에만 비추고 있습니다. 유심
이야 연경 땅으로 유배를 갔으나 신기한 영웅이 황성에 살아 있으니
일을 도모하기가 어려울 듯합니다.

정한담은 신기한 영웅이 유충렬임을 알고 유심의 집으로 병사를 보내
집에 불을 질러 유충렬을 죽이라고 한다. 물론 이 계책은 어떤 노인이 유충
렬 모친의 꿈에 나타나 피할 방도를 미리 알려줌으로써 실패한다. 천우신
조다.

이후 유충렬의 고난과 시련은 더욱 심각해진다. 어머니와도 헤어진다.
혼자가 된 유충렬은 간신히 아버지의 옛 친구인 강희주를 만나 잠시 안정
을 찾는다. 강희주의 딸과 혼인도 한다. 그러나 강희주가 유심의 일로 상소
를 올렸다가 유배당하고, 그의 가족 모두 노비가 됨으로써 유충렬은 다시
혼자가 된다.

이에 유충렬은 머리를 깎고 스님이 되려 한다. 이는 더 이상 희망도 없
고 목표도 없기에 세상의 모든 것을 포기하겠다는 의미다. 그런데 산속에
서 헤매던 유충렬은 때마침 남악 형산 선관의 지시를 받고 온 백룡사 스님
을 만나 그곳에 머물며 공부를 하게 된다. 유충렬에게도 마침내 자신의 처
지를 바꿀 기회가 온 것이다. 이 역시 천우신조다. 유충렬은 조급하게 굴지
않고 변화된 공간 속에서 자기 연마와 수련을 하며 때를 기다린다. 천상의
혈통을 가진 그임에도 불구하고 작가가 굳이 '밤낮으로 공부하더라'라는 인
간적인 모습을 서술한 데에는 이유가 있다. 항상 준비하라는 메시지다.

주인공이 천우신조로 고난을 극복하는 방식은 영웅소설에서 흔히 등장
한다. 현실성이 없다고 비난할 수는 있다. 하지만 정말 힘든 일을 겪을 때

우리 모두는 한번쯤 누군가 초월적인 존재가 나타나 이를 해결해줬으면 하는 바람을 갖는다. 영웅소설은 주인공의 고난을 통해 우리 마음속 소망을 대변한다. 요즘 드라마에서 가난한 여주인공에게 나타나는 '돈 많고 능력 있고 착한 실장님' 역시 이러한 천우신조의 연장선에 있는 설정으로 볼 수 있다. 거의 일어날 수 없는 일임에도 시청자들이 열광하는 정도는 영웅소설의 독자들이 느꼈던 그것과 크게 다르지 않아 보인다.

세 상 을 구 하 고 우 뚝 서 다
—

유충렬이 영웅으로 등장할 때가 되었다. 기본적으로 영웅은 집단을 전제로 한다. 자기 혼자 잘나서 날뛰는 것은 영웅이 아니다. 집단을 위해 활약하고 희생해야 영웅이다. 이처럼 집단을 위한 행위의 하나는 전쟁에서의 승리다. 영웅소설은 주인공의 영웅성을 전쟁에서의 활약에서 찾는다. 그렇다면 이제 〈유충렬전〉에서 남은 이야기는 전쟁담이다.

마침내 남흉노 서선우가 북쪽 오랑캐와 함께 반란을 일으키자, 정한담은 그들을 정벌하는 체하다가 서로 내통하고 임금을 위협한다. 결국 임금을 포함해 나라 전체에 위기가 닥친다. 이런 절체절명의 순간! 유충렬이 백룡사에서 얻은 갑옷과 창검으로 천사마를 타고 달려온다. 이미 말했듯이 갑옷, 창검, 말은 유충렬을 영웅으로 완성시키기 위한 소품이다. 그리고 눈치 빠른 독자라면 천사마가 태몽에서 말한 '청룡'임을 알았으리라.

임금께서 전일에는 정한담을 충신이라 하시더니, 충신이 역적이 되는 법이 있습니까? 그놈의 말을 듣고 충신을 원찬하여 죽이고 이런 환란을 만나시니 천지가 아득하고 해와 달이 빛을 잃었습니다.

유충렬이 정한담에게 포위당해 죽을 위기에 처한 임금을 구한 후 통렬하게 던진 말이다. 이에 임금은 아무런 대꾸도 하지 못한다. 사실 아무리 전쟁이라고 해도 신하가 임금에게 이와 같은 질책의 말을 하기란 쉽지 않다. 이것은 작가의 현실 의식이 다소 반영된 발언으로 보인다. 임금이 제대로 해야 한다는 충고다.

이후 유충렬과 정한담은 팽팽하게 대립한다. 두 인물 모두 천상에서 내려온 존재이므로 쉽게 승부가 날 수는 없다. 그러나 최종 승리는 유충렬의 몫이어서 정한담은 결국 유충렬에게 사로잡힌다.

수레 끄는 소를 재촉하여 정한담의 사지를 나누어 찢어놓으니 장안의 많은 백성이 벌떼같이 달려들어 살점들을 올려놓고 간도 내어 씹어보고 살도 베어 먹어보며……

개인의 원수임과 동시에 집단의 원수였던 정한담의 최후는 처참하다. 반면 유충렬은 헤어졌던 가족과 재회하고, 전쟁에서의 공으로 지상 최고의 삶을 살다가 100세가 되어 하늘로 승천한다. 선과 악의 결과가 확실하게 구별된다. 〈유충렬전〉에서는 악인에 대해서는 그만큼 완벽한 처벌을 추구한 것으로 보인다.

〈유충렬전〉은 현실 속에서 유리되어 고난에 처했던 주인공이 결국 모든 난관을 극복하고 승리한다는 내용이다. 고단한 삶 속에 처해 있던 조선 후기의 백성 또한 한번쯤 성공하는 꿈을 꾸었을 것이다. 〈유충렬전〉을 비롯한 영웅소설은 비록 당시 사람들에게는 꿈같은 이야기였지만, 오히려 꿈같은 내용이었기에 끊임없이 독자들에게 인기를 얻었던 것은 아닐까? 어쩌면 그들은 잠시 동안 마음의 위안을 얻을 수 있었다.

지금 고난의 시간을 보내고 있는가? 여러분은 모두 부모님이 태몽을 꾸고 낳은 사람이다. 태몽을 가진 특별한 사람이 무엇인들 이겨내지 못하겠는가?

영웅소설의 여주인공들

영웅소설과 관련된 최고最古의 기록은 1794년 대마도 역관 오다 이쿠고로小田幾五郎가 지은 『상서기문象胥記聞』에 보이고 있다. 여기에는 〈장풍운전〉, 〈구운몽〉, 〈최현전〉, 〈장박전〉, 〈임장군충렬전〉, 〈소대성전〉, 〈소운전〉, 〈최충전〉, 〈사씨전〉, 〈숙향전〉, 〈옥교리〉, 〈이백경전〉, 〈삼국지〉 등 비교적 다양한 유형의 작품들이 열거되어 있다. 이 가운데 〈장풍운전〉, 〈장박전〉(〈장백전〉), 〈소대성전〉, 〈최현전〉이 영웅소설이다.

원래 영웅소설의 주인공은 남성이다. 그러나 후대로 가면서 여성을 주인공으로 하는 〈정수정전〉, 〈홍계월전〉 등의 작품이 등장한다. 이른바 여성 영웅소설로 불리는 이들 작품의 여성 주인공은 모두 남성(남편)을 압도하는 영웅이다. 전쟁에 나갈 때 남편을 부하로 데

려갈 정도다. 여성 독자들은 이들 작품을 읽으면서 대리만족을 느꼈을 것이고, 남성 독자들은 신기하고 재미있게 보았을 것이다. 특히 〈방한림전〉이라는 작품은 여성 영웅이 남성의 모습으로 살면서 여성과 혼인하는 내용을 담고 있어 파격적이다.

정을선전

鄭 乙 善 傳

이거 어디서 많이 본 것 같지 않아?

"아빠, 저건 분명히 「스크림」 1편에 나왔던 거예요."

"아니라니까! 2편이야, 2편. 내기할래? 지는 사람 꿀밤 한 대!"

나란히 앉아 비디오를 보던 남편과 고등학생인 아들이 갑자기 옥신각신하기 시작했다. 그 탓에 식탁에서 한가로이 커피 한 잔을 마시고 있던 내 평화는 여지없이 깨지고 말았다.

"도대체 무슨 일인데 그래요? 아들하고 내기는 무슨……."

"여보! 빨리 이리 와봐. 당신도 보면 알 거야."

내심 귀찮았지만 한편으로는 궁금하기도 해서 두 사람이 있는 소파로 갔다.

"당신 무서운 거 좋아하니까 「스크림」 1편이랑 2편 모두 봤지? 여자가 전화 받는 저거! 저거, 어디에서 나온 거 같아?"

"아니 갑자기 웬 「스크림」 타령이에요?"

"엄마! 지금 아빠랑 보는 영화는 감독이 새로운 이야기를 담으면서 이미 히트한 작품의 명장면들을 자기 방식으로 찍어서 넣은 거예요. 그래서 영화를 보다가 익숙한 장면들이 간간이 나와요. 그리고 그 장면을 찾는 재미도 있고요."

"그거 표절 아냐? 요즘 저작권법이 강화됐다고 하던데…… 그럴 수 있나?"

"그건 감독이 알아서 했을 거니까 당신이 걱정할 일은 아니고. 어쨌든 「스크림」 1이야 2야?"

"저거는 「스크림」 1이네."

'여보 미안!' 나는 속으로 사과하고 아들을 위해 살짝 거짓말을 했다. 그러자 아들 녀석이 가운데 손가락을 접어 살짝 내밀며 주먹을 쥐었다. 남편 머리에 곧 불꽃이 튈 것 같았다.

모방은 창작의 어머니

—

사이비似而非라는 말이 있다. 비슷하지만似 아니라는非 뜻이다. 이른바 '짝퉁'
이다. 이 어휘들은 모두 부정적 의미를 담고 있다. 흉내만 내고 있을 뿐 자
신만의 새로움은 조금도 갖추고 있지 못하기 때문이다. 심지어 범죄가 되기
도 한다. 유명 상표의 가방을 몰래 만들어 팔다가 경찰에 잡혀가는 경우를
우리는 심심치 않게 본다. 가짜가 판을 치도록 두면 안 된다.

그러나 '모방은 창조의 어머니'라는 말도 있다. 모방은 남의 것을 본뜨는
행위이므로 일단은 바람직하지 않다. 단순히 모방에만 그친다면 사이비나
짝퉁에 불과하다. 하지만 모방이 새로움을 만들어내기 위한 과정으로 작
용할 때는 다르다. 오늘의 삼성전자 역시 선진국의 제품을 따라하면서 창
의성을 더했기 때문에 자기만의 독창적인 브랜드로 우뚝 설 수 있었다. 그
러므로 여기서 방점은 '창조'에 있다.

이는 문학작품에서도 다르지 않다. 많은 작가 지망생은 오늘도 다른 위
대한 사람들의 작품을 읽고 흉내 내며 습작하곤 한다. 다른 작품을 따라
하는 데에서 멈추고 만다면, 그 작품은 표절이라는 딱지가 붙고 비난을 받
는다. 이는 생각을 훔치는 도둑질이다. 그러나 힘들고 외롭지만 묵묵히 연
습하다보면 어느 순간 자신만의 독창적인 작품세계를 구축하게 된다. 그러
고 나면 그의 작품은 시간이 흐른 뒤 또 다른 후배의 모방 대상으로 남게
된다.

이런 면에서 고전소설 가운데 〈정을선전鄭乙善傳〉에 주목할 필요가 있다.
이 작품은 정을선과 유추연의 죽음을 넘어선 결연 과정을 그리고 있다. 그
런데 작품을 읽다보면 어디서 많이 듣고 본 듯한 장면이 등장한다. 학술적

인 소설 유형에 대한 지적은 차치하더라도 부분적인 내용들이 우리에게 익숙하다. 이것을 표절이라고 해야 할까? 아니면 여러 작품을 모방해서 작가 나름의 새로운 작품세계를 열었다고 해야 할까? 독자 여러분이 꼼꼼히 읽으면서 판단해보기 바란다.

사랑과 의심 사이

〈정을선전〉의 초반에는 정을선이 유추연을 만나는 과정이 서술되어 있다. 정을선의 아버지는 오랜 친구인 전 재상 유한경의 회갑 잔치에 정을선을 데리고 간다. 정을선은 그곳에서 유한경의 딸 유추연의 아름다움을 보고는 그만 사랑에 빠진다. 그런데 정을선이 유추연을 보게 되는 장면이 낯설지 않다.

> 하루는 을선이 동산에 올라 풍경을 두루 구경하다가 한편을 바라보니 후원에 있는 버드나무 가지가 흔들거렸다. 자세히 살펴보니 한 낭자가 시비들을 데리고 그네뛰기를 하고 있었다. 을선은 몸을 숨겨 낭자를 훔쳐보았다. 낭자의 구름 같은 머리채는 허리 아래에 너울대고, 외씨 같은 발길은 허공에 흩날렸다. 섬섬옥수로 그네 줄을 틀어잡고 한 번 구르고 두 번 굴러 반공중에 솟아올라 백련화를 발로 툭툭 차며 버드나무 가지를 휘어잡으니, 그 모습은 평생 처음 본 아름다움이었다.

여기서 이 도
령과 춘향이의
첫 만남을 생각
해냈다면 수준
이 예사롭지 않다.
물론 구체적인 묘사는
다르지만 그네뛰기라는
공통된 모티프를 활용하
고 있다는 점에서 영향
관계를 유추할 수 있다.
　이후 정을선은 상사병
에 걸린다. 이 사실을 알
게 된 정을선의 아버지가 유
한경에게 혼인을 요청해 승낙
을 받는다. 마음이 가벼워진
정을선은 과거에도 급제하며
마침내 두 사람은 행복과 축복
속에 부부의 연을 맺게 된다. 두 남
녀의 사랑은 해피엔딩으로 마무리되는
듯했다.
　문제는 유추연의 어머니 노씨다. 노씨는 계
모다. 유추연의 친모는 딸을 낳은 지 3일 만에
세상을 떠나고 만다. 노씨는 추연을 시기한다.

그런데 왜 시기하는지 그 이유가 구체적이지 않다. "본래 마음이 어질지 못해 항상 추연을 해치고자 했다"는 서술이 전부다. 그냥 계모 노씨는 무조건 악인이 되어야만 한다. 작품은 계속되어야 하니까.

정을선과 유추연의 혼인날, 노씨의 계략은 진가를 발휘한다. 노씨는 사촌 오라비 노태를 유추연이 혼인 전에 정을 나눈 사이로 꾸며 신혼 방으로 보낸다.

> 문득 창밖에 수상한 인기척이 있었다. 놀라고 급한 마음에 일어나 앉아 귀를 기울였다.
> "네 비록 지금 벼슬을 하고 있으나 남의 계집을 품고 누웠으니 죽어도 아깝지 않으리라."
> 을선이 창틈으로 엿보니 키가 9척이나 되는 놈이 3척 장검을 빗겨 차고 서 있었다.

정을선은 이 장면 하나로 유추연의 간통을 확신하고는 그대로 떠나버린다. 어떤 해명도 요구하지 않는다. 상사병까지 걸릴 정도로 사랑에 빠졌던 인물의 행동으로는 납득하기 어렵다. 내 여자가 되면 무심해지는 남자의 속성인가?

유추연 입장에서는 정말 '아닌 밤중에 홍두깨'다. 지금 같으면 '무슨 남자가 저 따위야?' 하고 따져볼 수도 있겠지만, 안타깝게도 당시는 조선시대다. 영문도 모른 채 그저 현실을 떠안을 수밖에. 다른 방도가 없다.

원한과 해원解冤 사이

유추연은 정을선이 떠난 후 결백함을 알리는 혈서를 써서 유모에게 주고는 반나절을 통곡하다가 그만 죽고 만다. 혈서를 본 유한경이 노씨의 시비들을 문초하자 갑자기 하늘에서 "부친은 애매한 시비를 엄형하지 마십시오. 소녀의 애매한 누명은 자연히 알게 될 것입니다"라고 하는 유추연의 목소리가 들려왔다. 그와 동시에 노씨가 방에서 나와 피를 토하고 죽는다. 유추연의 원한이 드러나기 시작한 것이다.

유추연의 시신을 거두려고 방문을 열면 사나운 기운이 일어나고, 그 기운에 쏘인 사람들은 모두 죽는 바람에 접근할 수가 없었다. 그 후 유 소저의 울음소리를 듣는 마을 사람들도 모두 사망하는 바람에 고을은 황폐화된다.

한편 서울로 가서 조왕의 딸과 혼인하고 새로운 삶을 시작한 정을선은 임금의 명령으로 유추연의 마을을 진정시키러 온다. 그러고는 마침내 유모를 통해 유추연의 억울함을 알게 되고, 정을선은 시신이 놓인 방 안으로 들어간다.

> 을선이 방 안 이곳저곳을 살펴보았지만 먼지가 가득하여 아무것도 분별할 수 없었다. 슬픈 마음에 이불을 들춰보니, 비록 살은 썩지 않았으나, 뼈만 남아 있었다.

이 모습에 을선의 후회는 더욱 깊어진다. 막연한 의심 앞에 객관성을 잃은 남성의 초라한 모습이다. 그런데 이 모든 내용은 이미 있었던, 그래서 꽤 익숙한 설화 〈사그라진 신부 원귀〉에서 차용했다는 점에 주목할 필요가 있다.

> 가) 결혼 첫날밤에 신랑이 '여자의 간부가 신랑을 죽일 것'이라는 말을 듣는다(또는 그 말을 들은 후에 문에 어른거리는 대나무 그림자 등을 본다).
>
> 나) 신랑이 소문 때문에 오해를 하고(또는 그림자를 자신을 죽이려고 온 간부로 오해하고) 돌아간다.
>
> 다) 신부는 그 자리에 그대로 앉아 있는다(또는 자결을 하거나 죽어 원혼이 되기도 한다).
>
> 라) 시간이 흐른 후 신랑이 그 고을을 지나다가 신부의 소식을 듣는다.
>
> 마) 찾아가 첫날밤의 모습 그대로 앉아 있는 신부를 만난다(신부가 원수를 갚으려 했다고 말하기도 한다).
>
> 바) 신부는 재가 되어 사라진다(신랑이 하룻밤을 같이 지내고 신부의 유골을 거두어주기도 한다).

〈사그라진 신부 원귀〉의 내용이다. 괄호 안에 적은 내용은 설화를 이야기하는 사람들 사이에서 조금씩 차이가 나는 부분이다. 얼핏 보아도 세부적인 데서 드러나는 차이를 제외하고는 큰 흐름이 〈정을선전〉과 매우 유사함을 알 수 있다.

하지만 바)에서는 확연한 차이가 난다. 유추연은 정을선이 자신의 억울함을 이해해주는 데 대해 고마워한다. 원한이 풀리는 이른바 해원解冤의 과정이다. 〈정을선전〉의 유추연은 정을선이 구해온 약으로 인해 다시 살아난다. 해원의 끝이다.

유추연을 왜 살렸을까? 앞서 정을선이 조왕의 딸과 혼인했다는 사실을 상기해보면 그 답을 알 수 있다. 이제 〈정을선전〉은 계모의 이야기를 지나, 아내끼리의 전쟁 속으로 접어든다.

시 기 와 질 투 사 이

—

다시 살아난 유추연은 임금으로부터 충렬부인의 직첩을 받으며 첫째 부인으로 화려하게 복귀한다. 정을선의 사랑도 그지없다. 그러자 이미 결혼한 상태였던 조씨는 속이 까맣게 타들어간다. 유추연에게만 관심이 집중된 것도 모자라 자신은 둘째 부인으로 내려앉았으니 마음이 어떠했겠는가? 게다가 유추연이 임신한 지 7개월이 되니 그냥 둘 수는 없는 노릇이다. 은밀히 유추연을 음해할 생각을 하던 조씨는 서융이 반란을 일으켜 정을선이 출정하느라 집을 비우자 본격적으로 행동에 나선다.

조씨의 모해 또한 간통이다. 조씨는 시비 금련에게 남복을 입고 유추연의 방에 숨어 있으라고 한 뒤 시어머니의 사촌 성복록을 시켜 유추연의 부정을 알린다. 확인을 위해 유추연의 침소에 온 순간 사내 복장을 한 금련이 뛰쳐나가자, 시어머니는 며느리의 부정을 확신하고 목에 칼을 씌워 집 안에 있는 옥에 가둔다.

여기서도 진실을 알고자 하는 노력은 전혀 보이지 않는다. 그에 따라 조씨의 시기와 질투에 따른 음모는 너무나도 쉽게 결과를 맺는다. 유추연을 무조건 가엾게 만든 후 독자들에게 연민과 안타까움을 갖도록 강요하는 상황으로 느껴지기도 한다.

이때 해결의 주체로 나서는 이가 유추연의 시비 금섬이다. 모해의 행동대장과 해결의 방범대장이 모두 시비인 셈이다. 금섬은 유추연에게 편지를 받아 오라버니를 시켜 정을선에게 전하게 한다. 그러고는 유추연을 몰래 빼낸 후 자신이 대신 옥으로 들어가서는 자결한다. 그런데 그 방법이 매우 충격적이다.

얼굴을 칼로 그어 피범벅의 상처를 내어 남이 알아보지 못하게 하고, 혈서를 옷고름에 매달고 옥문을 정갈히 잠근 후 열쇠는 다시 전에 있었던 곳에 두었다.

금섬은 자신이 유추연인 것처럼 꾸미기 위해 이와 같은 극단적인 방법을 택한다. 시비가 주인을 가장해 대신 죽는 내용은 고전소설에 적지 않게 나온다. 하지만 이처럼 얼굴을 망가트리는 경우는 흔치 않다. 〈정을선전〉만의 독창적인 부분이다.

덕분에 유추연은 무사히 탈출해 아이까지 낳는다. 하지만 곧 금련에 의해 발각된다.

유 부인이 아름다움으로 천하에 유명하다고 했는데, 이번에 보니 손발이 전혀 곱지 않았다. 뿐만 아니라 임신했다고 하면서도 배가 전혀 부르지 않았다.

금섬의 시체를 처리한 옥졸의 말이다. 시비인 금섬은 일을 많이 했으니 당연히 손발이 거칠 수밖에 없다. 매우 합리적인 의심이다. 금련이 이 말을 조씨에게 전하면서 다시 한번 평지풍파가 일어난다.

그러나 금섬의 오라비가 전한 유추연의 편지를 받은 정을선이 청총마를 타고 급히 집으로 돌아옴으로써 모든 사건은 일단락된다. 그리고 마침내 조씨는 사약을 받고 금련은 참수형을 당한다. 물론 아이를 낳은 유추연과 정을선은 부귀영화를 누리다가 생을 마감한다.

〈정을선전〉은 많은 이본이 있다. 이는 그만큼 독자들의 관심을 끌었다는 증거다. 이미 익숙한 내용을 토대로 사건을 전개해나간 것이 인기의 원동력이라고 할 수 있다. 〈정을선전〉을 단순 모방이나 표절작품으로 평가할 수도 있고, 새로운 시도를 한 작품으로 볼 수도 있다. 독자들은 과연 어느 쪽 손을 들어줄까?

신부

서정주의 〈신부〉라는 시도 설화를 바탕으로 하고 있어 〈정을선전〉과 비교해보면 흥미롭다. 이 시는 '첫날밤 오줌이 급한 신랑이 방문을 나서다 문돌쩌귀에 옷고름이 걸렸는데, 그것을 신부가 잡아당기는 것으로 오해해 신부를 음탕한 여자로 간주하고 일방적으로 떠나버린다. 그러다가 40~50년이 지난 뒤, 신랑이 우연히 신부네 집을 지나다가 방문을 열어보았는데, 신부가 첫날밤의 모습 그대로 앉아 있었다. 안쓰러운 마음이 들어 몸에 손을 대니 그때서야 신부는 재가 되어 내려앉았다'는 이야기를 노래하고 있다. 이런 이야기는 아내 또는 여자 친구의 정숙함이나 정직함을 의심하는 못난 남성들에게 큰 교훈을 준다. 그리고 자신의 억울함을 마음껏 드러내지 못한 채, 온몸으로 부딪혀나가야만 했던 우리 옛 여인들의 억울함과 원통함이 눈에 들어온다.

민시영전

閔 時 榮 傳

내가 성공한 것은
당신이 있었기 때문이야

젊은 부부가 식탁에 앉아 있다. 갓 결혼한 두 사람은 어려운 형편 때문에 신혼여행도 가지 못했다. 무슨 대화를 하고 있었는지 남편은 다소 상기된 표정이었다. 반면 아내는 침착했다.

"당신 꿈을 이루기 위해서 우리 앞으로 10년 동안 다른 건 생각하지 않기로 해."

"갑자기 무슨 소리야? 우리 결혼한 사이야. 그런데 나보고 10년 동안이나 마치 혼자 사는 사람처럼 무책임하게 있으란 말이야?"

아내는 대답 대신 고개를 끄덕였다.

"안 돼! 나는 가장이야. 결혼한 이상 잠시 내 꿈을 접더라도 너를 위하고 가정을 이끌어나갈 거야. 사정이 조금 나아지면 그때 꿈을 따라도 늦지 않아."

"언제? 만약 좋아지지 않으면 마냥 포기할 거야? 젊어서 고생하는 게 나아. 힘들더라도 그동안 내가 알아서 할게. 당신 꿈 소중하잖아?"

남편은 더 이상 말을 하지 않았다. 아내의 말을 들어야 할 것 같았다. 남편은 10년 후 아내에게 꼭 해줄 말을 미리 되뇌어보았다.

"내가 꿈을 이룰 수 있었던 것은 당신이 있었기 때문이야."

부부, 그 아름다운 이름

부부란 참으로 오묘한 사이다. 아무런 관계도 없는 사람끼리 만나 누구보다 희생하고 아끼며 살기 때문이다. 그렇다고 정말 사랑하는 사람끼리 부부가 되는 것도 아니다. 예전에 우리 선조들은 혼인 예법에 따라 신랑·신부의 얼굴도 보지 못하고 결혼했다. 처음 보고 첫날밤을 지냈으니 사랑은 끼어들 틈이 없다. 그래도 자식을 낳고 백년해로했다. 살면서 사랑하게 된 것인가? 아니면 정인가?

당시에도 신랑이나 신부의 모습을 미리 보고 싶은 마음이 있었으리라. 〈구운몽〉에서 양소유가 정경패의 미모를 확인하고자 여자의 모습으로 변장하고 찾아간 것은 이러한 소망을 적극적으로 형상화한 대표적인 모습이라고 할 수 있다.

어쨌든 부부는 설명하기 어려운 남녀의 집합이다. 그러니 '인연'을 들이댈 수밖에 없다. '하늘이 정한 인연'이라고까지 말한다. 어떻게든 만날 수밖에 없다는 것이다. 달빛 아래에서 어떤 노인이 붉은 끈을 가지고 있다가 남녀의 다리를 묶으면 부부가 된다는 옛이야기가 있다. 그 많고 많은 사람 중에 둘이 만나 평생을 함께하는 것이 어찌 사람의 힘으로만 될 일이던가? 남녀가 부부로 만난다는 것은 세상 수십억 분의 일 정도의 확률인데 말이다.

지지고 볶고 싸우면서도 서로의 아픔에 가장 슬피 울어줄 관계가 부부다. 게다가 서로가 잘되기를 바라는 마음을 갖는 관계도 부부다. 그리고 상대방을 위해 기꺼이 희생할 수 있는 관계 또한 부부다. 그러니 부부에게 조건은 무의미하다. 아니, 조건이 비집고 들어설 자리가 없어야 마땅하다.

1988년 경북 안동시 정상동 택지 개발 현장에서 고성 이씨 17대손인 이응태李應台(1556~1586)의 묘지가 발견되었다. 땅속에 묻힌 사람이니 여느 무덤과 다르지 않을 거라고 생각하고 발굴하던 중 유골의 가슴 위에 놓여 있는 한지韓紙가 보였다. 조심스레 살펴보니 그 한지에는 빼곡히 글씨가 적혀 있었다. 다음은 그 내용 중 일부다.

원이 아버님께

—

항상 나에게 '우리 두 사람, 머리가 세도록 살다가 함께 죽자'고 하시던 그대가 어찌하여 나를 두고 먼저 저세상으로 가셨는지요? 나하고 어린 자식들은 누구의 말을 듣고 어떻게 살라하고 다 던져두고 그대 먼저 가셨는지요? 그대가 나에게 어떤 마음을 가졌고, 내가 그대에게 어떤 마음을 가졌었습니까? 매번 함께 자리에 누웠을 때 내가 그대에게 말하였지요.

"여기 좀 보세요. 남들도 우리같이 서로 어여삐 여겨 사랑할까요? 정말 남들도 우리 같을까요?"

그대 기억나지요? 그런데 왜 벌써 잊고 나를 버리고 먼저 가셨는지요? 그대를 여의고 도저히 살 수가 없어 바로 그대에게 가려고 하니 나를 데려가세요. 그대를 향한 마음을 이 세상에서는 잊을 수가 없습니다. 이렇게 서러운 뜻이 끝이 없으니, 내 마음을 어디에 붙여두어야 할까요? 자식을 데리고 그대를 평생 그리워하며 살 수는 없을 것 같습니다.

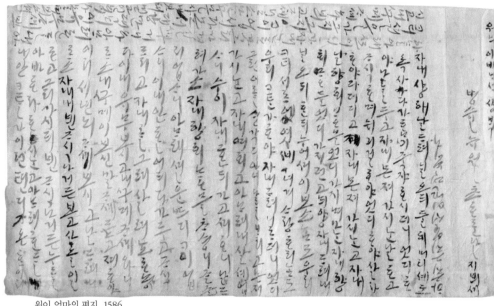

원이 엄마의 편지, 1586.

내 편지 보시고 꿈속에 와서 자세히 말씀하세요. 나는 꿈속에서 그
대가 이 편지 보시고 하는 말을 듣고 싶어서 이렇게 글을 써서 관
속에 넣습니다. 정말 자세히 보시고 꼭 말씀해주세요.

이 글은 아내가 죽은 남편에게 쓴 편지다. 아내가 땅에 묻히는, 사랑하
는 남편에게 절절한 마음을 적어 함께 묻은 정표다. 함께한 사람에게 보내
는 정이 애틋하고도 깊다. 부부라는 이름이 아름다운 이유다.

지극히 일상적인 부부

－

부부는 세상을 함께한다. 그 생활이 행복할 수도 있지만 힘겨울 수도 있다. 포기하고 싶을 때, 피 한 방울 섞이지 않은 부부가 함께 어려움을 극복하며 꿈을 이루어나가는 과정은 장엄하기까지 하다. 아마도 이것이 현실에서 볼 수 있는 대부분의 부부가 지향하는 삶의 방향이리라.

물론 그 가운데 세상 물정 모르는 철부지 남편이나 아내 때문에 곤란한 이들도 적지 않다. 그런 남편이나 아내를 어떻게든 정신 차리게 만들어서 평생을 같이하는 것이 부부의 참모습이다. 우리 고전소설 〈민시영전〉이 이러한 부부의 모습을 담고 있다.

〈민시영전〉은 몰락한 주인공이 결혼한 뒤 10년을 기한으로 약속하고 서울로 유학 갔다가 도사의 도움으로 수학하고 마침내 과거에 급제해 여주 목사에 제수되어 돌아온다는 내용이다.

주인공이 조력자의 도움을 받아 고난을 극복하고 끝내 성공한다는 점에서 〈민시영전〉은 영웅소설의 틀을 갖추고 있는 것처럼 보인다. 하지만 영웅소설에서 가장 중요하게 다뤄지는 국가의 위기나 전쟁이 나오지 않기에 성격이 다르다.

또한 영웅소설의 주인공은 명문 가문의 후손으로 신이한 태몽 속에 탄생한다든가, 뛰어난 능력을 가졌다든가, 엄청난 외형적 아름다움을 지닌 인물로 설정된다. 이는 일반인과는 다른, 범상치 않은 모습이다. 반면 민시영은 일찍 부모를 잃고 걸인생활을 하다가 정 생원 집에서 허드렛일을 하며 살아가는 사람이다. 일자무식인 데다 나이 서른이 되도록 장가도 못 간 인물이다. 결코 영웅이 아니다.

「평생도」중 '회혼례', 종이에 채색, 130.0×360cm, 19세기, 국립중앙박물관.

영웅소설이 아닌 〈민시영전〉을 주목하는 이유는 것은 어렵고 힘든 일반인을 주인공으로 삼고 있기 때문이다.

몰락한 양반의 처지로 정 생원 집 머슴을 사는 민시영은 번듯한 여자를 아내로 맞이할 수 없었다. 다행히 정 생원 등의 주선을 통해 몰락한 양반의 후예로 마을에서 종노릇을 하던 윤씨와 혼인을 한다. 하지만 여느 부부와 마찬가지로 천정배필이다. 가난한 이들의 결혼생활은 험난하리라 예상된다. 어쩌면 혼인 초기에 고생하며 살아가는 우리네 일상적인 부부의 모습이라고도 할 수 있다. 그런데 행복한 첫날밤에 윤씨는 폭탄 선언을 한다.

당신이 비록 천하고 가난하지만 양반의 후예입니다. 그런데 글을 알지 못하고 다만 농부가 되어 세상을 살아간다면 소나 말 같은 짐승의 모습에서 벗어나지 못할 것입니다. 이는 위로는 조상께 불효하는 것이요, 아래로 처자를 제대로 건사하지 못하는 일이니 어찌 부끄럽지 않겠습니까? 바라오니, 당신은 이제 즉시 10년을 기한으로 하여 공부하기 위해 떠나고, 후에 다시 만나 부부의 정을 맺는 것이 어떻겠습니까? 첩은 진심으로 농부의 처가 되기를 원하지 않으니 그 뜻을 생각하여 깊이 헤아려주십시오.

현실을 직시하고 대처 방안을 제대로 찾은 말이다. 조선시대에 양반이 공부 이외에 출세할 수단이 어디 있단 말인가? 이에 민시영은 '이미 자기 나이가 30여 세이고 공부를 하고자 해도 소귀에 경 읽기이니 그냥 부인과 살면 안 되겠느냐'고 묻는다.

대장부의 세운 뜻이 이 정도밖에 안 된다면 비루한 이 세상에서 무엇을 바라고 끝까지 살겠습니까? 내 마음과 같지 않다면 차라리 목숨을 끊어 더 이상 보지 않겠습니다.

윤씨가 단호하게 말한 후 대들보에 목을 매어 자결을 시도하자 민시영이 깜짝 놀라 허락을 한다. 윤씨는 다음 날 아침에도 자결을 결행한다. 민시영이 '어제는 부인을 달래느라 그런 것이지 결코 공부할 생각이 없다'고 했기 때문이다. 결과는 어찌 되었을까? 민시영은 할 수 없이 집을 떠난다. 민시영과 윤씨에게서 마치 공부하기 싫다고 떼쓰는 아들과 그 아들을 보내려는 비장한 어머니의 모습을 찾을 수 있다.

일전에 한 아주머니에게 자녀가 몇 명이냐고 물었더니 '셋인데, 제일 말 안 듣고 제멋대로 하려는 큰아들이 문제'라고 했다. 그 큰아들은 남편, 즉 여러분의 아버지다. 윤씨에게 민시영은 문제의 큰아들이 아니었을까? 시대가 다르고 양상도 다르지만 우리의 일상적인 부부의 모습임에는 틀림없다.

남편의 성공과 아내의 정성

—

윤씨가 모아둔 전 재산을 들고 억지로 길을 떠난 민시영은 정말 공부가 싫었다. 걸식하며 다니다가 서울로 올라와 종로의 쌀가게 주인집에서 일을 도우며 시간을 허비한다. 그러다가 북한사로 가서 글을 배우려고 했으나 둔재로 평가받고는 절의 종노릇을 하며 지낸다. 그러던 어느 날, 월봉대사가 민시영에게 자초지종을 듣고는 감탄한다.

> 지극하도다, 부인의 정성이여! 하늘이 그 지극정성에 감동하여 나에
> 게 지시한 것이로다.

월봉대사가 감탄한 대상이 민시영이 아니라 그의 부인 윤씨라는 사실은 주제의식 면에서 매우 중요하다. 이후 월봉대사는 민시영에게 자리를 떠나지 못하게 하고는 학문을 전수한다. 그 결과 민시영의 학문은 일취월장한다.

그동안 윤씨는 고향 여주에서 일을 해서 스스로의 힘으로 부자가 되고, 민시영의 아들을 낳아 기른다. 그렇게 9년이 지난다.

마침내 과거를 보는 날, 월봉대사는 미리 문제를 내고 스스로 답지를 작성해놓는다. 그리고 민시영에게도 답을 쓰게 하고는 과장에서 마음에 드는 답안지를 제출하라고 한다. 그런데 출제된 문제가 월봉대사의 예상문제와 같았다. 이미 민시영은 월봉대사가 쓴 답지를 제출하여 장원급제한다.

이 무슨 말도 안 되는 일인가? 문제 유출뿐만 아니라 남이 쓴 답안지를 자기 것으로 내다니! 엄연히 처벌을 받아야 할 부정행위다. 하지만 〈민시영전〉에서는 이 또한 아내의 정성 덕으로 무마된다.

> 어젯밤 꿈에 어떤 도사가 와서 문제를 이렇게 내라고 하되, 그 연고
> 를 알지 못하였더니 이제야 그 부인의 지성에 옥황상제께서 감동하
> 시어 내 마음을 깨치게 한 것이로다.

부인 윤씨의 정성이 하늘을 감동시켜 월봉대사는 물론 임금까지 깨우쳤기 때문에 민시영의 급제에는 더 이상 하자할 여지가 없다. 결국 민시영은 여주 목사에 제수된다.

민시영은 거지 복색으로 여주에 내려가서는 신분을 감추고 농부에게 윤씨에 대해 묻는다. 그러고는 윤씨를 찾아가 아들을 만나고, 아들 스승이 먹다 남긴 밥을 얻어먹는다. 윤씨는 10년을 채우지 못하고 거지 꼴로 돌아온 민시영을 구박한다. 이후 민시영은 정 생원 집으로 가서 자신이 여주 목사임을 밝히고 우여곡절 끝에 윤씨에게 알려 행복하게 산다.

흥미롭게도 민시영이 여주 목사로 부임하는 과정은 〈춘향전〉에서 이몽룡이 거지 복색으로 남원으로 내려가는 것, 신분을 감추고 농부에게 춘향에 대해 묻는 것, 월매를 찾아가 밥을 얻어먹고 구박받는 것, 어사출두해 신분을 밝히고 춘향에게 알려 행복하게 사는 것 등과 매우 유사하다. 〈민시영전〉이 〈춘향전〉의 영향 하에 있음을 짐작케 하는 부분이다. 물론 변학도에 의해 고난 속에 있던 춘향과 부유하게 아들을 키우고 살던 윤씨는 서로 처지가 많이 다르다. 그러니 작품의 긴장감에서는 확연한 차이가 날 수밖에 없다.

〈민시영전〉에서는 오직 아내의 현명한 판단과 정성을 강조할 뿐이다. 민시영은 아내의 말을 잘 들어 끝내 성공한 인물이다. '아내의 말을 잘 들으면 자다가도 떡이 생긴다'는 요즈음의 속담(?)이 그냥 나온 말이 아니다.

〈민시영전〉은 한 편의 코미디 작품처럼 유쾌하다.

🌸 이 춘 풍 전 🌸

현명한 아내 덕분에 행실을 고친 소설로 〈이춘풍전〉이 있다. 이춘

풍은 주색잡기에 빠진 문제적 인물이다. 하지만 그의 아내 김씨는 집안일을 열심히 하여 가산을 축적한다. 그러자 이춘풍은 아내가 모은 돈과 빚낸 나랏돈을 가지고 평양으로 장사하러 갔다가 기생 추월에게 빠져 장사 밑천을 탕진하고 패가망신한다. 그 소식을 들은 아내가 남장을 하고 평양감사의 회계비장으로 따라가 추월을 혼내 돈을 회수하고 남편을 정신 차리게 하여 행복하게 산다. 남편의 나쁜 행실이 그렇게 쉽게 고쳐질 수 있는지에 대해선 논란이 있을 수 있다. 그렇지만 우연과 환상적인 도움으로 남편의 좋지 못한 태도를 해결한 〈민시영전〉과 달리, 그 모든 과정이 좀더 현실적인 아내의 치밀한 계획 하에서 이루어졌다는 사실은 의미가 있다. 어쨌든 두 남자는 모두 아내를 잘 만난 덕에 호강한 사람들이다.

영영전

英 英 傳

우리 사랑하게 해줘요

갑자기 비가 내렸다. 우산이 없던 나는 비를 피하려고 근처 포장마차로 들어갔다. 시간이 일러서인지 한산했다. 나는 소주 한 병과 닭발을 주문했다. 포장마차 위로 떨어지는 빗소리가 오히려 마음을 차분하게 했다.

"저…… 이쪽으로 오셔서 같이 한잔 하실래요? 혼자 마시기가 좀 뭣해서요."

나는 그 남자의 청을 거절하지 못하고 자리를 함께했다. 그 남자는 말없이 한 잔 들이키더니 나에게 잔을 내밀었다.

"뭔가 안 좋은 일이 있으신가봐요?"

나는 잔을 받아들면서 조심스럽게 물었다. 그 남자는 말을 할 듯 말듯 머뭇거렸다. 얼마나 지났을까? 내가 재차 묻자 천천히 입을 열었다.

"사랑하는 사람이 있는데, 결코 이어질 수가 없답니다."

내가 왜 그러냐고 물었지만 그 남자는 계속 같은 말만 되뇌었다. 나는 무언가 힘이 되는 말을 해줘야 할 것 같다는 의무감이 들었다.

"아모르 빈치트 옴니아Amor vincit omnia! 사랑은 모든 것을 이겨낸다는 말이에요. 포기하지 말고 끝까지 사랑하세요. 그러면 언젠가 사랑하는 사람과 함께할 거예요. 술로는 결코 얻을 수 없어요. 나라면 지금 당장 한 번 더 그 사람을 만나겠어요."

내 말이 끝나자 그 남자의 눈이 빛났다. 그리고 꾸벅 인사를 하고는 여전히 비가 내리고 있는 밖으로 정신없이 뛰어나갔다.

이런, 술값! 결국 내가 냈지만 기분은 그리 나쁘지 않았다.

사랑! 그 앞에 놓인 장애

이 세상에 남자와 여자가 있는 한 '사랑'은 영원히 매력적인 단어다. 물론 사랑은 남자와 여자 어느 한쪽이 일방적으로 행하는 것이어서는 안 된다. 사랑은 상호 간에 동등한 관계 속에서만 참의미를 갖는다.

그런데 서로 마음에 들어 좋아하다보면 평생 함께 살고 싶은 생각이 든다. 이때 두 사람의 사랑은 서로가 가진 전혀 다른 환경이나 조건과 맞닥뜨린다. 양쪽 집안의 부모님과 형제, 친척도 만나야 되고 가정환경과 생활수준도 드러내야 한다. 두 사람이 처해 있는 모든 상황과 문제를 고려해야 한다. 만약 이 모든 것에 문제가 없다면 두 사람은 순조롭게 부부의 인연을 맺게 된다.

하지만 어디 세상이 뜻대로만 흘러가던가? 누군가가 두 사람의 사랑에 극렬하게 반대할 수도 있고, 피치 못할 사정이 생겨 사랑을 이루지 못할 위기에 처할 수도 있다. 이렇게 되면 사랑하는 두 사람은 깊은 고민에 빠지게 된다. 그리고 결국 사랑을 포기하기도 한다.

그때 그들은 말한다. '사랑하기에 헤어진다' 혹은 '사랑하기에 보내준다' 고. TV 드라마나 영화 속에서 멋있어 보이기는 하지만 정말 이건 말이 안 된다. 포기하려는 비겁한 자들의 고상한(?) 변명에 불과하다.

한 여자를 열렬히 사랑한 어떤 남자가 있었다. 그 남자는 부모님께 여자를 소개시키면서 결혼하겠다고 했다. 며칠 후 그 남자의 어머니는 궁합을 보니 여자에게 '상부살喪夫煞(남편이 죽어 과부가 될 살)'이 있다며 헤어지라고 했다. 어머니를 설득했지만 소용이 없자 남자는 '결혼이라도 하고 죽을까요? 결혼도 하기 전에 죽을까요?'라고 말했다. 두 남녀는 지금까지 잘 살고 있다.

죽음과도 바꿀 수 있는 사랑이라면 그 앞에 놓인 장애물은 얼마든지 이겨낼 수 있다. 이별은 완전한 사랑이 아니기 때문에 일어난다.

첫 눈 에 반 한 사 이

우리는 가끔 딱 한 번 본 사람에게 빠지기도 한다. 이럴 경우 그 사람의 조건이나 상황에 대한 사전 정보가 전혀 없기 때문에 사랑 앞에 심각한 문제가 생길 가능성은 더 높아진다. 특히 두 사람이 사회적, 법률적으로 혼인을 금하는 관계였다고 할 때는 더욱 그렇다. 사실 요즘에야 '알고 보니 어렸을 때 헤어진 남매였다'와 같은 특수한 경우가 아니고는 남녀의 사랑을 방해할 만한 장애가 거의 없다. 그렇지만 신분사회였던 조선시대에는 해서는 안 될 사랑이 많았다. 그 가운데 하나가 선비와 궁녀 간의 사랑이다. 궁녀는 왕실에 속한 여인으로 다른 남자와의 교제가 원천적으로 불가능한 존재다. 따라서 모르고 첫눈에 좋아한다면 큰일이다. 그것은 당대의 모든 규율과 법도에 어긋나 목숨을 걸어야 할 정도이기 때문이다. 하지만 아무리 그렇다고 해도 그들 사이에 어찌 애틋한 사랑이 싹트지 않겠는가? 이 문제를 정면으로 다룬 고전소설이 바로 〈영영전〉(《상사동기》라고도 한다)이다.

영영은 회산군에게 속한 궁녀 이름이다. 회산군은 누구인지 모른다. 아마도 작품 속에서 설정한 가상의 왕자인 듯하다. 영영과의 만남을 고대하는 남자 주인공은 김생이다. 김생은 영영을 보고 첫눈에 반한다.

한 미인이 있었는데, 나이는 16세 정도 되었다. 사뿐사뿐 걷는 고운 발걸음은 먼지도 일으키지 않았다. 허리와 팔다리는 기날프고 연약하였으며 자태 또한 아름다웠다. 가다가 잠시 멈추고, 이리저리 다니다가 가끔 작은 돌을 집어 꾀꼬리에게 던지며 희롱하였다. 길가 버드나무를 잡고 석양빛에 우두커니 서서 옥비녀를 매만지며 검디검은 살쩍을 가볍게 흔들었다. 푸른 소매는 봄바람에 휘날렸고 붉은 치마는 맑은 냇물에 비치었다.

혹시 16세를 오늘날의 관점에서 보고 어리다고 여기는 독자들이 있을지 몰라 노파심에서 말하는데, 시대 배경이 일찍 혼인을 하던 조선임을 상기하자. 어쨌든 이러한 영영을 본 김생은 마음이 크게 흔들려 무작정 뒤를 따라간다. 문제는 김생이 영영의 정체를 전혀 모른다는 데 있다. 그저 좋았을 뿐이다. 위험한 사랑의 전조가 아닐 수 없다.

영영은 상사동相思洞 길가에 있는 몇 칸짜리 작은 집으로 들어간다. 아무리 그래도 따라 들어갈 수는 없어서 서성거리다가 이미 날이 저물어 어찌할 도리가 없게 되자 김생은 일단 집으로 돌아온다. 그러나 그 후 김생은 영영을 생각하느라 잠도 잘 못 자고 밥도 잘 먹지 못해 고목처럼 초췌해지고 안색은 잿빛이 된다. 그렇게 열흘이 지나간다. 처음 본 사람 때문에 이럴 수 있을지 의심이 들기도 한다. 물론 소설 속에 조금의 과장이 없는 것은 아니다. 그렇지만 그런 경험을 해봤는가? 필자는 해봤다. 소설 속 김생만큼은 아니었지만 정말 힘든 하루하루를 보낸 기억이 난다.

이런 김생을 위해 하인 막동이 나선다. 막동은 김생의 말을 듣고 한 가지 꾀를 낸다. 영영이 들어갔던 집을 빌려 손님 전송하는 잔치를 열자는 것이다. 손님은 끝내 오지 않고 전송하는 잔치만 열어 주인을 환대하면 주인이 처음에는 고마워하다가 나중에는 의아하게 여겨 무슨 일인지 물어볼 테니 그때 진심을 털어놓으라는 그럴듯한 멘트도 남긴다.

금기의 사랑 그리고 이별

막동의 계략은 성공을 거둔다. 주인인 70여 세의 노파는 김생의 성의에 감동해 영영에 대해 말해준다.

> 그때 온 아이는 죽은 언니의 딸로 이름은 영영이며 자는 난향입니다. 만약 그 아이라면 정말로 어렵게 되었습니다. 정말로 어렵게 되었습니다.

'정말로 어렵게 되었다'는 말도 이상한데, 두 번이나 강조한 것으로 보아 뭔가 심상치 않은 기운이 드러난다. 도대체 무슨 일이지? 궁금증은 그다음 대화에서 쉽게 풀린다.

> 그 아이는 회산군 댁 시녀로 궁중에서 낳아 그곳에서 자랐기 때문에 바깥 세상에 나오지 않은 지 오래되었습니다. (…) 회산군께서 그 아이를 아끼고 사랑하여 장차 후궁으로 삼으실 생각을 하고 계십니다.

이 무슨 마른하늘에 날벼락이란 말인가? 궁녀라면 더 이상 사랑해서는

「궁녀」, 김은호, 20세기, 인천광역시립박물관 송암미술관.

안 된다. 금기다. 그러자 김생은 '나는 이미 죽은 목숨'이라며 한탄을 한다. 여기서 '죽은 목숨'은 이중적 의미, 즉 영영을 계속 사랑하면 나라에서 용인되지 않아 처형당할 것이며, 반대로 사랑하지 못하면 그리움에 묻혀 살아도 산 것이 아닌 듯이 지내다가 죽을 것이라는 뜻이다. 결국 죽는 것은 매한가지다. 이 상황에서 여러분 같으면 어떤 선택을 하겠는가? 이왕 죽을 거라면 금기가 무서워 사랑을 포기할 이유가 있을까?

김생도 같은 선택을 한다. 노파는 언니 제삿날에 맞춰 영영을 오게 한다. 그날에 맞춰 김생은 노파의 집에서 기다리다가 마침내 영영을 만난다. 김생은 애가 타서 죽을 지경이지만 영영은 의외로 담담하다. 영영 입장에서는 김생을 처음 보니 그럴 만도 하다. 이에 김생은 영영에게 하소연한다. 하지만 영영은 단호하게 김생의 사랑을 시험해본다.

낭군께서 만약 천한 저에 대하여 참으로 지극하게 사랑하신다면 다른 날 다시 만날 수 있을 것입니다.

영영의 이 말은 감생이 호기심이나 욕정에 그저 자기를 한번 유혹해보려는 것인지, 아니면 정말 진실한 마음인지 가늠해보려는 시험이다. 이 말에 김생은 궁궐이라는 곳으로는 소식도 전할 수 없다며 안타까워한다. 그러자 영영은 김생에게 '회산군이 여러 왕자와 함께 달구경을 가는 밤에 궁궐로 들어오라'고 하고는 자리를 떠난다. 궁궐로 들어오라는 것은 사랑을 위해 죽음도 무릅쓰겠다는 의지를 보여달라는 말이다. 단순히 예쁜 여자의 몸을 취하겠다는 생각이었다면 목숨까지 걸고 궁궐로 오지는 않을 것이기 때문이다. 이렇게 말하면서도 영영은 내심 김생이 와주기를 바란다.

의친왕비와 궁녀들. 조선시대 궁녀들의 모습을 짐작할 수 있다.

김생은 영영의 기대를 저버리지 않는다. 그제야 영영은 '낭군은 진정 믿을 만한 선비'라며 김생을 받아들인다. 그날 밤! 두 사람은 내일이 없는 것처럼 사랑한다. 그러나 금기 앞에 두 사람의 사랑은 무척 위태롭다. 김생과 영영은 다음 날 아침 서로 흐느끼되 혹여 남들이 들을까 소리 내어 울지도 못하고 헤어진다. 그것은 죽어서 이별하는 것보다 더 비참한 일이다.

먼 훗날 다시 만날 수만 있다면
한없는 정에 늙음이 무슨 상관이랴?

김생이 영영에게 준 이별시의 일부다. 시간이 흘러 늙어서라도 꼭 다시 만나고 싶어하는 마음이 절절하다.

내가 행복한 이유? 바로 당신

이후 김생은 영영을 보지 못해 괴로워한다. 노파도 이미 죽어, 소식을 전할 길 없이 절망 속에서 3년을 보낸다. 아마 영영도 같았을 것이다. 그런데 시간이 약이라고 했던가? 영영에 대한 그리움도 조금씩 희미해져간다. 그 사이 김생은 열심히 공부해서 과거에 급제한다. 이것을 보면 요즘 부모님이 중고등학생 자녀들에게 대학에 가면 연애할 수 있으니 공부만 하라는 말이 크게 틀리지는 않은 것 같다.

김생은 과거급제 축하연에서 얼큰하게 취해 말 위에 걸터앉아 주위를 둘러보다가 회산군의 궁궐을 발견한다. 김생은 영영과의 일을 생각하다가 말에서 떨어져 땅에 드러눕는다. 마침 회산군의 부인이 궁녀들과 함께 광대를 불러 재주를 보다가 김생을 발견하고는 서쪽 방으로 옮기게 한다. 이때는 회산군이 죽은 지 3년이 된 해다.

그곳에서 김생을 알아본 영영은 눈물을 흘리며 남에게 들킬까 안절부절 못하고, 김생 역시 처량한 마음을 이기지 못한다. 바로 그때! 하늘은 스스로 돕는 자를 돕듯이, 회산군 부인이 영영을 시켜 김생이 술에 취해 갈증을 느낄 수 있으니 차를 가져다주라고 한다. 그 순간 영영은 자신의 마음을 담은 편지를 살짝 떨어트리고 김생은 얼른 그것을 주워 소매에 넣는다.

편지 속에 있는 영영의 시다.

좋은 인연이 도리어 나쁜 인연 되었으나

낭군은 원망스럽지 않고 하늘만 원망스럽네.

만약 옛 정이 아직 끊어지지 않았다면

먼 훗날 황천으로 저를 찾아오십시오.

구구절절한 영영의 심정이 담겨 있는 편지를 본 김생은 영영을 그리는 마음이 이전보다 두 배는 더해져 상사병에 걸리고 만다.

고전소설을 잘 아는 독자라면 이쯤에서 도움을 주는 사람이 나타나는 이야기가 덧붙여지리라고 짐작할 것이다. 여기서도 회산군 부인의 조카인 이정자李正字가 김생의 친구로 등장한다. 이정자는 병이 난 김생을 찾아가 모든 사실을 듣고는 회산군 부인에게 선처를 부탁한다.

내가 어찌 영영을 아까워하여 한 사람을 죽음에 이르도록 하겠느냐?

이로써 김생과 영영은 마침내 함께한다. 이후 김생은 세상의 모든 부귀영화를 버리고 오직 영영과 평생을 함께한다. 김생이 모든 것을 버리고도 행복한 이유는 바로 사랑하는 영영이 있기 때문이다.

운 영 전

〈운영전〉의 주인공은 김 진사와 안평대군의 궁녀인 운영이다. 선비와 궁녀의 사랑을 다루었다는 점에서 〈운영전〉은 〈영영전〉과 비교된다. 회산군과 안평대군, 하인 막동과 특, 노파와 무당 등의 등장인물에서도 유사한 점이 있다. 하지만 김생을 도와주려는 〈영영전〉의 인물들과 달리 〈운영전〉의 안평대군, 특, 무당은 김 진사와 운영의 사랑을 방해한다. 회산군이 직접 도와준 것은 없지만 별다른 역할 없이 죽었다는 것 자체가 김생에게는 행운인 셈이다. 그 결과 〈운영전〉은 행복한 결말 대신 두 사람이 죽음을 맞는 비장함을 보여준다. 어쩌면 〈영영전〉의 작가는 〈운영전〉에 반기를 든 것일 수도 있다. 〈영영전〉은 〈운영전〉과 인물, 사건을 유사하게 설정한 후 그것을 뒤틀어 새로운 방향성을 제시한 결과물이다.

숙향전
淑 香 傳

하늘이 정한 운명으로 살아가기

"엄마, 사람은 태어날 때부터 이미 살길이 정해져 있는 거야?"

딸이 뜬금없이 물었다. 중학교를 마치고 진학을 준비하면서 삶에 대한 생각이 깊어졌는지 요즘 이런 질문을 곧잘 한다.

"글쎄? 그럴 수도 있지만 인생은 노력하기 나름 아닐까? 엄마는 그렇게 생각해."

내 딸은 앞으로 가슴에 무한한 가능성을 품고 살아갈 것이다. 그런 아이에게 인생이 미리 정해져 있다는 대답은 그리 좋지 않을 듯하여 일단 대답은 이렇게 했다. 하지만 지금까지의 내 삶을 돌이켜보면 확실하지는 않으나 무언가 미리 결정되어 있던 것은 아닌가 하는 생각도 든다.

일단 지금의 남편을 만난 것도 그렇다. 이렇게 말하기 뭣하지만 결혼 전의 나는 꽤 괜찮았다. 아니, 다른 여자들보다 나았다. 그렇다보니 뭇 남자들로부터 관심을 받았다. 내 콧대는 높아져갔고, 남자들은 힘도 써보지 못한 채 물러났다. 지금의 남편이 나와 한 이불 덮는 사람이 되리라고는 생각도 하지 못했다. 그런데 우리는 결혼을 했다. 사실 지금도 왜 내가 남편의 청혼을 받아들였는지 기억이 잘 나지 않는다. 그때마다 만날 운명이었을 거라며 대수롭지 않게 넘겼다.

내 딸도 마찬가지다. 우리는 결혼 후 3년간 아이를 갖지 않기로 했다. 그런데 그만 첫날밤에 아이가 생겼다. 그 유명한 허니문 베이비다. 그때도 결혼의 기쁨을 먼저 주려는 하늘의 뜻이라고 했다.

그러고 보니 '운명이니 하늘이니' 한 것은 혹시 자신이 예상하지 못한 선택이나 결과에 따르는 핑계인지도 모르겠다. 그러나 나는 여전히 어느 정도는 결정되어 있었다고 믿고 싶다. 그런 생각이 지금의 내 삶을 있는 그대로 받아들이는 긍정적인 자세를 갖게 한다.

삶에 대한 궁금증

—

인간은 만물의 영장이라고 하면서 이 세계에 군림한다. 점점 겸손함을 잃고 거만해지며 잘못을 인정하지 않는다. 그러면서 신을 닮았다는 오만 방자한 모습까지 보인다. 그러나 사실 인간의 지식으로는 이해도, 해결도 할 수 없는 초자연적인 현상이 여전히 많은 것이 사실이다. 제일 중요한 문제, 즉 인간이 창조되었는지 진화되었는지에 대해서도 아직 결론이 나지 않고 있다.

그래서인지 사람들은 모두 궁금해한다. 자신이 살고 있는 삶은 어디서부터 시작되는 것인가? 유한한 능력을 지닌 인간이기에 삶 자체의 신비함이 경이로울 때가 많다. 왜 누구는 성공하고 누구는 실패하는가? 능력 차이, 환경 차이 등을 내세우기도 한다. 하지만 종종 '하늘의 뜻'이라는 말이 훨씬 설득력 있게 들리기도 한다. 하늘의 뜻은 운수 또는 운명이라는 의미를 내포하므로 모두 나와는 상관없는 제3의 요인이다.

요즘 사람들은 운명을 믿으면서도 자신의 능력으로 충분히 극복할 수 있다고 생각한다. 그런데 혹시 그 극복 또한 이미 정해져 있었다면 어떨까? 잘나서가 아니라 내가 이미 극복할 존재로 설정된 것은 아닐까? 만약 그렇다면 내가 굳이 내 방식대로 인생을 살아갈 필요가 있을까? 삶 자체는 도대체 무슨 의미가 있을까?

우리 고전소설 속에는 주인공의 삶이 '하늘의 뜻'에 따라 정해지는 작품이 적지 않다. 선조들도 대부분 삶이 정해진 어떤 과정이라고 믿었기에 이러한 소설이 출현했고 공감을 얻을 수 있었다. 정해진 삶이 무의미하다고 생각했다면 굳이 그것을 소설에 담을 필요는 없었을 것이다. 여기에는 정해진 삶이 우리에게 주는 또 다른 중요한 메시지가 담겨 있다. 이제 그것을 찾아보려고 한다.

이런 관점에서 조선시대에 상당한 인기를 끌었던 〈숙향전淑香傳〉을 되짚어보는 일도 흥미로울 것이다. 〈숙향전〉은 한글본과 한문본은 물론 필사본·방각본·활자본 등 온갖 매체로 쓰이거나 인쇄되어 전해오고 있다. 그리고 〈이화정기梨花亭記〉 등의 이칭異稱으로도 불린다. 또한 판소리에 대한 최고最古 기록인 〈만화본춘향가晚華本春香歌〉(1754, 영조 30)에도 "이선요지숙향시二仙瑤池淑香是(이선과 요지의 숙향이 바로 이들이구나)"라는 기록이 있다. 이를 통해 볼 때 〈숙향전〉은 이른 시기에 창작되어 조선시대 다양한 계층이 향유했음을 알 수 있다. 과연 이 인기의 비결은 무엇이었을까?

어떤 학자는 〈숙향전〉에서 환상적·비현실적인 부분을 제외하면 아무것도 남지 않는다고 혹평했다. 반면 이러한 이유로 오히려 이 작품을 '천상의 뜻'이 작용하는 신성 소설의 모델로 보고, 작품에 대해 그 의미를 부여하기도 했다. 평가가 부정적이건 긍정적이건 간에 여기에서 우리는 〈숙향전〉의 정체성을 확인하게 된다.

예 정 된 고 난 과 극 복
—

여주인공 숙향과 남주인공 이선의 결연을 중심으로 하는 〈숙향전〉에서 주목할 부분은 작품 초반에 집중되고 있는 숙향의 고난과 극복이다. 숙향의 고난과 극복이 예정되었다는 점은 작품 앞부분에 나온 예언을 통해 알 수 있다. 그 예언은 '숙향이 어려서 부모를 잃고 15세에 죽을 고비를 세 번 넘긴 뒤 20세에 가서야 부귀를 누린다'고 되어 있다. 실제로 작품은 이대로 진행된다.

숙향의 세 차례 고난은 도적, 투신, 화염이다. 도적과의 만남은 숙향의 나이 5세 때의 일이다. 도적이 침노하자 김전 부부는 숙향을 잠시 두고 피한다. 그 바람에 숙향은 도적에게 잡힌다. 도적들은 숙향을 잡아가서 죽이려고 하다가 한 도적의 만류로 숙향을 풀어준다. 갈 곳을 몰라 유랑하던 숙향은 장 승상에게 발견되어 양녀가 된다. 투신은 이후에 이루어진다. 숙향은 장 승상 댁에서 온갖 사랑을 받고 지낸다. 그러나 사향이라는 노비가 장 승상이 아끼는 장도를 숙향의 방에 숨기며 도둑으로 모함하고, 그것을 장 승상 부부가 믿자 그대로 집을 나와 표진 물가에 이르러 투신한다. 선녀의 도움으로 살아난 숙향은 이리저리 헤매다가 갈대밭에서 존다. 그때 불이 나 숙향은 화염에 싸여 죽을 위기에 처하나, 화덕 진군이 살려준다.

고난과 우연, 또는 초월적 존재에 의한 구원이 반복되고 있음을 알 수 있다. 예정된 운명이기에 피하고 싶어도 그럴 수가 없다. 이에 대해 숙향이 불만을 드러내기도 한다.

숙향이 탄식하며 말했다.
"하늘의 도는 무심하고 고르지 못하시구나. 한 가지로 죄를 지었는데, 선군은 어찌하여 영화롭게 지내게 하고, 숙향은 어찌하여 고생으로 지내게 하시는가?"

선군은 남자 주인공 이선이다. 이선은 이상서의 아들로 고난을 겪지 않는다. 숙향의 이 말은 자신과 이선이 천상에서 서로 좋아하며 희롱하다가 벌을 받아 지상으로 왔는데, 왜 자신만 고통을 받느냐는 한탄이다.

숙향의 말이지만 지금 우리의 생각과 다르지 않다. 같은 인간으로 태어나 왜 나만 이런 일을 겪는가 하는 마음이 종종 들곤 하기 때문이다. 그런데 숙향이 원망만 하고 있지는 않다. 천상의 존재였기에 현세의 삶도 하늘이 정한 대로 움직이는 숙향이, 철저하게 현실에서 용납되는 행동을 하고 있다는 사실에 주목할 필요가 있다.

숙향은 어디에서든지 현실 속에서 최선을 다한다. 장 승상 댁이나 시가인 이 상서 댁에서 집안을 관장하게 되었을 때 어른을 극진히 봉양하고 아랫사람들에게 법도대로 잘 대했기에 위아래로부터 칭찬을 받는다. 이로 인해 숙향은 예정된 고난을 극복할 수 있었다. 포기하지 않고 막 살지 않았기에 약속된 삶으로의 방향 전환이 이루어질 수 있었던 것이다.

〈숙향전〉에서는 숙향이 왔던 길을 거꾸로 돌아가면서 모든 것을 이루어 나가는 독특한 구성법을 취하고 있다. 즉 숙향은 먼저 부모와 이별하여 고생을 한다. 그러고는 장 승상의 집에 의탁하여 살다가 마고할미에게 의탁한다. 여기서 한 곳으로부터 다른 곳으로 옮길 때 숙향의 현실적인 고난은 가중된다. 장 승상 집에서 양녀로 있던 숙향이 마고할미 집에서는 천한 술집 여자의 양녀로 전락한다. 여기까지는 숙향의 분리를 그리고 있다. 그리고 그때마다 한 번씩 위기를 겪는다.

그러고는 우여곡절 끝에 하늘이 정한 인연인 이선과 결연하게 된다. 이선의 아버지 이 상서는 숙향의 신분이 낮다는 이유로 반대하지만 예정된 하늘의 뜻을 꺾을 수는 없었다. 결연이 이루어지고 나서부터 작품은 숙향이 왔던 길을 되돌아간다. 숙향은 이미 현세를 떠난 마고할미에게 먼저 제를 올린 뒤 장 승상 집을 찾아가 만나고 마침내 부모와 상봉한다. 물론 이

와중에 용녀와 화덕진군에게 제를 올린다. 그런데 올 때 고난이 커진 것과는 반대로, 거꾸로 돌아갈수록 숙향에게 현세의 즐거움은 커진다.

이처럼 〈숙향전〉은 전개된 순서를 거꾸로 접어오면서 숙향의 일을 마무리하고 있다. 분리와 함께 고난이 가중되다가 회합과 함께 즐거움이 극대화하고 있다. 우리는 이것을 대칭적 전개라고 할 수 있다.

약 속 된 행 복

─

숙향은 작품에서 하늘이 정한 인연을 찾고 하늘이 정한 운수에 따라 고난을 겪는다. 사실 이 작품은 숙향의 행적만으로도 하나의 작품을 완성시킬 수 있었다. 그런데 〈숙향전〉에서는 후반부에 이선의 활약을 삽입한다. 이것을 남주인공 이선에 대한 배려 때문이라고 쉽게 치부할 수는 없다. 무언가 작품 전체의 완결성을 위해 필요한 삽화로 보는 게 타당하다.

이선이 중심인물로 등장하는 부분은 황태후가 뜻하지 않게 병을 얻어 죽으면서부터다. 황제는 약을 구해오는 사람에게는 천하를 반분하겠다고 약속한다. 이선은 황태후를 살릴 영약을 구하기 위해 아무도 가지 않으려고 하는 봉래산으로 간다.

임금이 말하였다.
"경들은 짐의 초조한 마음을 생각하고 충의를 다하여 약을 구하여 오라. 만약 약을 구하여오는 자가 있으면 천하를 반분하여 그 공을 표창하고자 한다."

만조백관이 땅에 엎드려 있을 뿐, 누구도 가려고 하지 않았다.

결국 이선이 나선다. 임무를 무사히 마치고 나면 이선과 숙향이 현실계에서 최고의 영화를 누리게 될 것이다. 실제로 황제는 이선이 돌아오자 약속대로 천하를 반분하려고 한다. 물론 이선이 거절하는 탓에 그대로 이루어지지는 않지만, 이선은 초왕에 봉해진다.

이제 〈숙향전〉에서 이선의 서사가 갖는 의미를 따져볼 차례다. 숙향은 여성이다. 조선시대에 여성은 사회적 활동을 할 수 없었다. 숙향이 예정된 고난을 극복하고 현세에서의 행복한 삶을 살기 위해서는 남성의 성공이 절대적이다. 숙향이 하늘에서 정한 대로 고생을 할 수는 있지만, 현세에서의 영화는 남편 이선에 의하지 않고는 불가능하다는 말이다. 당대 현실 속에서 여성이 스스로 현세에서 성취할 수는 없는 일이었기 때문이다. 이런 이유로 작가는 작품 후반부에 숙향과 이선을 결연하게 하고, 그 후 자연스럽게 이선을 중심인물로 설정한 것이다.

이에 앞서 이선은 남방의 흉흉한 민심을 진무하는 등 나라에 공을 세운 바 있다. 이로 인해 숙향은 어느 정도 안정을 이룬다. 문제는 이 안정이 완전하지 못하다는 데 있다. 이선이 영약을 구하러 간 사이에 야기되는 간신들의 모함 등이 그 예다. 숙향 부부의 사회적 신분이 여전히 불안정하다는 의미다. 황태후의 득병과 이선의 구약 여행은 이선과 숙향의 현세적 영화를 영원히 보장하는 계기가 된다. 그리고 결국 이선은 영약을 구해옴으로써 누구도 넘볼 수 없는 위치를 구축하게 된다. 이는 여자인 숙향에게도 같은 결과를 가져온다.

〈숙향전〉은 예정된 고난 속에서 삶을 포기하지 않고 살아갈 때 약속된 행복이 온다는 교훈을 담고 있다. 여기서 우리는 한 가지 교훈을 얻는다. 인간의 삶이 '하늘의 뜻'이라고 하는 것은 '이미 정해져 있으니 그저 막 살아도 된다'는 말이 아니다. 겸손하게 받아들이며 감내하라는 뜻이다. 더욱 중요한 점은 어떤 고통과 어려움 속에서도 자신의 착한 본성을 잃지 말아야 한다는 사실이다. 하늘이 선한 인간을 어려운 상황에 그대로 두지 않으리라는 믿음도 있어야 한다.

역으로 하늘의 뜻은 삶이 힘들고 지친 선한 일반 백성이 가질 수 있는 마지막 희망의 끈일지도 모른다. 자신이 겪는 현실의 질곡은 하늘이 내린 것이기에 심성을 지키면서 참고 이겨내면 결국 행복을 가져다줄 것이라는 간절한 믿음일 수도 있다.

〈숙향전〉은 힘든 하루하루를 버티면서도 희망을 잃지 않는 당시 백성의 염원을 담아낸 작품이다. 조선시대 독자들은 이런 작품을 읽으면서 실낱같은 희망을 품었을 것이다. 끝내 포기하지 않은 그들이 있었기에 오늘의 우리가 여전히 이 땅에 살고 있는 것이다.

❧ 바 리 데 기 ❧

〈숙향전〉에서 드러난 '영약을 구해오는' 모티프는 서사무가인 〈바리데기〉에서도 찾을 수 있다. 바리데기는 어머니를 위해 길을 나선다. 이 두 작품은 약을 구해오기 전에, 약을 필요로 하는 인물이 죽었다는 점도 닮아 있다. 그러나 바리데기가 자신의 힘으로 온갖 고생을 하면서 약을 구해오는 반면, 이선은 장인인 김전이 전에 거북에게 베풀었던 은혜에 보답하려는 용왕의 도움으로 손쉽게 약을 구해온다. 여기서 두 작품의 차이가 발생한다. 또한 바리데기는 약을 구해온 뒤 인간의 죽음을 관장하는 신으로 좌정하지만, 이선은 현세에서의 영화로운 관직에 오른다. 〈숙향전〉과 〈바리데기〉는 약을 구하러 간다는 소재만 비슷할 뿐 그 전개 방식이나 세계관에서는 서로 큰 차이를 보이고 있다.

숙영낭자전

淑 英 娘 子 傳

우리 사랑만으로는 안 돼요

나는 대학교 3학년 때 결혼을 했다. 그때 남편은 4학년이었다. 아직 군대도 갔다 오지 않은…… 남편을 만난 것은 2학년 말쯤이었다. 우연히 길을 가다 마주쳤는데, 다짜고짜 천생연분이라며 다가왔다. 내심 싫지 않았다. 3학년이 되자 남편은 결혼하자며 졸라댔다. 남편은 사법시험을 준비하던 중이었기에, 나는 아직 때가 아니라며 거절했다.

"내가 합격하면 부모님은 사랑보다는 조건을 먼저 볼 거야. 그럼 우리 사랑은 물거품이 될 수도 있어."

남편은 막무가내였다. 하루라도 나를 못 보면 죽을 것 같다며 무작정 자기 집에 결혼 통보를 하고, 우리 집에도 들이닥쳤다. 그렇게 우리는 부부가 되었다. 아직 벌이가 없었던 탓에 우선 시댁에 들어가 살았다. 남편은 시부모님 앞에서도 나에 대한 사랑을 거침없이 표현해 민망할 정도였다. 집안에서 나름 똑똑하다고 인정받던 남편이 그런 모습을 보이자 시부모님은 마뜩잖아 했다. 그런데 점점 이상하게도 자기 아들이 그렇게 된 원인을 모두 나에게 돌리면서 탓을 했다. 억울했지만 참을 수밖에 없었다.

"너, 내일부터는 요 앞 고시원에 들어가서 공부나 열심히 해라. 사내놈이 뜻을 정했으면 끝을 봐야지!"

시아버지의 말은 통보였다. 남편은 쫓겨나다시피 하며 속삭였다.

"문 잠글 때 문고리는 걸지 마."

그날 밤 시댁 식구 몰래 남편은 내 옆에 누워 있었다. 나는 괜한 오해를 받을까봐 두려웠다.

"내일 새벽에 아무도 모르게 다시 나갈 테니까 걱정 붙잡아 매서."

남편이 웃으며 말하는 순간, 시아버지가 엿듣고 있다는 사실을 우리는 까맣게 몰랐다.

해 도 후 회, 안 해 도 후 회

—

인간人間이라는 말은 본래 '사람 사이'라는 뜻이다. 이 말이 애초에 세상과 세계를 가리켰으니, 사람은 늘 다른 사람과의 관계 속에서 살아간다는 의미를 드러낸 것이다. 우리가 잘 아는 '홍익인간弘益人間'이 '널리 세상을 이롭게 한다'고 해석되는 이유도 여기에 있다.

'사람 사이에 사는 것' 중에서 가장 중요한 한 가지가 결혼이다. 결혼은 우리 가운데 '나'였던 사람들이 다시 모여 새로운 '우리'가 되는 과정이다. 마냥 좋을 것만 같았던 두 사람의 결혼은 몰랐던 사람들과 관계를 맺으면서 난관에 봉착하기도 한다.

특히 가부장적인 사회에서 여성에게 시댁은 어찌할 수 없는 큰 벽이 되기도 했다. 지금 시대에도 여성은 종종 시댁과의 관계 속에서 많은 어려움과 불만을 토로한다. 그만큼 시댁은 쉽지 않다. 드라마에서 '악독한 장모'보다는 '독한 시어머니'가 많은 사람에게 공감을 얻는 이유도 우리 현실이 그렇기 때문이다. 결혼한 당사자끼리 잘 살기만 하면 될 것 같은데 실상은 그리 만만하지 않다.

말도 되지 않는 이유로 구박받거나 눈치를 받으면 속은 더 썩어 문드러진다. 이럴 때 남편의 사랑은 다른 무엇보다도 중요하다. 너무 좋다며, 죽을 것 같다며 결혼한 그 남자가 무심하면 시댁 식구보다도 더 꼴 보기 싫어진다. 여자는 남편이 끝까지 내 편에 서기를 바란다.

요즘도 이럴 정도니 조선시대야 더 말할 나위가 없었다. 오죽했으면 '시집살이 개집 살이', '고추 당초唐椒 맵다 한들 시집살이보다 더 매우랴?'라고 노래했을까? 그러니 시댁에서 아무리 억울한 일을 당해도 하소연할 길이

양가 부모님을 모시고 치르는 혼례식 장면. 시어머니와 며느리의 관계는 현대의 드라마뿐 아니라
고전소설 속에서도 주요 테마가 되었다.

없을 때면 차라리 죽는 편이 낫다고 생각했을 수도 있다.

고전소설 〈숙영낭자전淑英娘子傳〉은 바로 이 지점을 제대로 포착한 작품이다. 100여 종에 이르는 이본이 현존하는 정황으로 보아 당시 독자들에게 큰 인기를 끌었음을 알 수 있다. 이는 이 작품이 남편과의 천정 인연, 시댁에서의 고난, 그리고 남편의 믿음으로 인한 행복이라는 흥행의 세 요소를 모두 갖추고 있기 때문으로 보인다.

섣부른 결혼

〈숙영낭자전〉의 주인공은 숙영과 백선군이다. 이 두 사람은 천상의 존재로서 지상으로 적강謫降(하늘에서 벌을 받아 지상으로 유배됨)한 인물이다. 천상의 존재이니만큼 두 인물은 매우 아름답고 잘났다. 흔히 고전소설에는 항상 비슷한 주인공들이 나온다고 한다. 그러나 요즘의 드라마를 생각해보라. 주인공이라면 모두 예쁘고 긍정적이지 않은가?

고전소설도 마찬가지다. 당연히 숙영과 백선군은 하늘이 정한 인연이다. 스치듯 만나도 부부가 될 수밖에 없는 운명이다. 그런데 〈숙영낭자전〉은 두 사람이 만나는 계기를 '꿈'으로 설정한다. 숙영이 선군의 꿈에 나타나 자신이 천정 인연임을 알려준다.

'꿈'을 통한 만남에는 신화적 속성이 강하게 남아 있다. 고려의 건국신화라고 할 수 있는 〈고려국조신화〉에서 용건은 '꿈에서 배필이 되기로 약속한 여인'을 만나 혼인한 뒤 고려 태조 왕건을 낳는다. 건국 시조의 탄생과 연결되어 있다. 〈숙영낭자전〉에서의 '꿈'은 두 사람의 만남을 신비화하는 역할을 한다.

꿈에서 깬 선군은 상사병에 시달리다가 소매를 잡으며 말리는 부모의 만류를 물리치고 숙영을 찾아 옥련동으로 간다. 조선시대의 혼인은 부모의 뜻에 따라 이루어졌다. 선군의 행동은 천정 인연을 내세워 부모님과는 상관없이 자신의 뜻대로 아내를 맞이하겠다는 태도와 다르지 않다. 어쩌면 부모 입장에서는 발칙한 짓으로 보이겠지만, 선군 입장에서는 애정 성취의 자유의지를 한껏 드러낸 것이다.

조선시대에 어느 양반가 자제가 부모의 의사를 무시하고 자신이 택한 여인과 혼인할 수 있단 말인가? 이런 점에서 〈숙영낭자전〉의 앞부분은 꽤 도발적이다. 그렇지만 이러한 행위는 문제가 될 소지가 충분하다.

아무리 천생연분이라고 하나 어찌 한마디 말에 허락하겠습니까? 우리 만날 기한이 아직 3년이나 남았으니 서방님은 때를 기다리소서.

숙영이 3년이라는 기한을 내세우면서까지 결혼을 미루자고 한 것도 따지고 보면 부모에게 실질적으로 인정받을 시간을 벌기 위한 핑계였을 수 있다. 이는 제대로 혼인하고 싶은 속마음이기도 하다. 그러나 선군은 아랑곳하지 않는다. 상황 따위는 고려의 대상이 아니다. 그저 자기만 좋으면 된다. 남자 주인공의 애정 중심 사고가 넘쳐난다.

서둘러 한 결혼은 시부모에게 인정받기 쉽지 않다. 독자들은 이렇게 결혼한 숙영이 분명 시부모에게 구박을 받을 것으로 예상한다. 그러나 웬걸. 숙영에 대한 시부모의 사랑은 지극하기만 하다.

선군이 아름다운 숙영을 데리고 왔다. 부모가 사연을 듣고 기뻐하며 모습을 살피니 화려한 용모와 아리따운 자질은 이 세상에 다시 없었다. 이에 더욱 공경하고 사랑하였다.

게다가 춘앵과 동춘이라는 자식도 낳는다. 생각지도 못한 흐뭇함에 마음을 놓으려는 순간, 고난은 엉뚱한 곳에서 다가오며 우리를 긴장시킨다.

철없는 남편, 시가의 돌변

영원할 것 같았던 숙영 부부의 행복은 선군의 과거와 함께 균열되기 시작한다. 모두 알고 있듯이, 조선시대에 양반으로서 출세할 수 있는 공식적인 길은 과거시험이다. 그런데 과거에 급제하려면 정말 공부에만 매진해야 한다. 아내와 함께 알콩달콩 지내다가는 과거 합격 근처에도 갈 수 없다.

그것을 잘 알고 있던 숙영의 시아버지는 아들 선군에게 과거를 보라고 한다. 아버지로서는 당연한 요구다. 그런데 이때도 선군은 쉬 말을 듣지 않는다. 숙영과 함께 있는 자체가 정말 좋기 때문이다. 여전히 애정 지향적이다.

남편이 이러하니 며느리 숙영은 난처해진다. 시아버지의 말씀이 틀리지 않았기에 더욱 그렇다. 생활인이 되었으면 이제는 현실도 돌아봐야 하는 게 남편으로서 해야 할 도리인데, 나 몰라라 하니 달랠 수밖에 없다.

서방님! 아내에게만 빠져 남자가 당당히 해야 할 일을 하지 않는다면 부모님에게는 불효가 됩니다. 또한 다른 사람들이 모두 저 때문이라며 저를 욕할 것입니다. 그러니 서방님은 재삼 생각하시어 빨리 과거 치르러 떠나셔서 다른 사람들의 비웃음을 사지 마십시오.

다행히 선군은 아내인 숙영의 말은 듣는다. '마누라의 말을 잘 들으면 자다가도 떡이 생긴다'고 하지 않았던가? 선군이 과거에 나선다. 이로써 집안이 다시 평화를 얻는가 싶은 찰나에 철없는 선군이 돌발 행동을 저지른다. 과거를 보러 가다 말고 밤에 숙영을 보러 다시 집으로 돌아온 것이다. 그것도 두 번이나.

숙영의 방에서 남자의 기척을 느낀 시아버지 백상군은 숙영이 외간 남자와 사통을 한다고 생각하고는 시비 매월에게 지켜보게 한다. 이때부터 시아버지 백상군의 태도는 돌변한다.

본래 선군의 잉첩勝妾으로, 항상 숙영을 못마땅하게 여기던 매월은 이를 숙영을 제거할 기회로 활용한다. 여기서 매월은 요즈음 드라마로 치면 가련한 여주인공의 행복을 막는 라이벌 악녀라고 할 수 있다. 그러니 매월이 정상적인 행위를 할 리가 만무하다.

소설 속에서 매월이 하는 짓은 독자들의 공분을 산다. 매월은 남자를 매수하여 숙영의 방 근처에 있다가 백상군이 오면 도망치라고 사주한다. 시아버지 백상군은 이 광경을 보고는 더욱 의심하게 되고 숙영을 잡아 묶어 심하게 매질까지 한다.

그렇게 예뻐하던 며느리를 갑자기 의심하는 것 자체가 이상하다. 혹시 아들 선군이 아끼니 좋아하는 척을 했지만 사실 마음에 들지 않았던 것은 아닐까? 이 부분에서 곤욕을 당하던 숙영이 던지는 말은 의미심장하다.

한말 고부 간의 기념촬영. 젊은 부인이 애써 웃는 표정을 짓고 있다.

아무리 육례백량을 갖추지 못한 며느리라고 한들 어찌 이런 말씀을
하십니까?

육례大禮는 옛날의 정식 혼인 절차이고, 백량百兩은 지금으로 치면 혼수
또는 지참금이라고 할 수 있다. 바로 문제는 처음에 이루어진 숙영과 백선
군의 급한 혼례에 있었던 것이다. 격식을 갖추지 못한 혼례는 언제든 시부
모에게 무시당할 여지를 남겨둔다. 숙영은 그것이 항상 마음에 걸렸고, 어
쩌면 열등감으로 작용했을 수도 있다.

장렬한 죽음, 그러나……

숙영은 자신의 결백을 증명하기 위해 옥비녀를 뽑아 '만약 죄가 있다면 나
에게 꽂히고 죄가 없다면 섬돌에 꽂히리라'라며 하늘로 던진다. 말할 것도
없이 옥비녀는 섬돌에 꽂힌다. 기이한 현상을 본 시아버지 백상군이 비로
소 의심을 풀며 숙영에게 사과하고 위로한다. 이로써 사건은 일단락된다.
그런데 느닷없이 숙영이 스스로 가슴 깊이 칼을 찔러 죽는다. 더러운 누명
을 썼지만, 그러한 소문이 난 자체로 남편 볼 낯이 없다는 이유에서다.

독자는 어리둥절해진다. 이미 억울함을 벗었는데 굳이 자결할 필요가 있
을까? 차라리 간통한 여자로 몰렸을 때 목숨을 끊는 것이 더 극적이지 않
을까?

이는 우선 숙영의 절개를 더 높이는 효과를 거둔다. 혐의가 풀린 후에
자기에게 그런 혐의가 있었다는 사실 자체를 부끄러워하는 숙영의 태도는

정숙의 아이콘이 된다.

그보다 더 주목할 것은 이 모든 일이 남편이 부재할 때 생긴 것이라는 점
이다. 사랑하는 남편이 없을 때 시댁은 언제나 지옥이 될 수 있다. '간통'은
그중 하나의 사건일 뿐이다. 이런 일은 언제라도 되풀이 될 수 있으며, 그때
마다 며느리는 억울한 고난을 겪게 된다. 계속 그런 일이 반복되면 며느리
가 막을 수 있는 방법은 자결밖에 없을지도 모른다.

숙영의 장렬한 죽음은 가슴에 박힌 칼을 아무도 뺄 수 없었다는 서술로
극대화된다. 결국 이 칼은 과거에 급제하고 돌아온 남편 선군이 뺀다. 숙영
의 가슴을 어루만지며 원수를 갚아주겠다고 말하자, 몸에서 칼이 빠지고
파랑새가 날며 "매월이네! 매월이네!"라고 운다. 악인에 대한 징치가 이렇게
간단히 이뤄지고 있으니 참으로 동화 같은 장면이다. 이후 백선군은 숙영의
장례를 치러준다.

〈숙영낭자전〉의 이본 가운데 이 부분에서 끝나는 작품도 있다. 이런 이
본은 현실적인 문제의식을 보여준다. 천생연분, 천상의 존재라는 그럴듯한
장치는 해두었고, 남편과 아내를 죽지 못할 정도로 사랑하는 관계로 설정
했지만, 사실상 현실 속의 여러 문제는 비극적일 가능성이 높다는 인식의
결과다.

하지만 이런 결말을 맺는 이본의 수는 많지 않다. 왜냐하면 끝이 비극적
이기 때문이다. 누차 말했지만 우리나라 사람들은 태생적으로 비극을 싫어
한다. 오죽하면 세계에서 암 발생이 가장 많고, 또 그 암의 완치가 가장 높
은 것이 한국 드라마의 특징이라는 말이 나왔을까? 암 발생 자체는 죽음
을 예정한 비극인데, 암 완치는 행복한 결말이다. 해피엔딩을 위해서라면
그 어렵고 힘든 암도 전혀 문제가 되지 않는다.

　그래서 〈숙영낭자전〉의 이본 대부분은 옥황상제가 숙영을 환생시켜 선군과 백년해로하다가 하늘로 올라간다는 내용을 결말로 삼고 있다. 치열한 문제의식보다는 마음의 평화를 더 원했던 것이다.

✧ 옥 단 춘 요 ✧

　〈숙영낭자전〉과 비슷한 내용을 가진 서사민요로 〈옥단춘요〉가 있다. 〈옥단춘요〉는 네 마디 51행으로 된 작품이다. 과거 보러 가는 내용, 과거 보러 가다가 아내 옥단춘이 보고 싶어 몰래 오는 내용, 과거에 급제하고 돌아오다가 옥단춘이 죽는 꿈을 꾸고는 슬퍼하는 내용, 집에 돌아와 옥단춘을 그리워하는 내용으로 되어 있다. 다만 〈옥단춘요〉에는 사건과 갈등이 배제되어 있다. 옥단춘이 왜 죽었는지가 전혀 드러나지 않고 있다. 〈숙영낭자전〉에서 보여준 문제의식은 사라지고, 오직 한 남자의 죽은 아내에 대한 사랑과 그리움만 가득하다. "너를 한번 다시 보면, 온갖 생각 하렸더니, 어데 가서 다시 보리, 보고지고 보고지고." 〈옥단춘요〉의 마지막 부분인데, 개인 정감이 극단적으로 표출되고 있다. 죽은 사람 입장에서야 살아 있는 배우자가 자기를 저토록 그리워한다면 나쁘지 않을 듯하다.

옥단춘전
玉 丹 春 傳

너 어떻게 그럴 수 있냐?

검은 외제 차가 소음 하나 내지 않고 쓱 들어왔다. 정말 비싼 차 같았다. 차
가 멈추고 누군가가 차 문을 열고 나왔다. 형민이었다. 중고등학교 시절 내
내 단짝으로 지내며 나중에 성공하더라도 마음 변치 말고 서로 돕자며 약
속했던 친구였다. 정말 오랜만이었다. 그런 형민이가 말쑥한 차림으로 걸어
왔다. 나는 무척이나 반가워 한 걸음 나가며 손을 내밀었다.

"형민아! 나다. 정욱이. 한 15년 만이네."

"그래. 그런데 네 꼴이 그게 뭐냐?"

내민 손을 인사치레로 잡는 둥 마는 둥 하더니 형민이가 나를 위아래로 훑
어보았다.

"내가 하는 일이 잘 안 돼서 그래. 하지만 곧 좋아질 거야."

"언제? 다들 자기가 곧 잘될 것 같다지만 세상은 그렇게 호락호락하지가 않

지, 허허."

나는 더 이상 할 말이 없었다. 내가 아는 형민이는 이런 친구가 아니었는데, 언제 저렇게 변했는지……

어느새 다른 친구들이 형민이 곁으로 다가와 성공했다느니, 저 차가 어떻다느니 하며 말을 붙였다. 형민이는 있는 폼을 한껏 잡았다. 한 친구가 나를 힐끔 쳐다보더니 형민이에게 말했다.

"그런데 정욱이는 어쩌다 저렇게 됐냐?"

"내가 어떻게 아냐? 다 지가 못난 탓이지, 뭐."

"절친한 사이였으니까 너는 혹시 그 이유를 알지 않을까 했는데……"

그 말에 형민이가 과장되게 손사래를 쳤다.

"뭐? 절친? 그렇게 알고 있었냐? 오해다, 오해."

친구, 추억을 함께한 사람

본래 친구는 오래도록 친하게 사귄 사람이라는 말이다. 오래도록 함께했으니 나눈 추억도 적지 않다. 게다가 친하게 사귀었다니 좋은 감정을 가질 수밖에 없다. 그래서 친구라고 하면 왠지 푸근하고도 정감어린 느낌과 함께 영원할 것이라는 생각이 든다.

〈친구〉를 제목으로 하는 영화가 있었다. 700만이 넘는 사람이 관람했을 정도로 흥행에 성공했다. 조직폭력배 사이의 갈등을 다루며 결국 한쪽에 의해 다른 한쪽이 죽임을 당하는 다소 잔인한 내용이었다. 이렇게만 보면 이런 영화가 어떻게 흥행할 수 있었을까 하는 의심이 들 수도 있다. 여기서 우리는 제목에 주목할 필요가 있다. 영화 속에서 세력을 넓히려고 대립하다가 끝내 서로를 죽이려던 사람들이 바로 친구 사이였던 것이다.

영화 〈친구〉의 주인공들은 고등학교 때 시장 바닥을 달리고 이성에 대해 이야기하며 매일을 함께 지냈던 인물들이다. 적어도 그들은 조직폭력배가 되기 전, 그러니까 순수했던 고등학교 시절에는 그들 사이에 어떤 이해관계도 없었다. 함께 웃고 함께 욕하며, 함께 사고 치면서도 무엇이 그리 좋았던지. 그때 그들에게는 출세나 성공, 야망보다는 그저 친구가 있어 행복했다.

영화 〈친구〉에서 관객들이 환호한 부분도 영화 속 주인공들의 고등학교 시절이었다. 그때 그들의 모습은 역시 중고등학교 시절의 순진했던 친구를 뒀던 관객들에게 공감을 불러일으켰다. 즉 보는 이로 하여금 친구들과 함께했던 추억을 되살려낸 것이다.

그러나 더 깊은 의미를 지닌 부분은 친구였다가 서로 제거해야 하는 관계로 변질되는 두 사람의 모습이었다. 조직폭력배 세계에서 입지를 더 넓

「의송관단도」, 정홍래, 비단에 엷은색, 30.7×22.3cm, 18세기, 국립중앙박물관.
두 선비가 소나무 아래서 사이좋게 담소하면서 폭포를 바라보고 있다.

히고 굳히려는 야망은 더 이상 주인공들을 친구로 머물 수 없게 한다. 영화 〈친구〉는 영원할 것 같던 친구 사이가 언제라도 변질될 수 있다는 문제를 구체적으로 제기한다. 이렇게 되는 이유에는 여러 가지가 있을 수 있다. 욕망이나 기만, 자만 등 개인적인 이유도 있을 것이고, 조직의 논리도 있을 것이다. 이유가 무엇이든 이로 인해 친구 사이는 적이 되고 만다.

친구가 영원하지 못한 경우는 현실에서도 흔히 볼 수 있다. 그저 '어려서부터 추억을 함께한 친구 사이'라는 말이 주는 표면적 아름다움과 달리 세월이 변하고 세상이 바뀌면서 친구 사이에도 균열이 생길 수 있다. 세상 대부분의 사람은 친구 사이에서 이러한 경험을 가지고 있다.

그런데 믿었던 친구가 어떤 형태로든 나를 버리거나 배신하는 일이 현실에서 일어난다면 어떻게 할까?

너, 나 모르니?

—

우리 고전소설 가운데 〈옥단춘전玉丹春傳〉은 친구 사이의 배신과 복수를 낭만적으로 그려낸 작품이다. 낭만적이라는 말은 서술을 따라가다보면 쉽게 이해할 수 있다. 앞에서 우리는 친구 사이에 균열이 생기는 이유에는 여러 가지가 있을 수 있다고 추측했다. 〈옥단춘전〉은 성공한 친구와 성공하지 못한 친구 사이의 어그러짐을 보여준다. 이 문제는 어쩌면 세속에서 가장 많이 발생하는 일일 수도 있다.

〈옥단춘전〉의 중심인물은 이혈룡과 김진희다. 옥단춘은 이혈룡과 김진희 사이에 있는 기생이다. 그런데 왜 제목이 〈옥단춘전〉일까? 중심인물을

두고 기생의 이름을 제목으로 삼은 것으로 보아 옥단춘이 작품 속에서 중
요한 역할을 맡았음을 알 수 있다.

이혈룡과 김진희는 매우 가까운 친구로 그 정은 아버지 이정과 김정 때
부터 이어진 것이다. 그만큼 그들의 우정은 깊었다.

> 두 아이가 수년을 함께 공부하였는데, 그 정이 한 부모에게서 난 친
> 형제와 같았다. (…) 진희와 혈룡이 서로 언약하였다.
> "우리 두 사람의 우정을 생각하면 우리가 살아 있는 동안은 물론이
> 요 후세의 자손들까지 대대로 정을 이어갈 것이다. 그런데 세상 복
> 록의 이치란 어찌될지 모르니 네가 먼저 귀하게 되면 나를 도와 잘
> 살게 하여주고 내가 먼저 귀하게 되면 너를 우선적으로 도와주기로
> 하자."

참으로 아름다운 친구의 모습이다. 그런데 이후 아버지들이 급작스럽게
죽으면서 두 사람의 삶은 달라진다. 김진희의 집은 가세가 달라지지 않아
여유가 있었지만 무슨 이유에서인지 이혈룡의 집은 가세가 점점 기운다. 머
리카락을 잘라 팔며 살아도 하루하루를 견디기 힘든 지경까지 떨어진다.

〈옥단춘전〉에서 이혈룡은 가난 속에서 한탄만 할 뿐 살아가기 위한 어
떤 움직임도 보이지 않는 답답한 인간이다. 조금만 어려우면 울고 탄식하
는 약한 존재다. 무능한 몰락 양반의 전형적인 모습이다.

반면 김진희는 과거에 급제하고 제수되어 평안감사가 된다. 이혈룡은 그
소식을 듣고 '같은 중신의 후손인데 나는 왜 이럴까?' 하며 흐느끼다가 예
전의 언약을 생각하고는 급히 평양으로 달려간다. 평양에 도착한 이혈룡은

「평안감사향연도」 중 '부벽루연회도', 전 김홍도, 종이에 채색, 71.2×196.6cm, 18세기, 국립중앙박물관.

이방에게 '죽마고우가 왔다'고 전해달라며 간청했으나 이방은 아랑곳하지 않는다. 그래서 이혈룡은 김진희를 만나지 못하고 울고 탄식하며 시간을 보낸다.

여기서 살짝 걱정이 된다. 어찌 이방이 이런 중요한 소식을 전하지 않을 수 있을까? 혹시 전했는데 김진희가 이제는 별 볼일 없어진 이혈룡을 멀리한 것은 아닐까? 친구 사이의 우정이 과연 여전한 걸까?

이후 이혈룡은 김진희가 대동강 연광정에서 잔치를 벌인다는 말을 듣고 그곳으로 간다. 그러고는 김진희가 놀고 있는 앞으로 가서 호탕하게 두세 번 외친다.

"평안감사 김진희야! 나 이혈룡을 모르느냐? 김진희! 나 몰라?"

매우 극적이다. 끈 떨어진 양반 나부랭이가 감히 평안감사 앞에 큰 소리로 이름을 부르며 나선다. 김진희가 반가워하며 끌어안는다면 우정이 아름다움으로 빛을 발하는 순간이다.

네가 누군데?

김진희가 한참을 바라보다가 호장을 불러 호통을 치자 호장과 수령들이 달려들어 이혈룡의 뺨을 치고 등을 밀어 감사 앞으로 데려온다.

"네 이놈! 듣거라! 어떤 미친놈이 와서 감히 내 이름을 욕되이 부르느냐?"

김진희의 이 말로써 두 사람은 더 이상 친구가 아니다. 이방이 이혈룡의 말을 전하지 않았던 것 역시 김진희의 의도였다고 볼 수 있다. 의식이 제대로 박힌 사람이라면 이 정도에서 그 자리를 박차고 나오거나 욕을 할 것이다. 그러나 이혈룡은 대성통곡하면서 한마디 한다.

오랜 친구도 소용없고 의리로 맺은 형제도 쓸모없다. 나 같으면 이렇게 괄시하지 않았을 거다. 다만 돈백이라도 주면 가서 부모처자를 먹여 살리겠다. 이 몹쓸 김진희야! 내가 지금 한 푼 노자가 없으니 멀고 먼 서울 길을 어찌 가겠느냐?

참으로 보기에 좋지 않은 모습이다. 모른 척하는 성공한 친구 앞에서 돈 이야기를 한다는 것 자체가 창피한 일이다. 물론 이왕 우정이 깨진 상태에서 돈이라도 얻어가자는 현실적인 자세라고 할 수도 있다. 또 정말 부모와 처자식을 사랑하기에 그들이 굶주리는 것이 싫어 자존심을 굽혔다고도 볼 수 있다. 하지만 노잣돈 운운한 것에서 우리는 이혈룡이라는 사람 자체의 인간성에 대해 회의를 품게 된다.

그런 찰나에 김진희의 행동은 이혈룡을 가련하게 바라보도록 하는 전환의 계기가 된다. 그것은 바로 이혈룡을 배에 싣고 나가 강물에 빠뜨려 죽이라는 김진희의 명령이다. 아무리 밉다고 해도 옛 친구를 죽이려는 김진희의 극단적인 횡포로 인해 두 사람의 관계는 가해자와 피해자, 나아가 선과 악으로 구분된다. 따라서 이후 이혈룡에게 한없는 애정을 보이는 작가의 입장에 쉽게 공감이 된다.

〈옥단춘전〉에서 김진희는 악인의 전형적인 모습을 보여준다. 문제는 〈옥단춘전〉에서 김진희가 어째서 이렇게 변했는지 설명해주지 않는다는 점이다. 어렸을 때 두 친구가 한 여인을 두고 싸웠다든지, 알고 보니 이혈룡의 아버지 때문에 김진희의 아버지가 죽었다든지 등등 한 인간이 무섭게 변했다면 까닭이 있어야 하는데 〈옥단춘전〉에서 김진희는 이유 없이 그냥 나쁜 놈이 된다. 이유 없는 악인! 김진희는 〈옥단춘전〉을 읽을 때 한번쯤 고개를 갸우뚱하게 만드는 인물이다.

옥단춘은 김진희가 평안감사로 부임할 때에 소개된다.

> 옥단춘은 비록 기생이지만 행실이 송죽과 같이 곧고 본심이 정결하여 부임하는 수령과 감사들이 수청을 들라고 해도 명령을 듣지 않고 글공부만 힘쓰며 세월을 보냈다.

한마디로 옥단춘은 의식 있는 기생이다. 이런 옥단춘이지만 기생의 신분인지라 김진희의 기생 점고點考(명부에 있는 사람의 이름에 점을 찍으며 수효를 헤아림)에는 응하지 않을 수 없었다. 이후 김진희는 옥단춘에게 빠지지만 옥단춘은 그저 겉으로만 건성건성 비위를 맞추며 지낸다.

마침 연광정의 잔치에 있던 옥단춘은 이혈룡이 고초를 당하는 광경을 보고 몰래 뱃사공을 매수해 이혈룡을 구한다. 이후 이혈룡은 옥단춘의 집에 머물다가 왕실에 세자가 태어난 경사로 실시한 태평과太平科에 응시하기 위해 서울로 간다. 그리고 옥단춘의 도움으로 자신의 부모와 처자식이 번듯한 집에서 잘 지내고 있음을 확인한다. 옥단춘과의 만남 이후 공부를 아주 열심히 했다는 정황은 전혀 없지만 이혈룡이 과거시험에 장원급제하는 것은 자연스럽고 당연한 수순이다. 현실적이라기보다는 환상적이다. 작가에게 과정은 더 이상 중요하지 않다. 착한 사람이 악한 사람에 상응하는 성공을 했다는 결과만 보여주면 된다.

하지만 이게 끝이 아니다. 김진희에 대한 복수가 남아 있다. 이혈룡은 평안도의 암행어사가 되어 서울을 떠난다. 마침내 이혈룡은 암행어사 출두를 외치고 김진희를 파직한다. 그러고는 자신이 당했던 것처럼 배에 태워 물에 빠뜨려 죽이라고 한다. 그러나 차마 친구를 죽일 수 없어 물에 넣었다가 도로 건져오라고 명령한다. 이혈룡을 진짜 죽이려고 했던 김진희와는 상반된 모습이다. 하지만 이혈룡의 뜻은 이루어지지 않는다.

별안간 뇌성벽력이 크게 일어나더니 김진희를 잡아내 천벌을 한바탕 내리니 시신도 없이 사라졌다.

악인의 종말을 천벌로 설정함으로써 작가는 나쁜 짓을 하면 어떻게든 벌을 받는다는 교훈과 김진희를 살려주려던 이혈룡은 여전히 착하다는 메시지를 전하고 있다.

이후 이혈룡은 평안감사가 되어 어진 마음으로 백성을 다스린다. 이에 대한 칭송이 끊이지 않아 우의정으로 승차하고, 옥단춘은 정덕부인에 봉해진다. 고전소설에서 끊임없이 지향하는 행복한 결말이다.

물론 왜 옥단춘이 찌질한(?) 이혈룡을 구했는지는 알 수 없다. '불쌍해서' 구해주었다는 옥단춘의 말이 있으나 그것만으로는 충분하지 않다. 단순히 불쌍해서 그랬다면 그 후 자기 집에 머물게 한 이유는 무엇일까? 그저 진흙 속에 묻힌 진주를 찾아내듯 지인지감知人之鑑(사람을 알아보는 눈)이 뛰어났다고나 할까? 하지만 무능한 양반이었던 이혈룡의 입장에서는 그저 로또 한번 크게 맞은 셈이다. 그것도 대박으로.

춘향전

기생, 암행어사 하면 떠오르는 작품은 〈춘향전〉이다. 이미 기생 점고 부분에서 〈춘향전〉의 모습이 어른거린다. 이후 〈옥단춘전〉은 큰 틀에서 〈춘향전〉과 비슷하게 전개된다. 이혈룡이 거지 모습으로 옥단춘 앞에 나타나는 장면은 이몽룡이 거지 모습으로 남원에 내려온 것과 다르지 않다. 또한 김진희가 연광정에서 각 수령을 모아놓고 잔치하는 장면은 변학도의 잔치와 유사하다. 그곳에 남루한 이혈룡이 나타나 김진희와 한바탕 설전을 벌이는 장면은 이몽룡이 변학도의 잔치에 나타난 것과 상응한다. 이런 이유로(다른 요인도 많지만) 〈옥단춘전〉은 〈춘향전〉의 영향 하에 이루어진 작품이라는 평가를 받는다. 이혈룡이라는 이름도 어쩌면 이몽룡에서 힌트를 얻을 수도 있다.

꼭두각시전

오직 한 사람만 좋아합니다

사람들은 나를 노처녀라고 부른다. 처음에는 의식하지 않았다. 하지만 어느 순간부터 명절 때 결혼에 대한 이야기가 나오면 짜증을 내기 시작했다. 부모님은 손사래를 쳐가며 친척들의 입을 막기 바빴다. 누군가는 바로 그런 반응이 자신이 노처녀임을 입증하는 증거라고도 했다.

"야, 너 시집 안 가냐? 네 나이면 이제 똥차가 아니라 폐차 직전이야! 히히."

가끔 오랜만에 보는 사촌 오빠가 분위기를 망각한 채 망언을 내뱉으면, 애써 담담한 척했지만 내 기분은 최악이었다.

그렇다고 해서 내게 남자 친구가 없는 것도 아니다. 친구 소개로 만나 사귄 지 꽤 오래된 남자 친구가 있기는 하다. 그런데 그는 나와 일생을 함께 할 생각이 전혀 없는 듯하다. 말로는 적어도 10번 이상 결혼을 했다. 다만 구체적인 행동이 뒤따르지 않았을 뿐이다. '아직 변변한 직업이 없어서'라는 그의 습관적인 변명이 계속되고 있다.

"얘! 내가 다른 사람 소개시켜줄게. ○○전자에 다니는 아주 괜찮은 사람인데…… 아파트 한 채도 벌써 장만했대. 이런 말 하긴 그렇지만 사실 네 남자친구는 좀 그래."

참 이상하게도 이런 말이 내 귀에는 전혀 들어오지 않았다. 그냥 어떻게든 지금의 남자 친구와 끝까지 가야겠다는 생각만 들었다.

"열녀 났구나! 조선시대 같았으면 쟤는 나라에서 열녀문 세워줬을 거야."

친구들이 히죽거리며 놀리기도 했지만 나는 오늘도 조건이 썩 좋지 않은(?) 남자 친구를 만나러 가고 있다.

알맞은 결혼 나이

―

남자건 여자건 나이가 들면 서로 짝을 찾아 가정을 이루는 게 인류 생존의 보편적인 법칙이다. 가정의 구성은 제도나 관습에 따라 약간 차이는 있지만 대부분 일부일처제로 이루어진다. 결혼이라 불리는 이 제도는 남녀가 가정을 이룰 적당한 나이를 가정한다. 정해진 법칙이 있는 것은 아니지만 아마도 인간이 오랜 경험을 통해 후손을 둘 수 있는 최적의 때를 고려한 것으로 보인다.

결혼할 나이가 지나면 흔히 '노총각·노처녀'라는 낙인이 찍힌다. 이리 되면 일부 행동이 정신이상으로 정리되곤 한다. 그래서 후배가 잘못한 일이 있어도 '결혼 못 해서 신경질을 부리는 사람'이라는 뒷담화가 있을까봐 마음대로 야단도 못 치는 경우가 있다.

최근에는 결혼을 하지 않으려는 남녀가 증가하는 추세다. 능력 있으면서 나이 들도록 결혼하지 않은 여성을 지칭하는 '골드 미스'라는 신조어는 노처녀를 한껏 치켜세운다. 결혼하지 않는 것이 자유의지에 의한 선택인 경우, 이는 존중되어야 한다. 반면 결혼은 하고 싶은데 여러 여건상 뜻을 이루지 못한다면 문제다. 당사자들은 자신의 처지를 한탄한다. 요즈음 이른바 '삼포세대'니 '오포세대'니 하는 말은 그래서 심각한 것이다.

똑같이 결혼할 나이가 지났을 때 우리 사회는 여성에게 더 엄격한 잣대를 들이댄다. '노처녀 히스테리'라는 말이 대표적인 예다. '골드 미스'라는 신조어가 대세이긴 하지만 '골드 미스터'는 없이 굳이 여성만 대상으로 한다는 점은 여전히 불편하다. 결혼과 관련해서 남성보다는 여성이 더 많은 주위의 압력을 받는다고 해도 틀리지 않다.

「과년한 색시아이」, 1907, 국립민속박물관.

조선시대에는 더 심했을지도 모른다. 아니 그때는 여성이 결혼하지 않는다는 일은 상상조차 할 수 없었을 것이다. 만약 늦도록 결혼하지 못한 여성이 있었다면 그 심정은 어땠을까? 이런 내용을 무척이나 해학적으로 다룬 작품이 〈꼭두각시전〉이다. 제목은 이본에 따라 〈고독각시전孤獨閣氏傳〉, 〈노처녀곽독각씨전老處女郭禿閣氏傳〉, 〈곡독각씨전曲獨閣氏傳〉 등 다양하지만 내용은 큰 차이가 없다.

노 처 녀 의 탄 식
—

이 작품의 여주인공은 세 살 때 어머니가, 열 살 때 아버지가 죽은 후 혼자 자란다. 이런 집안 형편 때문인지 나이가 스물일곱이 넘도록 시집을 가지 못한다. 노처녀가 분명하다. 그런데 동네 처녀 총각의 결혼에 대한 각시의 반응이 흥미롭다. 각시는 '이웃집 처녀들이 시집간다 하면 제가 가는 것처럼 좋아하고 동네 총각들이 장가든다 하면 하늘을 우러러 탄식'한다. 여자가 시집가면 라이벌이 없어지는 것이고, 남자가 장가들면 자기가 택할 대상이 줄어든다고 느낀 것이다. 참으로 이상한 셈법이다. 여자가 시집을 가면 총각 역시 유부남이 되어 하나가 줄어드는 것이 당연한 일인데 말이다. 이러한 이치를 몰랐을 리 없는 작가가 굳이 앞부분에 이처럼 짧은 서술을 내세운 이유는 그만큼 결혼에 대한 각시의 열망을 해학적으로 드러내는 데 있어 효과적이라고 생각했기 때문이다.

각시는 남자들이 눈멀고 귀먹어 자신과 같은 여인을 몰라본다고 한탄하더니 이내 '천하일색은 아니지만 그렇다고 박색도 아니라며' 자신의 용모를 자랑한다.

반곱슬머리 노랑 털은 사람이 제격에 맞고 모질 격이요, 이마가 넓
은 것은 성격이 활달하고 생각이 많은 격이요, 눈이 마늘처럼 모진
것은 눈이 밝고 남에게 만만하게 보이지 않을 격이요, 귀가 큰 것
은 명이 길고 말 잘 들을 격이요, 코가 넓은 것은 숨 쉬기 시원하고
음식 냄새 잘 맡을 격이요, 입이 큰 것은 말 잘하고 밥 잘 먹을 격
이요, 목이 몸에 딱 붙은 것은 남 보기에 나쁘지 않고 물동이를 잘
일 격이요, 얼굴이 작은 것은 모질고 연지분이 덜 들 격이요, 허리가
굵은 것은 요통이 없을 격이요, 엉덩이가 퍼진 것은 아이를 잘 낳을
격이요, 발이 큰 것은 바람이 불어도 넘어지지 않을 격이니 이렇게
신통한 사람이 또 어디에 있겠는가?

만약 이런 모습이라면 정말 눈 뜨고 못 볼 인물에 가깝다. 그런데도 자
신은 박색이 아니라고 우기는 각시의 태도는 뻔뻔하게 느껴질 수 있다. 마
치 TV 개그 프로그램에서 어떤 개그우먼이 "나는 못생기지 않았습니다. 나
는 섹시한 편입니다"라고 말하는 장면과 겹쳐지기도 한다.

하지만 우리는 이것이 과장된 묘사임을 금세 눈치챈다. 그렇기에 뻔뻔함
에 앞서 그저 웃음이 나올 뿐이다. 이것이 꼭두각시 연극의 인형 생김새와
흡사하다는 지적도 있다. 그렇다고 해도 내용 자체는 우스꽝스럽다.

이러한 과장을 통한 웃음은 우리의 민중 문학에서 흔히 볼 수 있는 수법
이다. 과장된 웃음은 독자들이 결혼하지 못해 비통에 잠긴 주인공의 감정
에 이입되는 것을 막는다. 슬픔에 빠지기보다는 그 슬픔 속에서 웃음을 찾

는 전개 방식이다. 이는 판소리에서 흔히 보인다.

실제로 각시가 자신의 행실을 서술하는 과정에서 '이웃집 불난 데 키질해본 적 없고, 동네 집 해산할 때 개 잡아본 적 없고, 자라는 호박에 말뚝 박아본 적 없다'는 말이 나온다. 이는 〈흥보가〉의 '놀부 심술타령'과 유사하다. 이처럼 이 앞부분은 민중의 여러 문학과 맞닿아 있다.

한편 '초목도 짝이 있고 헌 짚신도 짝이 있고 헌 고리도 짝이 있는데, 나는 나이 삼십이 넘도록 혼처가 없단 말이냐?'라는 각시의 한탄은 계속된다. 여전히 혼인하지 못한 노처녀에 대한 문제의식은 지속되고 있다.

마침내 짝을 만나다?

—

각시가 비탄에만 빠져 있던 것은 아니다. 그 속에서 각시는 끊임없이 자신의 행복한 결혼생활을 꿈꾼다. 시부모, 남편과 풍족한 삶을 살면서 자식과 손자를 많이 두는 모습을 상상한다. 그렇게 지내던 차에 각시에게도 헌 고리짝에 혼서지 한 장, 백지 석 장이 든 납채가 온다. 골생원 집에서 보낸 것이다. 별다른 예물을 보내지 않았다는 점에서 신랑 집이 매우 가난하다는 사실을 유추할 수 있다. 그러는 사이 시간이 흘러 마침내 혼인날이 된다. 각시는 무척 좋아한다.

동네 사람들아 내 말을 들어보소. 나도 시집갈 때 있다오. 옛말에 음지도 양지 되고 쥐구멍에도 볕 들 날이 있다 하였으니 낸들 시집 못 갈소냐? (…) 개야! 개야! 검둥개야! 뛰지 말거라. 나는 좋아서 뛰

신부 가마, 국립민속박물관.

지만 너는 무슨 일로 그리 뛰느냐?

각시에게서는 격식을 갖추는 양반보다는 여전히 여느 민중의 한 모습이 보인다. 노처녀가 마침내 혼인하게 되었을 때의 기쁨을 여과 없이 드러낸다. 비록 시댁이 빈한하다고 하지만 앞으로 자신이 집안을 일으킬 꿈도 갖는다. 이제 모든 준비를 끝낸 각시는 신랑 집에서 부르기만을 기다린다.

하지만 소식이 없다. 그 틈에 윤 봉사(이본에 따라 윤 좌수로 나옴)가 매파를 보내 끼어든다. 매파의 말에 의하면 윤 봉사는 눈 한쪽 먼 것이 흠일 뿐 1년 추수가 수만 석, 돈이 억만 냥, 남녀종이 수천 명인 세상에 둘도 없는 부자다. 분명히 남부러울 것 없는 좋은 자리다. 앞에서 각시의 용모를 읽은 사람이라면 노처녀인 데다 못생긴 각시에게 욕심을 내는 윤 봉사의 행동을 이해할 수 없다. 왜 이런 일이 일어난 것일까? 작가가 독자에게 전할 메시지가 있기 때문이다.

양반도 아닌 각시는 윤리적 속박에서 어느 정도 자유로울 수 있다. 따라서 만약 실제였다면 각시가 윤 봉사를 택할 가능성이 더욱 크다. 가난함과 부유함이 극도로 대조되기 때문이다. 이때 작가는 '열녀불경이부烈女不更二夫 (여자는 남편을 두 번 바꾸지 않는다)'를 내세운다. 그 결과 각시는 유교적 이념에 충실한 여자가 되어 매파의 제의를 거절한다. 그러고는 윤 봉사나 매파에 의해 보쌈을 당할지도 모른다는 생각에 시댁을 찾아 나선다. 그리고 노처녀였던 각시는 비로소 제 짝인 남편을 만난다.

내 평생에 잘난 남편은 못 만나도 나처럼 사족이나 성하고 온전하며 마음이나 양순한 사람이었으면 하고 바랐더니 이런 병신을 만났으므로 내 팔자 가련하다.

어렵게 찾아간 시댁에서 병신 남편을 본 각시는 한탄한다. 그러나 이내 시부모 봉양 잘하고 불쌍한 남편을 잘 섬기겠다고 마음을 고쳐먹는다.

우리는 이 대목에서 정당한 노동을 통해 삶을 살아가는 각시를 상상하고 기대한다. 그렇지만 작품은 의외의 방향으로 진행된다. 이후 각시는 윤봉사의 혼인 제의를 물리치며 절개를 강조했던 여성으로 거듭난다. 더 이상 독자들의 웃음을 유발했던 각시는 작품에 등장하지 않는다.

행복한 삶, 그 윤리적 보상

상황이 이렇게 변하면서 작품의 서술 또한 이후 크게 달라진다. 앞부분에서 보였던 과장과 웃음을 통해 발산된 생기발랄한 민중의 향취는 사라지고, 어느덧 각시에게 양반 규수의 모습이 덧입혀진다. 이제 각시의 모든 행동은 당대 윤리의 규범이 된다.

각시는 첫날밤을 치르려는 남편에게 사당에 먼저 예를 올려야 한다며 거절한다. 또한 각시의 모든 행위가 법도에 맞는다. 시부모의 죽음에 예를 다하고, 자손들에게 충효로 가르친다.

매일 경계하며 말하였다.
"천지간에 사람이 귀한 것은 오륜이 있기 때문이다. 또한 오륜의 으뜸은 곧 충효다."

각시가 자손을 가르치면서 훈계하는 말이다. 각시에게서 더 이상의 노처녀의 비탄은 찾을 수 없다. 각시에게 이러한 양반 규수閨秀의 모습이 덧입혀지면서 그녀는 성공한다. 그 성공은 초월적 도움에 의해 이뤄진다.

> 비몽사몽간에 한 노인이 와서 "네 정성이 지극하여 옥황상제께서 어여쁘게 여기시고는 황금 주머니 세 개를 주셨으니 받으라"고 말하였다. (…) 각시의 효성이 지극하여 하늘이 감동하여 황금을 주었구나.

각시는 이 황금을 동네 부자인 김 장자의 전답 및 집문서와 교환하여 재산이 누거만累巨萬에 이른다. 그러면서 이 정도면 살 만하니까 더 이상 욕심내면 안 된다고 생각한다.

각시가 부자가 되기까지는 생각지도 못한 두 번의 초월적 우연이 일어난다. 하늘의 보상은 그렇다 치더라도, 현실 속의 김 장자가 자신의 모든 재산을 황금과 바꾼 것 또한 그 연장이다. 실제 상황이었다면 결코 김 장자가 그런 짓을 했을 리 만무하다. 소설에서는 아무렇지도 않게 처리한다. 각시가 보상을 받아야 하기 때문이다. 이후 각시는 행복한 삶을 영위한다. 불가능할 것 같았던 각시의 꿈이 이루어진 결말이다.

이러한 우연들이 일어나게 된 데에는 각시의 행동 변화에 있다. 이는 결국 유교적 이념에 따라 삶을 살면 행복을 얻을 수 있다는 논리다. 윤리적 행위에 따른 보상! 바로 그것이다. 이런 점에서 〈꼭두각시전〉은 교화적인 작품이다. 앞부분에서 보인 민중의 발랄함이 끝까지 유지되지 못한 점이 진한 아쉬움으로 남는다.

가사 〈노처녀가〉

〈꼭두각시전〉은 〈삼설기〉 소재 가사 〈노처녀가〉가 소설화된 것으로 보기도 한다. 〈노처녀가〉의 내용은 오십이 되도록 시집을 보내주지 않는 부모에 대한 원망과 함께 병신의 몸으로 시집가지 못한 자기 신세를 한탄하는 것이다. 이후 자기 행실과 재주에 대해 자랑하다가 스스로 점을 쳐서 준수한 김 도령을 천정배필로 정하고, 김 도령과 혼례하는 꿈을 꾼 뒤 홍두깨를 신랑으로 꾸며 모의 혼례를 치른다. 마침내 결론에는 김 도령과 혼인한 후 몸도 좋아지고 자녀도 두는 것으로 되어 있다. 노처녀를 소재로 했다는 점, 인물과 재주 자랑에서 보이는 유사성, 성혼 후 모든 문제가 해결되는 결말은 어느 정도 두 작품의 관련성을 보여준다. 하지만 병신의 대상이 여자인 점, 그로 인해 꼭두각시가 병신과 혼인하는 것과는 달리 노처녀이면서 병신인 여자가 준수한 도령과 혼인하는 비현실적 내용 등은 고려해볼 문제다.

심청전

沈 淸 傳

이 한 목숨 아깝지 않아요

온 가족이 오랜만에 모여 저녁식사를 하고 있을 때 질풍노도의 시기를 보내고 있는 딸아이가 심각하게 물었다.

"엄마, 아빠! 나 때문에 기뻤던 적이 있어?"

"무슨 말이야? 많았지."

내 대답이 끝나기가 무섭게 딸아이의 질문이 이어졌다.

"언제? 언제 그렇게 좋았냐고."

"우선 네가 엄마 뱃속에서 나와 우렁차게 울었을 때 세상을 다 얻은 것 같았지. 그리고 네가 방긋방긋 웃었을 때, 네가 처음으로 몸을 뒤집었을 때, 말을 시작했을 때, 초등학교 들어갔을 때…… 그런데 갑자기 그런 걸 왜 물어?"

딸아이가 수저를 내려놓으며 말했다.

"갑자기 담임쌤이 부모님께 효도한 걸 생각해보고 하나씩 적어오라잖아. 짜증나게. 어쨌든 그럼 그동안 부모님을 기쁘게 해드렸으니까 내가 효도를 많이 한 거네."

"노! 아니야."

듣고만 있던 남편이 단호하게 부정하며 나섰다.

"그건 효도가 아니야. 그냥 자연스러운 과정인 거야. 네가 잘해서 부모가 기뻤던 게 아니라 부모이기 때문에 기뻤던 거지. 효도는 자식이 스스로의 의지로 부모의 마음을 헤아려 행동하는 거야. 넌 여전히 우리에게 모든 것을 의지하잖아. 그러니 아직 진정한 효도는 하지 않은 셈이야. 담임선생님께 그렇게 말씀드려."

버려지는 부모들

—

고려장高麗葬은 부모가 늙으면 산 채로 산속에 갖다 버리는 악습이다. 온 나라가 그렇게 하니 누구나 늙은 부모 버리는 일을 꺼리지 않았다. 어떤 사람도 그에 따라 부모를 버리고 온다. 그런데 그의 아들이 지게를 가져오면서 다음번에 쓰겠다고 한다. 다음은 자기 차례가 아닌가? 이에 그는 잘못을 깨닫고 부모를 모시고 와서 잘 봉양했다고 한다.

그런데 이런 일이 최근에도 빈번하게 발생하고 있다. 실직했다고 해서 부모를 방치하거나, 요양시설에 맡겨두고 모른 척하는 자식이 생각보다 많다. 병원에 맡겨두고 이민을 가버린 경우도 있다. '현대판 고려장'이라고 할 수 있는 이런 모습들은 우리에게 효孝에 대해 다시 한번 생각하게 한다.

이런 점에서 〈심청전沈淸傳〉은 눈여겨보아야 할 고전소설이다. 〈심청전〉은 가난한 아버지 심 봉사와 살던 심청이 뱃사람들에게 몸을 팔아 인당수에 빠졌다가 하늘의 보살핌으로 환생, 왕비가 된 후 맹인 잔치를 열어 아버지와 상봉하고 아버지는 눈을 뜬다는 내용으로 요약할 수 있다. 조선시대에도 〈심청전〉의 내용을 우리와 같이 이해했던 듯하다. 송만재宋晩載(1788~1851)가 지은 〈관우희觀優戲〉에서는 〈심청전〉을 다음과 같이 요약하고 있다.

효녀가 아비의 가난으로 몸 팔기를 원하여　　　　娥孝爺貧愿捨身
상인을 따라가 물귀신이 되었네.　　　　　　　　去隨商舶妻波神
하늘의 보호로 연꽃 타고 나와 왕비가 되어　　　花房天護椒房貴
맹인 잔치 끝날 무렵 눈을 떠 비로소 알아보네.　宴罷明眸始認親

『심청전』, 1905, 국립한글박물관.

　누구나 잘 아는 작품이지만, 그 의미를 자세히 곱씹어볼 필요가 있다. 일부 사람은 희생 제물이 되기로 한 심청의 행위가 과연 효인지 의심하기도 한다. 만약 눈을 뜨지 못하면 어쩌려고 그런 무모한 선택을 한단 말인가? 이 또한 장애를 가진 아버지를 버린 것과 무엇이 다른가? 스님의 말만 철석같이 믿고 눈먼 아버지를 혼자 두고 가는 행위가 오히려 불효일 수도 있다는 판단이다.

　이러한 생각은 매우 현실적이기에 묘한 설득력을 지닌다. 하지만 부모에 대해 조건을 먼저 따져보는 게 바람직한 일인지는 생각해봐야 한다. 예를 들어 아직 젊은 부모님이 장기 이식을 해야만 살 수 있다고 할 때, 수술이 실패할 수도 있다는 가능성 때문에 내 몸을 주지 않는 것이 옳은 일일까?

이본에 따라 다소 차이가 있지만 심 봉사가 장님이 된 나이는 한창인 이십 줄에 들어서다. 집안 형편 때문에 후천적으로 눈이 먼 것이다. 볼 수 있었던 사람이 보지 못하게 되었을 때 그에게 눈을 뜰 수 있다는 희망은 복음과도 같았을 것이다. 덜컥 공양미 300석을 약속한 것은 집안 형편으로 보면 무모하고 경솔하기 짝이 없지만 입장을 바꿔놓고 보면 그만큼 심 봉사에게는 보는 일이 간절한 소망이었음을 알 수 있다. 어쩌면 결정적일 때 가장 먼저 자신을 생각하는 우리네 소시민의 모습일 수도 있다.

그 간절함을 헤아린 심청은 조건 없이 아버지를 위해 인당수에 자기를 던진다.

"심청은 한시가 급하니 어서 바삐 물에 들라."
심청의 거동 보소. 두 손을 합장하고 일어나서 하느님 전에 비는 말이,
"비나이다. 비나이다. 하느님 전에 비나이다. 심청이 죽은 일은 추호라도 섧지 아니하여도, 병신 부친의 깊은 한을 생전에 풀려 하옵고 이 죽음을 당하오니 하늘은 감동하시어 침침한 아비 눈을 명명하게 뜨여주옵소서."

이런 정성 앞에 누가 심 봉사의 눈뜸을 걱정하겠는가? 이렇게 했기 때문에 심청은 자신의 이름대로 물에 빠졌다가沈 맑고 깨끗한 존재淸로 거듭날 수 있게 된 것이다. 이는 거친 세상에 던져진 여린 주인공에 대한 연민의 정서가 하나의 환희로 수렴되는 순간이기도 하다.

너무나 다른 두 여인

—

〈심청전〉에는 주목할 만한 두 여인이 등장한다. 완판본 〈심청전〉에는 후에 심 봉사의 부인이 되는 맹인 안씨가 나오기는 하지만, 전체 이본에서 공통되게 드러나는 인물은 심청의 어머니인 곽씨 부인과 뺑덕어미다. 두 사람은 심 봉사의 전처와 후처로 등장한다. 그런데 두 여인은 확연히 다르다. 성품은 물론이고 그에 따른 작품의 분위기 또한 크게 차이가 난다.

곽씨 부인은 여성으로서 거의 완전한 모습을 보여준다. 자신보다는 남편이나 가정을 먼저 생각하는 현모양처의 모습이다. 반면 뺑덕어미는 모습부터 이상하고, 그 행실은 더욱 가관이다.

그 처 곽씨 부인 현철하여 임사姙似의 덕행이며 장강莊姜의 고움과 목란木蘭의 절개와 예기禮記 주자가례朱子家禮 내칙편內則篇이며, 주남周南 소남召南 관저시關雎詩를 모를 것이 없으니, 가까운 이웃에 화목하고 노복奴僕을 은애恩愛하며, 가산범절家産凡節함이 백집사가감百執事可堪이라.

본촌의 서방질 일쑤 잘하여 밤낮없이 흘레(짐승들의 성적 결합)하는 개같이 눈이 벌겋게 다니는 뺑덕어미가 심 봉사의 전곡이 많이 있는 줄을 알고 지원 첩이 되어 살더니, 이년의 입 버르장머리가 또한 아래 버릇과 같아 한시 반 때도 놀지 아니하려고 하는 년이라. 양식 주고 떡 사먹기, 베를 주어 돈을 사서 술 사먹기, 정자 밑에 낮잠 자기, 이웃집에 밥 붙이기, 통인더러 욕설하기, 초군들과 쌈싸우기, 술 취하여 한밤중에 앙탈부려 울음 울기, 빈 담뱃대 손에 들고 보는 대

로 담배 청하기, 총각 유인하기, 제반 악증을 다 겸하여 그러하되,

〈심청전〉에서 곽씨 부인은 온갖 집안일을 다 맡아 할 뿐만 아니라 덕행과 아름다움을 두루 갖춘 이상적인 여인이다. 반면 뺑덕어미는 나쁜 짓을 일삼는 현실적인 악한 인물이다. 두 인물에 대한 서술도 곽씨 부인은 한문으로 되어 있는 반면 뺑덕어미는 한글이 주를 이룬 것 역시 무관하지 않다.

우리는 일반적으로 곽씨 부인에게 호의적인 반응을 보이게 된다. 하지만 〈심청전〉을 놓고 보았을 때 뺑덕어미는 작품에 활력을 부여한다. 요즘으로 치면 '신 스틸러scene stealer'라고 할 만하다. 영화였다면 관객에게 가장 각인될 만한 인물형이다. 〈심청전〉에서 웃을 수 있는 부분이 바로 뺑덕어미가 등장하는 시점부터 시작되기 때문이다.

판소리의 미적 특징을 한마디로 '웃기고 울린다'고 표현한다. 〈심청전〉은 처음부터 비장한 슬픔이 주를 이루고 있다. 곽씨 부인의 죽음에서부터 심청의 인당수 투신, 용궁인 수정궁에서 어머니와의 재회 등 눈물이 앞을 가리는 장면의 연속이다. 곽씨 부인과의 만남은 다소 성격이 다를지 몰라도 그 정조는 마찬가지다.

이로 인해 모든 사람이 가운이 빠져 있을 때 홀연히 나타나 판소리 고유의 발랄함과 웃음을 보여주는 인물이 뺑덕어미다. 물론 웃음의 빛깔은 장면에 따라 다를 수 있다. 나쁜 짓을 저지르기 때문에 증오감이 들기도 하지만, 그녀의 행동은 〈심청전〉에 해학과 골계를 제공한다. 위의 글은 〈흥부전〉에서 놀부의 '심술타령'에 맞먹는다. '여성용 심술타령'이라고 하겠다. 뺑덕어미가 있었기에 〈심청전〉은 비장과 골계, 슬픔과 웃음이 조화를 이룬 작품으로 발돋움할 수 있었던 것이다.

굿에서 불리는 심청

—

판소리계 소설은 대체로 판소리에서 유래했다. 그래서 제목 자체가 판소리는 〈○○가〉, 판소리계 소설은 〈○○전〉이라고 한다. 〈춘향전〉과 〈춘향가〉 사이에는 장르상 큰 차이가 있다. 판소리가 판소리계 소설로 이행되는 현상은 판소리의 인기가 높았을 때 나타난다. 판소리를 글로라도 읽고 싶었던 것이다. 판소리가 제한된 공간에서 일회성 공연으로 이루어지는 반면, 소설은 향유 공간과 횟수에서 제한을 받지 않는다. 두고두고 접할 수 있기 때문에 그만큼 향유할 수 있는 층도 확대된다.

〈심청전〉 또한 〈심청가〉에 바탕을 두고 있다. 그런데 〈심청가〉는 또 다른 형태로의 변환을 이룬다. 바로 굿에서 무가巫歌로 불린다. 심청이 무가로 불리는 곳은 동해안 별신굿이다. 별신굿은 무당이 주재하는 마을 단위의 큰 굿을 가리킨다. 동해안 별신굿은 동해안 해안선을 따라 형성되어 있는 자연 발생적인 마을에서 평화와 풍어, 다산多産 등을 기원하기 위해 매년 또는 몇 년에 한 번씩 정기적으로 벌이는 굿이다. 신 내림을 받은 강신무降神巫가 아닌 대대로 무당의 업을 이어온 세습무世襲巫가 주재하는 것이 특징이다. 여기서는 다양한 신을 대상으로 굿을 벌이는데, 그 가운데 하나가 〈심청굿〉이다.

〈심청굿〉은 심청을 신격화하고 있다. 누군가를 신격화하려면 그에 합당한 이유와 논리가 있어야 한다. 심청은 인당수에 몸을 던짐으로써 바닷물을 잔잔하게 만들었을 뿐만 아니라 아버지 심 봉사의 눈을 뜨게 한 기적같은 행위를 수행한 인물이다. 신이 되기에 자격이 충분하다. 이로 인해 심청에 대한 기원은 사고 없는 뱃길과 밝은 눈에 대한 염원, 그리고 눈병의

동해안 별신굿 장면.

예방이나 완치를 담고 있다.

> 인당수 다니는, 바다 다니는 선주님들! 만경창파 다니더라도 심 소
> 저 받들어서 용왕님 받들어 아무 사고 없도록 만들어주고 (…) 천
> 하 보배는 눈밖에 보배가 없다. 눈이 밝아야 알기卵旗(알란바다에서 물
> 고기를 잡는 그물을 치거나 주낙을 설치할 때 제일 먼저 세워 기준으로 삼
> 는 깃발)도 잘 보고 (…) 한 눈 앓아 춘하맹산, 두 눈 앓아 춘하맹산
> 피삼 열삼 걷어가주고 가는 것은 하늘이 낸 심 소저밖에 없는가보
> 더라.

〈심청굿〉에서 본격적인 서사가 시작되기 전에 이루어지는 서두 부분의
서술이다. 바다에서 아무 사고 없게 해달라는 것은 물고기를 잡아 살아가
는 동해안의 생활과 밀접한 관련을 맺는다. 밝은 눈에 대한 염원은 풍어豊
漁를 소망하는 것이며, 피삼·열삼 등을 거두어간다는 것은 눈병이 없기를
축원하는 것이다. 〈심청굿〉이 왜 이루어져야 하며, 왜 중요한지를 단적으로
보여준다.

　〈심청굿〉의 줄거리는 우리가 아는 〈심청전〉, 〈심청가〉와 다르지 않다. 익
숙한 내용이어서 그런지 동해안 별신굿에서 〈심청굿〉의 인기는 꽤 높다. 한
연구자의 조사에 의하면 〈심청굿〉이 〈심청가〉, 〈심청전〉과 내용상의 차이
는 거의 없지만 중간중간 서사에 따라 무당의 축원이 들어가는 경우가 많
다고 한다. 예를 들어 심청이 인당수에 몸을 던져 물결이 잔잔해지는 장면
에서 무당은 '천살天煞도 막아주시고, 지살地煞도 막아주시고 오늘날 아들
네들, 군대 간 아들네들 날과 달이 고이 가도록 점지하시고, 학교에 다니는

아들네들, 초등학교, 중학교, 대학에 졸업하는 아들네들 1, 2등으로 졸업을, 합격을 시켜주시고……'외 같이, 그날 굿을 구경 온 사람들의 복을 빌어준다는 것이다. 굿이라는 점을 감안하면 충분히 납득할 수 있는 부분이다.

이처럼 〈심청전〉은 다양한 모습으로 현재 우리 앞에 살아 있다. 마지막으로 우리가 관심을 갖고 살펴봐야 할 부분은 바로 '심 봉사의 개안開眼'이다. 눈을 뜬다는 것은 그동안 있던 암흑세계가 빛의 세계로 전환됨을 의미한다. 이는 그전의 모든 갈등과 고통, 그리고 슬픔이 사라지고 새로운 희망이 시작되는 순간이다.

심청이의 희생이 있었기에 심 봉사가 눈을 뜨는 것은 당연한 결과다. 그런데 〈심청전〉은 맹인 잔치에 참여한 사람 모두가 광명을 얻는다는 것으로 한 걸음 더 나아간다. 이렇게 됨으로써 '나만의 밝은 세상'이 아니라 '우리의 밝은 세상'이 된다. 〈심청가〉는 모두가 하나 되는 축제의 장으로 마무리되고 있는 것이다.

❧ 관 음 사 연 기 설 화 ❧

〈심청전〉을 읽으면서 가끔은 지금의 우리나라도 모두 하나 되는 대동의 축제를 꿈꿔본다. 〈심청전〉의 내용 형성에 지대한 영향을 준 것으로 전라남도 옥과현 성덕산 관음사연기설화觀音寺緣起說話가 있다. 그 내용은 대략 다음과 같다. 충청도 대흥현에서 일찍 아내를 잃고 홍장洪莊이라는 효녀와 살던 원랑元郎이라는 맹인이 흥법사의 스님인 성공性空에게 눈도 뜨고 모든 일이 잘되는 방법을 듣고는 딸을 팔기로 한다. 홍장이 이별하고 떠나는데, 바다에서 두 척의 배가 달려와 신의 계시로 황후를 모시러 왔다 하고 이에 홍장은 중국에 들어가 황후가 된다. 홍장의 아버지 원랑은 홍장과 이별할 때 흘린 눈물로 눈이 밝아진다. 이름이 다르고, 희생 제물의 내용이 없으며, 아버지와 재회하지 않는 것 등에서는 차이가 나지만 인물 설정이나 줄거리상 두 작품은 매우 흡사하다. 덧붙이자면 관음사 연기설화에는 관음사가 어떻게 창건되었는지에 대한 상세한 이야기가 중요하게 다뤄지고 있다는 사실이다.

홍계월전
洪 桂 月 傳

여자라고 얕보지 마!

초등학교 동창회가 있는 날, 이제 대학을 갓 졸업하고 직장을 잡은 나는 어릴 적 친구들을 본다는 생각에 마음이 설레었다. 약속 장소에 이르자 여기저기서 어서 오라며 나를 불렀다. 반가운 인사를 나누던 나는 그곳에서 뜻밖의 사람을 만났다. 나이는 같지만 일찍 입사하고 능력도 인정받아 나보다 지위가 높은 여자 과장이었다. 그녀는 얼굴도 착하게 생기고 행동도 조신해서 나를 포함한 결혼하지 않은 남자 사원들에게 선망의 대상이었다. 내가 얼떨떨해하자 그녀가 말을 걸었다.

"안녕, 나 복남이야! 우리 매일 보지?"

"과, 과장님이 홍복남?"

이 무슨 귀신 씻나락 까먹는 소리인가? 복남이라니? 홍수진 아니었나?

"이름을 바꿨어. 정말 나 몰라봤구나! 나는 너를 진즉에 알아봤는데……

호호!"

복남이는 초등학교 6학년 때 시골에서 전학 온 아이였다. 늘 짧은 상고머리에 바지만 입고 다녔다. 이름도 복남인 데다 목소리마저 털털해서 반 친구들은 모두 그녀를 남자라고 생각했다. 할아버지가 손자를 얻기 바라는 마음에서 이름을 그렇게 지었단다.

그 당시 복남이는 모든 면에서 남자 아이들을 압도했다. 혹여 여자 아이들을 괴롭히기라도 하면 어디선가 나타나 응징을 하곤 했다. 어느새 복남이는 모든 남자 아이에게 가장 무서운 여장부가 되어 있었다.

그런데…… 바뀌어도 너무 바뀌었다. 벼락을 맞은 듯한 충격이었다. 그러나 복남, 아니 홍수진이 남성보다 뛰어난 능력을 가졌다는 사실만큼은 여전히 변하지 않았다.

여성! 세상의 반

남성과 여성, 세상을 반반씩 이끄는 존재! 하지만 여성들은 옛날 모계사회가 끝난 이후로 차별을 받아왔다. 민주주의가 발달했다고 하는 서양의 여러 나라에서조차 여성 참정권이 승인된 때가 19세기 말이나 20세기 초라고 하니, 불평등을 토로하는 여성 입장이 이해가 된다.

물론 요즘은 시대가 많이 변해서 여성들도 자기 역할을 충분히 하면서 능력을 펼칠 기회가 많아졌다. '커리어우먼'이라는 용어도 등장했다. 지금의 여성들은 모두 '커리어우먼'이 될 기회를 누리고 있다. 그것은 더 이상 꿈이 아니라 실현 가능한 목표가 되었다. 남성들과 당당히 견주어 이겨낼 수 있는 마당이 펼쳐진 것이다.

그렇다면 조선시대 여성들은 어떠했을까?

당시 여성들은 온갖 규율에 속박된 삶을 살았다. 그 예를 조선시대 여성과 관련된 몇 가지 어휘로 살펴보자. 우선 떠오르는 것이 현재 매우 긍정적인 의미로 쓰이는 규수閨秀다. 이는 '담장 깊숙한 곳에서 생활하는 여자'라는 뜻이다. 즉 집 밖으로는 절대 돌아다니지 않고 집 안에서 당시 여성으로서의 갖춰야 할 덕목을 닦고 있다는 말이다. 여성의 사회적 활동을 원천적으로 봉쇄하고 있는 어휘다.

그러면 '칠거지악七去之惡'은 어떤가? 이는 시부모에게 불순한 경우, 자식을 낳지 못하는 경우, 음탕한 경우, 질투하는 경우, 나쁜 병이 있는 경우, 말이 많아 구설수에 오른 경우, 도둑질한 경우 이 일곱 가지 허물을 이유로 아내로 살던 여성을 하루아침에 내쫓을 수 있는 무시무시한 근거다. 이러니 조선시대 여성들은 남편과 함께 살려면 쥐 죽은 듯이 지낼 수밖에 없었다.

결혼하면 '귀머거리 3년, 장님 3년, 벙어리 3년'으로 살아야 한다는 말이 달리 나온 게 아니다.

마지막으로 '미망인未亡人'이다. '아직까지 죽지 않고 살아 있는 사람'이라는 뜻이다. 남편을 일찍 여의고 홀로 살고 있는 여성이, 남편을 따라 죽지 못한 죄인이라는 심정으로 겸손하게 자신을 낮추어 지칭하는 말이다. 다른 사람은 결코 그 여성에게 미망인이라는 어휘를 써서는 안 된다. '아직까지 뻔뻔하게 살아 있나'라는 욕이 되기 때문이다. 그 여성이 만약 따라 죽었으면 '열녀烈女'로 추앙받았을 것이다. 여성은 죽음마저도 남성에게 얽매여 있었다.

결국 조선시대 여성이 남성을 벗어나 집 밖의 공간에서 활동하는 것은 원천적으로 불가능했다. 이러한 여성들의 처지를 간파한 사람도 있었다.

남자가 귀한 것은 천하에 뜻을 두기 때문이다. 여자는 발자취가 규방 밖으로 나가지 못하고 오로지 술과 음식에 대해서만 말할 뿐이다. (…) 어찌 여자 중에도 무리에서 우뚝한 그런 사람이 없겠는가? 다만 규중에 깊이 있어서 스스로 그 총명함을 넓히고 식견을 밝히지 못하여 끝내는 사라져버리고 마는 것이니 어찌 슬프지 않겠는가? (…) 가만히 나의 생을 생각해보면 짐승이 되지 않고 사람이 된 것이 다행이고, 오랑캐 땅에서 태어나지 않고 동방 문명의 땅(조선)에서 태어난 것은 행운이지만, 남자가 아니라 여자가 된 것은 불행한 일이다.

김덕희金德熙의 소실이었던 금원錦園(1817~?)의 말이다. 여자가 아무리 총명해도 집 밖으로 나갈 수 없어 끝내 뜻을 펴지 못하고 사라져버리는 조선, 그래서 그 땅에서 여자로 태어나 불행하다는 생각은 당시 많은 여성들도 암묵적으로 가지고 있었을 것이다. 그리고 그들은 여성으로서 집과 남성의 굴레에서 벗어나 남성과 함께 또는 그 이상으로 능력을 펴고 싶은 꿈도 꾸었을 것이다.

여성으로 태어나다

현실에서 이룰 수 없는 꿈은 문학을 통해 형상화되고 실현되기도 한다. 특히 조선 후기에는 여성이 남성보다 결코 못하지 않으며 충분히 사회를 이끌어 영웅이 될 수 있다는 파격적인 내용을 담은 고전소설이 등장했다. 이른바 여성 영웅소설이다. 그 가운데 〈홍계월전洪桂月傳〉이 있다.

홍계월은 명문 집안에서 태어난다. 부모가 자식이 없어 고민하다가 태몽을 꾼 후 늦게 얻은 딸이다. 태몽에서는 홍계월의 혈통이 천상에 있음을 분명히 밝힌다. 이는 남성을 주인공으로 한 영웅소설과 다르지 않다. 여성 영웅의 탄생 과정이 남성 영웅의 그것을 그대로 답습하고 있다는 점을 들어 '아류' 운운하며 부정적으로 보는 시선도 있다. 그러나 이는 원래 남녀가 날 때부터 전혀 다르지 않고 같다는 점을 드러내기 위한 장치로 해석하는 게 옳다. 남녀를 차별하는 자체가 부당하다는 문제 제기다. 또한 남성과 다르지 않기에 여성도 영웅이 될 수 있다는 전제이기도 하다.

계월에게 사내 옷을 입혀 초당에 두고 글을 가르치니, 한번 읽으면

곧바로 터득하였다. 그것을 본 아버지가 탄식하였다.

"네가 만일 남자로 태어났더라면 우리 문호를 빛낼 것인데, 애달프구나."

'한 번만 읽어도 내용을 모조리 아는 재능'과 '여성에서 벗어나기 위한 남장', 즉 여화위남女化爲男(여자가 남자로 변장함)은 주목할 만한 내용이다. 아버지의 말은 여성의 몸으로는 재능을 펼칠 수 없는 현실을 에둘러 표현한 것이다. 이 부분은 앞으로 능력을 발휘하고 영웅이 되기 위해 홍계월이 남성으로서의 삶을 살아갈 준비를 하고 있음을 보여준다.

이후 남장을 한 홍계월은 영웅이 되기 전에 반드시 거쳐야 하는 시련을 겪는다. 전란 속에서 부모와 헤어져 혼자 남게 된 것이다. 게다가 도적에게 잡혀 물속으로 던져지는 바람에 목숨을 잃을 위기에 처하기도 한다.

우리 인간은 아픈 만큼 성숙해진다. 고통이 없는 성장은 없다. 그저 쉽게 살다가 성공한다면 인생에 무슨 재미가 있겠는가? 넘어져본 사람만이 일어날 줄 안다. 영웅소설에서 주인공이 영웅이 되는 과정에 반드시 고난을 설정하는 이유도 이 때문이다.

남성으로 살아가다

다행히 홍계월은 여공에게 구출된다. 여기에는 다분히 우연성이 개입되고 있다. 하지만 그 실상을 자세히 살피면 오늘날 얻을 교훈도 적지 않다.

저는 어머니와 함께 가고 있었는데, 어떤 사람들이 나타나 어머니를 동여매고 가면서 저를 돗자리에 싸서 물속으로 던졌습니다.

홍계월이 자신을 구해준 여공에게 말한 내용이다. 발생한 사건에 대한 진술이기는 하지만 자신의 어려움을 숨김없이 솔직하게 알리고 있다는 점을 주목할 필요가 있다. 혼자만 고민하며 끙끙 앓는 것이 아니라 적극적으로 주위 사람들에게 밝히고 도움을 청한 것이다.

그 결과 여공은 홍계월에게 평국이라는 이름을 지어주고는 친아들 보국과 함께 곽 도사에게 보내 수학하게 한다. 여공과 보국은 홍계월을 남자로 알고, 계월도 굳이 자신이 여자임을 밝히지 않는다.

(도사가) 책 한 권을 주어 받아보니 천고에 없는 술법이 적혀 있었다. 계월과 보국은 밤낮없이 그 책을 공부하였다. 그 결과 계월은 3개월 만에 모든 것을 익혔다. 하지만 보국은 1년이 지나도록 모르는 것이 많았다.

여성의 능력이 결코 뒤지지 않는다는 것을 보여주는 대목이다. 혹시 보국이 본래 모자란(?) 남성일지 모른다고 생각할 수도 있다. 절대 그렇지 않다. 보국 또한 매우 뛰어난 남성으로 그려진다. 다만 홍계월과 비교할 때 부족할 뿐, 다른 사람보다는 우월한 인물이다. 그렇기 때문에 과거에서도 장원한 홍계월에 이어 2등으로 급제할 수 있었다.

여기까지는 그저 개인적인 성공일 뿐이다. 홍계월이 영웅이 되려면 공동체, 즉 집단의 위기를 해결하는 무언가가 있어야 한다. 영웅소설에서는 전쟁으로 인해 혼란에 빠진 국가를 구하는 행동으로 드러난다. 〈홍계월전〉에서도 서관과 서달이 침입하자, 임금이 홍계월을 대원수에, 여보국을 부원수에 임명하여 적을 물리치게 한다.

그런데 작가는 서달이 홍계월에게 쫓겨 도망친 곳을 벽파도로 설정한다. 벽파도는 헤어진 홍계월의 부모가 살고 있는 땅이다. 홍계월이 부모를 자연스럽게 만날 수 있도록 하는 장치다. 그런데 홍계월을 만난 부모는, 결코 홍계월의 정체가 여성임을 밝히지 않는다. 그냥 남성으로 살면서 부귀영화를 누리기를 바랐는지도 모를 일이다.

홍계월은 전쟁에서 어렵지 않게 승리를 거둔다. 그리하여 마침내 나라의 영웅이 된다.

다시 여성으로, 그러나 달라진 여성으로 살다

결코 탄로날 것 같지 않았던 정체는 뜻하지 않은 상황이 발생하면서 틈을 드러낸다.

> 어의가 엎드려 아뢰었다.
> "원수의 맥을 짚어보았더니 남자의 맥이 아니었습니다. 참으로 이상합니다."

임금이 병에 걸린 홍계월의 건강을 염려해 보낸 어의의 말이다. 임금은 '여자라면 어떻게 적진에 나가 10만 대병을 물리쳤겠느냐'고 반문하면서도 미심쩍어 한다. 홍계월도 어의가 눈치 챘을 것을 짐작하고 임금에게 직접 상소를 올려 자신이 여성임을 알린다.

(계월이) 문무를 아울러 갖추고 나라에 충성을 다한 일은 남자라도 미치지 못할 것이다. 비록 여자라고 해도 어찌 벼슬을 거두겠느냐?

임금의 이 말은 매우 의미심장하다. 임금의 결정이 곧 법이었던 시기에 홍계월의 벼슬을 그대로 두겠다는 것은 남녀 차별을 폐지하겠다는 선언이 며 여성의 공식적인 활동을 인정하겠다는 공표다. 당시 여성들의 꿈이 담긴 한마디가 아닐 수 없다. 이제 홍계월은 새로운 여성으로 태어난다. 이후 홍계월의 행동은 여느 여성과 다르게 나타난다.

임금의 중매로 홍계월은 여보국과 혼인을 한다. 눈치 챘겠지만, 홍계월은 남편이라고 해서 순순히 순종하지는 않는다. 제일 큰 사건은 여보국의 애첩 인 영춘을 무례하다며 잡아내어 죽인 일이다. 남편이 첩 두는 것을 어쩔 수 없이 용인해야만 하는 상황을 당시 여성들도 달갑게 여기지는 않았을 것이 다. 다만 별도리가 없다고 생각하던 차에 비록 소설이지만 본부인이 첩을 죽이는 장면이 나왔을 때 통쾌한 마음에 박수를 쳤을지도 모른다.

현대의 우리에게는 애첩을 둔 남성에게 죄를 묻지 않고 같은 여성을 징 치했다는 점이 아쉬울 수도 있다. 하지만 당시에는 첩에 대해 전쟁하는 적 대 국가, 즉 '적국敵國'이라 불렀다는 사실을 염두에 둘 필요가 있다. 여성의 적은 여성이라고 했던가? 남성을 문책하는 데까지 나아가기에는 시간이 더 필요했다.

문제는 여보국이 다른 남편들과 같은 생활을 하려고 한다는 사실이다.

애첩이 죽자 여보국은 홍계월을 미워하며 발길을 끊는다. 둘의 관계를 분명히 할 필요가 있던 차에 초량국이 침입해온다. 다시 홍계월이 대원수로, 여보국이 부원수로 나가 승리를 한다.

원수(홍계월)가 보국을 꾸짖었다.
"이러면서 평일에 남자로다 하며 나를 업신여기더니 지금도 그럴 수 있을까?"

전쟁 중에 위기에 빠진 보국을 구해주며 홍계월이 한 말이다. 그리고 이어 홍계월을 적장으로 오인한 보국을 놀리는 장면이 나온다. 여기서 보국은 홍계월을 부르며 구해달라고 소리친다. 이로써 상황은 종료된다. 더 이상 보국은 남성의 우월성을 내세우지 못한다. 이후 승전하고 돌아온 홍계월은 집안에서 좋은 아내이자 며느리, 엄마로 살아간다. 이는 남편이 그동안의 권위를 내려놓았고 시부모도 며느리를 인정했기 때문에 가능했다.

〈홍계월전〉은 고정된 관념을 과감히 버리고 여자의 능력을 인정하며 함께하려는 사고의 전환을 촉구한 작품이다. 그 당시의 여성들에게는 비록 꿈이었다 하더라도……

압도적 여성들의 활약

여성 영웅소설은 여성 주인공이 남성의 보조 역할을 하는 유형에서 시작되어 점차 남성 주인공과 동등하게 활약하거나, 남성 주인공을 압도하는 유형으로 전개되었을 것으로 보인다. 그런데 이들 유형은 주인공이 남성으로 변장하는 계기에서 차이가 난다. 주인공은 급작스러운 위기에서 벗어나기 위해, 또는 스스로 혹은 부모에 의해 남성으로 변장한다. 위기에서 벗어나고자 변장하는 작품들은 대체로 여성이 남성의 보조적인 역할을 하거나, 동등하게 활약하는 것으로 형상화된다. 반면 스스로, 또는 부모에 의해 변장하는 작품들은 모두 여성이 남성을 압도하는 것으로 그린다. 스스로 변장하는 것은 스스로 남성의 세계로 뛰어들겠다는 자의식의 표출이다. 〈정수정전〉, 〈방한림전〉이 대표적이다. 부모에 의한 변장은 그러한 의식의 확산이다. 우리가 살핀 〈홍계월전〉이 바로 그 예다.

고전소설 오디세이

ⓒ 임치균

초판인쇄	2015년 5월 29일
초판발행	2015년 6월 8일

지은이	임치균
펴낸이	강성민
편집	이은혜 박민수 이두루 곽우정
편집보조	이정미 차소영
마케팅	정민호 이연실 정현민 지문희 김주원
홍보	김희숙 김상만 한수진 이천희
독자모니터링	황치영

펴낸곳	(주)글항아리 | **출판등록** 2009년 1월 19일 제406-2009-000002호
주소	413-120 경기도 파주시 회동길 210
전자우편	bookpot@hanmail.net
전화번호	031-955-8891(마케팅) 031-955-8897(편집부)
팩스	031-955-2557
ISBN	978-89-6735-217-2 03800

글항아리는 (주)문학동네의 계열사입니다.

이 도서의 국립중앙도서관 출판예정도서목록(CIP)은 서지정보유통지원시스템 홈페이지(http://seoji.nl.go.kr)와 국가
자료공동목록시스템(http://www.nl.go.kr/kolisnet)에서 이용하실 수 있습니다.(CIP제어번호: CIP2015014399)